HEYNE
BÜCHER

Von Karen Robards sind
als Heyne-Taschenbücher erschienen:

Feuer der Sehnsucht · Band 04/1
Die Augen der Katze · Band 04/13
Das Mädchen vom Mississippi · Band 04/25

KAREN ROBERTS

SKLAVIN DER LIEBE

Roman

Deutsche Erstausgabe

WILHELM HEYNE VERLAG
MÜNCHEN

HEYNE ROMANE FÜR »SIE«
Nr. 04/41

Titel der Originalausgabe
TO LOVE A MAN
Aus dem Amerikanischen übersetzt
von Uschi Gnade

Printed in Germany 1991
Umschlagzeichnung: Sharon Spiak/Luserke
Umschlaggestaltung: Atelier Ingrid Schütz, München
Satz: IBV Satz- und Datentechnik GmbH, Berlin
Druck und Bindung: Ebner Ulm

ISBN 3-453-04666-8

1

Lisa Collins' schlanker Körper war zu einer Kugel zusammengerollt, und ihr Gesicht war nur wenige Zentimeter über dem Lehmboden, als sie ihre Nase und ihren Mund fest gegen ihren nackten, rußigen Arm preßte. Um sie herum stieg auf allen Seiten Rauch auf, dichter schwarzer Rauch, der hochzüngelte und sich in Schwaden voranwälzte und ölig in ihre Nase und ihre Kehle drang. Sie hustete erstickt und bemühte sich verzweifelt, den Laut zu dämpfen. Gott sei Dank war niemand in der Nähe, der sie hören konnte. Wenn sie sie hörten ... ein Schauer lief über ihren Rücken. Sie machte sich keine Illusionen darüber, was dann ihr Los sein würde.

Wenigstens hatten die Schreie aufgehört. Obwohl sie wußte, daß sie es nicht sein durfte, und auch wußte, was die Stille bedeutete, war Lisa bei allem Schuldbewußtsein dankbar dafür. Sie hatte geglaubt, verrückt zu werden, als sie den gequälten Schreien von Ian und Mary Blass und ihren drei Kindern gelauscht hatte, während sie in dem flammenden Inferno, das einst ihr Haus gewesen war, verbrannten. Wenn sie nicht draußen gewesen wäre, als die Soldaten kamen, wenn sie nicht vor dem Schlafengehen der Hütte einen kurzen Besuch abgestattet hätte, in der die sanitären Einrichtungen des Bauernhofes untergebracht waren, wäre sie jetzt auch tot. Sie wußte aber auch, daß sie bis jetzt noch nicht davongekommen war. Die Mörder waren noch da, umgaben sie auf allen Seiten und steckten alles in Brand, und sie schlachteten nicht nur Menschen, sondern auch Tiere ab. Die Schreie der Schweine und Kühe hatten sich mit denen der Blass' vermengt...

Natürlich waren es Guerillas. Lisa war nicht sicher, für welche Seite sie kämpften. Sie hatte gewußt, daß in Rhodesien Bürgerkrieg herrschte, als sie sich für den Auftrag beworben hatte, aber es war ihr so sehr als eine Fluchtmöglichkeit erschienen, die ihr der Himmel gesandt hatte, daß sie die Möglichkeit einer Gefahr kaum in Betracht gezogen hatte. Außerdem hatte sie in ihrer Naivität geglaubt, ihr Status als amerikanische Journalistin würde sie vor Gefahren schützen. Wie in so vielen anderen Dingen ihres Lebens hatte sie sich geirrt. Vielleicht würde sie diesen Irrtum mit dem Tod bezahlen müssen.

Der Rauch wurde mit jeder Sekunde dichter. Sie drohte zu ersticken. Lisa wußte, daß sie etwas unternehmen mußte, daß sie davonlaufen mußte, solange sie noch dazu in der Lage war, doch die Vorstellung, ihr Versteck zu verlassen und ohne Deckung über den Platz zu laufen, lähmte sie.

Auf der anderen Seite der dünnen Mauer trampelten Füße dicht neben ihrem Kopf. Lisa hielt den Atem an, als ein Mann in einer unverständlichen Sprache etwas schrie. Irgendwo über ihrem Kopf hörte sie einen dumpfen Laut. Dann aber entfernten sich die Schritte wieder zu ihrer großen Erleichterung.

Kaum hatte Lisa sich ein bißchen beruhigt, wurde ihr ein unheilvolles knisterndes Geräusch bewußt. Sie hob den Kopf, sah sich um und stellte fest, daß das gesamte hintere Ende der Hütte in einen glutroten Schein gehüllt war. Feuer! Winzige Flammen züngelten am Dach und rasten an den Wänden hinauf. Jetzt hatte sie keine Wahl mehr. Sie mußte davonlaufen. Panik stieg in ihr auf, als müsse sie sich übergeben. Sie fürchtete sich – fürchtete sich zu Tode. Sie hatte das Gefühl, sich nicht mehr rühren zu können. Aber das Grauen wurde ihr Verbündeter und zwang ihre verkrampften Glieder, langsam zur Tür zu kriechen. Ihr Atem stockte. Tränen hinterließen glühende Spuren auf ihrem Gesicht. Sie würde sterben, das wußte sie, hier auf dieser abgelegenen Farm im Süden von Rhodesien. Und sie war doch erst fünfundzwanzig! Es war eine Ungerechtigkeit! O Gott, es war so ungerecht!

Der Meter bis zur Tür kam ihr wie fünf Kilometer vor. Lisa fühlte sich vom Rauch benommen, und ihre Rückenmuskeln spannten sich in vergeblicher Abwehr gegen das Feuer an, das jetzt direkt über ihr tobte. Um sie herum fielen kleine brennende Holzsplitter auf den Boden. Lisa wußte, daß es nur noch eine Frage von Minuten war, bis das Dach einstürzte – und sie sterben würde. Ob Sterben wehtat? fragte sie sich. Natürlich tat es weh. Denk nur daran, wie die Blass' geschrien haben...

Ihre Nägel gruben sich tief in den Lehmboden, um sich vorwärts zu schleppen. Wenn sie doch nur ins Freie käme, dann würde sie überleben – zumindest für eine Weile. Doch als sie die Tür endlich erreicht hatte, hielt sie inne und japste nach kostbarer Luft, während sie auf dem Bauch liegenblieb und ihre Gedanken sich im Kreis drehten. Das, was sie vor dieser Tür erwartete, flößte ihr fast mehr Grauen ein als das Krematorium, in dem sie sterben würde, wenn sie im Hause bliebe.

»In deine Hände, Gott«, flüsterte sie schließlich und stieß mühelos die Tür auf. Sie öffnete sie gerade so weit, um hinausschauen zu können. Die Nachtluft, die durch den Spalt hereinwehte, war eine kühlende Erquickung für ihr Gesicht und ihre rauhe Kehle. Lisa sog sie gierig ein und empfand sie in diesem Augenblick als etwas Wunderbares und Kostbares. Ihre Augen glitten furchtsam über die Kulisse, die vor ihr lag.

Es war Nacht, aber es war nicht ganz dunkel. Flammen schossen aus dem Haus, aus der Scheune und aus etlichen Nebengebäuden und warfen ihre Strahlen auf den Platz, der fast taghell erschien. Überall sah Lisa Männer in Khakiuniformen. Manche standen selbstzufrieden vor der Zerstörung, die sie angerichtet hatten, andere rannten über den Hof und schwangen brennende Fackeln, und wieder andere luden Gegenstände, sie sie offensichtlich geplündert hatten, auf Lastwagen. Keiner von ihnen schien sich besonders für den brennenden Abort zu interessieren. Lisa holte tief Atem. Sie hatte also eine Chance. Nur eine geringe Chance.

So schnell wie eine Schlange wand sie sich durch die Tür und kroch durch das kurze, zähe Gras zu den Bäumen, die den Rand der gerodeten Lichtung markierten. Wenn es ihr erst gelungen sein sollte, den Dschungel zu erreichen, konnte sie sich verstecken... sie könnte weiterleben! Der Gedanke, der ihr vorher so undenkbar erschien, war berauschend. Lisa glitt so schnell über den Boden, wie sie im Traum nicht geglaubt hätte, sich bewegen zu können. Sie fürchtete sich, sich umzusehen. Steine und spitze Stücke zerrissen ihre Jeans und ihr kurzärmeliges T-Shirt und zerkratzten ihre Haut, doch Lisa spürte den Schmerz kaum. Ihr Bewußtsein war darauf ausgerichtet, den dürren Streifen Erde hinter sich zu legen, der sie von der Sicherheit trennte.

Weniger als fünf Meter lagen vor ihr. Lisa sah nach

links und erstarrte. Wenige Zentimeter neben ihr lag die Leiche eines Mannes, eines Mannes, den sie gekannt hatte. Cholly – so hieß er. Ian Blass hatte ihn geschickt, damit er sie von dem kleinen Flugplatz abholte und sie die sechzehn Meilen zur Farm herausfuhr. Auf dem ganzen Weg hatte er übersprudelnd auf sie eingeredet. War es erst gestern? Sie konnte es nicht glauben. Jetzt war er tot. Brutal ermordet worden. Lisas Magen zog sich zusammen, und sie übergab sich, bis sie keinen Tropfen Flüssigkeit mehr in sich hatte. Bei diesem Anblick des Grauens vergaß sie für kurze Zeit ihre Angst. Sie sprang auf die Füße und lief wankend auf die Bäume zu.

Durch ein Wunder schaffte sie es. Doch selbst dann blieb sie nicht stehen und verlangsamte ihre überstürzte Flucht. Sie konnte nicht innehalten. Die Panik trieb sie weiter. Sie bahnte sich einen Weg durch das Unterholz, das ihr bis zur Taille reichte. Zweimal stolperte sie und fiel der Länge nach hin, doch sie sprang wieder auf und lief weiter. Der einzige Gedanke, den sie noch hatte, war, daß sie entkommen mußte... entkommen mußte... entkommen mußte...

»Gütiger Herr im Himmel, was zum Teufel soll das?«

Bei diesem barbarischen Ausruf wirbelte sie herum. Soldaten! Mehr als ein Dutzend, und sie standen keine drei Armlängen von ihr entfernt als zwangloses Grüppchen zusammen. Die pechschwarze Nacht des Dschungels und ihr eigenes Entsetzen hatten dazu geführt, daß sie sie bis jetzt nicht bemerkt hatte. Es war grausam, sie bis hierher und nicht weiter kommen zu lassen...

Sie versuchte es dennoch. Sie lief verzweifelt weiter durch das dichte Laub. Hinter sich hörte sie malmende Schritte, die ihr nachjagten, und dann das heftige Keuchen eines Mannes. Schließlich brachte sie ein Seil, das nach ihr geworfen wurde, zu Fall. Ihr Körper grub sich tief in das dornige Unterholz, und das schwere Gewicht eines Mannes preßte sie noch tiefer hinein. Zu ihrer Verteidigung schlug sie wüst um sich. Sie sah den Khakiärmel einer Uniform und schrie. Und schrie. Und schrie. Bis etwas heftig in ihr Gesicht schlug und die Welt schwarz wurde.

Lisa träumte, sie sei wieder zu Hause, ein gründlich verzogener Teenager in der Sicherheit des riesigen Hauses ihres Großvaters an der Chesapeake Bay. Sie war sein Liebling, den er verhätschelte, seine einzige Verwandte, die noch am Leben war, und nichts auf Erden war zu gut für sie. Die besten Kleider, die besten Schulen, ein Wagen – sie bekam alles. Aber mit neunzehn wollte sie all das nicht mehr haben. Oder zumindest war ihr anderes wichtiger. Nämlich Jeff – Jeff Collins, der traumhaft gutaussehende Fußballspieler, Sohn eines Senators. Sie war nur zweimal mit ihm ausgegangen, aber sie wollte ihn für immer haben. Und was Lisa haben wollte, das bekam sie auch.

»Was Lisa haben wollte, das bekam sie auch.« Sogar im Traum lächelte Lisa verschmitzt darüber. Mit der zielstrebigen Hartnäckigkeit, die sie von ihrem Großvater, einem der einflußreichsten Verleger, geerbt hatte, hatte sie sich um Jeff bemüht und ihm innerhalb von sechs Monaten einen Heiratsantrag entlockt. Ihre Verlobung wurde von beiden Familien mit großer Begeisterung aufgenommen. Alle sprachen von ›einem idealen Paar‹. Ihr eigenes Glück war etwas, was Lisa als selbstverständlich voraussetzte. Für Leute wie sie, die ›richtigen‹ Leute, sah das

Leben nun einmal so aus. Alles klappte immer so, wie es geplant war, und sie erwartete nicht weniger als ›glücklich bis an ihr Lebensende‹ zu sein.

Das bekam sie auch. Fast ein Jahr lang. Vielleicht war ihre Ehe nicht die Romanze, die in populären Romanen geschildert wird, aber es war eine gute und stabile Ehe, die auf gegenseitigem Vertrauen und auf Zuneigung begründet war. Oder zumindest erzählte sie das ihren Freundinnen. Insgeheim begann sie aber, sich Fragen zu stellen. Sie war behütet aufgewachsen und wußte daher sehr wenig über Sex. Sie war als Jungfrau in die Ehe gegangen, wenn auch eher aus Mangel an Gelegenheit (die besten Schulen waren immer reine Mädchenschulen) und weniger aufgrund von echten moralischen Überzeugungen. Das Wenige, was sie an Petting kannte, hatte ihr gezeigt, daß körperliche Kontakte mit einem Mann genüßlich sein konnten. Bei Jeff war es nicht so. Er hatte keinen Spaß daran, auch wenn er bemüht war, seine mangelnde Begeisterung zu verbergen. Als sich der Zustand im Laufe der Zeit nicht besserte, fing Lisa an, sich zu fragen, ob das Problem an ihr lag, ob ihr vielleicht *das* fehlte, was die Männer reizte, was auch immer das sein mochte. Es gelang ihr nicht, Jeff zu entflammen, obwohl sie ein außergewöhnlich hübsches Mädchen war. Sie war groß und schlank und hatte eine gute und wohl proportionierte Figur. Sie hatte ein gut geschnittenes und makelloses Gesicht. Das glänzende aschblonde Haar fiel lokker auf die Schultern. Sie schminkte sich so gut wie gar nicht, sondern betonte nur ein wenig ihre grünen Augen. Sie roch gut, sie kleidete sich gut – was also stimmte nicht mit ihr?

Zwei Tage vor ihrem zwanzigsten Geburtstag fand sie

es heraus – am selben Tag, an dem sie erfuhr, daß sie schwanger war. Sie hatte schon seit Wochen den Verdacht gehabt, aber Jeff nichts sagen wollen, solange sie nicht absolut sicher war. Als der Arzt ihr an diesem Vormittag bestätigt hatte, daß sie tatsächlich ein Kind erwartete, hatte Lisa das geplante Mittagessen abgesagt und war mit den Neuigkeiten nach Hause geeilt. So glücklich war sie seit langem nicht mehr gewesen. Mit freudigem Erstaunen stellte sie fest, daß Jeff zu Hause war. Sein Hut und Mantel hingen unten, und Lisa lächelte fröhlich und malte sich seine Aufregung aus, wenn sie ihm erzählte, daß er Vater wurde. Sie lief die Stufen zum Schlafzimmer hinauf und entdeckte Jeff nackt in ihrem riesigen Bett liegen, neben ihm ein fremder Mann.

Sie hätte sich damals von ihm scheiden lassen, wenn das Baby nicht unterwegs gewesen wäre, obwohl Jeff weinte und ihr versicherte, daß es wirklich das erste Mal gewesen wäre, Männer wirklich nicht sein Fall wären, und es nie wieder vorkommen würde. Er hatte sie angefleht, niemandem davon zu erzählen und ihm noch eine Chance zu geben. Schließlich hatte sie eingewilligt wegen des Babys.

Das war der zweitgrößte Fehler ihres Lebens. Sie hätte ihn auf der Stelle verlassen sollen. Mit der Zeit wurde es immer schwieriger, weil er wirklich großen Anteil an ihrer Schwangerschaft nahm und nach Jennifers Geburt ein hingebungsvoller Vater war. Die süße, kleine Jennifer betete ihn seit ihrem ersten Atemzug an, und Lisa brachte es beim besten Willen nicht über sich, mit dem Kind fortzugehen. Wie erklärt man einem Wickelkind, daß Papa andere Männer mehr liebt, als er Mama liebt, denn so war es natürlich.

Lisa war an den Punkt gekommen, ihn trotz seiner Bemühungen zu verlassen, als das schrecklichste Kapitel des Alptraums, zu dem ihr Leben geworden war, anbrach. Jennifer bekam Leukämie. Weder die vielen hunderttausend Dollar ihres Treuhandvermögens, noch die zahllosen Millionen ihres Großvaters oder dessen endloses Beziehungsnetz konnten das Kostbarste retten, was es für Lisa gab. Ihr blieb nichts anderes übrig, als betäubt zuzusehen, wie ihr Kind hinweggerafft wurde, und nur Jeffs Qualen konnten es mit ihren aufnehmen. Gemeinsam starben sie zu dritt Stück für Stück, bis es schließlich vorbei war und Jennifer in einem kalten, dunklen Grab lag. Danach brach Lisa zusammen. Es dauerte Monate, bis sie den ersten Tag ohne Tränen verbrachte, Monate, bis sie mit der Situation umgehen konnte, daß ihr Kind nicht mehr lebte.

Nach einem Jahr wurde ihr klar, daß sie sich aus allem lösen mußte. Ihr Rettungsanker war eine Stelle beim *Annapolis Daily Star*, einer der zahlreichen Zeitungen, die ihrem Großvater gehörten. Sie hatte ihn nicht um diese Arbeit gebeten, und eigentlich wollte sie die Stellung auch gar nicht annehmen, doch ihr Großvater beharrte darauf. Es sei an der Zeit, daß sie zur Abwechslung endlich einmal etwas arbeitete, sagte er, und die Sorge, die in seinen Augen stand, strafte seinen mürrischen Tonfall Lügen, als er ihre nunmehr zu schlanke Gestalt und ihr eingefallenes Gesicht betrachtete. Als Lisa Einwände erhob, wollte er nichts davon hören. Er brauchte jemanden, der über die gesellschaftlichen Ereignisse berichtete, sagte er ihr, und wer hätte das besser gekonnt als seine eigene Enkelin, die von Geburt an mit den richtigen Leuten Kontakt und als Gleichgestellte Zugang zu den besten

Familien hatte? Lisa hatte die Achseln gezuckt und sich gefügt. Die Apathie, in die sie sich über Monate gehüllt hatte, machte es ihr unmöglich, sich dem eisernen Willen ihres Großvaters zu widersetzen. Daher hatte sie widerstrebend begonnen, alle Diners, Wohltätigkeitsbazare und Jagdbälle zu besuchen, die sie vor Jennifers Geburt soviel Zeit gekostet hatten. Der einzige Unterschied bestand darin, daß sie jetzt darüber berichtete, wer was trug, wer was sagte und wer mit wem gekommen war. Zu ihrem Erstaunen stellte Lisa fest, daß sie recht begabt im Schreiben war. Bald freute sie sich tatsächlich jeden Tag auf ihre Arbeit. Sie frischte alte Bekanntschaften wieder auf, die sie in ihrer Trauer um Jennifer vernachlässigt hatte, und unter den Mitarbeitern des *Star* fand sie neue Freunde. Schließlich erreichte sie einen Punkt, an dem sie wieder ins Auge fassen konnte, Jeff zu verlassen. Nur wenn sie sich von ihm freimachte, bestand für sie die Hoffnung, ein gewisses Maß an wahrem Glück zu erfahren. Soviel war ihr klar. Dennoch schob sie es vor sich her, weil sie die Reaktion ihres Großvaters, die von Jeffs Eltern und die ihrer Freunde fürchtete.

Als Grace Ballard, die die Leitartikel für den *Star* schrieb, eines Tages beim Mittagessen beiläufig erwähnte, daß eine alte Schulfreundin von ihr einen rhodesischen Farmer geheiratet hatte und im Moment die abenteuerlichen Erfahrungen machte, was es bedeutete, in einem Land zu leben, in dem Bürgerkrieg herrschte, hatte das kaum einen Funken Interesse in Lisa wachgerufen. Als Grace jedoch darüber klagte, nicht genügend Material für einen Artikel zu bekommen, sah die Sache plötzlich ganz anders aus. Lisa wußte, was sie wollte.

Man schlug es ihr glatt aus, denn selbst, wenn die

Farm der Blass' noch so weit vom Kampfgebiet entfernt lag, erschien dieser Auftrag zu gefährlich. Zum ersten Mal in ihrem Leben nutzte Lisa ihre familiären Beziehungen aus, um sich durchzusetzen. Sie suchte ihren Großvater auf und legte ihm ihren Wunsch vor. Er sah sie anscheinend eine Ewigkeit lang stumm an und nahm den Feuereifer in den grünen Augen wahr, die noch vor wenigen Wochen matt und leblos gewesen waren. Er gab ihr seine Erlaubnis.

Sie zog keinen Moment lang in Erwägung, daß sie ernstlichen Gefahren ausgesetzt sein könnte. Ihr kam es vor, als seien ihre Gebete erhört worden. Perfekter hätte sie nicht mit ihrem bisherigen Leben brechen können, ohne daß jemand etwas davon erfuhr, ehe alles vorbei war. Als sie die Reisevorbereitungen traf, erzählte sie natürlich niemandem, daß sie nicht vorhatte, je zurückzukommen – oder zumindest nicht zu Jeff oder in das Haus, das sie gemeinsam bewohnten.

Alles tat Lisa weh. Wimmernd vor Schmerz kam sie wieder zu Bewußtsein. Ihre Haut kam ihr vor, als stünde sie in Flammen. Feuer... sie konnte sich an ein Feuer erinnern. Stand sie etwa in Flammen? War sie ohnmächtig geworden und hatte sich nur vorgestellt, es sei ihr gelungen, aus dem Schuppen zu fliehen? Hatte... Etwas Scharfes piekste sie, und sie zuckte zusammen.

»Aua!« hörte sie sich zu ihrem eigenen Erstaunen sagen und schlug die Augen auf. Sie sah in das Gesicht eines Mannes, ein kantiges, sonnengebräuntes Gesicht, das ungewöhnlich geschnitten war. Über die rechte Backe zog sich eine Narbe. Es war kein schönes Gesicht – bis sie in die unglaublich blauen Augen sah.

»Du bist also doch endlich aufgewacht, Dornröschen.« Die Stimme paßte zu dem Gesicht. Sie war sehr schroff und männlich, und doch hörte sie einen melodisch gedehnten Klang heraus. Lisa blinzelte, ohne den Mann aus den Augen zu verlieren. Er lächelte, und eine braune Hand mit langen, schmalen Fingern strich ihr sehr sanft das Haar aus der Stirn.

»Kannst du mich hören?« fragte er. Lisa nickte matt und starrte ihn weiterhin an. Ihr fiel auf, daß seine Zähne etwas schief waren, doch sie blitzten leuchtend weiß in seinem dunklen Gesicht.

»Wo bin ich?« flüsterte sie. Ihre Stimme war so matt, daß sie selbst erschrak.

»Du bist in Sicherheit«, sagte er. Auch wenn es keine wirkliche Antwort war, war es doch genau das, was sie hören wollte.

»Wer sind Sie?«

»Ich heiße Sam. Sam Eastmann. Und wer sind Sie?«

»Lisa Collins.« Ihre Stimme klang, als käme sie aus weiter Ferne. Lisa fing an, sich zu fragen, ob sie sich dieses ganze Gespräch, ihre Arbeit für die Zeitung, das Feuer und alles, was geschehen war, nur eingebildet hatte. Ob sie vielleicht in ihrem Kummer über Jennifers Tod den Verstand verloren hatte...

»Bist du echt? Bist du wirklich da?« Die argwöhnische Frage brachte ihn wieder dazu, zu lächeln.

»Ich kann mir vorstellen, daß ich mehr da bin als du, Schätzchen. Fühlst du dich schon in der Lage zu reden? Kannst du mir sagen, ob du hier in der Nähe Verwandte hast, jemanden, zu dem wir dich bringen können?« Es klang freundlich und besorgt. Gerührt von seiner bewußten Zartheit, stiegen Lisa heiße Tränen in die Augen.

»Ich komme aus Maryland«, flüsterte sie hilflos.

»Schon gut. Deshalb brauchst du nicht zu weinen. Du hast Schlimmes mitgemacht, aber es wird alles wieder gut. Und jetzt brauchst du Ruhe. Ich werde dir etwas geben, damit du schlafen kannst. Einverstanden?«

»Einverstanden«, wiederholte Lisa und versuchte zaghaft zu lächeln. Sie war so verwirrt, daß sie allem, was er vorschlug, zugestimmt hätte. Er hatte eine seltsame Wirkung auf sie. Sie fühlte sich sicher bei ihm, sicher und geborgen...

Sie blickte ihm nach, und als er zurückkam, stach sie wieder etwas in den Arm. Benommen erkannte sie, was sie aus ihren Träumen gerissen hatte. Es war der Einstich einer Nadel gewesen. Sie starrte ihn weiterhin an, bis das Mittel wirkte und sie einschlief.

Als Lisa wieder erwachte, war es Nacht geworden. Sie lag in einem großen Zelt, nur mit einem riesigen Männerhemd bekleidet, unter einer Decke auf einer Feldpritsche. Trotz großer Schmerzen versuchte sie sich aufzurichten. Jede Bewegung tat weh, aber das Stilliegen auch. Daher versuchte sie krampfhaft, sich doch hinzusetzen.

»Verflucht noch mal«, sagte sie und ließ sich wieder zurücksinken, nachdem sie die Hand auf eine der vielen häßlichen roten Striemen auf ihrem Unterarm gelegt hatte.

»Drückt sich so eine Dame aus?« schalt sie eine zarte, spöttische Stimme. Lisa blickte eilig auf, als eine Zeltplane hochgehoben wurde und eine große, breitschultrige Gestalt gebeugt durch die Öffnung trat, die viel zu niedrig für ihren Wuchs war. Beim Anblick seiner Khakiuniform fürchtete sie sich instinktiv, doch als sie in die blauen Augen sah, entspannte sie sich sofort wieder.

»Hallo«, sagte sie und empfand eine alberne Scheu.

»Worauf hat sich dieses ungehörige Wort bezogen?« fragte er lächelnd.

»Oh.« Lisa fielen erst jetzt wieder die Kratzer und Striemen auf ihren Armen ein. »Ich bin auf die Pritsche zurückgefallen, als ich mir meine Arme ansah. Sie sehen schrecklich aus – als hätte jemand mich ausgepeitscht. Was ist passiert?«

»Erinnern Sie sich daran, wie Sie durch den Dschungel gelaufen sind?«

Lisa nickte.

»Ich vermute, daß Sie sich dort an den Dornen die Arme aufgerissen haben. Sie haben aber auch ziemlich schlimme Verletzungen am Rücken – Verbrennungen, nehme ich an. Und überall blaue Flecken.«

»Das Feuer – die Blass' – wie lange ist das alles her?« fragte sie, und ihr Hals schnürte sich plötzlich zusammen.

»Vier Tage.« Sam sah ihr fest in die Augen. »Wir haben Sie im Dschungel gefunden und nahmen Sie ins Lager mit. Wir... äh... sind an der Farm vorbeigekommen, nachdem wir Sie gefunden hatten. Wenn das Ihre Familie war, tut es mir furchtbar leid für Sie.«

»Nein, es war nicht meine Familie.« Lisa schloß einen Moment lang die Augen und schluckte schwer. »Ich kannte sie noch nicht lange, noch keine zwei Tage. Aber sie waren so nett...«

»Das ist hart.« Seine Stimme drückte ein barsches Mitleid aus. Lisa schlug die Augen auf. Sie wollte nicht an die Blass' denken.

»Sind Sie Arzt?«

Sam schnitt eine Grimasse. »Nein, wahrhaftig nicht.

Ich kenne die Grundlagen der ersten Hilfe. So etwas lernt man bei meiner Arbeit automatisch.«

»Und was für eine Arbeit ist das?« fragte Lisa matt, obwohl sie fürchtete, es längst zu wissen.

»Ich bin Soldat«, antwortete er, wie sie es geahnt hatte.

»Für... für welche Seite?« Es war ihr verhaßt, sich vorzustellen, er könne auf derselben Seite kämpfen wie diese Tiere, die die Farm überfallen hatten.

»Im Moment für die Seite der Regierung. Aber ich bin flexibel. Meine Männer und ich sind für jeden zu haben, der unseren Preis zahlen kann.«

»Ihren... Preis?« wiederholte Lisa verständnislos. Ohne es zu wollen, fügte sie hastig hinzu: »Sie sind doch auch Amerikaner, oder nicht?«

»Ja, das ist richtig.« Seine Stimme war ausdruckslos. Abrupt kauerte er sich neben sie, und seine Stirn legte sich in Falten, als er einen ihrer Arme in seine Hände nahm.

»Ein paar Ihrer Wunden sind aufgegangen, weil Sie sich bewegt haben. Haben Sie sich selbst noch mehr Schaden zugefügt?«

Er legte ihren Arm behutsam neben sie und wollte ihr die Decke wegziehen. Lisa zuckte zurück. Seine Augen wandten sich ihrem Gesicht zu und wirkten nachdenklich.

»Es ist alles in Ordnung. Ich werde Ihnen nicht weh tun«, sagte er und wippte auf den Fersen. »Aber ich muß mir die Verbrennungen auf Ihrem Rücken ansehen. Sie wollen doch nicht, daß sie sich entzünden, oder?«

»N-nein.« Lisa sah ihm fest in die Augen und kam sich dumm vor. Schließlich hatte der Mann ihre Verletzungen während ihrer Bewußtlosigkeit behandelt. Es wäre lachhaft gewesen, jetzt noch einen großen Wirbel zu veranstalten. Außerdem hatte sie instinktiv das Gefühl, ihm vertrauen zu können...

»Es tut mir leid«, murmelte sie zerknirscht. »Ich weiß, daß Sie mir nicht weh tun wollen. Es ist nur...«

»Nur was?« half er ihr weiter, als er merkte, daß sie ihren Satz von allein nicht beenden würde.

»Ihre Uniform«, antwortete Lisa. Während die Worte aus ihr heraussprudelten, wandte sie den Kopf ab. »Die Soldaten auf der Farm... sie haben auch solche Uniformen getragen. Entschuldigen Sie, ich weiß ja, daß Sie nicht einer von ihnen waren, aber ich kann nichts dagegen tun, daß mir davon fast... übel wird.«

Verständnis trat auf sein Gesicht. Er legte seine Hand unter ihr Kinn, zog ihr Gesicht zu sich hin und musterte es eingehend.

»Das war mir nicht klar...« sagte er nachdenklich. »Deshalb sind Sie wie ein verängstigtes kleines Tier davongelaufen, als Sie uns gesehen haben. Und Sie haben geschrien, als würden Sie den Verstand verlieren. Ich mußte Sie niederschlagen, damit Sie endlich still waren.«

»Sie – Sie haben mich geschlagen?« fragte Lisa matt und spürte ein plötzliches Unbehagen. Was wußte sie denn schon über diesen Mann? Er war Soldat, was ihrer Meinung nach nur eine beschönigende Ausdrucksweise für einen bezahlten Mörder war, und er schlug Frauen.

»Ich mußte es tun. Sie haben lauter als eine Sirene geschrien. Noch ein paar Minuten, und das gesamte Rebellenheer hätte gewußt, wo wir sind.« Seine Stimme war sachlich. »Würden Sie sich jetzt bitte umdrehen? Ich habe noch mehr zu tun, als nur die Krankenschwester für Sie zu spielen.«

Lisa errötete, als sie sich auf den Bauch gelegt hatte und das Hemd bis zu ihrem Hals hinaufzog. Er begann eine kühlende Salbe auf die Verbrennungen aufzutragen. Seine Berührungen waren unpersönlich und doch wohltuend. Allmählich entspannte sie sich ein wenig. Soldat oder nicht – zu ihr war er ausnahmslos freundlich gewesen.

»So«, sagte er schließlich und zog ihr Hemd behutsam wieder herunter. Dann deckte er sie zu. Lisa drehte sich zu ihm um, doch ihre Wangen waren immer noch leicht gerötet. Er bemerkte es und grinste spöttisch.

»Sind Sie hungrig?«

Lisa nickte. Sie war restlos ausgehungert.

»Das dachte ich mir doch fast«, antwortete er und grinste noch breiter. »Wir hatten zum Abendessen Schweinefleisch mit Bohnen aus der Dose. Kann Sie das reizen?«

»Ich... ich denke schon.« Wenn Lisas Stimme Zweifel ausdrückte, dann nur, weil sie noch nie in ihrem Leben Schweinefleisch mit Bohnen aus der Dose gegessen hatte und keine Ahnung hatte, ob ihr Magen mitspielen würde. Aber ihr Hunger war so groß, daß sie alles probiert hätte.

Sekunden später kam Sam mit einem Blechteller zurück, der mit dampfendem Essen vollgetürmt war. Lisa sah den Teller an, atmete den würzigen Duft ein und bekam ihre Zweifel. Sam bemerkte ihre Unsicherheit, hielt sich aber von jeder Bemerkung zurück. Dafür war ihm Lisa dankbar.

»Warten Sie, ich helfe Ihnen«, sagte er, als sie sich damit abmühte, sich aufzurichten. Ehe ihr klar wurde, was er vorhatte, hatte er den Teller auf die Kiste neben ihrem Bett gestellt und saß mit gespreizten Beinen hinter ihr auf der Pritsche. Er zog ihre Schultern an sich und lehnte sie an seinen Körper, damit sie eine Rückenstütze hatte. Vertrauensselig wie ein Kind lehnte sie sich an seine Brust. Seine Arme waren um ihre Taille geschlungen, und er stellte den Teller auf ihren Schoß.

»Schaffen Sie es allein?« fragte er, als sie nicht sofort zu essen begann.

»Danke, ja«, murmelte sie und bemerkte ihre Atemlosigkeit.

Als sie alles aufgegessen hatte, lehnte sie sich zufrieden zurück und fühlte sich gesättigt. Es schien ihr das Natürlichste auf Erden zu sein, so von ihm festgehalten zu werden. Sie fühlte sich jetzt schon viel besser, spürte die Kraft in ihre Glieder strömen, und sogar ihr Kopf wurde klarer. Sie fühlte sich behaglich und sicher.

Ihr Kopf lag auf seiner muskulösen Schulter, und sie drehte sich um, um ihn anzusehen.

»Sie sind sehr nett zu mir«, murmelte sie, und ihre Blicke wanderten neugierig über sein Gesicht. Auf die Nähe konnte sie seine ledrige, von Wind und Sonne gegerbte Haut mit der weißen Narbe und den Fältchen um die Mund- und Augenwinkel erkennen. Er hatte dichtes, schwarz gelocktes Haar. Sein Nasenrücken war schief, als sei seine Nase einmal gebrochen und nicht ordentlich geschient worden, sein Mund war groß und schmal, doch seine Unterlippe wirkte sinnlich, und auf seinem Kinn wuchsen schwarze Stoppeln, als hätte er sich seit Tagen nicht mehr rasiert. Er machte einen durch und durch männlichen und dabei unerhört verrufenen Eindruck, und Lisa wunderte sich darüber, wie geborgen und sicher sie sich bei ihm fühlte.

»Bestandsaufnahme?« fragte er belustigt. Lisa lächelte

verträumt und gestattete sich den Luxus, sich noch dichter in seine Arme zu schmiegen. Es war wunderbar, von einem so starken Mann festgehalten zu werden, von jemandem, der sie mit Leichtigkeit beschützen und für sie sorgen konnte.

»Sam?« murmelte sie und fühlte sich plötzlich schläfrig. Nachdem sie es gesagt hatte, sah sie ihn schuldbewußt an. Sie hatte seinen Namen nicht laut aussprechen wollen.

»Lisa«, sagte er mit einem Anflug von Spott, obwohl seine Arme sich noch fester um sie schlangen.

»Ich muß furchtbar aussehen.« Sie fühlte sich so benommen, als triebe sie auf einer Wolke. Ihre Lider wurden schwer... Sie fielen zu, und sie schlug sie wieder auf.

»Du siehst... gut aus.« Seine Stimme war plötzlich belegt. »Und jetzt sollte ich dich lieber schlafen lassen. Du bist völlig fertig.«

»Laß mich nicht allein«, protestierte sie und umklammerte die Hand, die noch auf ihrer Taille lag, doch er stand unbeirrbar auf und ließ sie sachte wieder auf die Pritsche sinken.

»Ich bin in der Nähe, wenn du etwas brauchst«, sagte er, und seine Stimme klang schon ganz fern. Er hatte das Zelt noch nicht verlassen, als Lisa bereits eingeschlafen war.

Sie träumte erfreuliche Dinge aus ihrer Kindheit, doch dann wurden plötzlich Alpträume daraus... von einem Ungeheuer mit Fängen, das sie fressen wollte. Es spuckte Feuer – rote Flammen, die nach ihr griffen und ihren Körper verbrannten.

Lisa schrie laut auf. Ihr eigenes ohrenbetäubendes Geschrei ließ sie zitternd aus dem Alptraum aufschrecken. Im ersten Moment wußte sie nicht, wo sie war.

»Lisa?« Die Stimme war leise und vertraut. Lisa schlug die Augen auf und sah eine dunkle Silhouette über sich aufragen.

»Sam?« Sie streckte ihre Arme nach ihm aus, und es kam ihr vor, als sei sie nur in Sicherheit, wenn er sie in seine Arme nahm. Er beugte sich zu ihr herunter, und ihre Hände berührten nackte, muskulöse Schultern, schlangen sich um seinen Hals und hielten ihn fest. Sie zog ihn mit einer Kraft zu sich herunter, von der sie gar nicht gewußt hatte, daß sie sie besaß. »Halt mich fest, Sam, bitte«, flüsterte sie mit gebrochener Stimme.

»Was ist los, Schätzchen?« Es war seltsam, wie vertraut ihr diese Stimme in der kurzen Zeit geworden war. Es war, als sei er ihr bester Freund, jemand, den sie kannte und dem sie traute und auf den sie sich verlassen konnte, sie zu beschützen.

»O Sam, es war so schrecklich!« Bebend murmelte sie die Worte, und ihre Hände umklammerten ihn, als wolle sie ihn nie mehr loslassen. Er ließ sich von ihr auf die Pritsche ziehen, zog ihre Decke zur Seite und schmiegte sich ganz fest an sie. Seine Arme schlangen sich um sie, und er preßte sie an seinen langen, festen Körper. Lisa löste sich nicht aus seinen Armen.

»Erzähl es mir«, flüsterte er, und seine Hände streichelten beschwichtigend ihr zerzaustes Haar. Während sie ihm den gräßlichen Alptraum erzählte, vergrub Lisa ihr Gesicht an seiner Brust. Sie holte tief Atem und schloß die Augen. Er sagte nichts, sondern hielt sie nur fest, und seine Hände setzten ihre zarten Liebkosungen fort. Sie spürte seine warme Haut.

Ohne jede Überlegung gab sie sich ihren Instinkten hin und ließ ihre Zunge über seinen Hals gleiten. Der laute Herzschlag an ihrem Ohr erregte sie. Lisa öffnete die Lippen und küßte seinen Hals, spürte aber, daß sein Körper sich anspannte.

»Lisa«, sagte er barsch. Es klang wie eine Warnung. Sie küßte seine Lippen, diesmal leidenschaftlich, und sie wollte in diesem Moment an nichts denken, als daran, wie richtig ihr das alles vorkam.

»Lieb mich«, flüsterte sie. »Bitte, lieb mich, Sam.«

Lisa nahm voller Zufriedenheit wahr, wie tief er Atem holte. Es war berauschend zu wissen, daß auch er sie begehrte.

»Lisa.« Er schien immer noch zu Diskussionen zu neigen, und daher tat Lisa das, wozu alle ihre Sinne sie aufriefen. Ihre Hand glitt über seine Brust, blieb kurz auf seinem Hosenbund liegen und glitt dann hinein. Sie schlängelte sich über seinen festen Bauch zu dem gewaltigen, granitenen Monolithen, der unter ihrer Berührung glühte und pulsierte.

Als ihre Finger sich um ihn schlossen, stöhnte er voller Wollust. Seine Hände legten sich auf ihre Schultern und drehten sie so heftig auf den Rücken, daß es ihr im ersten Moment den Atem verschlug. Keuchend legte er sich auf sie, und sein Mund heftete sich mit einer so leidenschaftlichen Gier auf ihre Lippen, als wolle er sie verschlingen. Lisa erwiderte seinen Kuß voller Glut und wollte ihn inbrünstiger, als sie je in ihrem Leben etwas hatte besitzen wollen. Genau das war es, was sie brauchte, das, wonach sie seit Jahren lechzte, die zügellose, unbändige Sexualität eines Mannes.

Mit unsicheren Händen zog er sie aus, und die Knöpfe

sprangen von ihrem Hemd ab. Lisa stöhnte, als sich seine Hände zu ihren Brüsten tasteten und sie so fest drückten, daß es hätte schmerzen sollen, doch es tat nicht weh. Als er auch nackt war, stieß er sie zurück, und sie ließ es bereitwillig zu. Ihre Schenkel spreizten sich, und ihre Hände wiesen ihm eifrig den Weg. Er stieß zu, und Lisa schnappte vor Wonne nach Luft und glaubte, sie würde vor Glück sterben. Sein Stöhnen entflammte sie. Sie bewegte sich mit ihm, als er in sie eindrang, sich zurückzog und in einem erbarmungslosen Rhythmus, der sich steigerte, wieder in sie eindrang. Sie warf den Kopf zurück und riß den Mund weit auf, als er sie nahm, und ihre Nägel gruben sich ohne ihr Wissen in seinen muskulösen Rücken. Er hob sie höher, um noch tiefer in sie vorzustoßen. Lisa konnte es nicht länger ertragen. Eine Lust, die jahrelang unterdrückt war, kam in ihr zum Ausbruch, und sie schrie laut auf. Er spürte ihren Genuß und stieß ein letztes Mal heftig zu und blieb pochend in ihr. Dann war es vorbei.

Als Lisa seinen schweren Körper schweißnaß auf sich spürte, gab sie ihrer Erschöpfung nach, doch kurz bevor sie einschlief, glaubte sie, ihn fluchen zu hören.

2

Sam war wütend auf sich, als er das Zelt verließ, ohne sich auch nur noch einmal umzusehen. Er schlug auf die Insektenschwärme ein, die sich auf seine Schultern und seinen Rücken setzten, und als er sich eine Zigarette anzünden wollte, stellte er verärgert fest, daß seine Hand immer noch nicht ruhig war. Verdammt und zum Teufel! Er war in dieser flachen Steppe, um eine Arbeit zu erledigen und nicht, um für ein mannstolles kleines Mädchen den Deckhengst zu spielen. Wenn er es zuließ, konnte sie alle möglichen Komplikationen auslösen. Die einzig vernünftige Lösung bestand darin, sie so schnell wie möglich wieder loszuwerden, ehe sie ihm die Konzentration raubte oder, was noch schlimmer gewesen wäre, Streitigkeiten unter seinen Männern auslöste.

Die Frage war nur, wie? Wenn er auch nur halb so gefühllos gewesen wäre, wie er es sich gern einredete, dann hätte er sich jetzt schlicht umgedreht, wäre ins Zelt zurückgegangen und hätte ihr die Kehle aufgeschlitzt. Damit wäre das Problem gelöst. Er verfluchte sich zwar für seine Weichheit, aber er wußte nur zu gut, daß er das nicht über sich brachte. Kaltblütig eine hübsche junge Frau zu ermorden, die sich ihm gerade hingegeben hatte, lag ihm nicht.

Natürlich konnte er sie einfach wegschicken. Aber wohin, und wie? Salisbury mit seinem modernen Flughafen und den Düsenflugzeugen, die sie ruckzuck aus dem Land brachten, bot sich natürlich an, aber das stellte ihn vor neue Probleme. Wenn sie anfing, ihr Abenteuer auszuplaudern, was sie zweifellos tun würde, konnte sie ihm einen Strich durch die Rechnung machen. Und selbst, wenn er bereit war, es darauf ankommen zu lassen, sie aber zu bitten, daß sie den Mund hielt, wie hätte er sie dann nach Salisbury bringen wollen? Den kleinen Flugplatz in der Nähe hatten die Guerillas an sich gebracht, und das hieß, daß er sie mit dem Jeep nach Salisbury schicken mußte. Aber auch das war unmöglich. Er brauchte jeden einzelnen seiner Männer. Sie waren eine kleine Gruppe, die er speziell für die bevorstehende Aufgabe ausgesucht hatte, und jeder Mann war entscheidend für eine erfolgreiche Ausführung des Auftrags. Er konnte es sich nicht leisten, einer jungen Frau, die ziellos durch die Gegend streunte, einen von ihnen als Chauffeur und Leibwächter abzutreten. Außerdem hätte ein solcher Schritt ein gewisses Maß an Aufmerksamkeit erregt, und das wäre fatal gewesen. Nein, verdammt noch mal, sie mußte bleiben, bis sie ihre Arbeit erledigt hatten, aber er fand diese Lösung fast so untragbar wie jede andere.

Ein wirklich anständiger Mann hätte zweifellos lieber das ganze Geschäft platzen lassen, als auch nur ein Haar dieses silberblonden Schopfes in Gefahr zu bringen, aber er wußte schon seit Jahren, daß Anstand nicht gerade seine stärkste Seite war. Er brauchte das Geld – so standen die Dinge. Hunderttausend Dollar waren schließlich keine Kleinigkeit, die man bedenkenlos aus dem Fenster warf. Mit dem Geld konnten er und Jay ein Leben beginnen, wie er es sich immer gewünscht hatte. Davon konnten sie eine Ranch anzahlen und mit Rindern bestücken. Er dachte im Traum nicht daran, sich und seinem Sohn die Chance auf ein schönes Leben zu vermasseln, und schon gar nicht, weil es irgendeiner attraktiven Puppe gelungen war, sich in eine Situation zu bringen, die ihr Tod sein konnte. Er hatte mehr für sie getan, als man von ihm erwarten konnte, als er sie ins Lager mitgenommen hatte, obwohl ihm sein gesunder Menschenverstand gesagt hatte, sie bewußtlos im Dschungel liegen zu lassen. Irgendein längst begrabener Kavaliersinstinkt hatte jedoch die Oberhand gewonnen, und zum Erstaunen seiner Männer hatte er sie aufgehoben und auf die Ladefläche

che des Jeeps geworfen. Und wie jede impulsive Handlung erwies sich auch diese als eine Katastrophe von erheblichem Ausmaß.

Von dem Moment an, als er sie ins Zelt getragen und den Schein seiner Taschenlampe auf sie gerichtet hatte, war ihm klar gewesen, daß Probleme auf ihn zukommen würden. Die nässenden roten Kratzer und Striemen konnten ihre langgliedrige Schönheit nicht verbergen, und er fühlte eine erste unerwünschte Regung der Begierde, als er ihr die zerfetzten Kleider ausgezogen hatte. Außerdem schwärmte er schon immer für Blondinen. Nach der Rettung aus dem Dschungel war es jetzt seine Aufgabe, für das verletzte und hilflose Mädchen, wenn auch gegen seinen Willen, die Verantwortung für ihr Wohlergehen zu übernehmen. Folglich hatte auch nur er ihre Wunden behandelt und sich gesagt, er könne sich viel Ärger unter den Männern ersparen, der einzige zu sein, der in ihre Nähe kam. Bisher war er überzeugt davon, seine Triebe absolut unter Kontrolle zu haben, aber natürlich hatte er beim besten Willen nicht ahnen können, daß die kleine Hexe ihn unter dem Vorwand eines Alptraums in ihr Bett locken und dann auf eine Art und Weise mit ihm umgehen würde, der kein Mann aus Fleisch und Blut hätte widerstehen können. Die rasende Lust, die sie in ihm wachgerufen hatte, hatte eine augenblickliche Befriedigung verlangt. Und es war aufregender als alles, was er seit Jahren an Sex erlebt hatte. Allein die Erinnerung an diesen zarten, seidigen Körper reichte aus, um seinen Mund trocken werden zu lassen. Es wäre sein Untergang gewesen, wenn er sich ihren Körper nicht aus dem Kopf geschlagen hätte. Von jetzt an würde er sich von ihr fernhalten. In weniger als drei Wochen würde er seine Aufgabe hinter sich gebracht haben und dann wieder in den guten alten Vereinigten Staaten sitzen und genug Geld haben, um sich jede Frau auf Erden zu kaufen.

Entscheidend war im Moment seine Arbeit, nicht die Frau, sagte sich Sam, und es war eine Arbeit, die nur eine Elitetruppe durchführen konnte. Es hatte ihn drei Monate gewissenhafter Bemühungen gekostet, seine Truppe zusammenzustellen, fünfzehn Mann außer ihm. Weitere drei Monate hatte er damit verbracht, sie auszubilden. Soldaten, die für Geld kämpfen, gedungene Killer, wenn man es so wollte, waren die absoluten Profis überhaupt. Das mußten sie sein, weil ihr Leben davon abhing, was sie konnten. Aber der Erfolg hing davon ab, wie gut die Gruppe aufeinander eingespielt war, wie gut sie als Team funktionierte.

Sam als ihr Anführer wurde für seine Bemühungen gut entlohnt, die Hälfte im voraus – fünfzigtausend erwarteten ihn bereits in einer amerikanischen Bank – und die andere Hälfte bei Erledigung. Plus Spesen, verstand sich, und die waren bereits ganz beträchtlich gewesen. Die Männer bekamen weniger, Beträge zwischen zehn- und fünfzigtausend, je nachdem, wie hoch Sam ihren Beitrag einschätzte. Bisher war alles wie am Schnürchen gelaufen. Es war ihnen gelungen, in das Land einzureisen, ohne Aufmerksamkeit zu erregen, und sie hatten ihr Basislager aufgeschlagen und die Räder allmählich in Bewegung gesetzt. Bald würde alles vorbei sein. Der einzige Haken an diesem blendend eingefädelten Plan war die Frau.

Meuchelmord war nicht direkt sein Bier, aber das Angebot war ihm zu einem Zeitpunkt gemacht worden, zu dem er dringend Geld gebraucht hatte. Er gestattete sich keine Reue. Eine Gruppe von ungenannten Geldgebern war bereit, dafür zu zahlen, und zwar gut zu zahlen, daß Thomas Kimo, einer der herausragendsten Anführer der rhodesischen Rebellen, auf eine Art und Weise getötet wurde, die den Anschein erweckte, als hätten Anhänger eines rivalisierenden Rebellenführers die Tat begangen. Das Warum und Wozu war nicht näher erklärt worden, aber Sam konnte sich denken, daß der Mord dazu dienen sollte, einen Ausbruch von Kämpfen unter den Revolutionären auszulösen. Während sie damit beschäftigt waren, sich gegenseitig umzubringen, vermutete Sam, würde die herrschende Partei ihren Einfluß auf die Regierung festigen. Wenn er es richtig erraten hatte, war das ein guter und erfolgversprechender Plan. Nicht, daß es ihn näher interessiert hätte. Politische Überzeugungen waren der Todeskuß für einen Berufssoldaten.

»Sam?« Frank Leads, sein stellvertretender Kommandeur und ein guter Freund, seit sie 1964 und '65 zusammen in Vietnam gekämpft hatten, war neben ihm aufgetaucht, ohne daß er auch nur einen Laut vernommen hatte. Verdammt noch mal, anscheinend wurde er alt! Zu alt, um solche Spiele noch lange zu spielen. Im vergangenen Monat war er neununddreißig geworden, und er begann es zu spüren...

»Alles in Ordnung?« fragte Frank behutsam.

Sam brummte bejahend. Frank, der neben ihn trat, verhielt sich merkwürdig. Er konnte doch beim besten Willen nicht wissen, was sich gerade abgespielt hatte, oder? Zum Teufel, er wollte es nicht hoffen. Frank wußte, wie er zu Frauen im allgemeinen stand, und er hatte oft seine Ansichten darüber gehört, was für ein Irrsinn es war, Sex und Geschäft miteinander zu verwechseln. Der Mann hätte sich totgelacht...

»Und was hast du jetzt mit ihr vor?«

Sam verzog den Mund. Frank wußte es also.

»Wie bist du dahintergekommen? Über Radar?« fragte er trocken.

Frank schnaubte und lief naben Sam her, der sich weiter vom Lager entfernte. »Wozu? Ihr Wimmern war im ganzen Lager zu hören – wie eine Katze, die sich verbrannt hat. Du mußtest sie entweder umbringen oder bumsen, und irgendwie dachte ich nicht, daß du sie umbringst.«

»Hm.« Sam dachte wieder daran, wie lustvoll sie am Schluß aufgeschrien hatte. Ihr Schrei hatte ihm den Rest gegeben, aber wenn er jetzt daran zurückdachte, mußte es wirklich verdammt laut gewesen sein. Verblüfft stellte er fest, daß die Röte in seine Wangen stieg. Himmel, er wurde wahrhaftig rot! Gott sei Dank, daß es dunkel war. Wenn Frank gesehen hätte, daß er errötete, hätte er sich das für den Rest seines Lebens anhören müssen.

»Und was hast du jetzt mit ihr vor?« wiederholte Frank geduldig seine Frage.

Sam schnitt eine Grimasse. »Zum Teufel, was könnte ich schon tun? Nichts.«

»Was soll das heißen – nichts?« explodierte Frank, nachdem er im ersten Moment bestürzt geschwiegen hatte. »Du kannst doch nicht einfach gar nichts unternehmen. Sie könnte die ganze Sache vermasseln!«

»Was schlägst du denn vor?« Sam hatte das Thema satt. Er hätte sich am liebsten einen Tritt dafür verpaßt, daß er sie überhaupt mit ins Lager genommen hatte, ganz zu schweigen davon, was inzwischen passiert war…

»Wir müssen sie uns vom Hals schaffen. So oder so. Wenn du zu zimperlich bist, mache ich es – und zwar jetzt gleich.«

»Nein!« Sams Ablehnung kam in einem scharfen Ton heraus. »Verdammt noch mal, ich habe mir all das gerade selbst überlegt. Sie hat nichts getan, was ihren Tod rechtfertigen würde, und wenn wir sie laufen lassen, können wir uns nicht absichern, daß sie auch wirklich den Mund hält. Also bleibt sie.«

Frank seufzte tief. »Ich hatte von Anfang an das Gefühl, daß du das sagen würdest. Meinetwegen, du bist für sie verantwortlich. Ich hoffe nur, du weißt, was du tust. Aber dir muß klar sein, daß es ihretwegen Ärger mit den anderen Kerlen gibt. Manche von ihnen können keine Frau auf der Straße sehen, ohne sofort außer sich zu geraten.«

»Ich weiß«, antwortete Sam nachdenklich. »Sie darf ihnen nicht über den Weg laufen – vielleicht muß sie einfach in ihrem Zelt bleiben. Riley könnte sie sozusagen bewachen – ihm kann das nichts anhaben.«

Frank lachte schallend. Riley Bates und sein mangelndes Interesse am anderen Geschlecht waren schon in all den Jahren, seit sie ihn kannten, Grund zur allgemeinen Belustigung. Gerüchteweise hieß es, er sei in Korea auf eine Mine getreten und hätte dabei seine entscheidenden Körperteile verloren. Vielleicht stimmte das, aber wahrscheinlich nicht. So oder so war der Mann ein höllisch guter Soldat, und in einer Situation wie dieser war das das einzige, was zählte.

»Eine gute Idee. Aber ab und zu wird sie das Zelt verlassen müssen, du weißt schon, der Ruf der Natur und so.« Frank senkte die Stimme ein wenig und wirkte plötzlich verlegen.

Sam grinste, und seine Zähne blitzten in der Dunkelheit auf. Es tat ihm gut zu wissen, daß er nicht der einzige war, den die Anwesenheit einer Frau in ihrer Mitte jugendlich erröten ließ. »Dann kann sie das Zelt verlassen – mit Riley als Begleiter«, sagte er. »Das wird ihm guttun.«

Beide Männer lachten über das unwiderstehliche Bild, das diese Vorstellung heraufbeschwor, und sie grinsten immer noch, als sie das Lager erreicht hatten. In den Zelten war es still. Frank gähnte, klopfte Sam auf die Schulter und machte sich auf den Weg ins Bett. Sam drehte noch eine schnelle Runde um das Lager, um sich zu vergewissern, daß die Männer, die Wache halten sollten, auch wach und auf der Hut waren. Dann legte auch er sich hin.

Die Sonne schien, als Lisa am nächsten Morgen aufwachte, sich streckte und gähnend die Augen aufschlug. Trotz ihrer Schmerzen fühlte sie sich so entspannt und zufrieden wie eine Katze auf der Ofenbank. So gut hatte sie sich seit Jahren nicht mehr gefühlt, dachte sie verwundert, seit ihrer Heirat nicht mehr. Worin mochte bloß der Grund für dieses köstliche Gefühl von Wohlbefinden liegen? Was...

Plötzlich stellte Lisa fest, daß sie unter der Decke vollständig nackt war. Ihre Hand glitt ungläubig unter die Zudecke, und auf ihrem Bauch und ihren Schenkeln spürte ihre Hand eine klebrige Nässe. Sie erbleichte. Dunkle Erinnerungen an einen starken, rücksichtslosen Männerkörper durchzuckten sie. Lieber Gott, was hatte sie bloß getan? Sie hatte doch nicht etwa – nein, das durfte einfach nicht wahr sein – einen vollkommen fremden Mann mehr oder weniger vergewaltigt? Bruchstücke dessen, was sie in der vergangenen Nacht getan hatte, liefen vor ihren Augen ab wie ein unfertiger Film. Ihr blasses Gesicht lief knallrot an. Wie hatte sie nur so ... so vollkommen schamlos sein können? Ihn anzuflehen, sie zu lieben, ihn so zu berühren, wie sie ihn berührt hatte!

Lisa schloß die Augen und stöhnte. Wovon war sie bloß besessen gewesen? Wie konnte es sein, daß sie, die gewöhnlich so kühl und zurückhaltend war, sich derart ungenierlich benommen hatte? Und dann auch noch mit einem solchen Mann! Einem gewöhnlichen Soldaten, um Himmels willen! Aber sie wußte, daß es die Wahrheit war.

Lisa zog sich stöhnend die Decke über den Kopf, sie wollte am liebsten nichts mehr von dieser Welt wissen. Was mußte er sich bloß gedacht haben? Und wie dachte er jetzt über sie?

Ganz allmählich braute sich Wut in ihr zusammen. Vielleicht war Sam nicht ganz so unschuldig an alledem, wie sie im ersten Moment geglaubt hatte. Schließlich wußte sie von zwei Spritzen, die er ihr gegeben hatte, und sie konnte nicht sagen, wie viele es vorher schon gewesen waren. Wer hätte sagen können, was er ihr injiziert hatte? Vielleicht hatte er sie absichtlich dahin gebracht und auf eine solche Reaktion gehofft? Jedenfalls war sie gestern nacht nicht klar bei Verstand gewesen, soviel stand fest, und das mußte auch er gewußt haben. Sie derart auszunutzen war schlechtweg eine Abscheulichkeit.

Als sie Schritte auf dem weichen Boden direkt vor dem

Zelt hörte, steckte sie den Kopf aus der Decke heraus. Trotz aller vernunftgemäßen Auslegungen wurde sie scharlachrot, und die Hände, die die Decke umklammerten, zitterten. Sie rechnete jetzt jeden Moment damit, die allzu vertraute Gestalt in ihr Zelt treten zu sehen. Statt dessen wurde nur ein Kopf durch die Öffnung gesteckt, und es war keineswegs der arrogante, schwarzhaarige Kopf, den sie erwartet hatte. Ihr Blick fiel statt dessen auf eine Halbglatze, die von einem grauwerdenden Haarkranz umgeben war, und die Augen, die sie ansahen, waren braun. Es war nicht das Kobaltblau, das ihre Haut prickeln ließ, wenn sie nur daran dachte.

»Wer... wer sind Sie?« fragte sie mit matter Stimme und war plötzlich besorgt. So peinlich ihr Sams Erscheinen auch gewesen wäre, zumindest wäre er ihr nicht fremd gewesen. Dieser Mann dagegen war ein Unbekannter, und nach ihren allerletzten Erfahrungen setzte sie kein allzu großes Vertrauen in Fremde.

»Riley Bates heiße ich.« Er trat beim Antworten ein. Seinen Tonfall konnte man unter keinen Umständen als freundlich auslegen, doch Lisa wurde ruhiger, als sie den Namen hörte. Sam hatte ihn gestern gerufen, ehe...

»Was wollen Sie?« Sie richtete sich behutsam auf. Ihre Augen musterten Riley Bates. Er war hager und gebeugt und sah aus, als sei er mindestens fünfzig. Er trug eine Khakiuniform wie Sam.

»Hunger?« fragte er barsch. Lisa dachte kurz darüber nach und nickte dann. »Ich bringe Ihnen etwas zu essen.«

Während er fort war, rätselte Lisa an seiner Haltung herum. Er behandelte sie entschieden feindselig – aber warum nur? Ihres Wissens hatte sie nichts getan, was er als Beleidigung hätte auffassen können. Vielleicht ärgerte es ihn, daß er sie bedienen mußte. Aber vielleicht mochte er auch einfach Frauen nicht.

Ehe sie sich diese Frage beantwortet hatte, kam Riley zurück und hielt ihr einen Blechnapf hin. Lisa war in der Klemme. Wenn sie ihm den Teller abgenommen hätte, hätte sie ihre Decke loslassen müssen, und das war absolut unmöglich. Sie biß sich auf die Lippen. Riley erkannte ihr Problem, schnaubte und stellte den Teller auf die Kiste neben dem Bett. Er hatte eine Gabel und einen Becher mitgebracht, von dem sie hoffte, daß er Kaffee enthielt. Dann wandte er sich wortlos ab und ging.

Diesmal machte sich Lisa keine Gedanken über seine Motive. Schon beim Anblick des Essens hatte ihr Magen zu knurren begonnen, und sie spürte, daß ihr das Wasser im Mund zusammenlief. Eilig stand sie auf, schlang sich die Decke wie einen Sarong um den Körper und setzte sich dann auf die Pritsche, um zu essen.

Ein weniger gieriger Magen hätte sich von dem einschüchtern lassen, was auf dem Teller lag. Es war ein gummiartiger weißlicher Haufen, den sie eilig probierte – vielleicht Rühreier? Wenn ja, dann waren es zweifellos die schlechtesten, die sie je gegessen hatte, und die Würste – sie hoffte zumindest, daß es welche waren – schmeckten genauso schlecht. Wenn sie nicht absolut ausgehungert gewesen wäre, hätte sie noch nicht einmal versucht, dieses Essen herunterzuwürgen. Sie hatte allerdings den Verdacht, daß sie ohnehin nichts anderes bekommen hätte. Daher kämpfte sie gegen ihre Übelkeit an und aß. Der Kaffee war halbwegs passabel, heiß und stark und großzügig gezuckert.

»Das ist für Sie.«

Riley kam mit ein paar Kleidungsstücken zurück. Er war, wenn das überhaupt möglich war, noch brummiger als vorher. Lisa sah ihn zweifelnd an, als er die Kleider neben sie auf das Bett warf.

»Danke.«

»Bei mir brauchen Sie sich nicht zu bedanken, Fräulein«, schnaubte Riley. »Das hier ist ein Militärlager, und Sie können nicht unbekleidet rumlaufen, ganz gleich, was Sie sonst gewohnt sind. Sie können sogar, wenn Sie es genau wissen wollen, überhaupt nicht rumlaufen. Sie bleiben hier in diesem Zelt, und einmal am Tag gehe ich zusammen mit Ihnen raus. Ansonsten setzen Sie keinen Fuß ins Freie. Kapiert?«

Lisa starrte ihn an. Sie sollte im Zelt bleiben – das mußte ein schlechter Witz sein. Es war jetzt schon stickig hier, und sie hatte das sichere Gefühl, daß es im Lauf des Tages unerträglich heiß werden würde. Das konnte doch nicht sein Ernst sein! Und überhaupt, wer zum Teufel war denn dieser Riley Bates? Sie konnte nicht glauben, daß er hier die Befehle erteilte.

»Wo ist Sam?« fragte sie kühl und reckte ihr Kinn in die Luft. Es war ihr zwar peinlich, ihn wiedersehen zu müssen, aber er war wenigstens freundlich, und er hatte bestimmt mehr zu sagen als dieser seltsame Zwerg.

»Sam hat zu tun. Er hat keine Zeit mehr für Sie. Und außerdem kommt der Befehl von *ihm*. Er ist kein Mann, dessen Urteil sich durch ein bißchen Fummeln trüben läßt.«

Lisa starrte ihn wie gelähmt an. Röte stieg in ihr auf. Seine Worte und sein Tonfall machten deutlich, daß er wußte, was sich gestern nacht zwischen ihr und Sam abgespielt hatte. Gütiger Himmel, hatte dieses eingebildete

Geschöpf etwa noch vor dem ganzen Lager damit geprahlt, wie leicht sie zu haben war? Sie stellte sich vor, wie Sam ihr Verhalten bis in die intimsten Einzelheiten beschrieb, während eine Runde von Männern hämisch lachte. Als sie sich das erst in allen Farben ausgemalt hatte, war Lisa nur zu gern bereit, im Zelt zu bleiben. Nur gewaltsam würde sie sich aus dem Zelt hinauszerren lassen!

»Haben Sie verstanden?« fragte Riley selbstzufrieden.

Lisa brachte nicht mehr als ein Nicken über sich. Sowie Riley das Zelt verlassen hatte, schlug sie sich die Hände vor das glühende Gesicht und wünschte, der Boden würde sich vor ihren Füßen öffnen und sie verschlingen.

Der Rest der beiden Wochen, die sie für ihren Rhodesienaufenthalt geplant hatte, ging in einem Taumel des Unbehagens, der Unannehmlichkeiten und der echten Peinlichkeiten vorüber. Erst als der Dienstag, für den sie ihre Ausreise geplant hatte, kam und vorüberging und mit keinem Wort davon die Rede war, wann – oder ob – ihr die Rückkehr in die Zivilisation gestattet würde, begann es Lisa zu dämmern, daß sie wirklich wie eine Gefangene gehalten wurde. Erst ging sie diplomatisch vor, doch als Riley sie ignorierte und so tat, als sei er stocktaub, äußerte sie sich immer heftiger. Lisa forderte ihre Freilassung oder zumindest die Genehmigung, ihrer Familie eine Nachricht zukommen zu lassen, daß sie in Sicherheit war. Wenn ihr Großvater erst hörte, was den Blass' zugestoßen war – und sie war sicher, daß er es inzwischen, nach fast zwei Wochen, erfahren hatte –, würde er vor Sorge außer sich sein. Wahrscheinlich würde er sogar ihren Tod betrauern, denn ihres Wissens nach konnte er nicht ahnen, daß sie das schreckliche Los der Familie nicht teilen mußte... Vielleicht brachte der Schock ihn sogar um. Trotz der lebhaften Fassade war er ein alter Mann, und Lisa war alles, was ihm auf Erden noch geblieben war. Riley ging nicht auf ihre Anweisungen, ihr inständiges Flehen oder ihre gelegentlichen Bestechungsversuche ein. Er hatte eindeutig keinerlei Absicht, ihr zu helfen, und er war ihr einziger Kontakt zu Sam, der hier die Befehle erteilte. Es war so hoffnungslos, daß Lisa sich alle Bemühungen sparen konnte.

In all der Zeit waren die täglichen Demütigungen beinahe unerträglich. Wenn sie das Zelt unter Rileys Aufsicht verließ, zeigte ihr das hämische Grinsen auf den Gesichtern der Männer, an denen sie vorbeikam, deutlich, daß ihre Nacht mit Sam allgemein bekannt war. Ebenso klar war, daß sie glaubten, sie sei für jeden zu haben. Sie vermutete, daß sie es nur Rileys ständiger Bewachung zu verdanken hatte, wenn auf die Anträge, die sie hörte, keine Taten folgten.

Sam sah sie nur aus der Ferne. Schon allein der Anblick seiner großen, breitschultrigen Gestalt ließ ihren Puls schneller schlagen. Sie verspürte einen übermächtigen Drang, ihm etwas anzutun – sein dunkles Gesicht zu ohrfeigen, bis es brannte und glühte.

In einem Punkt hatte sie recht gehabt – es war heiß im Zelt. Ihre eigene Nylonunterwäsche, die sie täglich wusch, war halbwegs kühl, aber in der abgelegten Uniform konnte sie es vor Hitze kaum ertragen. Sie war aus schwerem Stoff und viel zu groß. Eines Tages verschaffte sie sich Erleichterung, sie zog an den Ärmeln und den Hosenbeinen, bis sie abrissen. Sie wußte, daß sie schrecklich darin aussehen mußte, aber zumindest war sie etwas luftiger gekleidet.

Riley war außer sich, als er sah, was sie getan hatte. Er drückte seine Mißbilligung nachhaltig aus und weigerte sich, so mit ihr ins Freie zu gehen. Er beendete seine Schimpftirade mit der Drohung, er werde zu Sam gehen und ihm mitteilen, daß sie einmal mehr versuchte, mit ihren Hurentricks zu arbeiten. Er hatte einen wunden Punkt getroffen, und Lisa brauste auf.

»Dann können Sie Ihrem hochgeschätzten Sam auch gleich sagen, daß er sich zum Teufel scheren soll«, fauchte sie mit bebender Stimme. »Mir ist vollkommen egal, was Sie oder er oder der Rest von diesen Viechern hier glauben. Ich verachte euch alle bodenlos!«

Mit diesen Worten brach sie in Tränen aus. Riley sah sie so entgeistert an, als sei ihr plötzlich ein zweiter Kopf gewachsen.

»Scheren Sie sich raus!« schluchzte Lisa wütend. Nach einem kurzen Zögern ging er.

Die Tränen versiegten sofort. Lisa schnappte nach Luft, zog die Nase hoch und wischte sich die Augen. Worüber weinte sie denn überhaupt? Sie war am Leben, halbwegs in Sicherheit und versorgt, und sie war realistisch genug, um zu erkennen, daß ihre Lage unermeßlich viel schlimmer hätte sein können. Ihre einzigen akuten Probleme bestanden in ihrer Anspannung und ihrem physischen Unwohlbefinden, und beides ließ sich beheben. Ein langer Spaziergang an der frischen Luft oder eine prickelnde heiße Dusche hätten schon ausgereicht. Lisa dachte sehnsüchtig an ein kühlendes Spray, das an ihrem Körper herunterfloß, sie gründlich durchnäßte und sie reinigte. Das einzige Bad, das sie seit mehr als zwei Wochen genommen hatte, war ohnehin nicht mehr als eine flüchtige Wäsche. Auch ihr Haar hätte es gebrauchen können, wieder einmal gewaschen zu werden.

Lisa hatte bei dem täglichen Gang zu der Kalkgrube, die ihr als Toilette diente, nicht allzuweit entfernt einen kleinen Bach entdeckt. Urplötzlich entschloß sie sich, sich diesen Spaziergang zu gönnen und ein Bad zu nehmen. Wenn Riley oder Sam oder sonst jemand etwas dagegen hatte, dann war ihr das nur um so lieber.

Sie packte ihr kostbares kleines Stück Seife und das rauhe Handtuch und sah vorsichtig durch die Zeltöffnung. Es war noch früh am Nachmittag, eine Zeit, zu der das Lager im allgemeinen menschenleer war. Sie wußte, daß Riley irgendwo in der Nähe war, aber sie sah ihn nirgends. Wahrscheinlich bot sich ihr nie mehr eine bessere Gelegenheit, sich unbeobachtet davonzuschleichen. Wenn sie Glück hatte, würde niemand je erfahren, daß sie Sams Befehle mißachtet hatte. Sowie sie ihr Bad genommen hatte, konnte ihr das schließlich auch egal sein.

Lisa genoß die Sonne und die frische Luft, den blauen Himmel und die grüngoldene Landschaft, die so typisch für diesen abgelegenen Zipfel Erde war. Bunte Vögel flogen von Ast zu Ast, und riesige Schmetterlinge schwirrten um sie herum. Einen Moment lang dachte sie an Schlangen, als sie durch das hohe Gras lief, doch diese Möglichkeit verwarf sie sofort wieder. Jetzt wollte sie nur noch diesen ersten Moment ihrer Freiheit auskosten.

Sie erreichte den klaren, seichten Bach, der in der Sonne glitzerte. Lisa sah sich um, stellte zufrieden fest, daß sie allein war, und legte ihre Kleider eilig ab. Eine angeborene Schamhaftigkeit veranlaßte sie, ihren pfirsichfarbenen BH und ihren Slip aus Nylon und Spitze anzulassen. Mit keinem der Bikinis, die sie besaß, wäre sie bekleideter gewesen.

Das Wasser reichte ihr an der tiefsten Stelle nur bis an die Schultern. Sie tauchte unter die Oberfläche, seifte sich das nasse Haar ein und spülte die Seifenlauge wieder ab. Als sie sich von Kopf bis Fuß gewaschen hatte, planschte sie fröhlich im Wasser herum. Schließlich ließ sie sich auf dem Rücken treiben, und ihr langes Haar wirkte wie bleicher Seetang auf der Wasseroberfläche. In der Lage konnte sie zum Himmel aufblicken, und eine Zeitlang vergnügte sie sich damit, Bilder in den weißen Wolken zu suchen. Erst als der lange Schatten eines Baumes am Ufer auf ihr Gesicht fiel, merkte sie, wie schnell die Zeit vergangen war. Rötliche Streifen begannen über den Himmel zu ziehen, und sie konnte die Sonne nicht mehr sehen. Es mußte kurz vor Einbruch der Dämmerung sein. Lisa stand auf, strich sich das tropfnasse Haar aus dem Gesicht und stellte bedrückt fest, daß es an der Zeit war, wieder zurückzugehen. Wenn man sie bisher nicht vermißt hatte, war das schon ein Wunder, und sie fand eine Auseinandersetzung mit Riley gar nicht verlockend – und hundertmal schlimmer, wenn sie es mit Sam zu tun bekäme. Eilig watete sie ans Ufer. Es blieb ihr keine Zeit mehr, sich hinzulegen und ihre Unterwäsche genüßlich trocknen zu lassen, wie sie es vorgehabt hatte. Lisa zitterte, als sie ihren BH öffnete und ihren Slip auszog, beides auswrang und nach dem Handtuch griff, um sich trockenzureiben. Die Kratzer auf ihren Armen waren so gut wie verheilt. Auch ihr Rücken war wieder halbwegs in Ordnung, obwohl sie Rileys unwillig vorgebrachtes Angebot, die Verletzungen zu behandeln, rundheraus abgelehnt hatte. Als Lisa sich bückte, um ihre Unterwäsche aufzuheben, sah sie die beiden Männer.

Sie trugen Uniformen. Sie hatten sie eindeutig beobachtet. Lisa errötete, hob eilig das Handtuch wieder auf und hielt es vor sich, um ihren Körper vor ihren gierigen Blicken zu schützen. Die Art, wie sie dastanden und sie mit glasigen Augen anstarrten, ja, sogar ihr Schweigen, versetzte sie in Panik. Sie wich langsam zurück. Einer der Männer, der mit dem rohen Gesicht und dem kräftigen Körper, folgte ihr. Er kam ihr irgendwoher bekannt vor. Der andere Mann, der jünger und schlanker war, bewegte sich jetzt auch in ihre Richtung. Sie pirschten sich an sie heran.

Lisas Herz pochte laut. Sie wich zurück, bis ihr Fuß ins Wasser trat. Sie sah sich verzweifelt um und stellte fest, in keine Richtung davonlaufen zu können. Der schmale Bach konnte ihr auch keinen Schutz bieten. Sie hoffte nur, daß Riley ihr Verschwinden bemerkt hatte und gerade in der Nähe nach ihr suchte. Sie holte tief Atem und machte den Mund auf, um zu schreien. Zu ihrem Entsetzen entrang sich ihrer trockenen Kehle nur ein erstickter Laut. Der ältere Mann, der ihr wie ein Affe vorkam, lächelte. Seine Augen waren klein und wäßrig blau. Sein Haar war weißlich. Lisa starrte ihn an. Als er noch einen Schritt näher auf sie zukam, drehte sie sich um und wollte fortlaufen, aber in dem Moment stürzten sich die beiden auf sie.

Ehe sie schreien konnte, legte sich eine verschwitzte Handfläche auf ihren Mund und erstickte jeden Aufschrei. Lisa trat um sich, kratzte und wand sich, als sie in das hohe Gras am Ufer geworfen wurde.

Als sie spürte, daß das Gras ihren nackten Rücken

sanft streifte, stemmte sie die Füße auf und warf sich nach vorn.

»Was ist denn los, Schätzchen? Sind wir dir nicht schön genug?« höhnte der weißhaarige Mann atemlos, und sie wurde mit lachhafter Leichtigkeit wieder zu Boden geworfen. Er ließ sich sofort auf sie fallen, und sein Gewicht verschlug ihr den Atem. Lisas Nägel wandten sich instinktiv und unbeirrbar seinen Augen zu.

»Halt ihr die Hände fest!« brüllte der Mann, und der Jüngere eilte hinzu, um seinem Wunsch nachzukommen. Er lachte, während er Lisas Arme über ihren Kopf zog.

»Nein, nein, nein!« Sie warf ihren Kopf heftig von einer Seite zur anderen und konnte selbst jetzt nicht glauben, daß das Undenkbare, diese Vergewaltigung, tatsächlich stattfinden sollte. Sie zwang ihren Körper mit aller Gewalt, still liegen zu bleiben, als seine Beine in der Khakihose ihre Schenkel auseinanderpreßten. Vielleicht konnte sie ihn doch noch überrumpeln.

»So ist es schon besser«, knurrte er beifällig, als sie sich anscheinend ergab, und seine Hand fummelte an seinem Reißverschluß herum. Lisa hatte plötzlich keine Hand mehr auf dem Mund und öffnete ihn, um zu schreien. Dieses Schreien erstickte er mit seinem Mund, der sich schleimig und übelriechend auf ihre Lippen legte. Seine Zunge stieß sich zwischen ihre Zähne. Seine Hände fanden ihre Brüste und kniffen brutal in die zarten Brustwarzen. Ihr Körper wand sich immer noch protestierend, und ihr bloßer Rücken schabte sich schmerzhaft am Boden auf. Dann spürte sie zu ihrem Entsetzen sein heißes, pochendes Glied an ihrem Oberschenkel.

Sie biß in seine Zunge. Es war ein so einfaches und naheliegendes Vorgehen, daß Lisa kaum glauben konnte, weshalb sie nicht eher darauf gekommen war. Er schrie, und seine Hände schnürten ihr die Kehle zu. Sie ließ nicht los. Sein Partner zerrte an ihrem Haar, und ihr Opfer brüllte und drückte ihr die Kehle weiterhin zu. Ihr Hals tat furchtbar weh, und Lisa wußte, daß er ihre Luftröhre bald zermalmen würde, wenn sie nicht nachgab. Sie war gar nicht mehr sicher, ob sie ihre Zähne noch auseinandergebracht hätte, selbst dann nicht, wenn sie es gewollt hätte. Außerdem hatte sie seltsamerweise keinerlei Bezug mehr zu dem, was hier geschah. Mit weitaufgerissenen, glasigen Augen starrte sie in das schmerzverzerrte Gesicht, das über ihr zusehends verschwamm. Wann hatte sie das letzte Mal geatmet? Wie lange...

»Lutz!« Dieses Gebrüll drang selbst in Lisas schwindendes Bewußtsein vor.

»Verdammte Scheiße, das ist Eastman!« murrte der Jüngere.

Lisa spürte, daß sich die Hände, die ihren Hals umklammert hielten, lösten, und sie verrollte die Augen in die Richtung, aus der der Schrei gekommen war. Es *war* Sam... Der weißhaarige Mann wälzte sich seitlich von ihr und stand dann wankend auf. Er hatte sich eine Hand vor den Mund gehalten. Lisa sah Blut durch seine Finger rinnen und von seinem Kinn tropfen. Als sie mühsam Atem holte, war sie selig. Sie hoffte nur, ihn ernstlich verletzt zu haben.

Beide Männer waren inzwischen aufgesprungen und standen Sam gegenüber. Ihre Rücken waren ihr zugewandt. Lisa wollte auch aufstehen, aber zu ihrem Entsetzen konnte sie sich nicht rühren. Ihre Glieder waren wie gelähmt, und bebend blieb sie auf dem Boden liegen, so nackt und hilflos wie ein frischgeborener Säugling.

»Geht ins Lager zurück.«

Der barsche Befehl, der sich an ihre Angreifer richtete, kam von Sam. Sein Gesicht war versteinert, seine Augen so hart wie Achate, als er die beiden Männer ansah. Er wirkte groß und stark und äußerst gefährlich, als er mit leicht gespreizten Beinen dastand und die Arme vor der Brust verschränkt hatte. Lisa war nur zu dankbar, daß sein Zorn nicht ihr galt.

»Sie hat uns dazu aufgefordert«, winselte der Jüngere.

»Ja, sie hat sich nackt ausgezogen, während wir zugesehen haben. Was hätten wir denn tun sollen?« fügte der weißhaarige Mann verdrossen hinzu.

»Ich habe gesagt, ihr sollt ins Lager zurückgehen!« Diesmal klang Sams Stimme wie ein Peitschenknall.

Lisa machte den Versuch zu bestreiten, was die Männer gesagt hatten, aber sie brachte keinen Ton heraus. Sie konnte nur sprachlos zusehen, wie die beiden Männer sich auf den Rückweg machten, wobei der Ältere immer noch eine Hand vor den Mund hielt und mit der anderen an seinem Hosenlatz herumfummelte.

Sam schlenderte näher, bis er direkt über ihr stand und sein Körper ihr die Sicht auf den Himmel vollständig versperrte. Er sah so angewidert auf sie herab, als sei sie ein Stück stinkenden Drecks, das er vor seiner Haustür gefunden hatte. Lisa stellte wutentbrannt fest, daß er glaubte, was diese Schufte gesagt hatten. Sie konnte nichts anderes als Verachtung in Sams blauen Augen lesen, seinen Abscheu, als seine Blicke über ihren Körper glitten, der nackt, mit blauen Flecken und gespreizten Beinen regungslos im Gras lag.

»Steh auf.« Es war ein barscher Befehl. Lisa blinzelte. Sie konnte sich nicht rühren. Ihre Muskeln schienen wirklich gelähmt zu sein.

»Steh auf!« Seine Stimme war beißend wütend, und seine Augen sprühten vor Zorn. Lisa fuhr sich mit der Zunge über die trockenen Lippen und schloß die Augen.

Lisa nahm seine Hände wahr, die eilig über ihren Körper glitten. Sie schlug die Augen auf und sah Sam neben sich knien. Seine Augen funkelten immer noch vor Wut. Er fuhr mit seinen Fingern behutsam über ihren schmalen Brustkorb und dann über die langen Arme und Beine. Lisa zuckte vor seiner Berührung zurück, stöhnte und schlang die Arme um sich – die uralte Geste einer Frau, die sich schützen will. Sam zog seine Hände sofort zurück.

»Bist du verletzt?« fragte er in einem scharfen Tonfall. Lisa starrte ihn mit einem wilden Blick an; sie konnte nicht mehr zwischen Freund und Feind unterscheiden.

»Ich habe gefragt, ob du verletzt bist?« Seine Stimme war barsch. Lisa holte Luft und schüttelte verneinend den Kopf. Ihre Lippen bebten heftig. Sie brachte kein Wort heraus.

»Bist du sicher?« Ein Muskel zuckte neben seinem Mundwinkel, und die Lippen waren fest aufeinandergepreßt. Offensichtlich konnte er sich nur mit größter Mühe zusammenreißen. Lisa zitterte, denn ihr war nur zu klar, daß sich seine aufbrausende Art auch gegen sie persönlich richtete.

»Ich... ich bin sicher.« Sie preßte die Worte gewaltsam durch ihre zusammengebissenen Zähne. Sie wollte nichts anderes, als die Augen schließen und schlafen, um diese gräßliche Geschichte für den Moment zu vergessen.

»Sie sind wohl roher mit dir umgegangen, als es dir paßt?« fauchte er. Lisa schnappte nach Luft und zuckte zusammen, als hätte er sie geohrfeigt. Er konnte doch nicht im Ernst glauben, daß sie das, was passiert war, selbst so gewollt hatte, oder? Ihr Blick glitt forschend über sein Gesicht und suchte vergeblich nach einem Anzeichen von Milde.

»Wenn du es wirklich so dringend wolltest, Schätzchen, dann hättest du mir nur Bescheid sagen müssen. Es wäre uns schon etwas eingefallen«, sagte er gedehnt.

Als ihr dämmerte, was er gesagt hatte, ließ die Wut wieder Kraft in Lisas matte Glieder fließen. Keuchend setzte sie sich abrupt auf, ballte die Faust und holte aus. Der Schlag landete auf seinem Nasenrücken.

»Verdammt noch mal!« schrie er auf, und seine Augen verengten sich vor Zorn und Schmerz. »Du kleine Hexe! Dafür sollte ich dich verprügeln!«

Er funkelte sie böse an. Lisa erwiderte seinen Blick.

»Und warum tust du es nicht?« forderte sie ihn atemlos heraus. Sie war zu verärgert, um an die möglichen Folgen zu denken. »Groß genug bist du ja! Komm schon, du Raufbold, schlag mich! Es wäre ja schließlich nicht das erste Mal!«

Sie bebte vor Wut und beachtete nicht, daß er sie mit einer Hand in Stücke hätte brechen können, wenn er es gewollt hätte – und im Moment wirkte er ganz so, als sei er dazu aufgelegt.

»Fordere mich nicht heraus«, schnaubte er. Sein Blick fiel auf ihre nackte, trotzige Gestalt, und er lächelte hämisch.

»Nackt scheinst du dich am wohlsten zu fühlen.« Seine Worte waren so beleidigend wie der Blick, den er über sie gleiten ließ. Lisa sprudelte eine Reihe von Beschimpfungen heraus, von denen keine verständlich war.

»Sie sind über mich hergefallen, du Schwein! Sie haben versucht, mich zu vergewaltigen!« brachte sie schließlich mühsam heraus. Dabei sah sie ihn blutrünstig an. Sie hätte ihn am liebsten auf der Stelle umgebracht.

»Ach, wirklich?« Seine gedehnte Stimme wirkte wie Benzin auf das hell auflodernde Feuer ihres Zorns. »Dann sag mir jetzt eins, Süße: Wenn du an alledem so unschuldig bist, was hast du dann überhaupt hier zu suchen? Wenn ich mich recht erinnere, hast du in deinem Zelt zu bleiben. Und wo sind deine Kleider? Ich sehe sie nirgends rumliegen, als seien sie dir vom Leib gerissen worden, während du dich nach Kräften gewehrt hast. Alle Indizien bestätigen das, was Lutz und Brady behauptet haben: daß du sie dazu aufgefordert hast. Zugegebenermaßen haben sie sich vielleicht etwas zu sehr mitreißen lassen, aber so, wie ich das sehe, liegt das mehr an dir als an ihnen.«

»Du Mistkerl!«

Lisa sprang auf und ballte die Fäuste. Sam sprang genauso schnell auf. Diesmal war er auf Gewalttätigkeit gefaßt. Als sie sich auf ihn stürzte, wich er ihr durch eine Finte aus, packte sie an den Händen und raubte ihr das Gleichgewicht. Dann stieß seine harte Schulter schmerzhaft gegen ihren zarten Bauch. Ehe sie wußte, wie ihr geschah, hatte er sie sich wie ein Feuerwehrmann über die Schulter geworfen. Ihr Kopf baumelte hilflos nach unten, und ihr Haar fiel bis über seine Hüften. Lisa wehrte sich heftig und fluchte, so gut sie es konnte, während sie mit ihren Fäusten auf seinen muskulösen Rücken einschlug. Sein leises, spöttisches Gelächter traf sie wie eine Peitsche, als er sich mit ihr in Bewegung setzte.

»Du hättest mir letztes Mal sagen sollen, daß du es gern roh hast. Ich hätte mich danach gerichtet«, bemerkte er in einem beiläufigen Gesprächston.

Empört ließ Lisa ihre kleinen, scharfen Zähne in seinem Rücken versinken, und es bereitete ihr große Befriedigung, als sie spürte, daß sie durch den schweren Baumwollstoff seines Hemdes in sein Fleisch drangen. Sam stieß einen Schrei aus und klatschte ihr dann so fest auf den Hintern, daß sie anfing zu kreischen.

»Benimm dich«, sagte er, und seine Stimme klang plötzlich erschreckend ernst. »Oder es wird dir noch verflucht leid tun.« Sein grimmiger Tonfall überzeugte sie mehr als jede Drohung davon, daß er es ernst meinte. Lisa war so wütend, daß sie am liebsten auf ihren Nägeln herumgekaut hätte. Er hatte doch nicht etwa vor, sie nackt über seiner Schulter durch das Lager zu tragen?

»Laß mich runter!« befahl sie, und als er weiterging, ohne ihre Worte zu beachten, schrie sie: »Setz mich ab, Sam!«

»Was ist denn? Von Lutz und Brady – und von mir – hast du dich doch bereitwillig nackt betrachten lassen. Erzähl mir jetzt nicht, daß dich ein größeres Publikum stören würde!«

»Verdammt noch mal, sie haben versucht, mich zu vergewaltigen!« schrie sie. Sein hartnäckiges Mißtrauen brachte sie gleichzeitig zur Verzweiflung und in Wut.

»Ja, klar, genau wie ich damals in deinem Zelt, stimmt's?« höhnte Sam mit beißender Stimme. »Schätzchen, du vergißt, daß ich dich in Aktion erlebt habe!«

»Sam, ich schwöre dir, daß ich die Wahrheit sage!« brachte sie in einem letzten, verzweifelten Versuch, ihn davon zu überzeugen, klagend vor. Dann war alles zu spät. Er trug sie durch das Lager. Das Grölen und Johlen der Männer, die sich sofort um sie drängten, schien er nicht wahrzunehmen. Lisa kniff die Augen zu, als eine Woge der Demütigung über sie hinweg schwappte. Sie machte die Augen erst wieder auf, als er sie in seinem Zelt wortlos auf den Boden stellte.

»Sie wollten dich also vergewaltigen, ja?« sagte Sam heiser. »Schätzchen, davon kannst du mich nur überzeugen, indem du es mir beweist.«

3

Diese erbarmungslosen, strahlend blauen Augen durchbohrten sie wie Glassplitter. Lisas Augen dagegen wurden zu großen smaragdenen Tümpeln, als Sam wortlos sein Hemd aufknöpfte. Als er es ausgezogen und hingeworfen hatte, glitt Lisas Blick mit einer Mischung aus Bewunderung und Sorge über die breiten, sonnengebräunten Schultern, die Muskeln seiner Arme und das dunkle Haar auf seiner Brust. Er legte die tödliche Waffe ab, die in einem Halfter unter seiner linken Achsel steckte. Dann legten sich seine Hände auf seine Gürtelschnalle. Mit einer lässigen Bewegung öffnete er sie. Lisa starrte ihn wie hypnotisiert an, und er ließ sie keinen Moment lang aus den Augen, als er den Reißverschluß seiner Hose öffnete.

Plötzlich setzte Lisas Verstand wieder ein. Rühr dich! schrie er, und das tat sie auch. Ihr Mund wurde trocken, als ihr klar wurde, wie er sie auf die Probe stellen wollte. Hastig sprang sie auf, zog mit zitternden Fingern die Decke von der Pritsche und hüllte sich in sie. Sie konnte nicht zulassen, was hier geschah, so nicht – als Experiment, um ihre sexuelle Bereitschaft zu überprüfen. Wenn es dazu kommen sollte, würde seine körperliche Anziehungskraft ihre Vernunft besiegen, die uralte Beherrschung der Frau durch den größeren und stärkeren Mann. Warum führte er sie in diese entsetzliche Versuchung?

Lisa biß sich auf die Unterlippe, als sie Sam wieder ansah und er jetzt vollkommen nackt war. Sie zog die Decke noch dichter um sich, und während er sie ausdruckslos ansah, verzogen sich seine Mundwinkel zu einem zynischen Lächeln. Ihre Augen glitten flink über seinen Körper, von den breiten Schultern über die muskulöse Brust, die schmalen Hüften und einen flachen Bauch zu den langen, kräftigen Beinen. Urplötzlich wurde Lisa klar, was sie eigentlich tat. Voller Entsetzen riß sie ihren Blick von ihm los. Ihr Gesicht lief dunkelrot an.

»Es ist etwas zu spät, um jetzt noch die Schüchterne zu mimen«, spottete Sam leise.

Lisa sah ihm ins Gesicht. Es war hart und unversöhnlich. Sie sah sofort wieder weg. In Wahrheit war sie schüchtern, dachte sie in ihrem Elend. Jeff hatte großen Wert auf seine Intimsphäre gelegt, und die wenigen Male, die sie wirklich miteinander geschlafen hatten, waren bei vollkommener Dunkelheit zustande gekommen. Darauf hatte Jeff beharrt. Unbekleidet hatte sie ihn nie näher ansehen können. Ihr Wissen darum, wie ein Männerkörper aussah, beschränkte sich auf ein paar Bilder, die sie einmal in einer Frauenzeitschrift an einem Kiosk versehentlich aufgeschlagen hatte. Beim Durchblättern war sie schockiert und gleichzeitig fasziniert gewesen, als ihr Blick auf die sonnengebräunten, behaarten nackten Männer fiel. Sie hatte die Zeitschrift auf der Stelle wieder zugeschlagen und sie ins Regal gestellt. Dann hatte sie sich schuldbewußt umgesehen und nur noch gehofft, daß niemand sie beobachtet hatte. Doch noch Monate später hatte sie in den seltsamsten Momenten diese verwirrenden Bilder wieder vor sich gesehen. Das Peinliche und Unglaubliche bei dieser Angelegenheit war, daß sie noch nie wirklich einen nackten Mann gesehen hatte. Und schon gar nicht einen, der so dreist und lässig vor ihr stand. Er wirkte so groß und so stark und so unwahrscheinlich männlich, daß Lisa ihre eigene Weiblichkeit plötzlich stärker wahrnahm als je zuvor in ihrem Leben. Und in dem Moment auf absolut unmißverständliche Weise, daß er sie begehrte...

»Komm her, Lisa.« Die Worte kamen ruhig heraus. Sams Augen schimmerten leuchtend blau, als sie aufblickte. Lisa schluckte, und ihre Kehle begann zu schmerzen. Dann wich sie instinktiv einen Schritt zurück.

»Du weißt, daß du es willst.« Lisa schüttelte stumm den Kopf. Sie wich noch weiter zurück. Ihre Blicke lösten sich keinen Moment lang von seinem Gesicht. Er preßte die Lippen zusammen, und über den blauen Augen runzelte sich seine Stirn, als er ihren Rückzug beobachtete.

»Wenn ich dich holen muß, wirst du es bereuen.« Die Drohung klang seidenweich, aber es war unmißverständlich eine Drohung. Jedes Lächeln war aus seinem Gesicht gewichen. Lisa spürte, daß ihr Herz schneller schlug bei dem Gedanken, daß er tatsächlich die Möglichkeiten hatte, sie etwas bereuen zu lassen und daß sie ihm ausgeliefert war.

»Hör mal, das ist doch albern. Damit läßt sich so oder so nichts beweisen«, sagte sie mit zittriger Stimme. Sie hoffte, ihn ablenken zu können, denn sie fürchtete, wenn er sie berührte, könnte sie ihm unmöglich widerstehen.

»Ich habe gesagt, du sollst herkommen.« Es stand außer Frage, daß er es ernst meinte und Gehorsam von ihr erwartete. Dennoch versuchte Lisa es noch einmal.

»Wenn du vielleicht...«

»Komm her, verdammt noch mal!«

Lisa sah ihn genau an. Seine blauen Augen waren jetzt eiskalt, seine Mundwinkel zuckten warnend, sie erkannte, daß sie ihn bis an seine Grenzen getrieben hatte. Weiter würde er nicht gehen. Ihm jetzt noch zu trotzen, wäre riskant.

»Ja, schon gut«, murrte sie unwillig. Mit hocherhobenem Kopf ging sie auf ihn zu. Sie blieb erst stehen, als sie so nah war, daß er die Arme ausstrecken und sie berühren konnte.

»Würdest du jetzt bitte...« *Zur Vernunft kommen,* wollte sie eigentlich sagen, doch er schnitt ihr erbarmungslos das Wort ab.

»Laß die Decke fallen.«

Lisa sah ihm in die Augen.

»N-nein.« Lisa weigerte sich instinktiv. Als seine Augen sich zusammenzogen, wurde ihr bewußt, daß sie ihre Antwort doch besser etwas diplomatischer hätte formulieren sollen. Trotzdem konnte sie nicht tun, was er verlangte. Es war ausgeschlossen. Sie mußte diesem Unsinn ein Ende setzen. Ihm mußte klar werden, daß sie nicht irgend jemand war, die er nach Belieben behandeln und rumkommandieren konnte. Ihre grünen Augen sahen ihn kühn an, während sie überlegte, wie sie ihm verständlich machen konnte, wer sie war. Sie hielt die Decke fest, als ginge es um ihr Leben.

»Laß die Decke fallen!«

Der Befehl kam heraus wie ein Pistolenschuß. Lisa ließ vor Schrecken die Decke los, die um ihre Füße fiel. Betroffen und sprachlos stand sie vor ihm. Ihre Nacktheit und die Wirkung, die sie auf den Mann hatte, der sie musterte, wurde ihr nur allzu bewußt, als sie das Aufflackern unverhohlener Lust in seinen Augen sah. Als Sam ihre bloße Haut mit verheerender Gründlichkeit musterte, spürte Lisa die Röte in ihre Wangen steigen. Sie wußte selbst, daß es dumm und kindisch war, derart verlegen zu sein. Schließlich war dieser Mann durch eine Schrulle des Schicksals bereits ihr Liebhaber gewesen, und am früheren Nachmittag hatte er sie ohnehin schon entblößt gesehen. Trotzdem fiel es ihr schwer, gegen ihre Verlegenheit anzukämpfen. Als er sie so kühl taxierte, wäre sie am liebsten in das nächste Mauseloch gekrochen. Sie sollte verflucht sein, wenn sie wie eine prüde Jungfer zurückschreckte. Sie sah ihm stolz ins Gesicht und forderte ihn mit ihrem kühnen Blick heraus.

»Das, was du dir denkst, ist absolut falsch«, sagte sie mit einer Haltung, die ihr glaubhaft erschien. »Ob du es glaubst oder nicht – ich habe diese... diese Tiere bestimmt nicht dazu verlockt, über mich herzufallen. Ich habe lediglich ein Bad im Bach genommen...«

Ihre Stimme verhallte, als ihr klar wurde, daß er ihr nicht zuhörte. Seine Augen waren gierig auf ihre runden Brüste gerichtet, und plötzlich hob er eine Hand und fuhr mit seinen Fingerspitzen über die sachte Rundung.

»Wunderbar«, murmelte er heiser. Auf seine Berührung hin fühlte sich Lisa von ihrem wankelmütigen Körper verraten. Ihre kleinen erdbeerfarbenen Brustwarzen standen plötzlich stramm wie Soldaten. Sie holte tief Atem, um fortzusetzen, was sie gerade sagen wollte.

»Sie haben versucht, mich zu vergewaltigen«, brachte sie deutlich heraus, und dann verließ sie die Vernunft, als er eine schwielige Handfläche auf eine Brust legte und mit seinem Daumen zart über die Brustwarze fuhr. Lisa spürte tief unten in ihrem Bauch einen körperlichen Schmerz. Ihre Hände schlossen sich unwillkürlich um seine Handgelenke und versuchten, seinen Liebkosungen ein Ende zu setzen. Als ihre Hände ihn berührten, blickte er auf und beobachtete fasziniert, wie sie sich mit der zarten rosa Zungenspitze die Unterlippe anfeuchtete.

Die Leidenschaft, die plötzlich in seinen Augen aufloderte, erschütterte Lisa bis ins Mark. Sie schloß die Augen, um sich stumm zu verteidigen, doch im nächsten Moment merkte sie, daß sie einen taktischen Fehler begangen hatte. Aber inzwischen war es zu spät. Sein Mund berührte ihre Lippen, heiß und auffordernd, und er küßte sie mit einer Glut, die ihr den Atem raubte. Im ersten Moment versuchte Lisa noch, ihm Widerstand zu leisten, doch das war mehr als nur zwecklos. Die beschämenden Erinnerungen an den heutigen Tag wurden schnell verdrängt von den Gedanken an einen festen, starken Körper, dessen Anziehungskraft sie in höchste Erregung versetzte.

Sie war verloren. Sie wußte es schon, ehe ihr Mund sich öffnete, um seine Zunge eindringen zu lassen. Als seine Arme sich um ihre Taille legten, um sie an seinen nackten Körper zu ziehen, schlangen sich ihre Arme umklammernd um seinen Nacken, preßten ihn an sich, und ihre Finger zerzausten das dichte schwarze Haar. Sie erwiderte den Kuß heftig. Sie war für ihn entbrannt und genoß es, seine Körperbehaarung an ihren zarten Brüsten, an ihrem Bauch und ihren Schenkeln zu spüren, begeisterte sich für seine starken Rücken- und Schultermuskeln, als ihre Hände ziellos darüber glitten, und sie war berauscht von dem männlichen Geruch seines Körpers. Sein muskulöser Männerkörper hatte ihre kleine weibliche Gestalt ganz in der Gewalt.

Seine Hände glitten rauh, aber so gekonnt über ihre Haut, daß es Lisa den Atem verschlug. Er streichelte ihre Brüste mit federleichten Berührungen und hielt bei jeder der hervorstehenden Brustwarzen inne. Dann wanderten seine Hände tiefer und kosten ihre schmale Taille und ihren Bauch, als hätte er alle Zeit auf Erden. Schließlich tasteten sich seine Finger noch weiter bis zu dem weichen Schoß vor und begannen ihn zu erkunden. Ganz allmählich wurde Lisa gelöster, so daß sie bald darauf in seinen Armen zerfloß, sich an ihn lehnte und mit sich machen ließ, was er wollte. »Willst du mich?« hörte sie ihn brummen. Lisa hatte jede Vernunft und jede Scham hinter sich gelassen. Sie nickte heftig.

»Sag es mir«, befahl er leise. Lisa zögerte. Ein letzter Funke Stolz hielt sie zurück. Sam liebkoste ihre Brüste.

»Ja, o ja«, keuchte sie.

»Was ja?« Seine Stimme war nur noch ein heiseres Flüstern. »Ja, du willst mich, oder...«

Sein Mund sog verführerisch an ihrer Brust. Lisa spürte eine wilde Glut in sich aufsteigen.

»Ja, ich will dich.« Sie ergab sich kampflos. Sie wollte ihn, dachte sie benommen, und wie...

Sam hob sie hoch und preßte sie an seine Brust. Lisa klammerte sich an ihn, als er sie die wenigen Schritte zu seiner Pritsche trug. Ihr Kopf lag auf seiner Schulter. Ihr Gesicht hob sich ihm entgegen. Sie hatte die Augen geschlossen, und ihre Wimpern bildeten fiebrige dunkle Halbmonde auf ihren Wangen. Das Verlangen nach ihm wurde immer stärker, ihr Herz schlug immer heftiger, und ihr Körper glühte vor Erwartung.

Er blieb stehen und hielt sie weiterhin besitzergreifend an seine Brust gepreßt. Lisa wartete darauf, daß er sie sachte auf die Pritsche legen würde, aber nichts geschah. Sie schlug verwirrt die Augen auf und merkte, daß er sie mit einem merkwürdigen, fast kläglichen Ausdruck ansah. Sie verstand diesen Blick nicht, war aber auch nicht dazu aufgelegt, jetzt daran herumzurätseln. Sie murmelte ihm zarte Ermutigungen zu und preßte ihre prikkelnden Brüste schamlos gegen seinen festen, behaarten Brustkorb. Sie war ungeduldig, mehr als ungeduldig, denn sie konnte es kaum erwarten, die Ekstase wieder zu erleben, in die er sie versetzen konnte. Sie drückte kleine Küsse auf seinen Nacken. Er rührte sich immer noch nicht. In ihrer Bestürzung sah sie ihn fragend an. Er sah ihr in die Augen, sein Mund verzog sich spöttisch, und er lachte.

Lisa erstarrte. Sie sah ihn immer noch mit leicht geöffneten Lippen an, als er sie losließ. Sie fiel auf die Pritsche und blieb benommen liegen. Sie zwinkerte ein- oder zweimal schockiert und verständnislos, als er sich abwandte und sich gemächlich wieder anzog.

»Sam...?«

Er zog gerade wieder seine Hose an, zog den Reißverschluß hoch und schnallte seinen Gürtel zu, als er endlich zu ihr aufsah. Lisa war entgeistert über die Feindseligkeit, die in diesen blauen Augen stand.

»Schätzchen, bei einem Mädchen von deiner Sorte kann man beim besten Willen nicht von einer Vergewaltigung sprechen«, sagte er. Dann hob er sein Hemd und seine Pistole auf, drehte sich auf dem Absatz um und verließ das Zelt.

Lisa kam sich vor, als hätte sie einen Schlag in den Bauch bekommen, der sie zum Krüppel machte. Als er schon längst gegangen war, lag sie noch zusammengerollt da und fühlte sich elend. Ihr Verstand hatte nur Sekunden gebraucht, um sich wieder daran zu erinnern, daß Sam sie bewußt auf die Probe gestellt hatte – um sie zu demütigen. Und das war ihm bei Gott gelungen! Und zwar besser, als er es je hätte planen oder sich ausmalen können. Ihr war danach zumute, sich davonzuschleichen und sich hinter dem nächstbesten Felsen zu verstecken, um sich nie mehr bei Tageslicht blicken zu lassen. Er hatte sie begehrt, das wußte sie. So unschuldig und naiv war sie nun auch wieder nicht, daß ihr das entgangen wäre. Aber er hatte seine eigenen Gelüste im Griff gehabt, während er sie dazu gebracht hatte, ihn derart zu begehren, daß sie freiwillig ihren Stolz und ihre Selbstachtung opferte, um nur die physische Befriedigung zu finden, nach der ihr Körper lechzte. Er hatte sie dazu gebracht, ihn anzuflehen, und dann hatte er gelacht und sich abgewandt. Jedes einzelne Wort, jede Berührung und jeder Seufzer kehrten lebhaft und in allen Einzelheiten in Lisas Gedächtnis zurück. Sie stöhnte und drehte sich auf den Bauch, um ihr Gesicht in dem Kissen zu vergraben. Ihre Augen waren gewaltsam zugepreßt, als ringe sie darum, die Bilder, die sie bestürmten, zurückzudrängen. Er hatte sie mit kalter Berechnung erregt, sagte sie sich in ihrer wachsenden Verzweiflung, und darüber würde sie nie hinwegkommen – nie. Für den Rest ihres Lebens würde sie ihn hassen. Wenn sie nur je das Bild vergessen würde, wie sie sich nackt in seine Arme geschmiegt und sich schamlos an ihn geklammert hatte, während sie kleine Küsse auf seinen salzig schmeckenden braunen Nacken gedrückt hatte!

Nach einer Weile ging ihr auf, daß sie immer noch in Sams Zelt war und auf seiner Pritsche lag, und sie war so nackt, wie sie geboren worden war. Wenn in dieser verrückten Welt auch nur noch eins feststand, dann war es, daß Sam mit Sicherheit wiederkommen würde. Ganz im Gegensatz zu ihrer früheren Meinung sehnte sie sich jetzt nach ihrem eigenen Zelt. Diese kleine grüne Unterkunft schien eine Sicherheit zu bieten, die sie jetzt dringend brauchte. Sie setzte sich abrupt auf und beschloß, in ihr Zelt zurückzukehren, ehe Sam wieder auftauchte. Wenn er sie nackt hier vorgefunden hätte, hätte er wahrscheinlich angenommen, daß sie ihn erwartete. Schon bei dieser Vorstellung wurde Lisas Gesicht glühend heiß. Dieses widerliche, arrogante Ekel! Sie schwang ihre Beine von der Pritsche und stand auf, um augenblicklich zu verschwinden. Sie sah sich nach etwas um, womit sie sich bedecken konnte. Außer der Decke gab es nichts. Lisas höllisches Verlangen, sich rar zu machen, geriet ins Wanken, als sie sich vorstellte, nur von einer Decke verhüllt durch das Lager zu laufen, in dem sicher jetzt schon laut über sie gelacht wurde. Aber was blieb ihr anderes übrig? Alles andere war besser, als bei Sams Rückkehr noch da zu sein.

Als sie sich mutig in die Decke gehüllt hatte und ins Freie treten wollte, hörte sie Schritte, und ihre schlimmsten Befürchtungen bestätigten sich, als Sam eintrat. Er hatte ihre Kleider und Schuhe in der Hand.

»Hier«, sagte Sam und warf ihr die Kleider hin.

Sie fielen vor ihr auf den Boden. Lisa errötete, und Sam grinste widerlich. Sein Grinsen half ihr, die Selbstbeherrschung wiederzufinden, denn sie geriet in Wut, und das war ihr lieber als die Peinlichkeit, die sie vorher empfunden hatte. Sie hielt die zornigen Worte zurück, die ihr schon auf der Zunge lagen, denn ihn hätte es nur belustigt, zu erfahren, wie sehr ihr diese spezielle Form der Strafe unter die Haut gegangen war. Um ihrer Selbstachtung willen mußte sie ihm zeigen, daß es sie genausowenig getroffen hatte wie ihn anscheinend.

»Danke«, sagte Lisa mit ruhiger Stimme und war verzeihlicherweise stolz auf ihre gelassene Reaktion. Sams Blick ruhte auf ihr, und seine Augen zogen sich zusammen. Was er auch erwartet haben mochte – mit ihrer Ruhe hatte sie ihn überrascht.

»Zieh dich an«, befahl er ihr kurz und bündig.

Lisa sah ihn voller Abscheu an. »Gewiß.« Ihre Stimme war eiskalt. »Nichts lieber als das, aber nur, wenn du gehst.«

»Spielst du schon wieder die Schamhafte?« schnaubte Sam. »Ich dachte, wir hätten uns bereits darauf geeinigt, daß es dafür zu spät ist.«

Lisa mußte ihre gesamte Selbstbeherrschung aufbieten, um nicht mit den Zähnen und den Nägeln auf dieses höhnische Gesicht loszugehen. Aber das hatte sie heute schon einmal getan, und die Ergebnisse waren keineswegs zufriedenstellend gewesen. Sie konnte sich seine Freude ausmalen, wenn sie diesem Impuls nachgegeben hätte. Dann hatte er einen Vorwand, um sie wieder zu demütigen, und Lisa hatte das Gefühl, daß er es genoß, sie demütigen zu können.

»Ja, du hast natürlich recht«, antwortete sie so gelassen wie möglich und hoffte, daß er die bittere Feindseligkeit nicht in ihren Augen lesen konnte.

Sam sagte nichts dazu. In diesen blauen Augen flakkerte kurz etwas auf, und dann wurden sie wieder undurchdringlich, als er sie ansah. Lisa war nicht bereit, sich damit auseinanderzusetzen, was dieses flüchtige Aufflackern zu besagen hatte. Sie bückte sich mit unbewußter Anmut, um ihre Kleider vom Boden aufzuheben. Da es die Sachen waren, die sie vor dem Bad angehabt hatte, konnte sie nur davon ausgehen, daß Sam sich die Mühe gemacht hatte, den langen Weg zum Bach und zurück noch einmal hinter sich zu legen, um ihre Sachen zu holen. Sie hoffte nur, daß er keinen Dank erwartete, denn das war das letzte, was er von ihr bekommen hätte.

Lisa ließ die Kleider auf die Pritsche fallen und warf aus dem Augenwinkel einen Blick auf Sam. Er stand mitten im Zelt, dort, wo er aufrecht stehen konnte. Die Arme hatte er vor der Brust verschränkt, und um seine Mundwinkel spielte ein ärgerliches Lächeln. Er wirkte ganz so, als hoffte er, daß sie ihm befehlen würde, sich umzudrehen oder gar das Zelt zu verlassen, damit er sich lustvoll weigern und ihr somit wieder einmal beweisen konnte, wer hier der unbestrittene Boß war. Lisa wollte verflucht sein, wenn sie ihm zu diesem Genuß verhalf. Sie reckte ihr Kinn in die Luft, sah ihm fest in das spöttische Gesicht und ließ die Decke fallen.

Sein Blick glitt über ihren gesamten Körper, als könne er nichts dagegen tun, und diesmal standen sein Erstaunen und noch etwas – sexuelles Verlagen? – klar auf seinem Gesicht. Lisa triumphierte innerlich, als sie ihren seidigen Slip anzog. Der große böse Soldat war also doch nicht so unzugänglich, wie er gern wirken wollte – das würde sie sich für zukünftige Anlässe merken. Sie ließ sich betont Zeit, ihre übrigen Kleidungsstücke anzuziehen. In seinem Gesicht war jetzt nichts mehr zu lesen, aber Lisa wußte, daß es ihr gelungen war, ihn aus der Fassung zu bringen. Dieses Wissen half ihr über einen Teil ihrer bisherigen Demütigungen hinweg.

Sie schloß ihren BH um ihre Taille und zog ihn dann mit gewandten Bewegungen nach oben, bis er genau richtig saß. Bewußt fuhr sie mit ihren Händen über die Brüste, die das fast durchsichtige pfirsichfarbene Kleidungsstück ausfüllten, und dabei warf sie einen Seitenblick auf Sam. Seine Augen waren auf die kaum verhüllten Rundungen ihrer Brüste gerichtet. Lisa lächelte und ließ ihre Finger noch einen Moment lang dort liegen. Dann zog sie sich langsam fertig an. Erst, als sie den letzten Knopf des ausgefransten und zu langen Hemdes schloß, sah sie Sam wieder an. Sein Gesicht hatte die vertraute Ausdruckslosigkeit wieder angenommen. Er zuckte mit keiner Wimper und ließ sich nicht anmerken, daß der Anblick ihres Körpers ihn verstört hatte, aber Lisa hatte die Gier in seinen Augen aufflackern sehen, und sie fühlte sich unvorstellbar viel besser.

»Hast du das Schauspiel genossen?« fragte sie gehässig und hatte das Gefühl, ihm endlich einiges heimzahlen zu können.

»Recht nett«, sagte er gedehnt und heftete seinen Blick auf ihr Gesicht. »Aber schließlich habe ich für fünfzig Cent pro Kopf schon aufregenderen Striptease gesehen. Aber das war ja das Gegenteil. Dadurch wird es natürlich zu etwas Besonderem...«

»Du bist ja...!« fauchte Lisa, ohne vorher nachzudenken. Sie war wütend, weil er sie mit der Sorte von Frauen verglich, die in solchen Lokalen arbeiteten. Ein zufriedenes Lächeln glitt über sein Gesicht, und Lisa unterbrach sich augenblicklich. Sie hätte sich selbst einen Tritt verpassen können. Die zweite Runde ist an ihn gegangen, dachte sie ärgerlich.

»Wenn ich du wäre, Süße, dann würde ich mir die Beschimpfungen sparen«, riet er ihr und kam auf sie zu. Lisa wich instinktiv einen Schritt zurück. Sam zog die Augenbrauen höhnisch hoch und ging auf einen provisorischen Tisch in einer Ecke des Zeltes zu, auf dem Unmengen von Papieren lagen. »Erinnerst du dich nicht an das alte Sprichwort über die Leute, die im Glashaus sitzen? Ein geiles kleines Miststück wie du kann es sich nicht leisten, andere ungestraft mit Schimpfwörtern zu überhäufen.«

Die Wut verschlug ihr die Sprache, aber sie erkannte auch sofort, daß es besser war, nicht zu widersprechen. Wenig später hatte sie sich wieder unter Kontrolle.

»Wenn du mich jetzt entschuldigst, gehe ich in mein Zelt zurück«, sagte sie mit eisiger Höflichkeit. Sam, der sich über seine Papiere gebeugt hatte, antwortete nur mit »m-mh«, ohne sich umzudrehen.

»Was soll das heißen?« fragte Lisa vorsichtig.

»Genau das, was ich gesagt habe.« Er wandte ihr sein Gesicht zu, hockte sich auf die Tischkante und ließ seine Füße beim Reden baumeln. Lisa wünschte sich inbrünstig, der Tisch möge unter seinem Gewicht zusammenbrechen.

»Hättest du etwas dagegen, das näher auszuführen?«

»Keineswegs.« Er wirkte ein wenig belustigt. Lisas weiche Lippen preßten sich unheilvoll zusammen. »Du wirst nicht in dein Zelt zurückgehen. Ich kann nicht riskieren, daß sich das wiederholt, was heute am Bach passiert ist. Eine mannstolle kleine Schlampe ist in unserer Situation eine Bedrohung. Ich mußte bereits zwei meiner Männer deinetwegen bestrafen, und das Ergebnis ist, daß sie jetzt keinem von uns beiden allzu wohlgesonnen sind. So etwas soll hier gar nicht erst einreißen.«

Lisas Augen sprühten Funken, aber sie riß sich am Riemen.

»Wenn ich nicht in mein Zelt zurückgehe, wohin denn dann? Oder willst du damit etwa sagen, daß du vorhast, mich nach Hause zu schicken?« Als ihr diese Möglichkeit durch den Kopf ging, strahlte sie. Sie hatte bisher noch keine Gelegenheit gehabt, mit Sam über eine Rückkehr ins gute alte Amerika zu sprechen, Riley aber hatte ihr zu verstehen gegeben, an diesem gottverlassenen Ort so lange festsitzen zu müssen, bis der Plan dieser Banditen, wie immer er auch aussehen mochte, durchgeführt war. Aber vielleicht war es ihr gelungen, soviel Ärger zu verursachen, daß Sam es sich anders überlegt hatte.

»Ich sage, daß du gar nirgends hingehst.« Er sah ihr fest in die enttäuschten Augen. Einen Moment lang hatte sie wirklich Hoffnung gehegt.

»Was soll das heißen – nirgends hin?« Ihre Stimme war matt, doch als ihr eine Möglichkeit durch den Kopf ging, die sie bisher nicht bedacht hatte, fauchte sie: »Ich bleibe ganz bestimmt nicht mit dir in deinem Zelt!«

»Nein?« Seine Stimme war so spöttisch, daß sie ihn am liebsten geohrfeigt hätte.

»Nein, ganz bestimmt nicht!« Ihr Kampfgeist drückte sich in ihren Augen aus. Sie stand angriffslustig vor ihm und hatte die Fäuste geballt.

»Und ich sage, daß du doch hierbleibst.« Er beobachtete sie belustigt, aber trotz seines neckenden Tonfalls spürte sie zu Recht eine unnachgiebige Härte.

»Wenn du glaubst, daß ich bei dir einziehe, damit du... damit du dich an mir aufgeilen kannst, wann auch immer du Lust hast, dann kannst du dir das gleich aus dem Kopf schlagen!« Ihre Wangen glühten vor Wut, Sam aber kicherte nur.

»Was sind denn das für Ausdrücke!« mahnte er sie grinsend und schüttelte mit gespielter Entrüstung den Kopf. Als er ihren durchbohrenden Blick sah, schwand das Grinsen von seinem Gesicht.

»Du übersiehst dabei eine Kleinigkeit, die allerdings entscheidend ist«, sagte er kühl.

»Und zwar?«

»Du hast hier nichts zu sagen, sondern ich.«

Für wen, zum Teufel, hielt er sich eigentlich? Wie konnte er es wagen, sie derart rumzukommandieren? Und jetzt erwartete er auch noch von ihr, daß sie seine Mätresse wurde und in sein Zelt zog, weil er entschieden hatte, einen Frauenkörper in ständiger Bereitschaft zu haben? Was bildete sich dieser Mann eigentlich ein, er war zwar vorübergehend der Anführer dieses Gesindels, aber er war nichts weiter als ein bezahlter Söldner, der mit seinem schmutzigen Geschäft ein paar Pennys verdienen wollte! Sie dagegen – sie war die Enkelin eines der reichsten Männer von Maryland – möglicherweise sogar von den gesamten Vereinigten Staaten! Und sie fand, es sei an der Zeit, diesen Standesunterschied einmal deutlich klarzustellen.

»Hör mal, Mister, und hör mir genau zu«, sagte sie mit verbissenem Mund. »Ich nehme keine Befehle von dir entgegen. Ich weiß nicht, für wen du dich hältst, und es interessiert mich auch nicht weiter, aber ich glaube, es ist an der Zeit, ein paar Dinge klarzustellen. Bevor ich geheiratet habe, hieß ich Lisa Bennet – sagt dir das etwas? Wenn nicht, dann laß dich aufklären. Mein Großvater ist A. Herman Bennet – ja, richtig, A. Herman Bennet – und falls dir jetzt immer noch kein Licht aufgeht, dann laß dir sagen, daß er einer der reichsten Männer in den Vereinigten Staaten ist. Wahrscheinlich hat er inzwischen die gesamte Armee darauf angesetzt, mich zu suchen. Und wenn sie mich finden, dann möchte ich ganz bestimmt nicht an deiner Stelle sein. Wenn ich sage, wie du mich behandelt hast, wird man dich wahrscheinlich auf der Stelle erschießen!«

Als Lisa ihre kleine Ansprache beendet hatte, musterte sie ihn voller Genugtuung und erwartete die Veränderung, die der Name ihres Großvaters zwangsläufig bei jedem Menschen hervorrief. Im allgemeinen haßte sie es, seinen Einfluß für sich persönlich zu nutzen, aber sie hatte die Nase voll. Es war an der Zeit, sie mit etwas mehr Respekt zu behandeln.

Sam schien die Aufklärung über ihre Herkunft nicht sonderlich zu erschüttern; er saß noch genauso da wie vorher, ließ die Füße baumeln und sah eher neugierig als besorgt in ihr erhitztes Gesicht.

»Du bist also ein verzogener reicher Fratz?« fragte er schließlich, und sein Tonfall drückte bestenfalls mäßiges Interesse aus. »Ich hätte es mir denken können. Keine normale erwachsene Frau bekäme diese Koller, wie man sie von zehnjährigen Kindern kennt. Dein Großvater hätte dir den Hintern versohlen sollen, als du klein warst, und dann hätte sich das schnell gelegt. Aber da er es nicht getan hat und dein Mann offensichtlich auch nicht – übrigens, wenn du wieder zu Hause bist, vergiß nicht, dem armen Kerl mein Mitleid auszudrücken. Ich würde also an deiner Stelle nicht zu weit gehen.«

Lisa starrte ihn fassungslos an. Sie suchte verzweifelt nach Worten, die ihn vernichten sollten, aber es gelang ihr nicht. Für das, was sie im Moment empfand, fand sie keine Worte.

Sie musterte ihn lange schweigend. Er erwiderte ihren Blick interessiert. Ihr Versuch, ihm mit den Folgen seines Handelns zu drohen, war ins Auge gegangen, verpufft. Aber vielleicht gab es noch eine andere Möglichkeit... Schließlich war er hier in Rhodesien, weil er dafür bezahlt wurde. Vielleicht konnte sie ihm mehr zahlen – dafür, daß er von hier fortging und sie natürlich mitnahm.

»Gut, es ist dir also gleichgültig, wer mein Großvater ist«, gestand sie ihm in dem sachlichsten Tonfall, den sie aufbieten konnte, zu. »Aber das ändert noch nichts an dem Umstand, daß er sehr, sehr reich ist. Und mich liebt. Was sagst du dazu, wenn ich dir vorschlage, daß er dir zahlt, was du verlangst – dreißigtausend Dollar, vierzigtausend Dollar. Du brauchst deinen Preis nur zu nennen – wenn du mich dafür sicher nach Hause bringst... und zwar sofort.«

Hoffnungsvoll hielt sie den Köder hin.

»Ich würde sagen nein, danke«, sagte er kühl. Lisa starrte ihn entgeistert an.

»Und warum?« fragte sie. »Du willst mich hier nicht haben. Ich will nicht hier sein. Du willst Geld. Ich habe Geld. Warum also nicht?«

»Weil ich mich dagegen entschieden habe.« Es klang so, als würde er die Geduld verlieren.

»Gut, meinetwegen brauchst du nicht von hier fortzugehen, wenn du nicht willst«, begann sie verzweifelt mit ihm zu schachern, denn sie sah ihre größte Chance, heil aus diesem entsetzlichen Durcheinander herauszukommen, schwinden. »Wenn du irgend jemanden – Riley – dazu bringen könntest, mich zum nächsten Flughafen zu bringen, würde ich dafür sorgen, daß du dein Geld bekommst. Ich schwöre es dir. Und du wärst mich los.«

»Nein.« Dieses eine Wort war brutal. Sam erhob sich und wandte seine Aufmerksamkeit wieder seinen Papieren zu. Es war deutlich zu erkennen, daß er das Gespräch als beendet ansah.

»Ich bleibe nicht hier bei dir im Zelt!« Lisa schrie die Worte fast heraus. Er sagte nichts. Er schien sie noch nicht einmal gehört zu haben.

»Dazu kannst du mich nicht bringen!«

Sam drehte sich um und sah sie an. Der Ausdruck auf seinem finsteren Gesicht war alles andere als liebenswürdig.

»O doch, das kann ich«, sagte er mit leiser Stimme. »Aber ich werde es nicht tun. Ich stelle dich statt dessen vor die Wahl. Du kannst deinen verdammten Mund halten und tun, was dir gesagt wird, oder du kannst auf der Stelle aus meinem Lager verschwinden und sehen, wie du allein ungeschoren davonkommst. Die Entscheidung liegt bei dir.«

4

Lisa funkelte ihn wütend an. Sie war drauf und dran ihm zu sagen, daß nichts auf Erden ihr größeres Vergnügen bereiten würde, als sein Lager zu verlassen und ihn nie wieder sehen zu müssen, doch ein winziger Funke von gesundem Menschenverstand hielt ihre Zunge im Zaum. Schließlich waren sie hier in der absoluten Einöde, und um sie herum tobte ein Guerillakrieg. Als Frau, die auf sich selbst gestellt war und keine Erfahrung hatte, unter solchen Bedingungen zu überleben, konnte sie leicht dem unbarmherzigen Klima, den wilden Tieren und vor allem den grausamen Männern zum Opfer fallen, die in Horden durch das Land streiften und sich Soldaten nannten. Das Land war spärlich besiedelt, und ihre Chance, auf eine Ansiedlung oder eine Farm zu stoßen und dort Unterschlupf zu finden, stand schlecht. Selbst wenn es ihr gelungen wäre, mußte den Hausbesitzer, der sie aufnahm, noch lange nichts davon abhalten, denselben Preis von ihr zu fordern wie Sam. Das wäre wahrscheinlich noch das Harmloseste gewesen, was ihr zustoßen konnte. Weitaus wahrscheinlicher war es, Bestien in die Hände zu fallen, die ihren Körper benutzten und mißbrauchten, solange es ihnen Spaß machte, und sie dann wohl ohne jegliche Gewissensbisse töteten. Lisa dachte wieder an die Greueltaten, die an den Blass' verübt worden waren, und innerlich grauste ihr.

»Das ist doch nicht dein Ernst«, sagte sie schließlich. Ihr Tonfall war beträchtlich milder.

»Ach, nein?« Die blauen Augen verhöhnten sie. »Welche irregeleiteten Vermutungen führen dich zu dieser Annahme?«

»So etwas tätest du nicht. Du ... du hast mir schließlich das Leben gerettet.« Es kam ihr absurd vor, dies jetzt zu sagen, wenn sie bedachte, wie laut sie ihn vor drei Minuten noch angeschrien hatte. Plötzlich aber graute ihr vor dem Gedanken, daß er sie tatsächlich verstoßen und sich selbst überlassen könnte.

»Das war wirklich eine große Dummheit«, murmelte er mißmutig. »Wie ich bereits sagte: Die Entscheidung liegt bei dir. Du kannst hier in diesem Zelt mit mir leben, und zwar unter den Bedingungen, die ich festlege, oder du kannst verschwinden – auf der Stelle. Mir ist das vollkommen egal.«

»Das ist Erpressung«, sagte Lisa leise, aber sie wußte, daß sie eigentlich gar keine Wahl hatte. Er meinte es entschieden ernst, und sogar ein Dasein als seine Mätresse war das kleinere Übel, als allein in einer Welt dazustehen, die auf dem Kopf stand.

»Nenn es von mir aus wie du willst. Nun?« Es klang ungeduldig.

Lisa schluckte schwer. »Ich ... ich bleibe.«

»Das dachte ich mir.« Die Worte klangen zynisch. »Du kannst es dir sparen, mir vorzumachen, daß es unzumutbar ist, mit mir in einem Bett zu schlafen. Wir wissen es schließlich beide besser, oder etwa nicht?«

Darauf antwortete Lisa nicht. Himmel, wie sehr sie ihn

haßte! Wollte er ihr denn keinen Funken Stolz mehr lassen? Aber sie brauchte ihn.

Lisa war so tief in ihre eigenen Gedanken versunken, daß sie zusammenzuckte, als Sam abrupt aufstand und einen Schritt auf sie zukam. Er schaute sie mit einem verächtlichen Blick an.

»Keine Sorge. Vor mir bist du sicher – für den Moment jedenfalls«, sagte er. »Komm schon, laß uns etwas futtern. Ich bin am Verhungern, und nach den Aufregungen des heutigen Tages müßtest du eigentlich auch ausgehungert sein.«

Lisa wußte nicht, was sie erwartet hatte, aber ganz bestimmt nichts derart Prosaisches. Als er das Zelt verlassen wollte, wurde ihr bewußt, daß sie regelrecht enttäuscht war. Sie folgte ihm und blieb dann abrupt stehen. Es war ihr unmöglich, jetzt hinauszugehen und ihnen allen gegenüberzutreten – den beiden Männern, die über sie hergefallen waren, und den anderen, die zugesehen hatten, wie Sam sie nackt und zappelnd durch das Lager getragen hatte.

Er blieb in der Zeltöffnung stehen und sah sie finster an. »Komm schon.«

»Ich habe keinen Hunger«, sagte sie, ohne zu merken, daß ihr Gesicht rot angelaufen war.

Sam sah sie nachdenklich an. »Doch, du hast Hunger. Du bist nur verlegen. Mach dir keine Sorgen, ich habe vor, entschieden klarzustellen, daß du von jetzt an meine Frau bist. Dann werden dir die Männer keinen Ärger mehr machen.«

»Ich bin nicht deine Frau!« protestierte Lisa mit erstickter Stimme. Diese besitzergreifende männliche Formulierung war ihr verhaßt.

»Doch, das bist du. Solange du hier im Lager bleibst jedenfalls. Es ist nicht gerade das, was ich vorhatte, aber es ist das einfachste, um dir viel Ärger zu ersparen. Und jetzt komm. Gehen wir.«

Er drehte sich um und zog den Kopf ein, um ins Freie zu treten. Lisa zögerte einen Moment und folgte ihm dann.

Es war eine klare Nacht, und der Himmel war ein Baldachin aus mitternachtsblauer Seide mit Hunderten von silbrig funkelnden Sternen. Wenn die Sonne unterging, erwachte das Land zum Leben. Lisa konnte die Rufe der Vögel und anderer Tiere in der Ferne hören, die auf der Jagd waren oder gejagt wurden, töteten oder getötet wurden. Ein Schauer lief ihr über den Rücken, als sie an Sams Seite auf das kleine Lagerfeuer zwischen den Zelten zuging. Sie saß in einer primitiven Gesellschaft fest, in der nur die Starken überleben konnten. Und sie war nicht übermäßig stark...

Die Männer saßen auf allen erdenklichen Sitzgelegenheiten um das Feuer herum, auf Felsen, auf umgedrehten Lattenkisten oder auf dem Boden. Die meisten waren über ihr Essen gebeugt. Lisa hoffte, daß es sie genügend in Anspruch nahm, um von ihr abzulenken. Ihr Auftauchen mußte zwangsläufig großes Staunen auslösen, und mit einigen anzüglichen Bemerkungen war zu rechnen. Bis heute abend war sie immer in ihrem Zelt geblieben, und Riley hatte ihr mürrisch das Essen gebracht.

Lisa hoffte umsonst, sie würde unbemerkt bleiben. Die Männer blickten einer nach dem anderen auf, als sie sie nervös hinter Sams großer Gestalt stehen sahen. Alle unterbrachen ihre Tätigkeit und starrten sie an. Sam schien die interessierten Blicke, die auf sie gerichtet waren, nicht wahrzunehmen. Er schlenderte zum Feuer. Lisa hatte ihren Blick auf eine Stelle zwischen seinen Schulterblättern geheftet und folgte ihm. Sie wollte noch nicht einmal versehentlich in die besorgten, belustigten oder anzüglichen Gesichter sehen, die ihr zugewandt waren. Zumindest konnte sie froh sein, daß die beiden, die über sie hergefallen waren, nicht am Feuer saßen.

»Ißt sie was?« erkundigte sich Riley griesgrämig, während er eine besonders widerlich aussehende Mischung aus Rindfleisch und Gemüse auf Sams Teller schöpfte.

»Ja.« Die Antwort kam lakonisch heraus, aber die blauen Augen sahen Riley so an, daß er kein Wort mehr sagte, sondern Lisa einen vollen Teller reichte. Rileys Gesicht drückte grimmige Mißbilligung aus.

»Kaffee?« Sam hielt ihr einen Blechbecher hin, der bis zum Rand mit der braunen Flüssigkeit gefüllt war.

»Danke.« Lisa nahm die Tasse entgegen und mied dabei sorgsam jeden Kontakt mit Sams Fingern.

»Soll ich ihr morgen das Frühstück bringen, oder ißt sie von jetzt an mit uns?« Rileys Tonfall drückte deutlich aus, daß er Lisas Gegenwart verabscheute.

»Sie wird von jetzt an mit uns essen«, bestätigte Sam. Die Worte klangen ruhig, und sein Tonfall war verhältnismäßig freundlich, doch die rauhe Stimme ließ Riley verstummen und bewirkte, daß die Blicke der Männer sich eilig wieder auf ihre Teller richteten. Als Sam sich vom Feuer abwandte und Lisa ihm folgte, schienen sie alle damit beschäftigt zu sein, sich das Essen in die Münder zu schieben. Lisa war unwillkürlich beeindruckt. Diese rauhen Kerle mußten ganz beträchtlichen Respekt vor Sam haben. Wenn sie es sich genauer überlegte, konnte sie das absolut verstehen. Er war so groß wie ein

Gorilla und so stark wie ein Bulle, und von seinen Anlagen her war er niederträchtiger als beide!

Lisa war so gedankenverloren, daß sie fast mit Sam zusammengeprallt wäre, als er stehenblieb. Sie mußte den überladenen Teller in der einen Hand balancieren und mit der anderen alles tun, damit der heiße Kaffee nicht auf Sams Hemd schwappte. Sie hätte eigentlich nichts dagegen gehabt, den kochend heißen Kaffee über ihn zu schütten, wenn sie nicht den unangenehmen Verdacht gehabt hätte, sie müsse mit einer unerfreulichen Reaktion rechnen.

Als Sam sich umdrehte und sie ansah, war es ihr gerade gelungen, den größten Teil ihres Abendessens davor zu bewahren, auf dem Boden zu enden, und sie war ziemlich sauer. Sein Mund verzog sich unwillkürlich zu einem Grinsen, als er ihren Gesichtsausdruck sah. Er stellte seine Tasse auf einen Stein und nahm Lisa ihren Becher aus der Hand. Sie warf ihm einen gehässigen Blick zu, aber den Kaffee ließ sie sich abnehmen. Sam wies mit einer Kopfbewegung auf einen großen, flachen Stein links neben ihnen.

»Setz dich«, sagte er.

Der Befehl klang, als sei er an einen Hund gerichtet. Sie lernte auf schmerzliche Weise immer mehr dazu. Sie wußte jetzt, daß sie Sam nicht vor seinen Männern provozieren durfte. Daher setzte sie sich verdrossen auf den Stein und schwieg.

Sam reichte ihr wortlos den Kaffee und ließ sich dann mühelos neben ihr auf den Boden sinken, ohne mit seinem Teller und seinem Becher jonglieren zu müssen. Lisa beobachtete ihn mißmutig, wie er sich über sein Essen hermachte, als sei er der sorgloseste

Mensch auf Erden. Ein hassenswerter Mann, dachte sie finster.

Genau diesen Moment wählte sich ihr Magen aus, um ihr lautstark mitzuteilen, daß er eine Stärkung gebrauchen könnte. Sie errötete und hoffte nur, daß Sam nichts gehört hatte. Um das Knurren zu besänftigen, griff sie zur Gabel. Der Eintopf sah furchtbar aus und schmeckte auch nicht besser, aber sie hatte sich an das Essen im Lager gewöhnt. Der Trick bestand darin, alles so schnell wie möglich zu schlucken, ehe die Geschmacksnerven rebellierten. Lisa probierte es mit dem ersten Bissen, doch dieser unverdauliche Klumpen blieb ihr in der Kehle stecken, und es tat ihr schrecklich weh. Nachdem sie es noch ein paarmal versucht hatte, gab sie auf. Ihr Hals tat so weh, daß sie nichts essen konnte. Sie erinnerte sich lebhaft daran, wie sich die Hände ihres Angreifers um ihren Hals geschlossen hatten, bis sie nicht mehr atmen konnte. Noch ein paar Minuten, und sie wäre tot gewesen.

Lisa trank einen Schluck von dem kochend heißen Kaffee und weigerte sich, weiter darüber nachzudenken. Sie hatte ja das, was ihr zugestoßen war, mit ein paar blauen Flecken überstanden. Ihrem Stolz war übler mitgespielt worden als ihrem Körper. Bei dem Gedanken richtete Lisa ihren Blick auf Sam. Er war für den größten Schaden verantwortlich.

Er saß vor ihr, und daher konnte Lisa ihn beim Essen beobachten, ohne daß es ihm auffiel. Der flackernde Schein des Feuers betonte seine männlichen Gesichtszüge. Einen Moment lang verglich Lisa die ausgeprägte Nase und das kräftige Kinn mit Jeffs Gesicht, das herkömmlich als schön galt. Jeff sah zweifellos besser aus, aber ihm fehlte etwas, was Lisa nicht wirklich benennen konnte, etwas, was Sam im Überfluß besaß. War es vielleicht Männlichkeit? Die gute, alte animalische Anziehungskraft? Das mußte es wohl sein.

»Sag mir eins.« Sam sah sie über die Schulter an. Lisa war es peinlich, daß er sie dabei ertappt hatte, ihn anzustarren. Hastig trank sie noch einen Schluck von dem heißen Kaffee.

»Was?«

»Was, zum Teufel, hat die Enkelin von A. Herman Bennet mitten im Bürgerkrieg in Rhodesien zu suchen?«

Es klang, als sei er wirklich neugierig. Lisa zuckte die Achseln.

»Ich arbeite für eine Zeitung. Sie wollten, daß jemand eine Reihe von Artikeln darüber schreibt, wie sich der Krieg auf das alltägliche Leben von Amerikanern auswirkt, die hier im Land leben. Ich habe mich freiwillig gemeldet.« Sie schnitt eine Grimasse. »Es sah so aus, als könnte mir nicht das geringste passieren. Ich hatte vor, nur zwei Wochen zu bleiben.«

»Hier kann einem also nichts passieren, so?« Er schüttelte den Kopf. »Derjenige, der zugelassen hat, daß du herkommst, muß ein Wahnsinniger sein. Du hast Glück, daß du noch am Leben bist. Hat dein Großvater nicht versucht, dich davon abzuhalten? Oder dein Mann?«

Lisa schüttelte den Kopf.

»Warum, zum Teufel, nicht?« Sams Stimme klang plötzlich aufbrausend.

Lisa sah ihn an und wandte ihren Blick dann wieder ab. Ihr war nicht danach zumute, ihm die ganze gräßliche Geschichte zu erzählen – und ihn ging das schon gar nichts an.

»Sie dachten, es täte mir gut, mich woanders umzusehen.«

»In Rhodesien?« Es klang ungläubig.

»Warum denn nicht? An der französischen Riviera ist es um diese Jahreszeit zu voll.« Ihre Stimme klang leichtfertig. Sam sah sie finster an.

»Solange es eine Abwechslung ist, ist alles recht, was?« murmelte er sarkastisch und wandte sich wieder seinem Essen zu. Er aß ein paar Bissen, bevor er ihr weitere Fragen stellte.

»Wie lange arbeitest du schon als Journalistin?«

»Seit etwa einem Jahr.«

»Was hast du vorher getan?«

Er setzte ihr die Fragen vor, als sei es ein Verhör. Lisa war entgeistert.

»Nichts natürlich«, sagte sie, und das war nicht ganz unwahr. »Äh, ich meine, ich habe den Haushalt geführt...«

»Du und etwa fünf Dienstmädchen, nehme ich an.« Seine Verachtung war deutlich zu spüren. »Wahrscheinlich warst du in einem der schicken Colleges im Osten?«

»In Bryn Mawr.«

»Welche Kurse hast du dort belegt? Was war dein Hauptfach?«

»Ich... ich habe mir viele kunstgeschichtliche Vorlesungen angehört. Ein Hauptfach habe ich mir nie gewählt. Ich war nur ein Jahr dort.«

»Du hast aufgehört zu studieren, nachdem du dich gut verheiratet hattest.« Es war eine Aussage, keine Frage, und die verächtliche Betonung lag auf ›gut verheiratet‹. Lisa wurde fuchsig.

»Ja, genau so war es. Und was geht das dich an?«

Sam kümmerte sich nicht darum, daß sie zusehends übellauniger wurde. »Wie lange bist du verheiratet?«

»Sechs Jahre, auch wenn es dich nichts angeht.«

»Und letztes Jahr ist es dir dann zu langweilig geworden, stimmt's? Wie bist du ohne jegliche journalistischen Vorkenntnisse an den Job bei der Zeitung gekommen? Warte, sag es mir nicht. Laß mich raten. Die Zeitung gehört Opa. Stimmt's?«

»Ja.«

»Wie praktisch.« Er verhöhnte sie jetzt unverhohlen. »Kein Wunder, daß die Zeitung dich hierhergeschickt hat. Wahrscheinlich hätte man dort alles getan, um dich loszuwerden.«

Sein Spott traf Lisa an einem wunden Punkt. Sie wußte nur zu gut, daß die Zeitung sie nie eingestellt hätte, wenn sie nicht die gewesen wäre, die sie war. Sie wollte glauben, daß sie seither unter Beweis gestellt hatte, wie gut sie schreiben konnte. Sie sah ihn zornig an und stand abrupt auf. »Was weißt du denn schon darüber?« fragte sie mit gesenkter Stimme und blickte in das gebräunte Gesicht hinunter. »Du...«

Er streckte die Hand aus, packte ihr Handgelenk und hielt es fest. »Setz dich, und halt den Mund.« Seine Stimme klang bedrohlich.

Lisa wollte schon jede Vorsicht in den Wind schreiben und ihm sagen, wohin er von ihr aus gehen konnte, doch dann sah sie sich um und bemerkte die interessierten Blicke der Männer, die auf Sam und sie gerichtet waren. Lisa setzte sich.

»Ich habe noch eine Frage. Damit ist das Thema abgeschlossen. Was hat dein Mann dazu gesagt, daß du ihn allein läßt, um hierherzukommen?«

Lisa sah ihn wutentbrannt an. »Es war meine Entscheidung. Er versucht nicht, mir Vorschriften zu machen.«

Nichts auf Erden hätte Lisa dazu bewegen können, ihm zu erzählen, wie es in Wirklichkeit um ihre Ehe stand. Das war ihre Privatangelegenheit, und es ging ihn nicht das geringste an. Außerdem würde er zweifellos wissen wollen, warum ihre Ehe gescheitert war, und das war etwas, worüber sie mit keinem Menschen je gesprochen hatte, nicht einmal mit ihrem Großvater. Das war das mindeste, was sie Jeff schuldig war.

»Der arme Waschlappen war wahrscheinlich genauso froh wie deine Zeitung, dich los zu sein«, sagte Sam brutal. »Ich wette, du hast ihm ganz schön zugesetzt. Sag mal, betrügst du ihn eigentlich auch, wenn du zu Hause bist, oder beschränken sich deine zwischenzeitlichen Aktivitäten auf die Zeiten, in denen du praktischerweise außer Landes bist?«

Das kam so unerwartet und war derart ungerecht, daß Lisa hörbar nach Luft schnappte. Ohne sich darum zu kümmern, was er dachte oder zu welcher Strafe er greifen würde, sprang sie auf und rannte davon.

Sam lief nicht hinter ihr her. Lisas Schritte wurden allmählich langsamer. Dann blieb sie stehen. Es war zwecklos, davonzulaufen, eine lächerliche Vergeudung von Zeit und Energie. Wohin konnte sie denn gehen, wenn nicht in Sams Zelt, um dort tatenlos zu erwarten, wie er ihr dieses Benehmen vergelten würde? So dumm war sie nun auch wieder nicht, kopflos in den Busch zu fliehen...

Es war merkwürdig, daß diese letzte schneidende Bemerkung ihr derart weh getan hatte. Es mochte komisch sein, aber sie hatte an diese einzige Nacht mit ihm, die ihr immer noch unwirklich vorkam, nie als einen Verrat an Jeff gedacht. Ihre Ehe war seit Jahren kaputt, und es tat sich nichts mehr, schon seit der Zeit vor Jennifers Geburt. Wenn Jeff gewußt hätte, daß sie mit Sam geschlafen hatte, hätte ihn das nicht im geringsten getroffen. Eventuell wäre er ein wenig in seinem Stolz gekränkt, aber selbst das bezweifelte sie. Er suchte sich seit Jahren seine eigenen Formen des Vergnügens. Warum sollte sie es nicht auch tun? Sie hätte es schon vor langem getan, wäre Jennifer nicht gewesen.

Lisa wies alle Gedanken an ihre Tochter weit von sich, als sie widerstrebend auf Sams Zelt zuging. Was vorbei war, war vorbei, und sie hatte mit sich selbst den Pakt geschlossen, nur noch in der Gegenwart und in der Zukunft zu leben. Und ihre nähere Zukunft schien ein sehr unerfreuliches Gespräch mit Sam mit sich zu bringen.

Als sie eintrat, stellte Lisa erleichtert fest, daß er noch nicht da war. Die Lampe brannte noch, und Lisa blieb unentschlossen stehen und kaute nervös auf einem Fingernagel herum. Sollte sie ihn und ihre Strafe untätig erwarten, oder sollte sie in ihr eigenes Zelt zurückkehren und ihn zwingen, sie dort aufzusuchen? Die Versuchung, in ihr eigenes Zelt zurückzukehren, war groß, aber die Erinnerung an das von Sam gestellte Ultimatum entmutigte sie. Sie war sicher, daß sie ihn ohnehin schon erzürnt hatte, indem sie ihm ausgerechnet vor seinen Männern eine Szene gemacht hatte, und wenn sie sich jetzt noch seinem Befehl widersetzte, konnte er seine Drohung durchaus wahrmachen und sie im Urwald aussetzen. Das war ein zu hoher Preis für eine zwecklose Trotzhaltung.

Die Zeit verging, und Sam kam immer noch nicht. Lisa

rollte sich schließlich auf seiner Pritsche zusammen und zog die Decke über sich. Ihre Kehle schmerzte, ihr Magen knurrte vor Hunger, und sie fürchtete sich zusehends vor seinem Kommen.

Sie war entschlossen, bei seiner Rückkehr wach zu sein. Sie konnte ihn zwar nicht davon abhalten, ihren Körper zu begehren, und wenn sie sich selbst gegenüber ehrlich war, konnte sie noch nicht einmal leugnen, daß diese Vorstellung ihr keineswegs unangenehm war – aber nach allem, was er gesagt und getan hatte, wollte sie es ihm nicht leicht machen. Genußvoll legte sie sich die Worte zurecht, mit denen sie seine arroganten Ohren versengen würde.

Es mußte etwa Mitternacht gewesen sein, als Lisa nicht länger gegen ihre Müdigkeit ankämpfen konnte und einschlief.

Sie erwachte davon, daß starke Arme sich um sie schlangen. Sinnlich streckte sie sich und preßte sich an die kräftige Gestalt, die sie festhielt. Dann seufzte sie und schlug die Augen auf. Es war dunkel. Sie brauchte ein paar Sekunden, bis sie sich erinnerte, wo sie war und wessen Arme sie hielten. Sam... Lisa wußte auch wieder, daß sie wütend auf ihn war und daß sie ihn von sich stoßen sollte, statt sich an ihn zu kuscheln. Aber sie war so verschlafen, und die Nachtluft war so kühl...

Träumerisch nahm sie wahr, daß er sie hochhob. Ihre Arme schlangen sich automatisch um seinen Hals. Er hatte sein Hemd ausgezogen. Ihre Finger streichelten die stahlharten Muskeln seines Nackens unbewußt. Ihre kalte kleine Nase grub sich in das dichte Haar auf seiner Brust. Er roch so gut und war so warm und leicht verschwitzt und ganz und gar Mann. Sie preßte ihre Lippen auf seine Brust und ließ ihre Zunge seine salzige Haut schmecken.

Er trug sie. Sie wußte nicht wohin, aber sie machte sich auch keine Sorgen darüber. Sie fühlte sich so wohl in seinen Armen... Ihre Zehen rollten sich ein, als sie voller Vorfreude daran dachte, was geschehen würde, wenn er sie erst wieder hinlegte.

Er ließ sie auf eine Pritsche sinken – wessen Pritsche? – die aus heiterem Himmel an der gegenüberliegenden Zeltwand aufgetaucht war. Als ihr Gewicht auf die dünne Matratze sank, ließen Sams Arme sie los und er machte eine Bewegung, als wolle er sich aufrichten. Lisas Arme umklammerten protestierend seinen Nacken. Sie wollte ihn nicht fortgehen lassen. Warum wollte er sich überhaupt aufrichten? Das war doch das, was er gemeint hatte, als er ihr vorgeschlagen – nein, befohlen – hatte, in sein Zelt zu ziehen. Ah. Lisa lächelte matt, als sich ihr die Lösung dieses Rätsels aufdrängte. Er mußte sich erst noch ganz ausziehen. Und dann würde er sie ausziehen, ehe... Ihr Körper prickelte bei dieser Vorstellung.

Ihre Hände glitten widerstrebend über seine Brust, und ihre Nägel fuhren durch das krause, leicht feuchte Haar. Er schnappte nach Luft. Lisa hatte den unangenehmen Verdacht, daß sie morgen früh bereuen würde, was sie gerade tat, aber das war ihr im Moment vollkommen egal. Sie konnte an nichts anderes denken als an die schmelzende Wärme zwischen ihren Schenkeln...

Als ihre Hände ihn widerwillig losließen, richtete Sam sich auf. Lisa konnte den dunklen Umriß seines Körpers vage erkennen, als er zurücktrat. Anscheinend hatte er das Licht ausgemacht, ehe er sie geweckt hatte.

Sie hörte Metall rasseln, als er seine Gürtelschnalle öffnete, und darauf folgte das unverwechselbare Geräusch eines Reißverschlusses, der geöffnet wird. Atemlos wartete sie darauf, daß er seine Hose ausziehen und wieder zu ihr kommen würde. Er schien eine Ewigkeit zu brauchen... Sie strengte ihre Augen an, um ihn im Dunkeln zu erkennen, aber sie sah ihn nirgends mehr stehen.

»Sam?« Sein Name war ein heiseres Flüstern.

»Mein Gott, du bist wirklich unersättlich. Das ist ja kaum zu fassen!« sagte er gepreßt. Lisa hörte schockiert seine Worte. Ihr Atem stockte, und sie keuchte lautlos.

»Tut mir leid, *Mrs.* Collins«, fügte er hinzu, als das betroffene Schweigen deutlich machte, daß Lisa ihm nichts darauf antworten würde. Seine Stimme triefte von gemeinem Spott. »Du wirst dich heute nacht selbst in den Schlaf wiegen müssen. Ich lasse mich grundsätzlich nicht mit verheirateten Frauen ein.«

5

Lisa erwachte am nächsten Morgen in einer miserablen Verfassung. Sie war allein, und das war gut so, denn wenn sie eins ganz bestimmt nicht vertragen konnte, dann waren das die vielsagenden Blicke und bissigen Bemerkungen eines Mannes, der sie ganz entschieden für eine Nutte hielt. Lisa mußte sich eingestehen, daß dieser Gedanke nicht ganz ungerechtfertigt war, wenn sie bedachte, wie sie sich verhalten hatte, seit sie ihn das erstemal gesehen hatte. Wenn sie wirklich gerecht war, mußte sie sich sagen, daß er gar nicht wissen konnte, wie wenig sie dazu neigte, sich wie eine Riesenschlange auf jeden Mann zu stürzen, der ihr über den Weg lief. Ganz im Gegenteil... Es hatte doch nur mit *ihm* zu tun! Und das würde sie keinesfalls sagen. Folglich mußte sie ihn in seinem Glauben lassen.

Lisa fühlte sich noch schlechter, nachdem sie sich dieses demütigende Eingeständnis gemacht hatte. Ausgerechnet dieser Kerl! Warum nicht einer der gutaussehenden, wohlhabenden, respektablen Männer aus ihren eigenen Kreisen zu Hause, aus ihrer Gesellschaftsschicht, einer der intelligenten, begabten Männer, die für dieselbe Zeitung arbeiteten wie sie, notfalls sogar der blonde Student, der ihr im Haus einiges abnahm? Wie, um alles in der Welt, hatte sie sich für ihre viel zu lange unterdrückte Sexualität ausgerechnet diesen Kerl aussuchen können? Er war ein harter Brocken, grob und zynisch und bis in die Zehenspitzen ein Chauvinist. Um Himmels willen, er sah noch nicht einmal gut aus! Und sie mochte ihn nicht – wenn sie ihn an einem guten Tag erwischte; an anderen Tagen haßte sie ihn sogar. Doch sie verzehrte sich danach, seinen Körper zu spüren. Sie mußte verrückt sein. Damit schloß sich der Kreis ihrer Gedanken.

Lisa wollte sich gar nicht an die Geschehnisse der vergangenen Nacht erinnern. Ihre Kehle war wund, und das Schlucken war schmerzhaft. Unwillkürlich dachte sie wieder an die kleinen Stummelfinger ihres Angreifers, die sich um ihren Hals geschlossen hatten. Wenn Sam nicht im richtigen Moment gekommen wäre, hätte der Rohling sie vermutlich getötet. Ein Schauer lief ihr über den Rücken. Widerwillig gestand sie sich ein, daß sie Sam wieder einmal ihr Leben zu verdanken hatte.

Sie stand auf. Bis auf ihren Hals schien ihr körperlich nichts zu fehlen, was nicht in wenigen Tagen heilen würde. Wenn sonst schon nichts bei diesem kleinen Abenteuer herausgekommen war, dachte sie zynisch, dann hatte es doch zumindest ihre Schmerzgrenze heraufgesetzt.

Lisa stellte fest, daß Sam eine zweite Pritsche für sie aufgebaut hatte. Das hieß wohl, daß er sie auch weiterhin alleine schlafen lassen würde. Wenn er wirklich Skrupel hatte, mit verheirateten Frauen zu schlafen, dann hätte sie wetten können, daß er sie erst seit gestern hatte. Sie war ziemlich sicher, daß er das nur gesagt hatte, um sie zu beschämen.

Lisa saß auf der Bettkante, als eine kräftige braune Hand die Zeltplane zurückschlug. Ihre Augen weiteten sich instinktiv vor Furcht. Dann erkannte sie die schwarzen Locken und wurde sofort ruhiger.

»Noch im Bett?« Seine Stimme klang leicht belustigt. Als er sich aufrichtete und auf sie heruntersah, sah Lisa in diese blauen Augen. Sie waren spöttisch.

»Wie du siehst.« Sie hatte die Worte überheblich und lässig herausbringen wollen und war erstaunt über das trockene Krächzen, das aus ihrer Kehle drang.

Sam kniff die Augen zusammen. Er bückte sich und nahm ihr Kinn in die Hand, ehe Lisa ihm ausweichen konnte. Er bog ihren Kopf zurück, um sich ihren Hals genauer ansehen zu können. Einen Moment lang musterte er ihren schlanken Hals tonlos, doch sein Gesichtsausdruck sprach für sich. Schließlich hob er die andere Hand, um sie über ihre Gurgel gleiten zu lassen. Seine Berührung war erstaunlich sachte, doch Lisa zuckte zusammen. Er ließ sie sofort los.

»Dein Hals tut weh.« Es war keine Frage, sondern eine Feststellung. Er sah sie mit gerunzelter Stirn an.

»Ja.« Ihre Antwort klang trotzig.

»Sie haben dich wirklich rauher behandelt, als du dachtest, stimmt's?«

»Um Gottes willen, es reicht!« murmelte Lisa wütend. Sie schloß die Augen und öffnete sie wieder, um ihn wütend anzufunkeln. Zu ihrem Erstaunen lächelte er sie an. Sie schaute ihn gebannt an. Es war einfach unglaublich, wie dieses Lächeln sein Gesicht veränderte.

»Schon gut«, sagte er in einem beschwichtigenden Tonfall. »Ich glaube dir, was du zu dem Vorfall am Bach gesagt hast. Ich hatte eine kleine... äh... Unterredung mit Lutz und Brady – den Männern, die dich dort ertappt haben – und sie sind endlich mit der Sprache herausgerückt.«

»Hast du sie fortgeschickt?« fragte Lisa eifrig. Es war gut zu wissen, daß Sam ihr glaubte, und noch besser wäre es gewesen, wenn sie gewußt hätte, daß die Männer, die sie angegriffen hatten, aus dem Lager verschwunden waren.

Sam sah sie überrascht an. »Ich brauche sie«, sagte er, als sei damit alles erklärt.

»Soll das heißen, daß sie hier, in diesem Lager, bleiben werden, nachdem... nachdem...« Ihre Stimme versagte.

»Ich habe dir doch gesagt, daß ich sie brauche.« Es klang unwillig.

»Aber was ist, wenn sie... wenn sie...?« Wieder versagte ihre Stimme fast, und sie kaute besorgt auf ihrer Unterlippe herum, ohne sich dessen bewußt zu werden.

»Wenn sie es wieder versuchen?« beendete Sam den

Satz für sie. »Keine Sorge, das tun sie nicht. Ich habe ihnen heute morgen Gottesfurcht eingebleut.«

Darüber mußte Lisa lächeln. »Du meinst, Angst vor dir.«

Sam grinste. »So könnte man es auch ausdrücken.«

»Ich hätte aber wirklich ein besseres Gefühl, wenn sie nicht mehr hier wären. Kannst du sie nicht rausschmeißen oder was auch immer?« Als sie ihn ansah, lag der Schatten der Erinnerung über ihren Augen, die Furcht ausdrückten. Sam sah sie an, und sein Blick glitt gegen seinen Willen über das zerzauste aschblonde Haar und die Pfirsichhaut ihres Gesichtes, der die Sonne einen Goldton verliehen hatte, über die großen grünen Augen und den weichen, bebenden Mund. Sie bot ein Bild weiblicher Hilflosigkeit. Dann fiel Sams Blick auf die kräftigen schwarz-gelben Quetschungen, die ihren langen Hals verunstalteten. In dieser Männerwelt des Krieges brauchte sie seinen Schutz. Trotzdem hätte er eine beträchtliche Summe darauf gewettet, daß sie dort, wo sie sich heimisch fühlte und mit ihren weiblichen Waffen kämpfen konnte, die Wirkung einer Handgranate auf sechs Meter Entfernung hatte.

»Ich kann sie nicht ›rausschmeißen‹«, erklärte er etwas geduldiger als bisher. »Wir sind hier, um einen Auftrag zu erledigen, und Lutz und Brady sind – wenn sie dir gegenüber auch noch so ausfallend geworden sind – von Bedeutung für unsere Zusammenarbeit. Wir können nicht auf sie verzichten. Keiner der Männer ist austauschbar. Ich glaube nicht, daß dir klar ist, was für ein Opfer es für mich bedeutet, Riley den ganzen Tag über im Lager zu lassen. Ich kann keinen weiteren Mann deinetwegen entbehren.«

Lisa war entgeistert über diese offene Äußerung. Sie war ganz sicher gewesen, daß er diese Tiere, die versucht hatten, sie zu vergewaltigen, jetzt, da er es gewiß wußte, abschieben würde. Offensichtlich war ihm das, was er ›brauchte‹, wichtiger als ihre Sicherheit. In ihren Augen stand eine gewisse Feindseligkeit, als sie ihn ansah.

»Ich verstehe«, sagte sie kühl.

»Gut.« Dieses eine Wort sagte er sehr scharf. »Und wenn du jetzt stillhältst, habe ich eine Salbe, die dir helfen wird. Warte einen Moment.«

Mit diesen Worten verließ er das Zelt. Lisa sah mit einer Mischung aus Zorn und Kummer hinter ihm her. Als er mit der Salbe zurückkam und sie auf ihren Hals auftrug, sagte sie wenig. Erst, als er wieder gegangen war, wurde Lisa klar, daß ihr Gerechtigkeitsempfinden litt. Er hatte zugegeben, daß sie von Anfang an die Wahrheit gesagt hatte. Sie hatte recht gehabt, er hatte sich geirrt. Er war ihr doch wohl mindestens eine Entschuldigung schuldig.

In den nächsten drei Tagen sah Lisa Sam wenig. Wenn er am späten Abend in das Zelt kam, war er so müde, daß er kurz in ihre Richtung nickte und augenblicklich ins Bett fiel. Was für ein Auftrag es auch sein mochte, den er zu erledigen hatte – er arbeitete hart daran. Sie hatte an der Natur der Sache herumgerätselt, aber als Riley auf ihre Frage hin bedeutungsvoll erwidert hatte, daß der am längsten lebt, der am wenigsten weiß, hatte sie diesen Hinweis dankbar angenommen und keine weiteren Fragen gestellt.

In erster Linie litt sie unter Langeweile. Es gab absolut nichts zu tun. Nichts zu lesen, kein Fernsehen, kein Radio – nichts. Es gelang ihr unter großen Mühen, einen

Zettel und einen Bleistift zu ergattern, und sie verbrachte ein paar Stunden mit dem Versuch, ihre Story auf die Weise festzuhalten, die der *Star* gebrauchen konnte, falls sie es der Zeitung überhaupt je zukommen lassen konnte, was immer zweifelhafter erschien. Es gelang ihr nicht, einen neutralen Bericht zu schreiben. In jeder zweiten Zeile erwähnte sie Sam. Sie versuchte zwar, ihre Erlebnisse mit ihm wegzulassen, aber ohne eine Beschreibung, wie er sie gerettet und sich um sie gekümmert hatte – ganz zu schweigen von allem anderen, was er für sie getan und ihr angetan hatte – ergab ihre Geschichte ein Loch, das sich nicht stopfen ließ. Verärgert zerriß sie ihre Arbeit in konfettigroße Schnipsel. Grace und der *Star* mußten eben ohne ihre literarischen Ergüsse auskommen – zumindest, bis sie wieder zu Hause war.

Es gab noch nicht einmal jemanden, mit dem sie reden konnte. Sam war den ganzen Tag fort, und der einzige, der da war, war Riley. Sich mit Riley zu unterhalten, war nicht möglich. Er folgte ihr durch das Lager wie ein griesgrämiger kleiner Hund, der als Reaktion auf jeden Gesprächsversuch nur knurrt. Lisa wußte, daß nur Sams direkter Befehl ihn dazu brachte, als ihr Leibwächter und Gefängniswärter gleichzeitig zu fungieren. Von sich aus hätte er nichts getan, um zu verhindern, sie an den Füßen aufzuhängen. Trotzdem glaubte sie, daß sich sein Betragen nicht gegen sie persönlich richtete, sondern daß er grundsätzlich eine Abneigung gegen Frauen hatte. Wahrscheinlich empfand er es als Zeitvergeudung, das Kindermädchen für eine Frau zu spielen, die da ohnehin nichts zu suchen hatte.

In ihrer Verzweiflung begann Lisa zu kochen. Aus der Pampe in Dosen, die Riley widerwillig als C-Rationen bezeichnete, ließ sich wirklich nicht viel machen, aber sie versuchte es. Aus dem Eipulver stellte sie ein gutaussehendes Omelett her, über das sie sich so freute, daß sie Riley anbot, es mit ihm zu teilen. Er schnaubte, probierte aber trotzdem einen Bissen, und spuckte ihn anschließend auf den Boden. Lisa erschrak ein wenig. Als sie es selbst probierte, mußte sie zugeben, daß es nicht gerade vorzüglich schmeckte, aber doch weit besser war als Rileys Rühreier. Sie überlegte, für Sam – und natürlich auch für die anderen Männer – zu kochen, doch dann entschied sie sich dagegen. Sie kochte weiterhin nur für sich selbst.

Es war nicht gut für ihre Verfassung, mit Sam in einem Zelt zu schlafen und doch nicht wirklich mit ihm zusammenzuleben. In all der Zeit hatte er nichts getan, was sich auch nur halbwegs als ein Annäherungsversuch deuten ließ. Lisa gestand es sich nur widerwillig ein, aber sie war beleidigt und entrüstet. Er zog sich vor ihren Augen mit einer Selbstverständlichkeit an und aus, als täte er das seit Jahren. Sie wandte betont das Gesicht ab, aber das Bewußtsein seiner physischen Nähe ließ sie unruhig werden. Da er häufig nicht im Zelt war, konnte sie sich ungestört mit ihrer Körperpflege befassen, aber sie hätte ein Bündel Lumpen sein können, so wenig Notiz nahm er von ihr. Ihn interessierte nur noch die Arbeit, die ihn nach Rhodesien geführt hatte.

Lisas Haltung Sam gegenüber kühlte sich sehr ab, aber selbst ihren Mißmut nahm er nicht zur Kenntnis. Lisa wußte das, und um seine Aufmerksamkeit auf sich zu lenken, hätte sie ihm gern einen Gegenstand an den Kopf geworfen.

Am Nachmittag saß sie auf einem Stein und sah verdrossen den Vögeln zu. Es war ein wunderbarer wolkenloser Oktobertag. In Rhodesien begann jetzt der Sommer.

Ein Jeep fuhr ins Lager. Sie war überrascht, Sam am Steuer zu sehen, und fragte sich, was er um diese Tageszeit hier tat. Gewöhnlich kehrte er erst lange nach Einbruch der Dunkelheit zurück.

Riley war aufgesprungen und lief auf den Wagen zu, der inzwischen angehalten hatte, und nach kurzem Zögern folgte Lisa ihm.

»Gibt es Ärger?« fragte Riley. Lisa stellte belustigt fest, daß er die Ohren spitzte wie ein Terrier.

Sam schüttelte den Kopf. »Nein«, sagte er. »Du wirst jetzt gebraucht. Ich will, daß du entscheidest, wo diese Ladungen aufgebaut werden.«

Riley nickte, als hätte er diese unverständliche Äußerung begriffen. Dann wies er mit einer unwirschen Kopfbewegung auf Lisa.

»Was ist mit ihr?« fragte er.

Sam sah Lisa an. Sie erwiderte seinen Blick mit hochgerecktem Kinn.

»Heute nachmittag passe ich auf sie auf«, sagte er. »Dann werden wir weitersehen. Von jetzt an wirst du gebraucht.« Seine letzte Bemerkung richtete sich wieder an Riley.

Der kleine Mann nickte noch einmal. »Soll ich den Jeep nehmen?«

Sam schüttelte den Kopf. »Nimm den Ersatzwagen. Es kann sein, daß ich den Jeep noch brauche.«

»Okay.« Riley zog los, und Lisa war mit Sam allein.

»Was sollte das alles heißen?« fragte sie unterkühlt. Sam zog einen Mundwinkel zu einem Lächeln hoch.

»Heißt es nicht, Neugier könnte tödlich enden?«

»Also, ehrlich«, sagte Lisa mürrisch. »Ich verstehe gar nicht, daß du so geheimnisvoll tust. Mir ist vollkommen egal, was du hier machst. Und selbst, wenn ich es wüßte, gäbe es niemanden, dem ich es erzählen könnte.«

»Glaube mir, Süße, je weniger du weißt, desto besser ist es«, sagte Sam ernst. »Außerdem traue ich Journalistinnen nie. Sowie sie etwas wissen, erzählen sie es weiter.«

Lisa ließ sich nicht dazu herab, darauf einzugehen, denn ihr war klar, daß er es nur sagte, um sie zu ärgern. Statt dessen strafte sie Sam mit einem eisigen Blick. Zu ihrem Verdruß lachte er nur darüber.

»Freust du dich nicht, mich zu sehen?« spottete er.

Lisa schnaubte gar nicht damenhaft: »Nicht übermäßig.«

Sams Grinsen wurde noch breiter. Er ging einen Schritt auf Lisa zu und sah sie mit einem Blick an, der ihr Herz hätte höher schlagen lassen, wenn sie für seinen speziellen Charme noch empfänglich gewesen wäre.

»Ich nehme an, es hat einen Grund, daß du hier bist?« fragte Lisa kühl.

»Deine Vermutung ist richtig«, sagte Sam und verschränkte die Arme vor der Brust. Als Lisa nichts sagte, zog er eine Pistole aus seinem Gürtel. Lisa riß die Augen auf, sah von der Waffe in sein Gesicht und dann wieder auf die Waffe.

»Was...« stotterte sie in ihrer Panik. Vielleicht hatte er beschlossen, es sei doch das einfachste, sie zu töten. Er war schließlich Soldat. Er mußte Dutzende, nein Hunderte von Menschen getötet haben...

»Keine Panik«, riet er ihr trocken, als er sah, daß jede

Farbe aus ihren Wangen wich. »Du bist absolut sicher. Wenn ich dich loswerden wollte, hätte ich mir dich schon vor Tagen vom Hals geschafft. Du bist lästig, das gebe ich zu, aber ich empfinde jetzt eine Form von verdrehter Verantwortung für dich.«

Diese wenig schmeichelhaften Worte wiegten Lisa in absoluter Sicherheit. Was er auch sonst getan hatte – Sam hatte ihr nie physisch etwas angetan. Er hatte ihr sogar schon mehr als einmal das Leben gerettet.

Sie reagierte mit einem entschuldigenden matten Lächeln auf seine Bemerkung. Sam akzeptierte ihre Entschuldigung mit einem Nicken und wandte seine Aufmerksamkeit wieder der Pistole zu.

»Hast du je so etwas benutzt?« fragte er, während er mit der Waffe spielte. Lisa starrte sie fasziniert an. Das schwarz schimmernde Ding sah in Sams gebräunter, unglaublich männlicher Hand so richtig aus, als gehörte es dorthin.

»Natürlich nicht«, antwortete sie. Sie hatte ihr Gleichgewicht immer noch nicht wiedergefunden. »Wann hätte ich je Grund haben sollen, ein Gewehr zu benutzen?«

Von ihrem Tonfall her hätte sie ebensogut von einer Schlange sprechen können. Sam lächelte.

»Das ist eine Pistole«, verbesserte er sie geistesabwesend. »Ach, was weiß ich. Ich dachte, daß reiche Mädchen im allgemeinen auf die Fuchsjagd gehen.«

»Um Himmels willen, man *schießt* doch nicht auf den Fuchs!« Lisa starrte ihn an und war unsicher, ob er sich einen Scherz mit ihr erlaubte. »Auf jeden Fall sind mir Waffen verhaßt. Ich finde, sie sollten verboten werden.«

»Wirklich?« Sam sah sie belustigt an.

Lisa starrte kalt in sein Gesicht. Wenn sie zu einem politischen Thema eine klare Meinung hatte, dann zu den Waffenbestimmungen. Sie glaubte, daß mehr Menschen ein hohes Alter erreichen würden, wenn die Regierung einschreiten und diese Todeswerkzeuge verbieten würde.

»Ja«, sagte sie.

»Es tut mir leid, gegen deine Prinzipien zu verstoßen, aber du wirst den Umgang mit einer Pistole lernen müssen.«

Lisa spürte, daß sich ihre Muskeln anspannten. »Warum?« fragte sie vorsichtig.

»Weil ich Riley nicht länger als Amme entbehren kann«, sagte er und sah ihr direkt ins Gesicht. »Weil ich nicht persönlich auf dich aufpassen kann. Weil du ab morgen ganz allein in diesem Lager bleiben mußt. Und weil ich nicht dafür garantieren kann, daß nicht einer der Männer kommt und versucht, da weiterzumachen, wo Lutz und Brady aufgehört haben.«

Lisa schluckte bei der Nennung dieser Namen. Erst jetzt, da sie sich in der Situation sah, ohne Rileys mißmutige Hilfe auskommen zu müssen, merkte Lisa, wie sehr sie sich daran gewöhnt hatte, sich auf ihn zu verlassen und die Sicherheit zu haben, daß er sie beschützen würde, weil Sam es ihm gesagt hatte ... Sie erinnerte sich wieder daran, wie sie sich gefühlt hatte, als sie allein im Dschungel war, nachdem die Farm der Blass' angezündet worden war, und daran, wie sie sich gefühlt hatte, als diese beiden Bestien sich am Bach an sie herangeschlichen hatten – hilflos in ihrem Entsetzen.

Und genauso hilflos würde sie sich allein in diesem Lager fühlen.

»Ich ... ich fürchte mich vor Waffen«, sagte sie schließlich unbeholfen. »Ich bin nicht sicher, ob ich überhaupt damit umgehen könnte.«

Sam sah sie lächelnd an. »Deshalb bin ich ja hier, um es dir beizubringen. Es ist ganz einfach. Und jetzt komm her, und laß es dir zeigen.«

Widerstrebend gehorchte Lisa und stellte sich neben ihn. Ihr Kopf reichte gerade über seine muskulöse Schulter. Sie war selbst recht groß. Er mußte mindestens eins neunzig sein. Neben ihm fühlte sie sich winzig, und beschämt gestand sie sich ein, daß ihr das gefiel.

»Hörst du mir zu?« fragte Sam mit einem Unwillen, der verständlich war. Lisa zuckte zusammen und sah mit schuldbewußten Augen in sein Gesicht auf. Er seufzte und wiederholte dann geduldig, was er gerade gesagt hatte.

Immer wieder zeigte er ihr, wie die Pistole geladen wurde. Lisa sah ihm mißtrauisch zu. Eigentlich kam ihr alles, was er sagte, ganz einfach vor, aber als sie es selbst probierte, klemmte sie sich den Daumen ein. Sam lachte, und sie sah ihn wütend an und lutschte heftig an ihrem Daumen.

»Du machst das sehr gut«, lobte er sie beschwichtigend und unterdrückte ein breites Grinsen. »Wahrscheinlich brauchst du das sowieso nicht zu tun. Ich werde sie für dich reinigen und laden – ich zeige dir das nur für den Fall, daß du nachladen mußt.«

»War das alles?« fragte Lisa hoffnungsvoll. Ihr Daumen tat immer noch weh, und sie war sicher, daß sie besser wegkäme, wenn sie die dumme Pistole nach einem Angreifer werfen würde, statt damit auf ihn schießen zu wollen.

Sam schüttelte grinsend den Kopf.

»Nein. Jetzt weißt du, wie man sie lädt, und nun mußt du lernen, wie man das trifft, was man treffen will. Wir müssen üben.«

Lisa sah ihn entgeistert an. Ihr ging plötzlich auf, daß er seinen Spaß an dieser Geschichte hatte.

»Lieber nicht...« setzte sie an. Sam brachte sie mit einem Kopfschütteln zum Verstummen.

»Du wirst es versuchen«, sagte er entschieden.

Lisa sah zu ihm auf, seufzte und gab sich geschlagen.

Sie stiegen in den Jeep, und als sie ankamen, hoffte sie nur, daß sich ihr Magen bald wieder von dieser holprigen Fahrt beruhigen würde.

Sam rupfte Gras von einem großen Baumstamm. »Das ist deine Zielscheibe«, verkündete er dann. Lisa sah die schwere Waffe in ihrer Hand angewidert an.

»Ich will nicht«, sagte sie.

»Mach schon«, befahl er und stellte sich hinter sie. Seine Arme legten sich um sie, als er ihr zeigte, wie man eine Pistole hielt. Lisa spürte seinen warmen Körper und seine festen Muskeln, und biß sich auf die Lippen. Sie mußte sich dazu zwingen, ihm zuzuhören. Sie kämpfte energisch gegen das Gefühl an, sich zurückzulehnen, um sich von seinem Körper stützen zu lassen.

»Paß auf«, schrie Sam in ihr Ohr, und Lisa zuckte schuldbewußt zusammen.

Lisa mußte sich anstrengen, um sich auf seine Worte zu konzentrieren. Sie spürte die Haare auf seinen Armen auf ihrer Haut, und seine großen, schwieligen Hände, die ihre kleineren Hände umklammert hielten, erinnerten sie an...

»So, und jetzt drück ab. Ganz sachte.«

Lisa tat automatisch, was er sagte. Statt des ohrenbetäubenden Knalls erklang, zu ihrem Erstaunen, ein leises Aufheulen. Erleichtert wollte sie die Arme sinken lassen, aber Sam ließ keine Pause zu.

»Mach weiter«, sagte er ermutigend. Seine Stimme war ganz nah an ihrem Ohr.

Lisa schloß die Augen, weil sie nicht sehen wollte, wie sie den Baum verstümmelte.

»Du kannst den Finger vom Abzug nehmen«, sagte Sam schließlich trocken. »Die Trommel ist leer.«

Lisa schlug die Augen auf. Sam sah sich den Baum an.

»Wie war ich?« fragte sie, als er wieder auf sie zukam.

Er schüttelte angewidert den Kopf. »Kein einziger Treffer«, sagte er.

Lisa seufzte erleichtert. Dann fügte sie kleinlaut hinzu: »Habe ich wirklich kein einziges Mal getroffen?«

»Nicht ein einziges Mal«, bestätigte er wortkarg. »Aber es könnte natürlich etwas nutzen, wenn du die Augen offenhältst. Komm, laß es uns noch einmal versuchen.«

Sam stellte sich wieder hinter sie, doch diesmal legte er seine Hände nur auf ihre Schultern und überließ es ihr, das Ziel anzupeilen. Lisa hätte diese Geste als Trost ausgelegt, wenn sie nicht der Verdacht beschlichen hätte, daß er sich hinter ihr am sichersten fühlte.

Die Nähe seines Körpers und sein männlicher Geruch betörten sie und lenkten sie ab, obwohl Lisa alles tat, um es zu ignorieren. Mit zitternden Fingern richtete sie die Pistole auf den Baum. Lisa spürte, daß sich Schweißperlen auf ihrer Oberlippe bildeten, und sie schob es auf den heißen Tag. Sie standen zwar im Schatten, aber die flimmernde Hitze, die selbst hierher vordrang, verursachte ihr Unbehagen.

Grimmig betätigte Lisa wieder den Abzug und wollte

nichts anderes, als ihren Verstand von den Reaktionen ihres Körpers ablenken. Sie kam sich wie eine Mörderin vor, als ein kleines Stück Rinde in die Luft flog.

»Du hast getroffen«, sagte Sam jubilierend. »Braves Mädchen. Und jetzt gleich noch mal.« Während er das sagte, legten sich seine Hände auf ihre Taille.

»Ich will nicht.« Lisa sah ihn über die Schulter an, und in ihren Augen stand ein Flehen, das ihr nicht bewußt war. Sie mußte ihren Kopf weit zurücklegen, wenn sie ihm in die Augen sehen wollte. Er legte die Stirn in Falten, aber er schien nicht wütend zu sein. Diese blauen Augen schienen starr auf ihren Mund gerichtet zu sein...

Lisa starrte ihn unwillkürlich an. Sie war ihm so nah, daß sie jede Falte und jede Pore seiner Haut sehen konnte. Sein schwarzes Haar hing feucht in seine Stirn, und seine blauen Augen funkelten lebhaft und temperamentvoll. Lisa probierte gar nicht erst, die Gefühle zu bestimmen, die sich in ihnen ausdrückten. Sein Mund war ein verlockender harter Strich...

Sams Hände schlossen sich so fest um ihre Taille, daß es weh tat. Lisa spürte eine Woge des Verlangens, die ihren Körper mitriß. Auch Sam nahm diese Woge wahr. Das erkannte sie an der plötzlichen Glut in seinen Augen.

Langsam, wie unter Hypnose, drehte sich Lisa zu ihm um, stellte sich auf die Zehenspitzen, legte eine Hand auf seine muskulöse Schulter, um das Gleichgewicht zu behalten. Ihre Lippen berührten zart seinen Mund und glitten dann bebend über seine Lippen. Ihre Augen waren geschlossen, um die Realität von sich fernzuhalten und um nichts anderes mehr wahrzunehmen, als das Gefühl zu diesem Mann.

Er stand regungslos da und tat weder etwas, um sie in ihrer Liebkosung zu bekräftigen, noch, um sie daran zu hindern. Lisa zitterte, als sie sich dichter an ihn schmiegte und ihre weichen Brüste seinen kräftigen Brustkorb streiften. Ihre Arme schlangen sich um seinen Nacken und umklammerten ihn. Die Pistole baumelte unbeachtet in einer Hand.

Lisa lehnte ihren Kopf zurück und schaute in seine blauen Augen, aus denen sie ein loderndes Verlangen erkennen konnte, trotzdem aber rührte er sich nicht. Lisa lächelte ihn an und schmiegte sich noch dichter an ihn. Sam hielt den Atem an.

6

»Zum Teufel, warum eigentlich nicht?« murmelte er schließlich mit belegter Stimme und überschüttete sie mit heißen Küssen, während sich seine Arme um ihre Taille klammerten, als würde er sie nie mehr loslassen wollen. Sie hatte ihren Kopf an seine Schulter gepreßt und zitterte so voller Aufregung, daß sie das Gefühl hatte, ihre Beine würden sie nicht mehr tragen, wenn er sie losließe. Was sie getan hatte, war absolut schamlos, das war ihr klar – und doch schämte sie sich keine Spur! Sie begehrte ihn zu sehr.

Sein Mund glitt über ihre zarte Wange und liebkoste ihr Ohr. Lisa stöhnte leise, als er an dem zarten Ohrläppchen zog und mit seinen Zähnen daran knabberte.

»Verführerin«, murmelte er heiser, und Lisa spürte seinen warmen Atem. Das Wort war als ein Vorwurf gedacht, das wußte Lisa, aber es klang sehr sexy für sie.

Sein Mund bahnte sich einen Weg über ihren Hals und glitt über ihre Haut. Sie spürte das Kratzen seines unrasierten Kinns. Er umarmte sie und legte eine Hand auf ihre zarte Brust. Die Brustwarze stellte sich augenblicklich auf und preßte sich durch ihr Hemd und den dünnen BH gegen seine Handfläche. Er nahm die aufdringliche Knospe zwischen seinen Daumen und Zeigefinger und drehte sie behutsam. Lisas Knie versagten unter ihr.

Er ließ sie auf den Boden sinken und stützte sie mit seinen Armen, bis sie im hohen Gras lag. Lisa blinzelte mit den Augen und entdeckte ein klägliches Lächeln, das seinen festen Mund verzog. Sie war etwas verwirrt.

»Ich glaube, das gibst du mir jetzt am besten wieder«, sagte er mit spöttischer Stimme, obwohl die Worte vor Leidenschaft belegt klangen.

›Das‹ war, wie sich herausstellte, die Pistole, die sie völlig vergessen hatte. Sam nahm sie ihr sachte aus der Hand. Hatte sie wirklich je gefunden, daß er nicht gut aussah? fragte sie sich versonnen. Er war der schönste Mann auf Erden, den sie sich im Moment vorstellen konnte. Dieses zerfurchte, ungleichmäßige, unglaublich männliche Gesicht und dieser kräftige braune Körper reizten sie in einer Weise, wie sie es noch nie erfahren hatte.

Er stand jetzt über ihr. Lisa sah gierig zu, als er mit schnellen, sparsamen Bewegungen sein Hemd aufknöpfte. Als er es lässig auf den Boden fallen ließ, glitt ihr Blick begehrlich über die breiten Schultern und den kräftigen Hals, ehe er über die muskulöse, behaarte Brust mit dem Pistolenhalfter hinunterwanderte. Seine Hände lagen auf seinem Gürtel und öffneten die Schnalle. Als er den Reißverschluß seiner Khakihose heruntergezogen hatte, blieb er einen Moment lang stehen, stemmte die Hände in die Hüften und sah mit einem spöttischen Lächeln auf sie herunter und in ihr fasziniertes Gesicht.

»Gefällt dir die Vorstellung?« fragte er leise, und Lisa konnte sich vage erinnern, daß sie schon einmal etwas Ähnliches zu ihm gesagt hatte. Sie nickte schamlos. Sein Lächeln wurde noch breiter, aber seine Augen bekamen einen bedrohlichen Ausdruck. Er mußte sich hinsetzen, um seine schweren Stiefel auszuziehen. Dann kroch er auf sie zu, splitternackt, und beugte sich auf allen vieren über ihren Körper, hockte sich zwischen ihre Oberschenkel, hielt sie mit seinen Knien fest, und seine Hände glitten langsam, ganz langsam zu den Knöpfen ihres Hemdes. Lisa wollte ihm helfen, aber ihre Finger waren viel zu ungeschickt. Er stieß sie zur Seite und öffnete die Knöpfe selbst. Nach jedem Knopf, den er geöffnet hatte, preßte er einen kurzen, verführerischen Kuß auf ihr begehrliches Fleisch. Als ihr Hemd offen war, stöhnte Lisa bereits hörbar. Sie streckte die Arme nach ihm aus, doch er packte ihre Hände und legte sie wieder auf den harten Boden. So hielt er sie fest, und sie war gezwungen, hilflos zuzusehen, als seine Blicke sich an ihrem bebenden Körper labten.

Ihr Oberkörper hob sich bleich gegen das geöffnete Hemd und die Khakishorts ab. Ihr schön geformter Busen schimmerte durch das seidige pfirsichfarbene Gewebe ihres dünnen BHs, und direkt über dem Gürtel ihrer Shorts schaute ihr Nabel heraus.

Sam genoß diesen Anblick. Lisa wollte sich befreien, um ihn an sich zu ziehen, doch er konnte ihren Bewegungen mühelos Einhalt gebieten. Ihr langes hellblondes

Haar lag wie ein Heiligenschein um ihren Kopf herum und bildete einen reizvollen Kontrast zu dem tieferen Goldton des Grases. Ihre katzenhaften Augen schimmerten leuchtend grün und flehten ihn an.

Sams Herz schlug heftig, Lisa beobachtete die Anzeichen seiner Erregung und spürte die Schauer, die über ihre Haut liefen.

Ihr Atem stockte, als er seinen Kopf senkte und mit seinen geöffneten Lippen ihre Brust berührte. Sein heißer, feuchter Atem drang durch ihren BH, und seine Zunge spielte durch den dünnen Stoff mit ihrer Brustwarze. Hilflos schloß sie die Augen und warf in ihrem qualvollen Verlangen den Kopf von einer Seite auf die andere. Sie begehrte ihn mit einer Heftigkeit, die sie selbst schokkierte.

Sein Mund hörte nicht auf, ihre Brustwarze zu martern. Sie keuchte, als seine Hand über ihr Fleisch glitt, um ihren zitternden Nabel mit einem Finger zu erkunden, und dann über ihren nach wie vor bekleideten Unterleib glitt und sich zwischen ihre Schenkel legte. Als er sie berührte, wand sie sich und stieß gegen seine Hand, um dieser Qual ein Ende zu bereiten.

»Mein Gott«, hörte sie ihn murmeln. Seine Stimme klang erstickt. Dann zerrten seine Hände an ihren Shorts, und mit zitternden Fingern fummelte er an der Schnur herum, die ihr als Gürtel diente. Sie hob ihm ihre Hüften entgegen, um ihm zu helfen, als er ihr die Shorts, den Slip und die Schuhe gleichzeitig vom Leib zog. Dann lag sein Körper auf ihr, und sein Gewicht preßte sie gegen den Boden, als seine Hände ihren BH wegzogen.

»Jetzt«, schrie sie auf. Sie stöhnte, und ihre Schenkel öffneten sich für ihn. »Jetzt, Sam, o bitte, jetzt!«

Er drang heftig in sie ein. Sie keuchte und stöhnte und rief seinen Namen, als ihre Beine sich um seine Hüften schlangen. Ihre Hände hielten sich an dem dichten Haar fest, das bis in seinen Nacken fiel.

Seine Arme preßten sie mit einer Kraft an ihn, die schmerzhaft gewesen wäre, wenn sie außer dem verzweifelten Verlangen ihres Körpers noch etwas anderes wahrgenommen hätte. Sein Stöhnen vermengte sich mit ihren leisen Schreien, als er sie an den Rand der Ekstase führte. Lisas Nägel gruben sich in sein festes Fleisch. Ihr Körper bewegte sich voller Leidenschaft im Einklang mit seinem.

»Ja, ja, *ja!*« schluchzte sie, als er endlich mit einer Wucht in sie eindrang, die sie in Stücke hätte spalten können. Zur Antwort stöhnte er, grub sein Gesicht in ihren köstlich duftenden Hals, zuckte von Kopf bis Fuß und pochte tief in ihrem Innern. Lisa preßte sich an ihn, hielt ihn umklammert und stöhnte. Dann erlebte sie etwas, was genüßlicher war als alles, was sie je gekannt hatte.

Es konnten Stunden, aber auch Minuten vergangen sein, als sie endlich wieder auf die Erde zurückkehrte und die Sonnenstrahlen auf ihrer Haut brennen spürte. Sie schlug die Augen auf und stellte fest, daß die schattige Stelle, an der sie gelegen hatten, mit der Zeit weitergerückt war und sie jetzt erbarmungslos der lodernden Glut der Spätnachmittagssonne ausgesetzt waren. Lange sah sie auf ihren Körper herunter und staunte, zu welch köstlichen Empfindungen er imstande war. Sie hätte nie im Traum geglaubt, daß sie eine solche Leidenschaft erleben könnte...

Sie errötete ein wenig, als ihr aufging, wie wollüstig sie

wirken mußte, wie sie nackt im Gras lag, während die helle Sonne Afrikas auf ihren Körper schien. Sie setzte sich erschöpft auf. Ihr BH, dessen Öse noch geschlossen war, hatte sich zwischen ihren Achselhöhlen verdreht, und sie zog ihn herunter und schob ihn mit unsicheren Fingern über ihren Busen. Ihr Hemd hing verknittert und schweißfleckig von ihren Schultern. Sie zog es um ihren Körper.

Dann sah sie sich nach Sam um.

Er lag einen halben Meter neben ihr flach hingestreckt auf dem Bauch. Das Gesicht hatte er in den Armen vergraben, und nur sein Hinterkopf war zu sehen. Seine langen Beine waren leicht auseinandergespreizt. Die Sonne schimmerte auf der dunkelbraunen Haut seines Rückens.

Lisa lächelte, als sie ihn ansah. Was er auch sonst sein mochte – er war ein fantastischer Liebhaber. Zögernd streckte sie eine Hand aus, um ihn zu berühren, und ließ ihre Finger über die festen Muskeln seines Oberarmes gleiten. Sie wollte, daß er sie ansah. Sie mußte wissen, ob er sich genauso prächtig fühlte wie sie. Er rührte sich nicht. Zuversichtlicher und selbstbewußter streichelte sie seinen Arm von der Schulter bis zum Handgelenk und ließ ihre Finger schließlich auf seinem Nacken liegen. Plötzlich packte er ihre Hand und hielt sie am Handgelenk fest, drehte sich auf die Seite und stützte sich auf einen Ellbogen. Seine eigene Nacktheit schien ihn wenig zu bekümmern.

Seine blauen Augen musterten sie mit einem Ausdruck, der unmöglich zu deuten war. Wenn sie jetzt daran dachte, was sie in seinen Armen gesagt und getan hatte, war es ihr ein wenig peinlich, und sie war froh, daß das Hemd die intimsten Körperteile vor seinem Blick verbarg. Ihre langen, schlanken Beine waren nackt. Seine Augen musterten sie von den Zehenspitzen bis zu den Oberschenkeln.

Plötzlich blickte er auf und sah ihr in die Augen. Lisa spürte ihre Wangen warm werden, als er ihr ins Gesicht schaute und seine Augen auf ihrem Mund verharrten. Sie war sicher, daß er noch rot und aufgequollen von seinen Küssen war. Sie lächelte ihn unsicher an. Daraufhin nahm er ihre Hand, führte sie an seinen Mund und preßte seine Lippen gegen die Innenseite ihres Handgelenks. Es überliefen sie Schauer bis in die Zehenspitzen.

»Das muß ich dir lassen, Süße«, sagte er gedehnt und küßte der Reihe nach ihre Fingerspitzen. »Du bist verdammt noch mal die beste Nummer, die ich je erlebt habe.«

Einen ungläubigen Moment lang traute Lisa ihren Ohren nicht. Dann zuckte sie vor Empörung zusammen und riß ihre Hand von ihm los. Wie konnte er...? Sie schrie innerlich auf. Wie konnte er sie derart beleidigen? Er lachte, als er ihr bestürztes Gesicht sah, ein spöttischer Laut, der seine große Zufriedenheit ausdrückte. Dann zog er sich auf die Füße.

»Was hast du denn erwartet – Mondschein und Blumen?« scherzte er brutal. Lisa fuhr zusammen. Es konnte nicht wahr sein... es war der reinste Alptraum... Sie sah zu ihm auf, und ihr Schmerz zeigte sich in ihren Augen. Er stand nackt vor ihr und sah sie mit einem gehässigen Lächeln an.

»Ich hasse dich«, flüsterte sie giftig. Sein Lächeln wurde noch breiter, aber seine Augen waren hart wie

Diamanten, als sie über ihre halbnackte Gestalt glitten, die im Gras kauerte.

»Deine Form von Haß gefällt mir, Schätzchen«, höhnte er. Lisa schloß die Augen, um diesen spottenden Barbaren nicht mehr sehen zu müssen, der gerade erst ihr Liebhaber gewesen war. Sie biß sich auf die Lippen, um ihre wüsten Beschimpfungen nicht herauszuschreien. Sie hätte ihn am liebsten umgebracht – aber das konnte sie nicht tun. Sie wollte ihn leiden lassen – und es stand nicht in ihrer Macht. Sie stand hilflos vor diesem sadistischen Halunken...

»Du hast Gras im Haar«, sagte er mit einer Stimme voller Verachtung. Als er sich bückte, um die Grashalme aus ihrem Haar zu ziehen, schlug Lisa seine Hand zur Seite und sprang auf. Ohne vorher nachzudenken, schlug sie ihm in das hämische Gesicht.

»Du kleines...« fauchte er und packte ihr Handgelenk, um es wie in einem Schraubstock festzuhalten. Lisa wußte, daß sie allen Grund hatte, sich zu fürchten, doch sie fürchtete sich nicht. Sie war absolut außer sich...

»Das hast du verdient«, fauchte sie und sah ihn wutentbrannt an. Seine Hand schloß sich zur Strafe noch fester um ihr Handgelenk.

»Wofür denn?« fragte er leise. »Dafür, daß ich mir das genommen habe, was du mir seit Tagen geben willst? Du hast dich doch danach verzehrt! Du hast heute damit angefangen, Süße, und nicht etwa ich. Du warst geiler als eine läufige Hündin, und wenn du ehrlich bist, gibst du es zu.«

Lisa funkelte ihn an und haßte ihn noch mehr, als sie je zuvor in ihrem Leben einen Menschen gehaßt hatte. Wenn sie mit reiner Willenskraft hätte erreichen können, daß er auf der Stelle tot umfiel, dann hätte sie es getan. Das Schreckliche war, daß er recht hatte. Sie hatte diesen Akt herbeigeführt, und sie war scharf auf ihn gewesen – aber mußte er denn alles tun, damit es so... so unsäglich verrucht klang?

»Hat es dir die Sprache verschlagen?« höhnte er. Lisa schüttelte sich die Locken aus dem Gesicht und reckte ihr Kinn stolz in die Luft.

»Würdest du meine Hand bitte loslassen?« fragte sie mit eisiger Höflichkeit. »Du tust mir weh.«

»Du hast mir eine Ohrfeige gegeben«, rief er ihr leise ins Gedächtnis zurück. Lisa sah die Spuren ihrer Hand auf seiner braunen Wange. Sie hoffte mit einer Gehässigkeit, die ihr im allgemeinen fremd war, daß es weh tat.

»Die hattest du verdient«, beharrte sie stur. Er lächelte, aber sein Gesicht wirkte sehr unfreundlich.

»Ich sollte dich dafür schlagen.«

»Das sähe dir ähnlich«, antwortete Lisa mit einer Verachtung, die es mit seiner aufnehmen konnte.

Seine Augen wurden kleiner. Er zog ruckartig an ihrem Handgelenk, und sie wurde gegen ihn geschleudert. Er preßte sie gegen ihren Willen an seinen Körper. Lisa schlug heftig auf seine Brust ein, aber sie hätte ebensogut auf das Empire State Building einschlagen können. Er rührte sich keinen Millimeter von der Stelle.

»Du kannst es durch das wiedergutmachen, worin du am besten bist«, sagte er leise.

Lisa sah ihn wütend an. Als sie seine Absicht in seinen Augen las, wandte sie ihr Gesicht ab. Er lachte barsch und preßte sie mit einem Arm weiterhin an sich, während sich seine andere Hand unter ihr abweisendes Kinn legte. Mit lachhafter Leichtigkeit zog er ihr Gesicht zu sich. Lisa wußte, was er vorhatte und welche Richtung seine Rache einschlagen würde, aber sie war machtlos und konnte nichts dagegen tun. Er war so stark, daß sie sich im Vergleich zu ihm wie ein kleines Kind vorkam. Er lächelte sie spöttisch an und genoß ihre Hilflosigkeit. Lisa stand starr vor ihm, als sich sein Mund langsam auf ihre Lippen senkte. Sie hatte die Fäuste geballt, und jeder einzelne Muskel ihres Körpers war angespannt vor Entrüstung.

Er küßte sie brutal und tat ihr weh, und er schien ihr weh tun zu wollen. Lisa ließ sein Eindringen in ihren Mund über sich ergehen, weil sie nichts dagegen tun konnte. Als seine Hand jedoch unter ihr Hemd und ihren BH glitt und ihre Brüste berührte, versuchte sie, sich zu wehren, und ihre kleinen Fäuste schlugen wirkungslos auf seinen Brustkorb ein, während sie mit den Füßen nach seinen Schienbeinen trat.

Er lachte fröhlich, als er eine Reaktion ihrer Brustwarzen spürte.

»Komm schon, Schätzchen, fleh mich an«, murmelte er mit dem Mund auf ihrer Haut. »Vielleicht könntest du mich wirklich dazu überreden, es dir noch einmal zu besorgen.«

Lisa keuchte. Ihre Wut und ihre Entrüstung verliehen ihr zusätzliche Kraft, als sie darum kämpfte, sich loszureißen. Er konnte sich mühelos gegen sie wehren. Als sie endlich stillhielt, schnaufte und sich ergab, aber vor Wut nach wie vor starr war, begannen seine Hände ihren Körper langsam und dreist zu erkunden. Er beobachtete sie, während er ihre intimsten Körperteile mit einer Vertraulichkeit streichelte, die beleidigend wirken sollte. Lisa bebte vor Demütigung; ihre Augen blitzten.

»Ich hasse dich«, flüsterte sie schließlich, als die Finger einer Hand die verborgensten Schlupfwinkel suchten und fanden. »Nein!«

Es war zu spät.

Lisas übermächtige Wut erstickte jede Leidenschaft, die sie unter Umständen empfunden hätte. Sie verfluchte ihn, als er sie nahm, und ihre Fäuste schlugen auf ihn ein.

Nach dem ersten Hieb in sein Gesicht bog er ihren Oberkörper zurück, um sein Gesicht vor ihren Händen zu schützen, während sich seine Hände um ihre Taille legten. Er nahm sie schnell und brutal. Es war ein roher und aggressiver Akt der Besitznahme. Lisa blieb nichts anderes übrig, als es über sich ergehen zu lassen.

Sie brachte ihre ganze Kraft auf, um sich von ihm loszureißen. Er hinderte sie nicht daran. Sie trat ein paar Schritte zurück. Ihr Blick fiel auf die Pistole, die noch dort lag, wo er sie in das hohe Gras fallen gelassen hatte.

Unauffällig ging sie darauf zu. Als sie dicht genug herangekommen war, warf sie ihre geheuchelte Lässigkeit ab, stürzte sich darauf, riß die Waffe an sich und richtete sie auf ihn. Mit beiden Händen hielt sie sie steif vor sich hin, wie er es ihr beigebracht hatte. Die Mündung war direkt auf seinen flachen Bauch gerichtet. Dann sah sie ihm lächelnd ins Gesicht. Mordlust stand in ihren Augen und erfüllte ihr Herz.

7

Sam sah einen Moment lang erst die Pistole und dann Lisas gerötetes Gesicht an. Erstaunen und noch etwas, was sie nicht näher bestimmen konnte, standen in seinen Augen. Lisa funkelte ihn wutentbrannt und triumphierend an. Endlich hatte sie diesen arroganten Kerl da, wo sie ihn haben wollte. Die Rollen waren vertauscht, und sie kam zu ihrer Rache.

Sie mußte sich eingestehen, daß er nicht allzu besorgt wirkte. Er stand mit den Händen auf den schmalen Hüften da. Die leichte Brise zerzauste sein schwarzes Haar, und er hatte den Kopf auf eine Seite geneigt und sah sie fragend an. Schweiß glänzte auf seiner Brust und seinen Schultern. Seine Nacktheit schien ihm nicht das geringste auszumachen, und das ärgerte Lisa.

»Rühr dich nicht von der Stelle!« warnte sie ihn, obwohl er mit keinem Anzeichen zu erkennen gab, daß das seine Absicht war. Er machte ganz im Gegenteil den Eindruck, als würde er friedlich für den Rest des Tages dort stehenbleiben.

Die Pistole zitterte in ihren Händen. Lisa biß sich auf die Unterlippe und richtete sie wieder fest auf ihn. Ihre Arme taten schon weh, weil sie die Waffe so steif vor sich hinhielt.

»Was ist jetzt – erschießt du mich oder nicht?« fragte Sam.

»Ja«, sagte Lisa nachdrücklich. In Wirklichkeit widerstrebte es ihr jede Sekunde mehr, den Abzug zu betätigen. Er hatte es verdient, aber trotzdem...

»Das gibt eine ganz schöne Schweinerei«, sagte er. »Es ist ein 45er Colt, und auf die Entfernung wird er ein Loch von der Größe eines Basketballs in meine Eingeweide bohren. Oder mich sauber in zwei Teile spalten.«

Lisa merkte, daß ihr Magen sich bei diesen unerwünschten Informationen auflehnte. Sie konnte sich das gräßliche Bild zu gut vorstellen. Blut würde in alle Richtungen spritzen. Sams Körper würde der Länge nach gespalten... Ihre Hände begannen zu zittern. Die Mündung der Pistole zeigte auf den Boden. Hastig riß sie sie wieder höher und sah Sam angriffslustig an.

»Mach schon, drück ab«, ermutigte er sie. Seine Mundwinkel verzogen sich ganz verdächtig.

Lisa zuckte zusammen. Wenn er es wagte, sie auszulachen, würde sie ihn wirklich erschießen.

»Du hast es verdient«, murmelte sie zornig. Sie wußte jetzt schon, daß sie nicht dazu in der Lage war. Schon allein der Gedanke daran, dieser große, starke Körper könne gespalten und blutend auf dem Boden liegen und durch ihre Hand sein Leben aushauchen, sorgte dafür, daß ihr übel wurde. Aber das konnte Sam beim besten Willen nicht wissen...

»Du bringst es nicht fertig, stimmt's?« sagte er trocken. »Schätzchen, du konntest noch nicht einmal auf einen Baum schießen. Mich wirst du um so weniger erschießen, und das wissen wir beide.«

»Sei still!« schrie sie fast. Das, was er gesagt hatte, war nur zu wahr, aber wenn sie im Vorteil bleiben wollte, mußte sie ihn vom Gegenteil überzeugen.

»Wenn du einen Schritt näher kommst, blase ich dir die Eier weg«, sagte sie laut und deutlich. Sie war verblüfft und außer sich, als er laut darüber lachte.

»Das gehört zu den Dingen, die ich an dir bewundere.« Er grinste unverhohlen. Lisa spürte ihr wachsendes Verlangen, dieses hämische Grinsen von seinem Gesicht zu wischen. »Deine damenhafte Ausdrucksweise in den kritischsten Situationen. Bryn Mawr kann stolz auf dich sein.«

»Noch ein Wort, und ich schieße wirklich.« Sie sah ihn finster und mit zorngeröteten Wangen an. Für das, was er ihr angetan hatte, sollte sie ihn wirklich erschießen. Es war die demütigendste Erfahrung ihres Lebens gewesen, daß er ihren Körper brutal genommen hatte, ohne ihre eigenen Wünsche zu berücksichtigen. Sie würde ihm eine Lektion erteilen – aber sie brachte es nicht über sich! So nicht. Und außerdem: Was sollte aus ihr werden, wenn er starb? Bei dieser Überlegung hätte sie fast mit dem Fuß auf den Boden gestampft.

»Nein, das wirst du nicht tun. Und das wissen wir beide, oder etwa nicht, Lisa?« Er kam mit langsamen und lässigen Bewegungen auf sie zu.

Lisa umklammerte die Pistole noch fester. So leicht würde sie sich nicht ergeben...

»Bleib stehen!« warnte sie ihn mit einer hohen, zittrigen Stimme. Die Pistole zuckte in ihrer Hand. Verzweifelt richtete sie sie wieder auf ihn. Sam kam unbeirrt auf sie zu.

»Gib mir die Pistole, Lisa.« Er redete ihr gut zu und streckte die Hand danach aus.

Lisa sah ein, daß er nicht stehenbleiben würde. Sie funkelte ihn in ihrer ohnmächtigen Wut an. Er war so verflucht sicher, daß sie nicht schießen würde, daß sie ihm die Pistole freiwillig überlassen würde... Einen Moment lang erwog Lisa ernsthaft, abzudrücken, ohne auch nur einen Gedanken an die Folgen zu verschwenden. Dann warf sie die Pistole nach ihm und stieß dabei einen

Laut aus, der zwischen einem Schluchzen und einem Knurren lag.

Sam fing sie mühelos mit einer Hand. Lisa biß die Zähne zusammen, als sie sah, wie lässig er sie im Flug abfing. Sie hatte zumindest darauf gehofft, ihm einen gewaltigen blauen Flecken zu verursachen, der ihn noch lange an diesen Zwischenfall erinnern würde.

Er stand so dicht vor ihr, daß er nur die Hand auszustrecken brauchte, aber Lisa fürchtete sich nicht vor ihm und wollte keinen Zentimeter zurückweichen. Sollte er sich doch an ihr rächen!

»Wenn du das nächste Mal eine Pistole auf einen Mann richtest«, sagte er aufreizend gedehnt, »dann solltest du dich vorher vergewissern, daß sie entsichert ist. Die Wirkung ist unvergleichbar bedrohlicher.«

Er grinste, entsicherte die Pistole und sicherte sie wieder. Lisa hätte vor Zorn laut schreien können. Kein Wunder, daß er so lässig und selbstbewußt reagiert hatte!

»Und jetzt«, begann er. Seine Worte rissen ab, als das unverwechselbare Motorengeräusch eines Jeeps näher kam. Sam stand sofort starr da. Der Spott wich von seinem Gesicht, und an seine Stelle trat eiskalte Konzentration. Lisa erschrak. Wenn sie ihn so sah, glaubte sie, daß er töten konnte...

»Es kommt jemand«, sagte er überflüssigerweise. »Versteck dich dort hinten zwischen den Bäumen, und laß dich nicht blicken.«

Während er das sagte, überprüfte er die Anzahl der Kugeln und sprang mit langen Sätzen zu seinem Jeep.

Lisa rannte bereits auf die Bäume zu und hob auf dem Weg die Kleidungsstücke auf, die sie finden konnte. Schnaufend erreichte sie den Schutz der Bäume und kauerte sich in deren Schatten. Sam war über den Jeep gebeugt und zog eine Flinte vom Rücksitz. Mit der anderen Hand schlang er sich den Patronengurt über die Schulter. Mit flinken Bewegungen entfernte er sich von dem Jeep.

Gräßliche Erinnerungen an die Nacht, in der sie ihn getroffen hatte, zogen wie Filmausschnitte vor Lisas Augen vorbei. Sie fürchtete sich so sehr, daß ihre Knie zitterten. Wenn in dem Fahrzeug, das sich ihnen näherte, wirklich feindliche Soldaten saßen, was sollten sie und Sam dann tun? Sie würden sie alle beide töten. Betäubt hielt sie nach Sam Ausschau. Er war auf ein Knie gesunken und hatte die Flinte in die Richtung gerichtet, aus der die Geräusche kamen. Er kniff ein Auge zu und sah an ihrem Lauf entlang. Neben ihm auf dem Boden lag in seiner Reichweite die Pistole.

Schon sein Anblick reichte aus, um Lisas Nerven zu beruhigen. Er war ein grausamer und berechnender Halunke, und sie verabscheute ihn, aber sie wußte, daß er sie notfalls mit seinem Leben beschützen würde. Er hatte selbst zugegeben, daß er sich für sie verantwortlich fühlte, und er war ein Mann, der sich um keinen Preis vor seiner Verantwortung gedrückt hätte. Sogar jetzt, mit nichts anderem als einem Patronengurt bekleidet, machte er den Eindruck, als könne er mühelos ein ganzes Heer angreifen, falls sich die Notwendigkeit ergab. Plötzlich fühlte sich Lisa unermeßlich ruhig. Es mochte ihr zwar verhaßt sein, es zuzugeben, aber sie wußte, daß sie in guten Händen war.

Lisa zog sich an, obwohl sie ihren Slip nicht gefunden hatte. Sam mochte sich nichts aus seiner eigenen Nacktheit machen, aber sie fühlte sich angezogen gleich viel sicherer.

Sie sah Sam im hohen Gras knien. Als der Jeep in ihre Sichtweite kam, spannten sich die Muskeln unter der glatten braunen Haut seiner Arme, und er wirkte, als würde er jeden Moment abdrücken. Als der Jeep jedoch noch näher kam, legte er die Flinte neben die Pistole auf den Boden und stand auf. Als der Jeep neben ihm anhielt, hatte er seine Unterhose angezogen und zog sich gerade in aller Ruhe die Hose an.

Zwei Männer saßen im Jeep, und mit einer Woge der Erleichterung erkannte Lisa in den beiden zwei Männer, die sie schon im Lager gesehen hatte. Beide grinsten Sam breit an, als er seinen Reißverschluß zuzog.

»Es besteht also kein Anlaß zur Sorge um dich«, bemerkte einer von beiden leutselig. Lisa konnte sich erinnern, daß er ihr als Frank vorgestellt worden war. Aus Franks Stimme war deutlich herauszuhören, daß er sich ein klares Bild davon machte, was sich hier gerade abgespielt hatte. Lisa blieb zwischen den Bäumen, weil sie zu verlegen war, sich zu zeigen.

Sam schnallte seinen Gürtel zu, griff nach seinem Schulterhalfter, hing ihn sich um und zog dann sein Hemd über.

»He, du hast noch etwas vergessen!« rief Frank. Er bückte sich und hob etwas aus dem Gras auf. Lisa hörte sein Kichern und sah die Ursache, als er den Gegenstand hochhob, den er gefunden hatte. Voller Entsetzen stellte sie fest, daß ihre eigene pfirsichfarbene Unterhose zwischen seinen Stummelfingern baumelte.

»Sehr komisch.« Sam nahm ihm ohne ein Zeichen von Verlegenheit das Wäschestück ab. Er hielt sich bewundernswürdig, während sie sich vor Peinlichkeit wand, als er ihren Slip lässig in seine Tasche steckte.

»Da ihr euch jetzt vergewissert habt, daß ich nicht in Lebensgefahr schwebe, könntet ihr eigentlich wieder verschwinden.« Es war entschieden keine Aufforderung, sondern ein klarer Befehl. »Ich glaube, ihr habt die Dame schon genug in Verlegenheit gebracht.«

»Eine feine Dame!« Der andere Mann machte zum ersten Mal den Mund auf. Sam sah ihn erbost an, als der Mann über seine eigenen Worte grinste. Als er Sams Blick sah, gab er verschämt etwas von sich, was wie eine Entschuldigung klang. Frank war inzwischen wieder in den Jeep gestiegen.

»Bis später«, sagte er zu Sam und drehte den Zündschlüssel um. Sam nickte, und der Jeep holperte in Richtung Lager weiter.

Als er außer Sicht war, kam Sam zu den Bäumen geschlendert, zwischen denen sich Lisa immer noch verbarg. Sie sah ihn näher kommen und wünschte, der Boden würde sich öffnen und sie verschlingen.

»Du kannst jetzt rauskommen«, rief er ihr zu. Lisa kam sich dumm vor, als sie widerwillig in die helle Sonne trat. Sam musterte sie einen Moment lang stumm und griff dann in seine Hosentasche.

»Hier«, sagte er und hielt ihr den Slip hin. Lisas Gesicht glühte. Er sah sie zynisch an.

»Komm schon, laß uns gehen«, sagte er und ging auf den Jeep zu. »Und sei nicht so verlegen. Das, was du eben gehört hast, war der pure Neid. Jeder einzelne von diesen Kerlen brächte seine eigene Großmutter um, um an meiner Stelle zu sein.«

Lisa folgte ihm wortlos und stieg gehorsam in den Jeep. Auf dem Rückweg ins Lager grübelte sie an diesem Mann herum, der gleichzeitig ein Fremder, ein Feind und ein Liebhaber war. Als er ihren Körper erbarmungslos genommen hatte, hatte sie ihn töten wollen. Aber als er sie dort draußen im hohen Gras das erste Mal geliebt hatte, hatte er ihrem Körper eine Lektion in Leidenschaft erteilt, die sie nie erwartet hatte. Und später war er freundlich gewesen, um ihr einen Teil ihrer Verlegenheit zu nehmen.

Als sie das Lager erreicht hatten, hielt er den Jeep an und wandte sich an sie.

»Geh ins Zelt«, sagte er und musterte sie grübelnd. »Ich habe noch einiges zu tun. Wir sehen uns später.«

Lisa stieg aus, ohne Einwände zu erheben. Sowie ihre Füße den Boden berührten, fuhr der Jeep weiter.

Von da an veränderte sich ihre Beziehung drastisch. Sam, der ihre Schießkünste geringschätzte und keinen Mann mehr entbehren konnte, um ihn bei ihr zu lassen, nahm sie, wenn immer es möglich war, mit. Lisa war angewiesen, im Jeep zu bleiben, und das tat sie gehorsam. Manchmal nahm sie sich eine Decke und rollte sich auf dem Rücksitz zusammen, während er und seine Männer an dem Auftrag arbeiteten, der sie hierhergeführt hatte. Sie hatte gelernt, daß es besser war, keine Fragen zu stellen, und eigentlich war es ihr auch längst egal, was sie hier taten. Sie wünschte nur, sie würden ihren Auftrag eilig erledigen, damit sie wieder nach Hause kam.

Lisa schmolz nicht mehr vor Leidenschaft, wenn Sam sie auch nur berührte. Seine brutalen Worte über ihre Qualitäten im Bett, als »Nummer«, hatten sie in ihrem Widerwillen bestärkt. Es wurmte sie jedesmal wieder, wenn sie auch nur daran dachte. Auch das vielsagende Grinsen auf den Gesichtern der Männer setzte ihr zu. Sie begleitete ihn jetzt fast immer, und perverserweise nahm er ihren Körper bei jeder sich bietenden Gelegenheit, seit sie entschlossen war, ihm zu widerstehen. Er nahm sie mindestens einmal am Tag, manchmal öfter. Wenn sie sich schlafend stellte, nachdem die Männer erst spät ins Lager zurückkehrten, mißachtete er ihre vorgetäuschte Schläfrigkeit, hob sie vom Rücksitz und trug sie ins Zelt, um sie dort auf seiner Pritsche leidenschaftlich zu lieben, bis der Wall ihrer Selbstbeherrschung in sich zusammenbrach. Manchmal nahm er sie auch am Nachmittag irgendwo, wo sie gerade waren. Einmal kam er sogar zu seinem Jeep zurück, während seine Männer im Urwald taten, was sie eben zu tun hatten, kletterte mit ihr auf den Rücksitz und zog sie auf seinen Schoß. Er küßte sie, bis sie in seinen Armen geschmeidig und gefügig wurde. Und dann setzte er sie auf sich. Im ersten Moment fürchtete Lisa, jemand könne kommen und sie in flagranti ertappen, aber als Sam mit ihr fertig war, wäre es ihr gleich gewesen, wenn sie ein ganzes Fußballstadion voller Zuschauer gehabt hätten.

Jedesmal, wenn er sie nahm, gelobte sich Lisa, daß es das letzte Mal sein würde. Und jedesmal wehrte sie sich dagegen, bis seine rauhen Zärtlichkeiten sie restlos um den Verstand brachten. Lisa fand diese Episoden extrem demütigend, doch Sam schien sie restlos auszukosten. Jedenfalls gab es keine Anzeichen dafür, daß seine Leidenschaft nachließ.

Lisa sah ihn nur noch als ein Chauvinistenschwein an, und jetzt, da sie wahrhaft seine ›Frau‹ war, erwartete Sam von ihr, daß sie sich auch so verhielt. Er warf ihr zerrissene Kleidungsstücke in den Schoß und erwartete von ihr, daß sie sie flickte, während sie im Jeep saß, bis er zurückkam. Im Lager hatte sie jetzt die Ehre, nicht nur ihr, sondern auch sein Bett machen zu dürfen. Zweifellos hätte er auch von ihr erwartet, daß sie für ihn kochte, wenn er größeres Vertrauen in die Mahlzeiten gesetzt hätte, die sie weiterhin für sich selbst zubereitete. Nach einem kritischen Blick auf eine ihrer ausgefalleneren Kreationen zog er es jedoch vor, sich an Rileys Kochkünste zu halten, anscheinend in der Überzeugung, daß ein hinlänglich bekanntes Übel besser als ein unbekanntes war. Lisa stand kurz davor zu explodieren.

Sie rechnete sich aus, daß sie seit etwa drei Wochen im Lager sein mußte. Im Lauf dieser Zeit hatte sich ihr Leben auf einen gewissen Alltagsablauf eingestellt. Sie fühlte sich seltsam geborgen in dieser Umgebung, obwohl unter diesen käuflichen Mördern jederzeit der Teufel los sein konnte. Trotz ihres Wissens um die gefährliche Lage der Männer fühlte sie sich absolut sicher. Es widerstrebte ihr zwar, aber sie mußte annehmen, daß ihr Sicherheitsempfinden etwas mit Sam zu tun hatte. Allein schon seine Gegenwart rief Zuversicht in ihr wach. Für sie stand fest, daß er sie heil und ganz über die Runden bringen würde, wenn es sich nur irgend machen ließ. Es war ihr recht, sich ihm anzuvertrauen. Aber andererseits hatte sie keine Wahl. Er hatte deutlich klargestellt, daß sie aufbrechen würden, sowie sie ihre Aufgabe erledigt hatten, aber keinen Moment eher.

An manchen Tagen haßte sie Sam inbrünstig, und an anderen lehnte sie ihn nur aus tiefstem Herzen ab, doch er wurde zu einem Halt in ihrem Leben. Es fiel ihr schwer, sich vorzustellen, daß sie vor einem Monat noch nichts von seiner Existenz gewußt hatte. Bald würde sie hoffentlich wieder zu Hause sein, und dann würde er endgültig aus ihrem Leben verschwinden. Im nachhinein würde ihr all das wie ein unwahrscheinlicher Traum erscheinen – oder wie ein Alptraum. Es kam nur darauf an, von welcher Warte aus man es betrachtete.

Sie versuchte inzwischen gar nicht mehr, Geschichten zu schreiben, für die der *Star* Verwendung haben könnte. Dazu war zuviel geschehen, und alles drehte sich zu sehr um Sam. Sie konnte nicht über die Dinge schreiben, die ihr zugestoßen waren, ohne preiszugeben, in welcher Beziehung sie zu ihm stand, und sie war wild entschlossen, das nicht zu tun. Bei dem Gedanken an die Reaktion der Leser zuckte sie unwillkürlich zusammen. Sie hätte das Gemurmel, die Anspielungen und die anzüglichen Seitenblicke nicht ertragen. Außerdem gab es immer noch Jeff. mit dem sie nach wie vor rechtsgültig verheiratet war, ganz zu schweigen von ihrem Großvater. Beide hätte sie in ebensogroße Verlegenheit gebracht wie sich selbst.

Bei dem Gedanken an ihren Großvater spürte Lisa Gewissensbisse. Inzwischen mußte er sich rasende Sorgen um sie machen. Sie konnte nur hoffen, daß er ahnte, wie sicher sie hier war. Sie war das einzige auf Erden, woraus er sich etwas machte, seit Jennifer gestorben war, und es wäre furchtbar für ihn gewesen, sich vorzustellen, auch ihr könnte etwas zugestoßen sein.

Achselzuckend stellte sie fest, daß Jeff sich vielleicht oberflächlich Sorgen über ihr Verschwinden machte, doch er würde gewiß nicht schlechter schlafen. Im letzten Jahr hatten sie wie entfernte Bekannte unter einem Dach gelebt und sich kaum öfter als einmal in der Woche gesehen. Seit Jennifer, die sie zusammengeschweißt hatte, kein Faktor in ihrer Beziehung mehr war, stand kaum zu befürchten, daß Jeff Einwände gegen eine

Scheidung vorgebracht hätte. Lisa war sich jetzt ganz sicher, daß sie sich scheiden lassen wollte.

Jeff hätte sie ihres Erachtens ohnehin nie geheiratet, wenn der massive Druck nicht gewesen wäre, den seine eigene Familie und ihr Großvater auf ihn ausgeübt hatten. Vielleicht witterte seine Familie sein Geheimnis, denn sie war allzu versessen darauf gewesen, ihn mit ihr zu verheiraten, und Jennifers Geburt hatte sie überglücklich gemacht. Vielleicht hatte seine Familie ihn aber auch nur mit der Enkelin von A. Herman Bennet verheiraten wollen – schon sein Name machte sie in den Augen der meisten Jungen, mit denen sie ausgegangen war, zur idealen Ehefrau. Nach einem Moment der Erbitterung tat Lisa jeden Gedanken an die Vergangenheit mit einem Achselzucken ab.

Lisa hatte die verhaßte Pistole neben sich liegen, während sie bei Nacht im Jeep saß. Die Männer waren im dichten Urwald verschwunden, und sie wußte nicht, wann sie zurückkommen würden. Der Schalldämpfer saß nicht auf der Pistole, damit sie sie im Notfall als ein Warnsignal einsetzen konnte. Sie hatten sich auf einen einzigen Schuß geeinigt, da Sam beschlossen hatte, sie würde sich und jeden, der zufällig in der Nähe war, gefährden, wenn sie tatsächlich versucht hätte, auf jemanden zu schießen, der ihr etwas antun wollte. Sie hatte ihm von ganzem Herzen zugestimmt.

Schon das Wissen, daß Sam in Hörweite war, gab Lisa ein Gefühl der Sicherheit. Sie saß inmitten des ungastlichen afrikanischen Urwalds, während im ganzen Land gekämpft wurde und jederzeit feindliche Soldaten auftauchen konnten, und doch fühlte sie sich genauso wie früher, wenn sie nach Einbruch der Dunkelheit auf der

Bank vor dem Haus ihres Großvaters gesessen hatte: friedlich, geborgen und sicher.

Sam hatte sie angewiesen, wach zu bleiben, solange er fort war – wenn sie im Falle eines feindlichen Angriffs schlief, hätte sie niemanden zur Hilfe rufen können. Lisa bemühte sich tapfer, seinen Wünschen nachzukommen, aber heute war sie so müde... Es war ein heißer Tag gewesen, und sie hatte die meiste Zeit im Jeep verbracht. Nach einem schnellen Abendessen im Lager waren sie sofort wieder in den Dschungel aufgebrochen. Fast hätte Lisa Sam gesagt, sie wolle lieber allein im Lager bleiben, als die Männer zu begleiten. Fast. Aber sie hatte den Verdacht gehabt, daß sie ihren Entschluß bereut hätte, sowie sich die Jeeps entfernten. Zweifellos hätte sie sich zu Tode gefürchtet.

Wenn sie nicht gleich etwas dagegen unternahm, würde sie einschlafen. Lisa streckte sich und beschloß, sich in der Nähe des Jeeps ein wenig Bewegung zu verschaffen. Sie lauschte den Geräuschen der Nacht und zuckte zusammen, als sie im Dickicht die Laute eines Tieres hörte, das ungewöhnlich groß sein mußte. Ihr Herz schlug schneller und pochte betäubend in ihren Ohren. Ihr Instinkt sagte ihr, daß sie sich still verhalten mußte. Ihr Atem ging flach, als sie sich an den nächsten Baum lehnte und ihre Handflächen gegen die rauhe Rinde preßte. Plötzlich ging ihr auf, daß sie die Pistole im Jeep gelassen hatte. Lisas Atem stockte buchstäblich, als das Geschöpf unerwartet drei Meter vor ihr zwischen den Bäumen auftauchte. Im ersten Moment glaubte sie, den Umriß eines riesigen Gorillas zu sehen; dann erkannte sie darin die Gestalt eines Mannes. Der Anblick hätte sie beruhigen müssen, doch seltsamerweise wirkte er sich ge-

genteilig auf sie aus. Ihr Herz schlug langsam und ungleichmäßig, und ihr Mund war trocken. Ihr Instinkt sagte ihr, daß sie in Gefahr war. Sie rührte sich keinen Millimeter vom Fleck.

Der Mann blieb einen Moment lang stehen, hob den Kopf und sah sich um wie ein Tier, das eine Fährte wittert. Lisa schloß die Augen, weil sie fürchtete, ihre Augäpfel könnten im Dunkeln zu sehen sein. Sie öffnete sie erst wieder, als sie hörte, daß die Gestalt sich bewegte. Mit verstohlenen Bewegungen näherte sich der Mann den Jeeps.

Lisa ließ sich von einem Impuls leiten, den sie selbst nicht verstand, und sie folgte ihm in einer sicheren Entfernung, blieb stehen, wenn er stehenblieb, und bemühte sich, möglichst wenig Lärm zu machen. Er schien sie nicht bemerkt zu haben.

Der Mann schien genau zu wissen, wo die Jeeps standen. Er bewegte sich leise, aber zielstrebig, als er die Lichtung erreicht hatte. Lisa blieb im Schutz der Bäume stehen. Der Mann ging auf den Jeep zu, in dem sie gewöhnlich saß – Sams Jeep. Lisa konnte ihn beobachten. Was wollte er dort bloß? Die Wagen fahruntüchtig machen? Er unternahm nichts in dieser Richtung. Etwas stehlen? Teile des Motors? Vielleicht ging es darum...

In gebeugter Haltung ging er auf Sams Jeep zu und richtete sich dann abrupt auf. Einen Moment lang stand er regungslos da und starrte in den Wagen, als wüßte er nicht, was ihn erwartete. Dann wirbelte er herum. Lisa trat entsetzt einen Schritt zurück. Ein Zweig zerbrach unter ihren Füßen. Der Laut zog die Aufmerksamkeit des Mannes auf sie. Sie sahen einander fest in die Augen. Ein kleiner Schauer lief ihr über den Rücken, als sie ihn erkannte: Es war der Mann, der an jenem Nachmittag am Bach über sie hergefallen war, der Mann, den Sam Lutz genannt hatte. Sie bebte, als ihr klar wurde, daß er darauf gehofft hatte, *sie* zu finden.

Beide blieben erstarrt stehen und sahen einander im Dunkeln unvermittelt an. Dann kam Lutz auf sie zu. Lisa wandte sich ab und wollte in den Urwald laufen. Sie zweifelte nicht im geringsten daran, daß er vorhatte, das zu beenden, was er damals am Bach begonnen hatte.

»Lutz! Was zum Teufel hast du hier zu suchen?«

Lisa wurde schwindlig vor Erleichterung, als sie Sams Stimme vom Rand der Lichtung hörte. Lutz drehte sich zu ihm um.

»Ich... ich war fertig mit der Arbeit.«

»Du hattest den Befehl, auf die restlichen Männer zu warten.«

Die anderen Männer tauchten lautlos hinter Sam auf und näherten sich den Jeeps. Auch Sam ging auf seinen Jeep zu.

»Das... das hatte ich vergessen.«

»Vergiß deine Befehle nicht noch einmal.« Sams Stimme klang hart und unfreundlich. Als er neben seinem Jeep stand, sah er sich vergeblich nach Lisa um. Sie glaubte zu hören, daß er tief Atem holte.

»Lisa?« rief er. Seine Stimme war gesenkt und büßte doch nichts von ihrer Schärfe ein. Das rüttelte sie aus ihrer Benommenheit auf, und Lisa eilte zu ihm.

»Hier bin ich, Sam«, antwortete sie atemlos.

Er wartete auf sie. Als sie neben ihm stand, sagte er nichts, sondern trat zur Seite, um sie einsteigen zu lassen. Zu ihrem Erstaunen forderte er Frank auf zu fahren und setzte sich neben Lisa auf den Rücksitz. Malloy, der gewöhnlich mitfuhr, nahm neben Frank Platz.

»Ist alles in Ordnung mit dir?« fragte Sam mürrisch, als sie sich in Bewegung gesetzt hatten.

»Ja«, antwortete Lisa leise. Er war offensichtlich um sie besorgt, und sie schmiegte sich unauffällig ein wenig dichter an ihn. Nach der Angst, die sie ausgestanden hatte, tat ihr seine Körperwärme wohl.

»Was hattest du zwischen den Bäumen zu suchen? Lutz hat doch nicht etwa...?«

»Nein«, sagte sie mit sanfter Stimme.

Sam holte tief Atem, und sein Ausatmen klang wie ein Stöhnen. »Ab übermorgen brauchst du dir seinetwegen keine Sorgen mehr zu machen«, sagte er so leise, daß die beiden Männer auf dem Vordersitz ihn nicht hören konnten. »Morgen erledigen wir den Rest, und dann gehen wir getrennte Wege. In ein paar Tagen solltest du eigentlich wieder zu Hause sein.«

Lisa reagierte nicht darauf. Sie hatte damit gerechnet, zu frohlocken, wenn Sam ihr schließlich sagte, daß sie nach Hause fahren konnte. Statt dessen fühlte sie sich irgendwie leer. Sie vermutete, es würde eine Weile dauern, bis sie die Neuigkeiten verdaut hatte.

Sam schwieg auf der Heimfahrt, doch als sie allein waren, liebte er sie mit einer Glut, die sie beide versengte.

Die Männer hielten sich am kommenden Tag im Lager auf, bauten die Zelte ab und beluden die Jeeps. Als die Dunkelheit hereinbrach, war von dem Lager fast nichts mehr zu erkennen – nur verbrannte Asche und Gras, das platt war, wo die Zelte gestanden hatten. Sam sagte Lisa, daß selbst diese Hinweise innerhalb von wenigen Tagen verschwinden würden.

Lisa saß auf ihrem Lieblingsstein und wartete auf Sam. Auf seine Anweisung hin hatte sie ihre zerlumpten Kleider abgelegt und eine seiner alten Uniformen angezogen. Sie würden die ganze Nacht lang unterwegs sein, und es konnte sehr kalt werden. Als Lisa eingewandt hatte, er könne die Jacke eventuell selbst brauchen, hatte Sam nur die Achseln gezuckt und gesagt, er sei die Kälte mehr gewohnt als sie.

Den ganzen Tag über hatte Lisa die Spannung wahrgenommen, die im Lager herrschte. Jetzt ging es ums Ganze. Das schienen die Gesichter der Männer auszudrücken. Sie waren ungewöhnlich schweigsam, während sie darauf warteten, die Aufgabe abzuschließen, die sie nach Rhodesien geführt hatte. Lisa war auch nervös. Was es auch sein mochte, was ihnen bevorstand – sie wußte, daß es gefährlich war. Der Ausgang bereitete ihr Sorgen – Sorgen um ihre eigene Sicherheit, aber sie mußte sich, wenn auch noch so ungern, eingestehen, daß sie auch um Sam besorgt war. Trotz allem, was geschehen war, gefiel ihr der Gedanke nicht, er könnte verwundet oder gar getötet werden.

Als Sam endlich zu ihr kam, starrte sie ihn entgeistert an. Sein Gesicht war pechschwarz.

»Was auf Erden…«, keuchte sie.

Er grinste breit und sagte lakonisch: »Schuhcreme. Damit ist man nachts nicht so leicht zu erkennen. Willst du auch welche?« Er hielt ihr die kleine, flache Dose hin.

Lisa zuckte zusammen und schüttelte den Kopf. Sam lachte, wandte sich ab und steckte die Dose in die Tasche. Es dauerte jedoch nicht lange, bis er sie und die Männer dazu antrieb, in die Jeeps zu steigen. Der Einsatz begann.

Sie kehrten zu derselben Stelle zurück, an der sie in der vergangenen Nacht geparkt hatten. Wieder wurde Lisa bei den Jeeps zurückgelassen, während die Männer im Dschungel verschwanden. Diesmal war sie wild entschlossen, im Jeep sitzen zu bleiben und die Pistole nicht aus den Augen zu lassen. In der letzten Nacht hatte sie eine entscheidende Lektion gelernt.

Sie schien Stunden zu warten, und ihre Nervosität nahm von Minute zu Minute zu. Was war, wenn etwas schiefging und Sam nie mehr zurückkam? Was, wenn...? Resolut verbannte sie diese Schreckgespinste aus ihren Gedanken. Sam war ein Profi. Er wußte, was er tat. Damit tröstete sie sich. Und doch... Ihre bohrenden Zweifel wollten sich nicht beschwichtigen lassen.

Lisa hatte keine Ahnung, wie spät es sein mochte, als ein Laut sie zusammenzucken ließ. Sie sah gebannt in die Richtung, aus der er gekommen war. Lutz würde doch gewiß nicht so dreist sein – oder so dumm – zwei Nächte hintereinander denselben Unsinn zu versuchen? Ihre Hände umklammerten die Pistole. Mit zitternden Händen entsicherte sie sie. Dann sah sie wieder in die Richtung, aus der die Laute gekommen waren.

Im selben Moment wurde die Nacht taghell.

8

Sam wurde flach auf den Boden geworfen und blieb einen Moment lang verblüfft liegen, doch dann gewannen seine Instinkte die Oberhand. Sie waren durch die Jahre geschärft, in denen er immer wieder Situationen ausgesetzt worden war, die tödlich enden konnten. Schon ehe das Maschinengewehrfeuer zu hören war, sprang er auf und stürzte ins dichte Unterholz. Um ihn herum drang ein Kugelhagel in Büsche, Bäume und den Boden. Laub regnete auf ihn herab. Zum Glück schien ihn bisher kein Schuß getroffen zu haben. Wenigstens spürte er nichts. Aber schließlich hatte er schon erlebt, daß Männer ein ganzes Bein verloren hatten und es erst merkten, wenn sie auf den blutigen Stumpf heruntersahen. Der Schock wirkte sich aus wie eine örtliche Betäubung. Er schien jedoch noch heil und ganz zu sein, und solange es so war, würde er sich teuflisch schnell aus dem Staub machen. Aus allen Richtungen hörte er heiseres Fluchen, und er wußte, daß diejenigen unter seinen Männern, die noch am Leben waren, dasselbe taten wie er.

Was zum Teufel war schiefgegangen? Das war die Frage, die ihm immer wieder durch den Kopf ging, während er im Zickzack auf die Jeeps zurannte. Was verdammt und zum Teufel war schiefgegangen?

Der Sprengstoff war jedenfalls zu früh in die Luft gegangen. Sie waren kaum drei Meter weit gekommen, als alles explodierte wie ein Feuerwerk und sie nach allen Richtungen geschleudert wurden. Die Sprengladung hätte als Ablenkungsmanöver dienen sollen, während sie durchführten, was sie über Wochen vorbereitet hatten. Statt dessen waren vier seiner Männer bei der Explosion ums Leben gekommen. Aber das war noch nicht alles. Soldaten hatten bewaffnet in einem Hinterhalt gelegen und sie erwartet. Sie mußten genau gewußt haben, daß an eben diesem Ort zu eben dieser Zeit ein Angriff geplant war. Das hieß, daß jemand geredet hatte – einer seiner Männer –, denn außer ihnen war niemand mit den

Einzelheiten des geplanten Vorgehens vertraut. Aber wer? Diese Frage ließ Sam nicht in Ruhe, als er versuchte, die Jeeps zu erreichen.

Wenn er es sich jetzt überlegte, hatte ihm die unerwartete Explosion wahrscheinlich das Leben gerettet. Andernfalls wäre er mit dem Rest seiner Männer geradewegs in die Falle gelaufen. So, wie die Dinge standen, war auch der Feind überrumpelt worden und vorzeitig aus seinem Versteck aufgetaucht. Nur aus diesem Grunde waren er und die meisten seiner Männer noch am Leben – für den Moment wenigstens.

Während er diese Überlegungen anstellte, ging ihm eine weitere scheußliche Möglichkeit durch den Kopf. Es war nicht unwahrscheinlich, daß ein anderes feindliches Militärkommando sie bei den Jeeps erwartete. Da der Gegner bestens in die Einzelheiten eingeweiht zu sein schien, wußte er gewiß auch, wo sie die Jeeps geparkt hatten, und es wäre logisch gewesen, eine Einheit dorthin abzukommandieren. Sam selbst wäre genauso vorgegangen. Einen Moment lang malte er sich aus, daß Lisa, die allein in seinem Jeep saß, Männern in die Hände fallen würde, die in ihr bestenfalls ein Spielzeug für die ganze Kompanie sehen würden. Schlimmstenfalls würde man sie für einen Spion halten. Er zuckte zusammen und zwang sich, die Vorstellung aus seinen Gedanken zu verbannen. Es war nicht der rechte Zeitpunkt, um sentimental zu werden. Das blanke Überleben erforderte seine gesamte Konzentration.

Sie brauchten die Jeeps. Ohne die Fahrzeuge ging gar nichts.

Um rechtzeitig das Flugzeug zu erreichen, das heute nacht auf sie wartete, um sie über die Landesgrenze zu bringen, ehe der Teufel los war, brauchten sie die Jeeps. Basta.

Murrend zog Sam die M 16 aus seinem Schulterhalfter. Es wäre Selbstmord gewesen, auf seine Verfolger zu schießen. Wenn er stehenblieb, war er praktisch schon tot. Etwas ganz anderes war es, um die Jeeps zu kämpfen, ohne die sie unter keinen Umständen überleben würden.

»Macht euch schußbereit!« rief Sam heiser. Er hoffte, daß seine Männer nahe genug waren, um ihn zu hören. Sie waren alle kampferfahren – die Bedeutung der Jeeps mußte ihnen klar sein. Das hoffte er zumindest.

Sam erreichte die Lichtung. So unglaublich es auch war – aber niemand schien ihnen dort aufzulauern. Du Dummkopf! dachte Sam verächtlich und meinte damit den Befehlshaber der Gegenseite. Dann gab er etliche Salven auf die feindlichen Verfolger ab, um den Rückzug seiner Männer zu decken.

Sie trafen alle gleichzeitig auf der Lichtung ein, einige mit schußbereiten Waffen, die Dümmeren dagegen nicht.

»Laßt uns von hier abhauen!« brüllte Sam. Die Männer brauchten keine Aufforderung. Der Befehl war kaum über Sams Lippen gekommen, als die Fahrzeuge sich von der Lichtung entfernten. Manche Männer mußten rennen, um sie einzuholen und schnell aufzuspringen.

Sam sah, daß sich sein Jeep in Bewegung setzte. Er lief darauf zu und gab dabei immer noch Schüsse auf die Soldaten ab, die den Rand der Lichtung fast erreicht hatten. Mike Harley, ein junger Mann, den Frank empfohlen hatte, saß am Steuer. Er fuhr einen weiten Bogen, um Sam entgegenzukommen. Sam sprang auf und landete weich. Lisa. Er richtete sich auf und stieß ihren Kopf unter die Höhe des Rücksitzes. Dann preßte er sie gewaltsam auf den Boden.

»Runter mit dir! Und bleib unten!« knurrte er.

Sie sagte kein Wort und kauerte da. Ihre riesigen Augen starrten ihn furchtsam aus einem bleichen Gesicht an. Sam warf nur einen flüchtigen Blick auf sie. Dann kniete er sich auf den Rücksitz und feuerte weitere Salven ab. Sein Jeep war der letzte, der die Lichtung verließ, und gleichzeitig kamen die feindlichen Soldaten aus dem Wald und feuerten ihre Maschinengewehre ab.

Sam spürte die Kugel, die sich in den linken Hinterreifen bohrte, als hätte sie ein lebenswichtiges Organ seines eigenen Körpers getroffen. Fluchend gab er jeden Versuch auf, den Rückzug seiner Männer zu decken. Er konzentrierte sich ganz darauf, sich an dem schlingernden Fahrzeug festzuhalten. Lisa stöhnte und klammerte sich an sein Bein. Er spürte, wie sich ihre Nägel durch seine Hose in seine Wade gruben. Harley kämpfte heldenhaft mit dem Steuer. Einen Moment lang glaubte Sam, sie könnten es schaffen. Dann traf eine zweite Kugel den rechten Hinterreifen. Der Jeep bäumte sich auf wie ein ungezähmter Mustang und überschlug sich langsam. Sam hörte Lisa schreien.

Er wurde aus dem Wagen geschleudert und landete wie durch ein Wunder weich. Sie waren von Feinden umzingelt. Er mußte so schnell wie möglich von hier verschwinden. Er stürzte in den Dschungel. Dann sah er Lisa. Sie lag mit gespreizten Beinen und ausgestreckten Armen auf dem Bauch und rührte sich nicht – sie schien nicht einmal mehr zu atmen. Als er auf sie zusprang, verfluchte sich Sam zum tausendsten Mal dafür, daß er sie nicht damals im Urwald hatte liegen lassen. Sie würde doch noch sein Tod sein. Trotzdem brachte er es nicht über sich, sie dort liegen zu lassen... Sie würden sie vergewaltigen und foltern. Ein schneller Tod war das beste, worauf sie hoffen konnte.

Fluchend und schwitzend vor Angst, tasteten sich seine Hände über ihren Körper. Sie atmete. Seine medizinischen Kenntnisse, die er sich zufällig und zusammenhangslos angeeignet hatte, sagten ihm, daß er sie nicht von der Stelle bewegen durfte. Er hielt sich nicht daran, sondern hob sie hoch, warf sie sich über die Schulter und floh in den Schutz der Bäume. Einige Essensrationen waren aus dem Jeep geschleudert worden und lagen am Rand der Sträucher. Sam bückte sich instinktiv und griff nach einem der Pakete, ohne seine Schritte zu verlangsamen.

Um ihn herum hagelte es Kugeln, als er in den Wald lief. Er warf einen letzten Blick über die Schulter und sah, daß die Soldaten den Jeep erreicht hatten. Sie blieben nur kurz dort stehen, doch das war der Vorsprung, der unschätzbar für ihn war. Ein einziger Schuß wurde abgegeben. Das war Harley, der arme Junge, dachte Sam und sprach ein kurzes Gebet für seine Seele. Dabei rannte er so schnell ihn seine Beine trugen durch das Unterholz.

Sie verfolgten ihn. Sam konnte sie hören, aber anscheinend hörten sie ihn auch, denn Maschinengewehrsalven zerrissen erneut die Luft. Sam war in Schweiß gebadet, aber nicht etwa, weil er rannte. Ihm war klar, daß es der reine Angstschweiß war. Sie waren dicht hinter ihm – zu dicht. Lisa lastete schwer auf seiner Schulter. Jeder Berufssoldat, der diesen Namen zu Recht trug, hätte sie auf der Stelle fallen lassen. Zu den Dingen, die sie zu Beginn ihrer Berufslaufbahn gelernt hatten, gehörte, an sich selbst zu denken, wenn es kritisch wurde. Aber verdammt noch mal – sie war ein Mädchen! Sam verfluchte sie und sich selbst in einem Atemzug, aber er wußte, daß er sie nicht zurücklassen konnte.

Dornige Äste rissen an seinem Gesicht und an seinen Kleidern, als er durch den Dschungel rannte. Blut rann über sein Gesicht und seinen Hals. Er empfand keinen Schmerz – die Angst war zu groß.

Lisas Kopf wurde bei jedem Schritt gegen seinen Rükken geschleudert. Sie rührte sich immer noch nicht – er hoffte, daß sie lediglich bewußtlos war. Möglicherweise hatte eine der ziellos abgefeuerten Kugeln sie erwischt. Vielleicht war sie tot oder lag gerade im Sterben. Wenn ja, dann gab es absolut nichts, was er daran ändern konnte. Wenn er stehenblieb, waren sie beide tot.

Kugeln zischten durch die Luft. Himmel, sie kamen immer näher. Er betete, wie er seit seiner Kindheit nicht mehr gebetet hatte...

Als die Kugel in sein linkes Schulterblatt drang, stieß er unwillkürlich einen Schrei aus. Er wurde auf die Knie geworfen, stützte sich mit einer Hand auf dem Boden auf und nahm wahr, daß sich die andere Hand automatisch auf die Wunde legte. Blut strömte über seine Finger. Messer schienen sich in seine Schulter zu bohren und heimtückisch in seinem Fleisch gedreht zu werden. Tränen standen in seinen Augen. Ein solcher Schmerz! Aber er war noch am Leben, wenn er sich auch fragte, wie lange noch. Mit jedem Herzschlag kamen die Soldaten näher.

Lisa war bei seinem Sturz vor ihn auf den Boden gefallen. Er kroch zu ihr; sie atmete. Als er sich über sie beugte und wußte, daß er sie jetzt nicht mehr tragen konnte, es aber doch nicht über sich brachte, sie liegen zu lassen, schlug sie die Augen auf und starrte ausdruckslos in sein Gesicht.

»Gott sei Dank!« ächzte er. Dann packte er sie an den Schultern und rüttelte sie grob.

»Lisa!« zischte er, und seine Verzweiflung ließ seine Stimme so schneidend wie einen Schneesturm klingen. »Du mußt aufstehen! Hörst du mich?«

Sie rührte sich nicht. Er schüttelte sie noch einmal und begann, endgültig zu verzweifeln. Himmel, er konnte sie nicht tragen – aber wie hätte er sie hier zurücklassen können?

»Verdammt noch mal, hast du mich gehört?« fragte er heftig. »Wenn du dich nicht auf der Stelle in Bewegung setzt, lasse ich dich hier. Hast du verstanden?«

Einen Moment lang fürchtete er, sie könnte ihn nicht verstehen. Dann hob sie die Hand und klammerte sich an seiner Hemdbrust fest. Er war aus tiefstem Herzen erleichtert.

»Nein!« wimmerte sie.

Er schüttelte sie wieder, aber diesmal weniger heftig. Kugeln zischten um ihre Köpfe. Der Feind war ihnen bedrohlich nah gekommen.

»Dann mußt du eben kriechen!« befahl er. »Komm schon, auf die Knie mit dir. Kriech los. Wir müssen uns verstecken!«

Sie blinzelte zweimal. Dann zog sie sich langsam und zittrig auf ihre Hände und Knie, zu langsam für Sams Geschmack. Er sah sich bereits verzweifelt um und suchte nach einem Unterschlupf. Er stieß Lisa unter einen Strauch, dessen Zweige bis zum Boden hingen, und streute Laub über die verräterischen Blutspuren. Er hoffte, daß der Busch ihnen Deckung gab. Unter seinem Laub war es kühl und dunkel wie in einer Höhle.

Lisa starrte ihn an. Ihr Gesicht war bleich vor Angst und Entsetzen. Gegen seinen Willen bemitleidete er sie. Das arme Mädchen. Sie mußte sich zu Tode ängstigen. Grimmig stellte er fest, daß er sich kein bißchen weniger fürchtete als sie.

»Sam«, flüsterte sie, und ihre Augen hefteten sich so starr auf ihn wie die eines kleinen, verängstigten Tieres. Was sie auch hatte sagen wollen – sie vergaß es, als sie das Blut auf seiner Brust und seiner Schulter sah.

»Du blutest ja!«

»Halt den Mund«, sagte er grob und stieß sie auf den Boden. Sie blieb auf dem Bauch liegen und war auf dichtes Laub gebettet. »Wenn du am Leben bleiben willst, dann gib jetzt keinen Laut von dir. Wenn sie uns finden, ist es aus mit uns.«

Sie verstummte. Sam stieß ihren Kopf in das Laub und wälzte sich auf sie. Es war eine altruistische Geste, und dumm noch dazu, dachte er grimmig, aber wenn die Kerle, die sie hetzten, auf den Gedanken kamen, daß sie sich versteckt hatten, würden sie wild drauflosschießen. Eine Kugel hatte er bereits abgekriegt – warum nicht noch mehr? Er grinste zynisch. In Wirklichkeit war ihm doch nur der Gedanke unerträglich, dieses verdammte, blöde, hilflose weibliche Wesen könnte erschossen werden. Es gab wohl doch noch Kavaliere.

Sams Schulter tat entsetzlich weh. Sehnsüchtig dachte er an die Flasche Whiskey, die ein fester Bestandteil der Essensration war. Was hätte er für einen einzigen Schluck gegeben... Dann war kein Raum mehr für irgendeinen Gedanken, und er hörte auch auf zu atmen.

Soldaten liefen an ihnen vorbei. Zentimeter vor ihnen trampelten Schritte über den Boden. Wenn sie sie entdeckten, würde er sich von Lisa herunterwälzen und das Geschützfeuer eröffnen. Sam spürte, daß Lisa sich krampfhaft unter ihm aufbäumte. Eilig preßte er ihr Gesicht fester in das Laub. Ein Laut war genug, nicht mehr als ein Wimmern, und man würde sie entdecken. Und töten.

Sie schienen Stunden dort zu liegen und zuzuhören, wie die Soldaten auf der Suche nach ihnen immer wieder an dem Strauch vorbeikamen. Mehrfach liefen sie so dicht vorbei, daß Sam die Hand hätte ausstrecken und einen von ihnen am Knöchel packen können. Lisa lag zitternd unter ihm. Ihr Körper bebte vor Angst. Sam schmiegte sein Gesicht an ihren Hals und hoffte nur, daß seine Nähe tröstlich für sie war. Schließlich war sie kaum mehr als ein Kind – und sie war eine Frau. Wenn man das bedachte, fand er, daß sie diese Schrecknisse recht gut überstand.

Frauen waren seiner Erfahrung nach hübsche, nutzlose Geschöpfe, die wenig oder nichts im Kopf hatten. O ja, sie waren eine Notwendigkeit – etwa zweimal im Monat. Ansonsten konnte er ohne sie glücklich werden. Beth, seine Exfrau, hatte ihm das gesamte weibliche Geschlecht verleidet. Sie waren nur zwei Jahre verheiratet gewesen – und bei Gott, er hatte sie geliebt, der naive junge Dummkopf, der er gewesen war. Heute hätte er darauf gewettet, daß sie im Lauf dieser Zeit mit der Hälfte seiner Kompanie geschlafen hatte. Als er endlich dahintergekommen war – ein peinlich berührter Freund hatte ihm einen Tip gegeben –, hatte er es erst gar nicht glauben wollen. Als er sie zur Rede gestellt hatte, war er immer noch sicher gewesen, daß alles Lügen waren, bis sie ihm ins Gesicht gelacht und alles zugegeben hatte. Noch schlimmer war, daß sie ihm Einzelheiten erzählt hatte. Sie hatte ihm Namen, Orte und Zeitpunkte genannt. Er hatte sie benommen angestarrt und es einfach nicht glauben wollen. Er hatte noch nicht einmal den Mumm aufgebracht, sie vor die Tür zu setzen. Er hätte ihr alles verziehen – aber wenn er daran dachte, entflammte sein Zorn sich noch heute. Aber sie hatte keinen Wert auf seine Vergebung gelegt. Sie sei froh, daß er dahintergekommen sei, hatte sie behauptet; damit hätte er ihr jedes Geständnis erspart. Er sei langweilig, im Bett und ansonsten auch. Es sei Wahnsinn gewesen, ihn zu heiraten; er sei nichts weiter als ein Junge, und was sie wolle, sei ein Mann.

Er dachte nur ungern daran, daß er geweint hatte, als sie fortgegangen war. Dreiundzwanzig Jahre alt, Sergeant bei der Marine, und er hatte geweint wie ein kleines Kind. Seine einzige Entschuldigung war die, daß er sich verzweifelt nach einer Familie gesehnt hatte, nachdem er jahrelang von einer Pflegefamilie zur nächsten weitergereicht worden war und immer gewußt hatte, daß es niemanden gab, zu dem er gehörte und der zu ihm gehörte. Seine Frau und sein kleiner Sohn waren seine ganze Welt gewesen. Sam schnitt eine Grimasse, als er daran dachte, was für ein dummer Junge er vor siebzehn Jahre doch gewesen war. Seit da an hatte er gelernt, sich selbst zu genügen; er brauchte niemanden, und der einzige Mensch, von dem er gebraucht werden wollte, war sein Sohn.

Nachdem Beth fortgegangen war, hatte er sich freiwillig zu Kampfeinsätzen gemeldet und war nach Vietnam geschickt worden. Dort hatte er seiner Erbitterung Luft gemacht, indem er alle Schlitzäugigen weggepustet hatte, die das Pech hatten, ihm über den Weg zu laufen. Das Töten hatte ihm eine Form von perverser Freude bereitet – zuzusehen, wie Körper zuckten, wenn die Kugeln in sie drangen, und zu beobachten, wie Blut und Eingeweide herausspritzten. Es hatte ihm dabei geholfen, seinen Haß zu vertreiben.

Er war als ein anderer Mensch in die Staaten zurückgekehrt, älter und unendlich viel weiser. Als erstes hatte er sich seinen Jungen geholt, aber Beth hatte es ohnehin satt gehabt, sich mit einem Fünfjährigen abzugeben, der sich ständig an sie klammerte. Als er gekommen war, um Ansprüche auf seinen Sohn zu erheben, hatte sie ihm ganz offen gesagt, sie sei froh, wenn sie das Kind los sei. Es enge sie ohnehin nur ein. Sam hatte nichts als kalte Verachtung für sie empfunden. Sie taugte nichts. Sie war eine Schlampe. Er konnte nicht glauben, daß er sie je geliebt hatte.

In den zwölf Jahren, die seitdem vergangen waren, hatte es harte Zeiten gegeben, aber sie hatten sie durchgestanden, er und Jay. Da er selbst seine Ausbildung nicht beendet hatte, hatte er darauf bestanden, daß Jay täglich zur Schule ging, seine Hausaufgaben machte und gute Noten mit nach Hause brachte. Sams Stolz regte sich jedesmal, wenn er daran dachte, daß Jay im kommenden Mai als Klassenbester die Schule abschließen würde. Der Junge war gescheit, daran bestand kein Zweifel. Und er würde dafür sorgen, daß er das College besuchte und eines Tages Möglichkeiten hatte, die ihm selbst nie offengestanden hatten.

Er hatte den Lebensunterhalt für den Jungen und für sich verdient, indem er als Söldner gearbeitet hatte. Es gab kaum einen Winkel auf Erden, in dem er noch nicht gekämpft hatte. Er war Soldat und hatte nichts anderes gelernt. Die Bezahlung war auch gut. Da er häufig außer Landes war, mußte er Jay in ein Internat schicken. Aber jetzt – jetzt hatte er das Töten satt. Er wollte nichts anderes mehr als einen Ort, an dem sie sich zu Hause fühlten, vielleicht ein paar hundert Morgen Land, ein paar Rinder und Ruhe und Frieden. Diese Zukunft hatte er sich sichern wollen, als er diesen Auftrag angenommen hatte; selbst die Hälfte des Geldes reichte für den Anfang, wenn man bedachte, was er schon vorher zusammengespart hatte. Aber erst mußte er lebendig zurückkommen.

Im Dschungel schien es ruhig geworden zu sein. Sam hörte die Schritte der Soldaten nicht mehr. Vielleicht waren sie fortgegangen, aber vielleicht auch nicht. Vielleicht warteten sie und hofften, daß sie sich von der Stille aus ihrem Versteck locken ließen.

Lisa wand sich unter ihm. Behutsam wälzte er sich von ihr herunter und schüttelte ihre Schultern, um sie zu warnen, damit sie keinen Laut von sich gab. Sie drehte sich zu ihm um und sah ihn an. Ihr Gesicht war verschmiert, und das blonde Haar fiel ihr in die Augen. Die Hand, die sie hob, um sich das Haar aus dem Gesicht zu streichen, zitterte ein wenig.

»Sind sie fort?« flüsterte sie. Die Worte waren kaum hörbar.

»Ich weiß es nicht. Ich glaube schon, aber ich bin nicht sicher. Wir werden noch eine Zeitlang hier bleiben müssen. Hast du dich in irgendeiner Form verletzt?« Sams Stimme war so leise wie ihre. Seine Blicke streiften über ihren Körper. Der Rücken ihrer Jacke war blutverschmiert, aber höchstwahrscheinlich war es sein Blut...

»Nein, ich glaube nicht. Ich habe nur leichte Kopfschmerzen.«

Sam legte seine Waffe auf den Boden und fuhr mit der Hand über ihren Schädel. Sie hatte eine große Beule auf dem Hinterkopf; als er sie berührte, wimmerte sie.

»Du mußt dir den Kopf angestoßen haben, als der Jeep sich überschlagen hat«, sagte er leise. »Ich glaube nicht, daß es etwas Ernstes ist.«

Sie neigte den Kopf zur Zustimmung. Dann glitten ihre Augen über seine Brust. Sie legte die Stirn in Falten.

»Deine Kleider sind blutig. Bist du angeschossen worden?« Ihre Stimme klang verängstigt und besorgt.

Sam schnitt eine Grimasse. »Ich habe einen Schuß ins Schulterblatt erwischt. Ich glaube nicht, daß es schlimm ist. Jedenfalls lebe ich noch.«

»Aber du blutest stark. Sollten wir die Schulter nicht verbinden oder so was?«

»Später. Wenn wir an einem sichereren Ort sind. Im Moment müssen wir uns äußerst ruhig verhalten. Vielleicht sind sie doch noch nicht fortgegangen.«

Lisa zuckte sichtlich zusammen, legte sich wieder hin und begrub ihr Gesicht in ihren Armen. Sam blieb neben ihr liegen und atmete tief durch, um gegen den stechenden Schmerz anzukommen.

Nach etwa einer Stunde legte er seine Hand sanft auf Lisas Schulter.

»Ich werde mich jetzt umsehen. Du bleibst hier und gibst keinen Laut von dir, ganz gleich, was geschieht.«

Lisa hob den Kopf, um ihn anzusehen. Stumm reichte er ihr die Pistole. Mit zitternder Hand nahm sie sie entgegen.

»Schieß um Gottes willen nicht versehentlich auf

mich«, warnte er sie mit grimmigem Humor. Dann war er fort.

Als er zurückkam, setzte sie sich auf. Sie sah ihn furchtsam an, als er zu ihr unter den Strauch kroch. Wortlos streckte er die Hand nach der Pistole aus. Sie gab sie nur zu gern wieder her.

»Ich glaube, die Luft ist rein. Komm, laß uns gehen.«

»Aber... deine Schulter. Sollten wir nicht etwas unternehmen? Sie wenigstens verbinden?« Sie sah ihn besorgt an.

»Später«, sagte er unwillig. »Komm, ich will nicht mehr hier sein, wenn sie zurückkommen.«

Lisa schluckte. Was er gesagt hatte, reichte aus. Sie kroch freiwillig unter dem Strauch hervor.

Draußen zog sie sich auf die Füße und fiel beinah hin. Ihre Knie waren weich, und sie fürchtete, daß sie ihr Gewicht nicht tragen konnten. Sam sah, daß sie Schwierigkeiten hatte. Er musterte sie stirnrunzelnd.

»Bleib einen Moment lang stehen«, sagte er. »Hol mehrfach tief Atem. Ich weiß, daß dein Kopf sicher teuflisch weh tut und daß du dich fürchtest und wacklig auf den Beinen bist, aber wir müssen von hier verschwinden.«

Lisa sah ihn an und machte sich klar, daß er weit übler verletzt war als sie und doch bereit war, sofort etwas zu unternehmen. Sie fühlte sich beschämt. Ein leichter Kopfschmerz war alles, was ihr fehlte, und sie war dabei, die Nerven zu verlieren. Wenn er diesen Ort aufrecht verlassen konnte, dann konnte sie das auch. Sie drückte ihr Rückgrat durch und nickte.

»Ich bin in Ordnung.«

»Gut.« Er kniete sich hin und zog die Essensration unter dem Strauch hervor.

»Gehen wir.«

Er stand auf, nahm das Gewehr in die rechte Hand und hing sich das Päckchen über die unverletzte Schulter. Er sah sich nach Lisa um und machte sich auf den Weg, als er sich vergewissert hatte, daß sie ihm folgte.

Sie liefen noch stundenlang weiter, nachdem die Sonne aufgegangen war und ihr Licht durch das Laub gefiltert wurde. Es war ein mühsames Vorankommen; das Unterholz war dicht. Manchmal mußte Sam das Messer aus seinem Stiefel ziehen, um ihnen einen Weg zu bahnen. Manchmal schuf er auch nur mit seinem Körpergewicht einen Durchgang. Trotz seiner Verwundung schien er unermüdlich zu sein. Lisa, die matt hinter ihm herlief, war bald so erschöpft, daß sie nicht mehr dazu kam, sich zu fürchten. Sie konnte an nichts anderes mehr denken als daran, einen Fuß vor den anderen zu setzen.

Um sie herum schwirrte der Dschungel vor Leben. Moskitos drohten sie lebendigen Leibes aufzufressen. Sam blieb stehen und zog eine Dose Insektenschutzmittel aus der Notration. Er sprühte erst Lisa und dann sich selbst ein. Danach wurde es ein wenig besser. Der tiefgrüne Baldachin über ihren Köpfen ließ nur einen gelegentlichen Sonnenstrahl auf den feuchten Waldboden vordringen. Ranken, die den Umfang von Sams Taille hatten, wanden sich von hohen Bäumen. Überall gab es Vögel und Kleingetier. Sam sagte, Lisa könne froh sein, daß die größeren Urwaldbewohner – die Löwen und die Geparde – offensichtlich den menschlichen Geruch gewittert hatten und ihnen aus dem Weg gingen. Lisa war auch wirklich dankbar dafür, aber das hielt sie nicht davon ab, ständig nervös über ihre Schulter zu sehen.

Im Lauf des Tages trugen die hohe Luftfeuchtigkeit

und der unbeschreibliche Geruch des Dschungels dazu bei, daß ihr übel wurde. Es war ein intensiver süßlicher Geruch nach verwesenden Pflanzen und Tieren. Ihr Haar klebte in feuchten Locken an ihrem Gesicht. Schweiß rann an ihrem Körper herunter. Als Sam endlich stehenblieb, wankte Lisa. Sie stöhnte und ließ sich auf die Knie sinken.

»Wir werden hier eine Zeitlang rasten«, sagte er und ließ sich neben ihr auf den Boden sinken. Er lehnte sich mit der rechten Seite an einen knorrigen Baumstamm. Lisa spürte Gewissensbisse, als ihr seine Wunde wieder einfiel. Sie hatte sich ihrem eigenen Elend derart hingegeben, daß sie sie fast vergessen hatte.

»Laß mich deine Schulter ansehen«, sagte sie. Sam musterte sie flüchtig und zuckte dann die Achseln, um sein Einverständnis auszudrücken. Lisa, die kaum die Energie aufbrachte, sich vom Fleck zu rühren, kroch von hinten an ihn heran.

Das getrocknete Blut hatte sein Hemd auf dem Rükken steif und schwarz werden lassen bis auf eine kleine Stelle über seinem Schulterblatt, die noch feucht und rot war.

»Kannst du dein Hemd ausziehen?« fragte Lisa matt. Sie hoffte, obwohl alles dagegen sprach, daß die Wunde nicht mehr annähernd so schlimm aussehen würde, wenn das blutgetränkte Hemd nicht mehr darauf lag.

Sam antwortete nicht, sondern begann, sein Hemd aufzuknöpfen. Er versuchte, es auszuziehen, doch der Stoff klebte auf der Wunde. Er zog sachte daran, und als es sich nicht von seiner Haut löste, hörte Lisa, daß er tief einatmete. Mit einer schnellen Bewegung riß er sich den Stoff herunter. Als das Hemd von seinem Rücken fiel, nahm Sam den Schulterhalfter ab. Dann stieß er stöhnend den Atem aus.

Lisas Atem stockte, als sie seine Schulter sah. Als er das Hemd von der Wunde gerissen hatte, hatte sie wieder zu bluten begonnen. Aus dem schwarzen Loch sikkerten rote Rinnsale. Das Fleisch, von dem die Wunde umgeben war, wirkte unter der dicken Blutschicht schwarz und geschwollen. Frisches und altes, getrocknetes Blut mischten sich auf seinem Rücken. Lisa spürte, daß ihr übel wurde.

»Und?« knurrte er, als sie nicht sofort etwas sagte.

»Es sieht furchtbar aus.«

»Es kann nicht schlimmer aussehen, als es sich anfühlt. Es tut tierisch weh.«

»Das tut mir leid.« Lisas Stimme drückte tiefes Mitgefühl aus. Sie konnte sich beim besten Willen nicht vorstellen, wie er es fertiggebracht hatte, mit einer Verletzung, die so gräßlich aussah, so weit zu laufen. Ihr Respekt vor ihm, der ohnehin schon beträchtlich war, stieg immens. Sie war sicher, daß sie augenblicklich gestorben wäre, wenn sie ein solches Loch in der Schulter gehabt hätte.

»Blutet es noch?« Seine Stimme drückte nur schwaches Interesse aus.

Lisa schluckte, ehe sie antwortete. »Ein bißchen.«

»Dann solltest du die Wunde besser doch verbinden. In dem Päckchen müßte das Nötigste sein.«

»Ja. Ja, sicher.«

Lisa schluckte wieder, als sie zu der Stelle kroch, an der Sam das Bündel hatte fallen lassen. Sie öffnete es und kramte darin herum. Einen Moment später zog sie eine kleine schwarze Schachtel heraus, auf der ein rotes Kreuz abgebildet war.

»Ja, das ist es«, bestätigte ihr Sam. Sie kroch wieder zu ihm, zog sich auf die Knie und ließ ihr Gewicht auf ihre Fersen sinken. Dann öffnete sie den Kasten und sah sich fassungslos den Inhalt an. Sie hatte nicht die geringste Ahnung, was sie als nächstes tun sollte.

»Was... was soll ich jetzt tun?«

Sam seufzte. »Siehst du das braune Plastikfläschchen?«

Lisa machte es ausfindig und nickte. Als sie merkte, daß er sie nicht sehen konnte, weil sie hinter ihm kniete, sagte sie: »Ja.«

»Das ist ein Antiseptikum. Du mußt etwas von dem Verbandsmaterial damit tränken und es auf die Wunde pressen.«

Gehorsam holte Lisa Gaze und eine kleine Schere aus dem Verbandskasten und schnitt Gaze für ein kleines Polster ab. Sie schüttete das antiseptische Mittel darauf, bis der Bausch vor Flüssigkeit triefte. Als sie die Gaze auf die Wunde pressen wollte, ging ihr etwas durch den Kopf.

»Sam«, sagte sie matt und starrte wie hypnotisiert seinen Rücken an. »Was ist mit der Kugel passiert?«

Er schnaubte gereizt. »Was glaubst du wohl? Sie ist noch drin.«

Lisa schloß einen Moment lang die Augen.

»Sollten... sollten wir nicht versuchen, sie herauszuholen?«

»Und du willst den Eingriff durchführen? Vergiß es. Die Kugel wird bleiben müssen, wo sie ist, bis wir woanders sind.«

»Kannst du denn damit weiterlaufen?«

»Das muß ich wohl, oder etwa nicht?« Seine Stimme

klang zusehends gereizter. »Würdest du jetzt bitte weitermachen?«

Lisa biß sich auf die Unterlippe und beugte sich vor, um das Verbandsmaterial auf die Wunde zu pressen. Als die brennende Flüssigkeit zu wirken begann, zuckte er zusammen. Ein leises Stöhnen drang durch seine zusammengebissenen Zähne. Dann sackte er plötzlich matt gegen den Baumstamm. Sein Name kam über ihre Lippen, als Lisa auf ihren Fersen wankte. Ihre Augen waren vor Panik weit aufgerissen, als ihr klar wurde, daß er das Bewußtsein verloren hatte.

9

»Sam!«

Er rührte sich nicht und reagierte in keiner Weise. Lisa kroch um ihn herum und betete, daß er wirklich nur ohnmächtig geworden war. Was um Himmels willen hätte sie tun sollen, wenn Sam etwas zustieß?

Sein Kopf hing auf seiner Brust und rollte von einer Seite auf die andere, als sie ihn sachte an der unverletzten Schulter schüttelte. Sein Gesicht war unter den Überresten der schwarzen Schuhcreme totenblaß, doch sein Atem schien normal zu gehen, und als sie die Hand auf seine blutverschmierte Brust legte, konnte sie sein Herz gleichmäßig schlagen fühlen. Sie wollte wieder seinen Namen rufen und versuchen, ihn zu Bewußtsein zu bringen, doch dann zögerte sie und ließ sich wieder auf ihre Hacken sinken. Er mußte beträchtliche Schmerzen haben. Es war zwecklos, ihn zu wecken, wenn sie sich ebensogut um seine Wunde kümmern konnte, solange er es nicht wahrnahm und den Schmerz nicht spürte.

Lisa kroch langsam wieder um Sam herum. Sie war froh, daß sie so weit gekommen waren und sich zielstrebig von der Stelle entfernt hatten, an der die feindlichen Soldaten sie mit ziemlicher Sicherheit jetzt noch suchten. Ein Glück, daß Sam jetzt erst ohnmächtig geworden war. Solange er bewußtlos war, waren sie beide hilflos. Sie schluckte und warf einen Seitenblick auf das Gewehr, das neben Sam lag. Nur wenn es absolut unumgänglich wurde, würde sie die Waffe anrühren. Sams Lektion im Schießen hatte ihr das Grauen vor tödlichen Waffen nicht nehmen können. Lisa konnte nur beten, daß ihnen niemand über den Weg lief, solange Sam sie nicht beide beschützen konnte.

Sie griff wieder nach dem Wattebausch und preßte ihn lange genug auf die Wunde, um das Antiseptikum wirken zu lassen. Dieses eine Mal brauchte Sam sie, und sie hatte nicht die geringste Vorstellung davon, was sie jetzt tun sollte. Die Wunde sah einfach gräßlich aus. Das mindeste, was sie tun konnte, war, die Wunde zu säubern und zu verbinden. Während sie versuchte, die Umgebung der Schußverletzung zu reinigen, fürchtete sie zusehends, die Wunde sei noch übler, als Sam sich den Anschein gegeben hatte.

Sam war immer noch bewußtlos, und Lisa gelobte sich, erst dann in Panik zu geraten, wenn sie den Verband angebracht hatte. Als sie seine Brust und seine Arme reinigte, empfand sie fast so etwas wie Zärtlichkeit. Mütterliche Instinkte, vermutete sie, aber das seltsame Gefühl wollte trotzdem nicht vergehen. Mit geschlossenen Augen wirkte er jünger und viel verletzbarer. Lisa schnitt eine Grimasse, doch ihre Hände setzten ihr Werk so sachte fort, daß es ihr fast absurd vorkam.

Als sie das Blut von seinen unrasierten Wangen wischte, schlug er kurz die Augen auf, dann noch einmal. Schließlich sah er sie benommen an.

»Was ist passiert?« fragte er kurz darauf. Es klang, als sei er nicht ganz sicher, wo er war und wer sie war.

»Du warst ohnmächtig«, erwiderte sie beiläufig. »Du mußt vor unserer Rast viel Blut verloren haben.«

Er schloß die Augen, ohne etwas darauf zu antworten. Als er sie etwa eine Minute später wieder aufschlug, schien er wieder bei sich zu sein. Lisa ließ sich wieder auf ihre Fersen sinken, als sie sein Gesicht gereinigt hatte.

»Wie lange war ich bewußtlos?« Seine Stimme klang wieder klar, aber sein Gesicht war nach wie vor bleich unter der Sonnenbräune.

»Nicht lange – vielleicht eine Viertelstunde.«

»Hast du meine Schulter verbunden?« Das klang schon wieder arrogant. Trotz ihrer heiklen Lage, ihrer Erschöpfung und ihrer Sorge mußte Lisa lächeln.

»Ja.« Sie merkte, daß ihm ihr Lächeln nicht paßte. Er sah sie aus diesen glänzenden blauen Augen verbissen an und stieß sich dann zu ihrem Erstaunen von dem Baumstamm ab.

»Was hast du vor?« Die Frage kam von allein heraus. Die Anspannung seiner Muskeln zeigte ihr, daß ihm die Bewegung beträchtliche Schmerzen verursacht hatte.

»Wir müssen uns wieder in Bewegung setzen.« Er machte den Eindruck, als wolle er jeden Moment versuchen aufzustehen. Lisa legte eine Hand auf seinen Oberarm.

»Sei nicht albern!« sagte sie mit scharfer Stimme. »Du

mußt stillhalten – und du brauchst Ruhe. Wie ich schon gesagt habe, mußt du eine Menge Blut verloren haben, und du kannst jetzt nicht einfach so tun, als ob dir nichts fehlt!«

Sam sah sie fest an. Sein Mund war ein schmaler Strich.

»Schätzchen, ich habe den Eindruck, unsere Lage ist dir nicht ganz klar«, sagte er matt. »Diese Männer suchen uns immer noch – daran besteht kein Zweifel. Und diesmal haben sie wahrscheinlich Verstärkung mitgebracht. Wenn sie uns finden – und das ist ihr Anliegen –, dann bringen sie uns um. Und bis es endlich soweit ist, flehen wir sie wahrscheinlich längst darum an, uns endlich zu töten! Machst du dir überhaupt eine Vorstellung davon, welchen Spaß es ihnen bereiten würde, eine Frau zu foltern? Nein, natürlich nicht! Du glaubst wahrscheinlich, du könntest ihnen sagen, wer du bist und daß du nichts mit dem zu tun hattest, was wir ausgeheckt haben, und dann lassen sie dich laufen. Lisa, Kindchen, diese Bestien foltern und töten zum Vergnügen! Für sie wäre es das Größte, dich vor Schmerzen schreien zu hören...« Er brach mitten im Satz ab, als er sah, wie blaß ihr Gesicht bei dem anschaulichen Bild wurde, das er für sie entworfen hatte. Bisher hatte sie es sich einfach nicht gestattet, sich zu überlegen, was aus ihnen wurde, wenn ihre Verfolger sie erwischten.

»Wir können uns jedenfalls nicht leisten, Zeit zu verlieren – wofür auch immer –, solange wir nicht das Land verlassen haben«, beendete er seinen Vortrag.

Lisa blieb einen Moment lang sitzen und biß sich nervös auf die Unterlippe. Nichts auf Erden war ihr lieber, als dieses barbarische Land zu verlassen...

»Aber du bist verletzt...« Sie wußte nicht, wie sie es schaffen sollten, solange er mit dieser Wunde herumlief. Wenn er einmal ohnmächtig geworden war, würde er das Bewußtsein höchstwahrscheinlich noch öfter verlieren, es sei denn, er ließ sich Zeit, um den Blutverlust wieder wettzumachen. Und ohne ihn konnte sie nirgends hingehen. Urplötzlich wurde Lisa klar, daß sie selbst dann nicht fortgehen wollte, wenn sie ohne ihn zurechtgekommen wäre. Er brauchte sie.

»Wenn diese Soldaten uns einholen, passiert mir wesentlich mehr – und dir auch«, erwiderte er grimmig. »Und jetzt komm.«

Er zog sich bei den letzten Worten auf die Füße. Lisa blieb noch einen Moment lang auf den Knien und sah ihn besorgt an. Schließlich kapitulierte sie und stand auf, ohne weitere Einwände zu erheben.

»Könntest du mir bitte mein Hemd geben?« Lisa warf nur einen Blick auf das blutgetränkte Kleidungsstück und schüttelte den Kopf.

»Du hast doch nicht im Ernst vor, das wieder anzuziehen. Ich meine – sieh es dir doch nur an!«

Sam verdrehte die Augen zum Himmel.

»So kann ich jedenfalls bestimmt nicht durch den Dschungel laufen.« Er deutete auf seinen entblößten Oberkörper. »Es sei denn, ich will mich sämtlichen Insekten, die der Menschheit bislang bekannt sind, zum Fraß vorwerfen – und noch einigen mehr. Und jetzt hör auf, mit mir zu streiten. Ich habe es verdammt satt. Gib mir mein Hemd.«

»Warum ziehst du nicht statt dessen meine Jacke an?«

»Ich will diese verdammte Jacke nicht anziehen«, gab er mit einem wütenden Blick zurück. »Ich will mein

Hemd. Gibst du es mir jetzt, oder muß ich es selbst aufheben?«

Lisa begriff, daß sie mit sinnlosen Diskussionen wertvolle Zeit vergeudeten.

»Verdammt noch mal!« fluchte Sam, als sie sich immer noch nicht rührte.

Stumm reichte sie ihm das Hemd, um zu verhindern, daß er sich bückte. Sie war ihm beim Anziehen behilflich. Instinktiv behandelte sie ihn wie ein Kind.

»Ich bin nicht hilflos«, knurrte Sam, als sie den letzten Knopf geschlossen hatte.

Lisa ließ ihre Hände, die auf seiner Brust lagen, augenblicklich fallen und trat einen Schritt zurück. Ihre mütterlichen Gefühle, die er offensichtlich wahrgenommen hatte, waren ihr mehr als peinlich.

»Kannst du die Sachen zusammenpacken?« fragte er nach einer kurzen Pause mürrisch. Lisa hatte den gesamten Inhalt des Bündels auf dem Boden verstreut.

Als sie alles eingepackt hatte, nahm Lisa das Päckchen. Es war schwer, aber sie war dankbar, es bei sich zu haben. Was hätten sie ohne dieses getan? Sie schnitt eine Grimasse. Sam hätte vermutlich eine dreigängige Mahlzeit bereitgestellt, wenn man ihm zehn Minuten vorher Bescheid gesagt hätte. Eins hatte sie wirklich gelernt: Er war ein Mann, auf den man sich in verzwickten Lagen verlassen konnte.

»Gib es mir«, sagte Sam. Lisa sah ihn ungläubig an, als er die Hand nach dem Bündel ausstreckte.

»Nein, ich trage es«, sagte sie.

Er sah sie unwillig an. »Gib her.«

»Um Himmels willen!« Lisa verlor die Geduld. »Laß mich es tragen! Du warst gerade noch ohnmächtig, du

Idiot! Du bist verletzt! Du brauchst mir nicht zu beweisen, wie groß und stark du bist – das weiß ich längst! Aber jetzt sei einmal vernünftig. Du brauchst jedes bißchen Kraft, das du noch hast, um auf den Füßen zu bleiben und voranzukommen!«

Sam sah sie nachdenklich an. Lisa spürte, daß sich ihre Wangen röteten.

»Du bist schrecklich besorgt um mich«, bemerkte Sam schließlich.

Lisa biß sich auf die Unterlippe. Ihre Motive waren zu ungewiß, als daß sie einer Analyse standgehalten hätten.

»Was soll ich denn anfangen, wenn dir etwas zustößt?« Sie sah ihm fest in die Augen und war gleichzeitig erleichtert und traurig, als der fragende Blick aus ihnen verschwand.

»Das stimmt«, sagte er, ehe er ihr wieder den Rücken zukehrte und sich auf den Weg machte.

Im Lauf des Tages wurde aus Lisas Respekt vor Sam, der ohnehin schon riesig war, so etwas wie Ehrfurcht. Er trottete voran, bahnte ihnen einen Weg und ließ sich seinen Schmerz nicht anmerken, doch Lisa, die das gräßliche Loch in seiner Schulter gesehen hatte, wußte, wie es ihm gehen mußte. Er mußte entsetzliche Qualen ausstehen, ganz zu schweigen von seiner Erschöpfung und dem Blutverlust. Das einzige, was ihn noch auf den Füßen hielt, war die reine Willenskraft. Lisa war außer sich und ergriffen zugleich. Dieser verrückte Mann mit seinem Stolz! War ihm denn nicht klar, daß er Ruhe brauchte? Sein Gesicht wurde immer weißer, und ihr Angebot, sich auf sie zu stützen, hatte er wortlos von sich gewiesen.

Im Lauf dieses endlosen Nachmittags begann es zu

regnen. Es war kein leichter Sommerregen, sondern ein heftiger Schauer. Sie hatten den Urwald verlassen und stapften ungeschützt durch hohe Felder, deren goldenes Gras die Wucht des Regenfalles niederdrückte.

Lisa war es so heiß, daß sie die ersten Regentropfen freudig wahrgenommen hatte, doch als die Nässe auf sie herunterprasselte wie ein Wasserfall, fühlte sie sich körperlich bald elender, als sie es sich je hätte ausmalen können. Sie fror bis in die Knochen, und selbst Sams Jacke, die er hartnäckig abgelehnt hatte, bot ihr keinen Schutz mehr. Ihre Zähne klapperten, und ihre Füße blieben bei jedem Schritt im Matsch stecken, doch Sam schritt unermüdlich voran. Am liebsten hätte sie laut geschrien, er solle stehenbleiben, wenigstens einen Augenblick. Was wollte er ihr beweisen? In ihrer ohnmächtigen Wut sah sie auf seinen breiten Rücken. Sie war todmüde, und er mußte es auch sein. Es war das einzig Sinnvolle, Rast zu machen. Gewiß ließen sich ihre Verfolger von diesem Sturm aufhalten. Kein Mensch, der bei klarem Verstand war, hätte sich länger als nötig durch dieses Unwetter bewegt.

Schließlich hielt sie es nicht mehr aus. Wenn sie sich nicht sofort im Schutz der drei Laubbäume hinsetzte, die direkt vor ihnen standen, fürchtete sie, vor Erschöpfung einfach umzufallen.

»Sam!« rief sie und lief taumelnd auf die Bäume zu. »Sam, komm her.«

Atemlos erreichte sie die Bäume und lehnte sich an einen knorrigen Stamm. Sie fürchtete im ersten Augenblick, daß Sam sie nicht gehört hatte. Vielleicht hatte er sie aber auch gehört und hatte vor, weiterzulaufen und sie ihrem Schicksal zu überlassen. Zu ihrer unsäglichen

Erleichterung drehte er sich um und kam auf sie zu. Als er vor ihr stand, blickte sie trotzig zu ihm auf. Sein Gesicht war aschfahl und von Erschöpfung gezeichnet.

»Was ist?« fragte er und lehnte sich mit einem Arm an den Baum.

»Ich muß mich einen Moment lang ausruhen. Bitte.« Lisa kauerte vor seinen Füßen und sah flehentlich zu ihm auf. In seiner Gegenwart fühlte sie sich unglaublich klein – und nicht nur in Zentimetern. Er war derjenige, der eine Kugel abgekriegt hatte. Sie war keine Spur verletzt, und doch brachte sie nicht mehr die Kraft auf, auch nur noch einen Muskel zu rühren. Es war beschämend und sagte nicht gerade etwas Gutes über ihre Ausdauer aus, aber sie konnte nichts daran ändern. Sie hatte sich restlos verausgabt, soviel stand fest.

»Gut.« Sam schien zu merken, daß sie wirklich und wahrhaft am Ende ihrer Kräfte angelangt war. »Wir verschnaufen hier. Zehn Minuten. Nicht länger.«

Mit einem Laut, der zwischen einem Seufzen und einem Stöhnen lag, ließ er sich neben sie sinken, lehnte sich mit der gesunden Schulter an, streckte ein Bein von sich und zog das andere dicht an seinen Körper.

»Wie fühlst du dich?« fragte Lisa kurz darauf, und ihre Sorge um ihn nahm zu, als sie ihn ansah. Er sah wirklich schlimm aus. Seine Haut war fast grau, und seine Augen glänzten zu sehr.

»Es ist mir schon besser gegangen«, räumte er ein. »Aber ich glaube nicht, daß ich in akuter Todesgefahr schwebe. Was ist mit dir?«

»Ich bin eigentlich nur müde«, antwortete Lisa. Sie bemühte sich, ihren Tonfall nicht zu ernst klingen zu lassen. »Wie geht es deiner Schulter?«

»Was glaubst du wohl? Sie tut teuflisch weh.«

»Das tut mir leid«, war alles, was Lisa dazu einfiel. Es kam ihr hoffnungslos unpassend vor. »Kann ich irgend etwas für dich tun?«

»Da du weder ein Arzt noch ein Zauberer bist, nein.«

Sie verstummten beide. Sam zündete sich eine Zigarette an und hielt sie Lisa hin. Er wußte, daß sie nicht rauchte, aber vielleicht glaubte er, im Moment könne Nikotin beruhigend wirken. Lisas Magen knurrte, und ihr fiel ein, daß sie seit fast vierundzwanzig Stunden nichts gegessen hatte. Jedem anderen gegenüber hätte sie dieses Geräusch in Verlegenheit gebracht, aber Sam kannte sie so gut, daß es ihr nicht peinlich war.

»Du hast Hunger.« Es war keine Frage, sondern eine klare Feststellung, die sowohl belustigt als auch resigniert klang.

»Ja.«

»Siehst du die gelblichen Dinger, die da oben hängen?« Er deutete über seinen Kopf.

Lisa blickte gehorsam zu den kürbisähnlichen Gewächsen auf, die zwischen den dunkelgrünen Blättern des Baumes hingen. »Ja.«

»Das ist Obst, ob du es glaubst oder nicht. Es schmeckt sogar ziemlich gut. Wenn du drankommst, kannst du es essen.«

»Sehr komisch.«

Sam grinste. »Okay. Wenn dir nicht danach zumute ist, auf Bäume zu klettern, haben wir auch noch Rindfleisch.«

»Danke, zu nett von dir.« Sie war nicht zu Späßen aufgelegt, doch sie vergeudete keine Zeit, das Fleisch auszupacken.

»Sam«, sagte sie kleinlaut, nachdem ihr Hunger halbwegs gestillt war. »Was werden wir tun?«

»Weiterlaufen.«

»Ich meine – wie kommen wir hier raus? Wohin gehen wir überhaupt?«

»Ich würde sagen, daß wir im Moment westlich von Tuli sind – das ist eine Stadt, falls du nicht mit der Geographie Rhodesiens vertraut bist. Die südafrikanische Grenze dürfte etwa fünfzig Meilen weiter südlich verlaufen. Das sollten wir in drei bis vier Tagen schaffen. Wenn wir die Grenze erst hinter uns haben, sind wir in Sicherheit.«

»Oh.« Lisas Stimme klang womöglich noch kleinlauter als vorher. Fünfzig Meilen waren ihr immer als eine geringe Entfernung erschienen – wenn sie einen Wagen fuhr. Zu Fuß kam es ihr vor, als solle sie einmal halb um die Erdkugel laufen.

»Ich würde ja ein Fahrzeug stehlen«, fuhr Sam so selbstverständlich fort, als sei es das Natürlichste auf der Welt, einen Wagen zu klauen, »aber genau damit rechnen sie bestimmt. Ich wette, daß überall Straßensperren sind.«

»Wer sind sie überhaupt?«

»Die Kerle, die uns verfolgen.«

»Das weiß ich auch.« Sie sah ihn unwillig an. »Aber wer ist das? Was um Himmels willen hast du getan, wenn sie jetzt so scharf darauf sind, uns zu schnappen? Wenn ich mein Leben schon für eine Sache opfern muß, dann wüßte ich teuflisch gern, wofür.«

Sam sah sie nachdenklich an.

»Es ist besser für dich, wenn du es nicht weißt. Dann kann dich wenigstens niemand dazu bringen, etwas zu gestehen – und vielleicht lebst du länger. Falls – ich habe falls gesagt, und du brauchst mich gar nicht so ängstlich anzusehen – falls sie uns schnappen, sind sie in erster Linie auf Informationen aus: Wer hat uns engagiert und warum.«

»Und wer war es?« fragte sie ungeduldig. Sie hatte seine herablassende Haltung satt.

»Ich habe dir doch gesagt, daß es besser für dich ist, wenn du es nicht weißt.«

»Um Himmels willen! Jetzt reicht es mir aber!« Lisa setzte sich trotz ihrer Müdigkeit kerzengerade hin.

»Du willst es wirklich wissen?« Sam sah ihr fest in die Augen. Lisa dachte: Du genießt das jetzt, stimmt's, du mieser Kerl?

»Ja, ich will es wissen.«

»Gut.« Seine Stimme war ausdruckslos. Das spöttische Grinsen verschwand. »Du hast es selbst so gewollt. Wirf mir nicht vor, wenn dir das, was du hörst, nicht gefällt. Die Soldaten, die uns jagen, sind Rebellen, die von Thomas Kimo angeführt werden – ich nehme an, du hast von ihm gehört?« Lisa nickte. »Offensichtlich haben sie Wind davon bekommen, weshalb wir hier sind. Sie haben uns bereits erwartet. Wir sind in eine Falle gegangen.«

»Aber was hattet ihr hier zu erledigen?« Das war der entscheidende Punkt, über den Sam nicht reden wollte. Lisa war sich darüber im klaren.

Sam schloß die Augen und lehnte seinen Kopf wieder an den Baumstamm. Lisa sah in sein leichenblasses Gesicht und biß sich auf die Lippen. Sie stand kurz davor, ihm zu sagen, sie wolle es gar nicht wissen, wenn es ihm so viel ausmachte, es ihr zu sagen. Dann schlug er die blauen Augen auf und sah sie fest an.

»Wir sind gekommen, um Thomas Kimo zu töten.« Seine Stimme war ausdruckslos. Lisa riß die Augen weit auf und sah in sein angespanntes Gesicht.

»Mord?« kreischte sie.

»Wenn du es so nennen willst.«

Er sah sie immer noch ausdruckslos an. Lisa starrte in diese unergründlichen blauen Tiefen, und der Schauer, der ihr über den Rücken lief, war nicht auf das Wetter zurückzuführen. Plötzlich dämmerte ihr überdeutlich, daß sie absolut nichts über diesen Mann wußte, nicht, wer er war, woher er kam und was er tat. Sie wußte lediglich, daß er fantastisch im Bett war und gelegentlich nett sein konnte. Aber er konnte auch brutal sein und hatte ihr selbst eingestanden, daß er jederzeit bereit war, kaltblütig einen Mord zu begehen. Sie zitterte unkontrollierbar.

»Aber warum?« Es war ein schockiertes Flüstern.

»Weil ich das Geld brauche«, sagte er. Seine Augen wandten sich keinen Moment lang von ihr ab. Lisa wußte, daß der Abscheu, den sie empfand, deutlich in ihrem Gesicht zu erkennen sein mußte, aber sie konnte nichts dagegen tun.

»Du hattest vor, einen Mann zu töten – für Geld?«

»Ja, ich hatte vor, einen Mann zu töten – für Geld. Bist du jetzt zufrieden?« Seine Stimme klang plötzlich gemein. Lisa schreckte vor ihm zurück.

Sam musterte sie einen Moment lang. Sein Blick war unergründlich.

»Komm, wir gehen weiter«, sagte er dann barsch. Er stand wieder auf und lief forsch in den Regen hinaus, ohne sich auch nur nach ihr umzusehen.

Die Dämmerung war angebrochen. Nichts wies darauf

hin, daß der Regen nachlassen würde, als sie eine kleine Ortschaft erreichten. Sie bestand aus etwa zwei Dutzend runden, strohgedeckten Hütten. Ein breiter Strom, der recht tief wirkte, floß daran vorbei, und der Regen ließ ihn nahezu über die Ufer treten.

Sam blieb abrupt stehen. Er wollte sich vergewissern, ob der Ort so menschenleer war, wie er wirkte.

»Die meisten Stämme, die in solchen Dörfern gelebt haben, sind von der einen oder der anderen Seite vertrieben worden«, sagte er. »Aber man kann es ja nie wissen.«

»Sam – können wir heute nacht hierbleiben?« Als Lisa ihm in die Augen sah, drückte ihr Blick ein unbewußtes Flehen aus. Seit dem unseligen Gespräch vor Stunden hatten sie kein halbes Dutzend Worte miteinander gewechselt. Jetzt war Lisa so müde und fror so sehr, daß es ihr gleich war, ob er wütend auf sie war oder ob er sich seinen Lebensunterhalt damit verdiente, Menschen umzubringen. Das einzige, was sie noch interessierte, war der Moment. Sie wollte nichts anderes als Ruhe – vorzugsweise an einem trockenen Ort.

»Einverstanden«, räumte er bedächtig ein, nachdem er sie genau betrachtet hatte. »Ich bezweifle, daß sie allzu gründlich nach uns suchen werden, solange der Regen nicht nachläßt. Du bleibst hier, während ich mich vergewissere, ob wir auch wirklich allein sind.«

Lisa spürte, daß ihre Knie vor Erleichterung weich wurden. Sie machten wirklich Rast – um zu schlafen. Und zu essen. Sie dachte sehnsüchtig an die Lebensmittelrationen in Sams Gepäck. Plötzlich stellten sie in ihren Augen ein so verlockendes Abendessen dar wie jede Mahlzeit in einem Fünfsternerestaurant.

»Hier.« Er warf ihr die kleine Pistole zu. Lisa nahm sie automatisch entgegen und starrte sie dann voller Widerwillen an.

»Ich will sie nicht haben«, sagte sie voller Überzeugung und versuchte, sie ihm zurückzugeben.

»Behalte sie«, sagte er barsch. »Was tätest du, wenn ich nicht zurückkäme – wenn du ganz allein hier festsitzt? Ich gebe zu, daß du ein schlechter Schütze bist, aber vielleicht könntest du einen Elefantenbullen treffen, wenn du dich wirklich sehr bemühst. Wer weiß, diese Pistole könnte dich aber auch davor bewahren, einer Riesenschlange als Abendessen zu dienen.«

Lisa dachte sofort wieder an die Baumschlangen, von denen ihr Sam vor ein paar Tagen erzählt hatte. Sie waren groß und grün und dreimal so giftig wie die Königskobra. Sie ließen sich ohne jede Warnung auf einen fallen.

Lisa dachte ernsthaft nach, während Sam fort war. Gut, vielleicht war er ein kaltblütiger Mörder, aber waren das nicht eigentlich alle Soldaten? Worin bestand der Unterschied: einen einzigen Feind für Geld zu töten und Dutzende auf dem Schlachtfeld zu ermorden? Bestand überhaupt ein Unterschied? Sam hatte ihr schon mehr als einmal das Leben gerettet. Nachdem der Jeep sich überschlagen hatte, war sie ohnmächtig gewesen, und ihr war klar, daß Sam sie unter erheblichen Risiken für seine eigene Person in Sicherheit gebracht hatte. Er mußte sie getragen haben. Und dabei war er auch noch verwundet worden. Auch jetzt wäre sie ohne ihn so gut wie tot. Sie schien gut beraten zu sein, wenn sie sich jedes moralische Urteil über ihn aufhob, bis sie die Zivilisation wieder erreicht hatten. Falls es ihnen je gelingen sollte...

»Um Himmels willen, bist du taub? Ich rufe dich schon seit fünf Minuten!« zischte Sam in ihr Ohr, und Lisa machte vor Schreck einen Satz. Kopfschüttelnd lief sie hinter Sam her.

Die Hütte, zu der er sie führte, gehörte zu den kleineren und lag am Rand der Siedlung. Lisa hatte damit gerechnet, daß sie in der größten Hütte schlafen würden, doch als sie Sam fragte, erklärte er ihr, daß jeder, der ins Dorf kam, unweigerlich zuerst in der größten Hütte nachsah. Bis jemand zu dieser Hütte vorgedrungen war, konnten sie längst verschwunden sein. Das hoffte er zumindest.

Die Hütte war sehr klein, aber erstaunlich stabil gebaut. Als Sam die Taschenlampe einschaltete und den Strahl nach oben richtete, stieß Lisa einen erstickten Schrei aus. Eine gewaltige Spinne saß in einem kunstvoll gewebten Netz. Sam lachte.

»Was ist?« fragte er, obwohl er es nur zu genau wußte.

Lisa schüttelte sich. »Ich finde Spinnen gräßlich.«

»Du findest Spinnen gräßlich, du findest Waffen gräßlich, du findest Soldaten gräßlich – was zum Teufel hast du eigentlich hier zu suchen? Du hättest zu Hause bei Opa bleiben sollen, wo du hingehörst.«

Lisa war entgeistert über diese unerwartete Gehässigkeit. Sie starrte ihn an und versuchte vergeblich, seinen Ausdruck in dem schummrigen Licht zu erkennen. In dem Moment hob er die Taschenlampe, um das Spinnennetz zu zerstören.

»Danke«, sagte sie mit gedämpfter Stimme. Er reagierte nicht darauf, doch Lisa konnte seinen stummen Hohn fast körperlich spüren.

Sam reichte Lisa die Taschenlampe, und sie stöberte in

den Lebensmittelrationen herum. Es gab noch ein paar Dosen und einige Päckchen getrocknetes Rindfleisch, vielleicht gerade genug für eine Woche, wenn sie es sich gut einteilten. Sie zog eine Dose Schweinefleisch mit Bohnen aus dem Paket und suchte vergeblich nach einem Dosenöffner.

»Womit soll ich die Dose aufmachen? Etwa mit meinen Zähnen?« fragte sie Sam gereizt. Sam lag mit geschlossenen Augen da und schien sie nicht gehört zu haben.

»Sam!« sagte sie ungeduldig mit erhobener Stimme. Immer noch keine Antwort, weder verbal, noch in Form einer Geste. Sie schnaubte unwillig, ging zu ihm und beugte sich über ihn.

»Sam!« Normalerweise hätte sie ihn schlafen lassen – er mußte noch ausgelaugter sein, als ihr klar war, wenn er so abrupt einschlief – aber sie war am Verhungern und mußte wissen, wie sie diese verdammte Dose öffnen konnte.

»Sam!« Er rührte sich nicht. Sie bückte sich, um ihn an der gesunden Schulter zu rütteln, und als sie das tat, fiel er zu ihrem Entsetzen um. Eilig kniete sie sich neben ihn, und das Herz schlug ihr in der Kehle. Er hatte offensichtlich wieder das Bewußtsein verloren. Ihre Hände glitten hastig über ihn, um sich zu vergewissern, daß er atmete. Als sie eine Hand auf seine verletzte Schulter preßte, stockte ihr Atem. Sein Hemd war klatschnaß – und zwar nicht nur vom Regen. Es war eine klebrige Nässe... Sie zog ihre Hand zurück und starrte die Handfläche an. Selbst im Dunkeln konnte sie erkennen, daß sie Blut auf ihrer Hand hatte.

10

Lisa biß sich vor Schreck auf die Lippen. Er mußte seit Stunden bluten. Wenn es ihr nicht gelang, die Wunde neu zu verbinden, konnte Sam noch verbluten.

Er kam fast so schnell wieder zu sich, wie er bewußtlos geworden war.

»Halt still.« Lisas Hände auf seiner Taille verliehen ihren Worten Nachdruck. Er stöhnte, sah sie an und gab nach. Sowie sie sicher war, daß er sich nicht mehr rühren würde, knöpfte sie sein Hemd auf.

»Mein Gott, war ich schon wieder ohnmächtig?« Seine Stimme klang matt.

»Ja.«

»Ich brauche deine Hilfe nicht, um mein Hemd auszuziehen.« Sein Tonfall klang beinah feindselig.

»O doch«, erwiderte sie mit aller Geduld, die sie nur irgend aufbringen konnte. Hatte ihm denn niemand jemals Zärtlichkeit erwiesen, sich nie jemand liebevoll um ihn gekümmert? fragte sie sich. Er war es offensichtlich nicht gewohnt, Hilfe zu brauchen oder sie freiwillig anzunehmen – noch nicht einmal dann, wenn er krank war.

»Nein, eben nicht«, beharrte er. Seine Stimme klang jetzt wieder kräftiger, und er schien sich aufrichten zu wollen. Lisa hielt ihn zurück.

»Hör zu«, sagte sie durch die Zähne, denn ihre Geduld war plötzlich aufgebraucht. »Deine Wunde ist wieder aufgegangen, und du blutest wie ein angestochenes Schwein. Du mußt es gewußt haben! Aber du sturer und halsstarriger Narr mußtest natürlich weiterlaufen, stimmt's? Aber jetzt wirst du still liegen bleiben und mich diese Wunde noch einmal verbinden lassen, oder ich schlage dir den Kolben, und das schwöre ich dir, dieser Pistole über den Schädel! Hast du mich verstanden?«

Lisa kochte vor Wut, als sie ausgeredet hatte. Sam sagte nichts, aber er sah sie einen Moment lang belustigt an. Dann spielte zu ihrem Erstaunen und ihrer Erleichterung ein Lächeln um seine Mundwinkel.

»Du jagst mir Todesängste ein«, murmelte er spöttisch. »Du würdest mir wirklich eins über den Schädel ziehen?«

Lisa beruhigte sich ein wenig. Vielleicht machte er es ihr doch nicht ganz so schwer. Sie sah ihn finster an. Als sie ihm das Hemd ausgezogen hatte, sah sie, daß der Verband nur noch an einer Stelle klebte. Der Regen mußte ihn abgelöst haben.

»Wie schlimm sieht es aus?« erkundigte er sich.

»Gräßlich«, antwortete sie mit erstickter Stimme. Sie dachte gar nicht daran, ihm die unappetitlichen Einzelheiten zu ersparen. Er mußte wissen, wie schlimm es um ihn stand, damit er ihr sagen konnte, was sie für ihn tun sollte. Mit Sicherheit wußte er mehr über Schußverletzungen als sie. Weniger konnte er jedenfalls gar nicht wissen.

»Was heißt gräßlich?« fragte er geduldig und drehte den Kopf um, als könne er sich die Wunde selbst ansehen. Das war natürlich unmöglich, so sehr er sich den Hals auch verrenkte.

»Die ganze Umgebung ist geschwollen, und der gesamte obere Teil deiner Schulter ist bis auf die Mitte des Rückens auf der linken Seite schwarz und gelb verfärbt. Außerdem blutet die Wunde – zwar nicht allzusehr, aber das Blut wirkt irgendwie zu dick, und es rinnt nicht, sondern spritzt ab und zu abrupt heraus. Es muß irrsinnig weh tun. Kannst du deinen Arm überhaupt noch bewegen?«

Sam probierte es, und der linke Arm ließ sich nach vorn und nach hinten bewegen. Sein Gesicht wurde noch bleicher, und er atmete hörbar ein. Lisa, die sah, daß frisches Blut aus seiner Wunde spritzte, rief ihm zu, er solle aufhören. Er schloß die Augen, und Schweißperlen brachen auf seiner Stirn aus. Einen Moment lang fürchtete Lisa, er sei wieder bewußtlos. »Sam?«

»Alles in Ordnung.«

Seine gepreßte Stimme machte deutlich, daß keineswegs alles in Ordnung war. Lisa sah besorgt auf ihn herunter. Daß dieser große, starke Mann so hilflos wirken konnte!

»Was soll ich tun?« fragte sie behutsam. »Soll ich die Wunde wieder verbinden?«

»Wie ruhig sind deine Hände?«

Lisa blinzelte verständnislos und sah dann auf ihre langen, schmalen Finger hinunter, die auf seiner Taille lagen. Als sie sein Hemd aufgeknöpft hatte, hatten sie gezittert.

»Nicht... nicht allzu ruhig«, gestand sie. Er gab einen unwilligen Laut von sich. Seine Augen waren weiterhin geschlossen, und er war so weiß wie eine marmorne Statue.

»Dann wirst du eben etwas dafür tun müssen, daß sie ruhiger werden. Sieh ganz unten in dem Päckchen nach. Dort wirst du eine Flasche Whiskey finden. Trink einen großen Schluck und gib sie mir dann.«

»Warum?« fragte Lisa, und in ihrer Stimme und auf ihrem Gesicht drückte sich ihr Grauen aus. Sie fürchtete, die Antwort bereits zu kennen.

»Weil du die Kugel herausschneiden mußt. Dann mußt du die Wunde zunähen. Nadel und Faden wirst du auch in dem Päckchen finden.«

Lisa war entgeistert.

»Das... das kann ich nicht«, stammelte sie und sank wieder auf ihre Fersen.

»Du wirst es tun müssen«, sagte er. »Mein Arm wird steif. Bis morgen werde ich ihn überhaupt nicht mehr bewegen können. Ich spüre das verfluchte Ding da drin, wie es sich am Knochen schabt. Jedesmal, wenn ich mich bewege, tut es teuflisch weh. Die Kugel muß raus, und du mußt sie rausholen. Es ist niemand anders da.«

»Nein...«, sagte Lisa matt.

Sam fuhr mit unerbittlicher Stimme fort. »Nachdem du die Kugel rausgeholt hast – es dürfte nicht allzu schwer sein, sie zu finden, du mußt nur dem Tunnel folgen, den sie sich beim Eindringen gegraben hat –, will ich, daß du die Wunde desinfizierst und dann die Ränder zusammennähst wie ein Stück Stoff. Achte nur darauf, daß du alles, was du benutzt, vorher mit dem antiseptischen Mittel tränkst, auch den Faden. Ich will nicht, daß sich die Schulter entzündet – dann wäre ich in einer noch schlechteren Verfassung als jetzt. Kapiert?«

Lisa saß reglos da und starrte ihn an. Sie brachte es nicht über sich. Allein schon der Anblick von Blut hatte immer ausgereicht, damit ihr übel wurde. Und doch hatte sie das geronnene Blut von dem gräßlichen Loch in seinem Rücken entfernt und es dann verbunden, ohne mit einer Wimper zu zucken.

»Sam, bist du sicher, daß du das willst?« fragte sie schließlich. Sie fühlte sich betäubt. »Was ist, wenn ich – wenn ich dir weh tue?«

Er rollte sich auf den Bauch und legte den Kopf auf seinen gesunden Arm. Sein Gesicht war von ihr abgewandt, aber sie glaubte, ein mattes Lächeln zu sehen.

»Mach dir keine Sorgen, Schätzchen, es sind keine lebenswichtigen Organe in der Nähe – selbst wenn du es versuchen solltest, könntest du mich nicht umbringen. Und wenn du es nicht probierst, kann ich meinen Arm überhaupt nicht mehr bewegen, und dann wird es uns teuflisch schwerfallen, von hier fortzukommen. Mach schon, tu, was ich dir gesagt habe – hol den Whiskey. Dann sage ich dir, was du als nächstes zu tun hast.«

Lisa gehorchte ihm widerwillig und kroch zu der Stelle, an der sie das Gepäck abgestellt hatte. Als sie darin herumwühlte, fand sie eine fast volle Flasche Whiskey. Ihre Hand zitterte, als sie sie herauszog. Je genauer sie sich überlegte, was Sam von ihr wollte, desto sicherer war sie, daß sie es nicht tun konnte.

»Es geht nicht«, sagte sie, als sie einen Hoffnungsschimmer fand. »Wir haben nicht genug Licht. Wir müssen wenigstens bis morgen früh warten.«

Er erklärte ihr, wie sie die Lampe aufhängen konnte. Er wollte unter keinen Umständen bis zum nächsten Tag warten.

»Sam, aber...«, wollte Lisa einwenden, doch dann gab sie es auf. Er schien den provisorischen Eingriff wirklich für unumgänglich zu halten, denn er wußte genausogut wie sie, daß ihm große Schmerzen bevorstanden.

»Was jetzt?« fragte sie, nachdem sie die Lampe optimal angebracht hatte.

»Such die Nadel und das Garn. Du brauchst keinen langen Faden einzufädeln – etwa dreißig Zentimeter müßten reichen.« Er blieb still liegen, während Lisa tat, was er gesagt hatte. Es dauerte eine Zeitlang, da ihre Hände nicht allzu ruhig waren, als sie das Garn einfädelte, aber schließlich gelang es ihr.

»Fertig«, sagte sie.

»Vergiß nicht, Nadel und Faden zu desinfizieren, ehe du sie benutzt«, warnte er sie. Sie nickte stumm. »Und jetzt hol das Messer aus meinem Stiefel«, fuhr er fort. »Du weißt ja, wo es steckt.«

Das wußte Lisa allerdings. Sie zog das gefährlich aussehende Werkzeug aus der Lederscheide in Sams rechtem Stiefel. Es hatte eine gebogene Klinge und war scharf wie ein Rasiermesser. Sam hatte ihr gesagt, daß die Afrikaner es Kris nannten... Sie erbleichte, als sie sich ausmalte, das Messer zu benutzen, um damit Sams festes Fleisch aufzuschneiden.

»Ich glaube nicht, daß ich es schaffe.« Sie schluckte, setzte sich wieder neben ihn und starrte das blinkende Messer an, als hätte sie es nie zuvor gesehen.

»Doch, du schaffst es.« Sie wünschte, sie wäre so zuversichtlich gewesen, wie er sich gab. »Du mußt es schaffen«, fügte er hinzu. Lisa wußte trotz ihrer Nervosität, daß sie keine andere Wahl hatte.

Sie starrte das Messer noch eine Zeitlang an und drückte dann resolut die Schultern durch. Es mußte sein. Sie mußte es für sich selbst tun. Und für Sam.

Sie befolgte Sams Anweisungen und holte Mull, das Antiseptikum und Heftpflaster aus dem Medizinkasten. Die Vorbereitungen schienen damit abgeschlossen zu sein.

»Fertig?« fragte Sam, als zu offensichtlich wurde, daß sie nur noch trödelte, um das Unvermeidliche so lange wie möglich vor sich herzuschieben.

»Ich denke schon.« Wenn diese Antwort unsicher klang, dann gab es gute Gründe dafür – sie fühlte sich unsicher.

»Gut. Trink jetzt einen Schluck Whiskey und gib mir dann die Flasche. Ich glaube, ich kann sie gebrauchen.«

»Wag es nicht, dich zu betrinken«, warnte ihn Lisa mit schriller Stimme. Sie hatte die gräßliche Vorstellung vor Augen, er könne sich so sehr betrinken, daß er ihr nicht mehr helfen konnte, wenn sie ihn brauchte.

»Während du dieses Messer in der Hand hältst? Das kommt gar nicht in Frage«, sagte er und schnitt eine Grimasse. »Und jetzt mach schon. Sieh zu, daß du den Whiskey runterkriegst. Du wirst ihn wahrscheinlich noch mehr brauchen als ich.«

Lisa hatte bisher noch nie in ihrem ganzen Leben Schnaps getrunken, aber Sam hatte recht – sie brauchte ganz dringend etwas Hochprozentiges. Sie schraubte die Flasche auf, hob sie an ihre Lippen und trank einen großen Schluck. Von ihrem Mund bis zu ihrem Magen brannte alles wie flüssiges Feuer. Sie hustete und schnappte nach Luft, aber sie mußte zugeben, daß ihr wärmer war, als sich ihr Körper ein wenig von dem Schock erholt hatte – und sie fühlte sich schon mutiger.

»Hier.« Sie reichte Sam die Flasche. Er nahm sie mit seiner gesunden Hand entgegen und legte den Kopf zurück, um trinken zu können. Die Menge, die er zu sich nahm, war so groß, daß Lisa erschrak.

»Du hast mir versprochen, dich nicht zu betrinken«, rief sie ihm vorwurfsvoll ins Gedächtnis zurück, als er die Flasche endlich absetzte.

Er sah sie verächtlich an. »Schätzchen, die paar Tropfen Whiskey machen mich noch nicht mal benebelt«, sagte er hämisch. Lisa warf einen Blick auf die Flasche, von deren Inhalt jetzt drei Viertel fehlten, und hoffte, daß er recht hatte.

»Sam, bist du auch ganz sicher, daß du es so haben willst?« Sie gab ihm ein letztes Mal Gelegenheit, es sich anders zu überlegen.

»Ich bin ganz sicher«, sagte er. Er reichte ihr wieder die Flasche und schloß die Augen. Als Lisa den Whiskey hinstellte, sich über ihn beugte und das Messer unsicher an die Wunde führte, warf er ihr noch einen Blick zu.

»Glaubst du, du kannst mir den Gürtel ausziehen?« fragte er völlig unerwartet und griff bei diesen Worten nach der Gürtelschnalle. Lisa stieß seine Hände zur Seite und zog ihm den Gürtel aus.

»Was soll ich damit tun?« fragte sie unsicher.

»Gib ihn mir.« Sie tat es. Er faltete den Gürtel sorgsam zusammen.

»Was hast du damit vor?«

Er warf ihr einen Seitenblick zu und steckte sich den Gürtel zu Lisas Entsetzen zwischen die Zähne.

Sie gab einen erstickten Laut von sich. Sie brachte es nicht über sich! Sie konnte sich einfach nicht dazu durchringen... Sam mußte die plötzliche Entscheidung in ihrem Gesicht gelesen haben, denn er streckte seinen gesunden Arm aus und nahm ihre Hand.

»Keine Sorge«, sagte er mit fester Stimme, während er ihr tröstlich die Hand hielt. »Mir ist schon viel Schlimmeres zugestoßen als alles, was du mir jetzt antun kannst. Außerdem bleibt dir gar nichts anderes übrig – du mußt es tun. Alles klar?«

Lisa sah in seine blauen Augen, die selbst jetzt vor

Schmerz wesentlich dunkler waren. Sie schluckte. Dann nickte sie matt.

»Braves Mädchen.« Er drückte ihre Hand noch einmal und ließ sie dann los. »Und jetzt sieh zu, daß wir es hinter uns bringen.«

Er wandte den Kopf von ihr ab, schloß die Augen und steckte sich den Gürtel zwischen die Zähne. Lisa saß nur da und starrte ihn an. Sie konnte doch nicht einfach das Messer in seine arme Schulter bohren...

Schließlich nahm er den Gürtel wieder aus dem Mund und sah sie an. »Und, was ist?«

»Ich... ich weiß nicht, was ich tun soll.«

Er seufzte und wiederholte die Anweisungen, die er ihr gegeben hatte, noch einmal. Dann ließ er sich alles von ihr wiederholen, und als er sich vergewissert hatte, daß sie wirklich wußte, was sie zu tun hatte, steckte er den Gürtel wieder zwischen die Zähne, legte sich hin und wartete.

Lisa schüttete sich das antiseptische Mittel über die Hände und über das Messer. Jetzt konnte sie nichts anderes mehr tun und mußte mit dem Schneiden beginnen. Sie riskierte einen flüchtigen Blick in Sams Gesicht. Es war angespannt, und alle Muskeln verkrampften sich in Erwartung des Schmerzes, den sie ihm unausweichlich zufügen mußte. Seine weißen Zähne bissen in den Ledergürtel, und seine Fäuste waren geballt. Als sie ihn ansah und in ihm den Mann wahrnahm, mit dem sie in den letzten Wochen geschlafen und gestritten hatte und von dem sie seit einiger Zeit in jeder Hinsicht abhängig war, flatterte sie vor Nervosität. Entschlossen riß sie ihren Blick von seinem Gesicht los, sah statt dessen seine Schulter an und zwang sich, ein lebloses Wesen in ihm zu sehen, so etwas wie den Frosch, den sie einmal im Biologieunterricht seziert hatte.

Es klappte. Nach ein paar Minuten hatte sich ihr Magen wieder beruhigt. Dann begann sie.

Als das Messer etwa fünf Zentimeter tief in Sams Schulter steckte, biß sich Lisa so fest auf die Unterlippe, daß sie Blut in ihrem Mund schmecken konnte. Dickes, leuchtend rotes Blut rann auch aus dem Loch in Sams Schulter, das immer tiefer wurde. Lisa unternahm nichts, um es wegzuwischen, und bald war es überall – auf ihren Händen, auf dem Messer, über Sams Rücken verschmiert und auf seiner Hose. Als sie das Messer immer tiefer in die Wunde stieß, machte Sam eine plötzliche abwehrende Bewegung, hatte sich aber sofort wieder unter Kontrolle. Lisa warf einen kurzen und gequälten Seitenblick auf sein Gesicht. Es war weiß und glänzte. Schweißperlen rannen über seine Stirn und seine Wangen. Seine Augen waren fest zugepreßt, seine Fäuste nach wie vor geballt. Seine Zähne hatten das Leder des gefalteten Gürtels fast durchgebissen. Lisa spürte, daß Tränen in ihre Augen traten. Sie blinzelte, um wieder mehr sehen zu können, doch augenblicklich kamen neue Tränen nach, die ungehindert über ihr Gesicht rannen. Sie versuchte, sich einzureden, daß es ihr nichts ausmachte, ihm weh zu tun, und sie rief sich bewußt wieder die vielen Male ins Gedächtnis zurück, die er sie gedemütigt hatte. Diese Schmerzen waren das mindeste, was er verdient hatte – doch schon während sie versuchte, fest daran zu glauben, wußte Lisa, daß es Zeitvergeudung war, sich diesen Unsinn einreden zu wollen. Wer er auch sein mochte und was er auch getan hatte – sie ertrug es nicht, ihn leiden zu sehen. Sie war schockiert, als ihr klar wurde, daß sie die Schmerzen dieser provisorischen Operation gern auf sich genommen hätte, um sie ihm zu ersparen. Das war unlogisch und irrsinnig, wenn man bedachte, daß sie ihn, seit sie ihn kannte, die meiste Zeit inbrünstig gehaßt hatte, aber sie empfand nun einmal so. Lisa nahm wahr, daß ihr flau im Magen wurde, als sich ihr gewaltsam der Verdacht aufdrängte, daß sie ihn mit der Zeit möglicherweise mehr ins Herz geschlossen hatte, als ratsam war.

Sie war so gut wie blind vor Tränen, aber das änderte nichts, da so viel Blut aus der Wunde strömte, daß sie ohnehin nichts gesehen hätte. Sie mußte sich ganz auf ihren Tastsinn verlassen, als sie langsam und behutsam seine Schulter erkundete. Sie stand schon kurz davor zu verzweifeln, als die Messerspitze mit einem leisen Laut, der metallisch klang, auf etwas traf.

»Ich glaube, ich habe sie gefunden«, sagte sie mindestens so sehr zu sich selbst wie zu Sam. Ihre Stimme drückte eine so tiefe Dankbarkeit aus, daß die Worte wie ein Gebet klangen. Sam erwiderte natürlich nichts darauf, aber sie glaubte zu erkennen, daß seine Gesichtsmuskulatur sich ein wenig entspannte.

Lisa erinnerte sich an Sams Anweisungen und ging jetzt so schnell wie möglich vor. Sie goß Antiseptikum über die lange Pinzette, die sie gefunden hatte, und steckte sie behutsam in den blutigen Pfad, den sie mit dem Messer gebahnt hatte. Sie zog Haut und Muskeln auseinander und erreichte innerhalb von erstaunlich wenig Zeit mit der Pinzette die Kugel, wenn man bedachte, wie lange sie gebraucht hatte, um sie erst einmal zu finden. Jetzt brauchte sie nur noch ein paar Sekunden, um die Kugel mit der Pinzette zu greifen und sie aus der

Wunde zu ziehen. Sie starrte das blutverschmierte Stück Metall an und war so erleichtert, daß sie am liebsten gejubelt hätte.

»Ich habe sie, Sam, ich habe sie!« rief sie freudig aus.

Er zuckte zusammen, als sie das antiseptische Mittel direkt in die offene Wunde schüttete, und er zuckte noch einmal zusammen, als sie begann, die ausgefransten Hautränder mit behutsamen, wenn auch ungeübten Stichen zusammenzunähen, doch sie spürte, daß seine Muskeln jetzt weniger verkrampft waren, und sie wußte, daß er genauso froh war wie sie, diese Qual ausgestanden zu haben.

Als sie die Wunde zugenäht und seinen Rücken vom Blut gereinigt hatte und schließlich sterile Mullbinden auf die Wunde klebte, fühlte sie sich so ausgelaugt und ausgewrungen wie ein benutzter Spüllappen. Blinzelnd ließ sie sich wieder auf die Hacken sinken, wischte ihre Hände an Sams Hemd ab und sah ihn an. Er lag mit geschlossenen Augen auf dem Bauch, und dort, wo seine Haut nicht blutig oder verschwitzt war, war sie bleich und fahl. Lisa zog sachte den Gürtel, den er fast durchgebissen hatte, zwischen seinen Zähnen heraus. Dann feuchtete sie ein kleines Stück Gaze an und wischte ihm das Gesicht ab.

»Bist du in Ordnung?« fragte sie mit heiserer Stimme, als er ihr Vorgehen mit keiner Geste wahrzunehmen schien. Er antwortete nicht. Lisa biß sich besorgt auf die Unterlippe und fürchtete, er sei wieder ohnmächtig geworden. Allerdings hätte sie es nur zu gut verstehen können. Es wunderte sie ohnehin, daß er die Schmerzen so lange ausgehalten hatte. Als sie sich Jeff unter vergleichbaren Umständen vorstellte, wußte Lisa, daß er vom ersten Moment an, in dem die Kugel in sein Fleisch gedrungen wäre, vor Schmerz und Furcht geschrien hätte.

Zu ihrer unsäglichen Erleichterung öffneten sich Sams geballte Fäuste langsam, und er schlug die Augen auf.

»Ja, ich bin in Ordnung«, sagte er. »Sie haben Ihre Arbeit gut gemacht, Dr. Collins. Ich bin stolz auf Sie – und Sie können stolz auf sich sein.«

»D-danke.« Es war albern, aber sie stotterte wirklich. Sam hörte, daß ihre Stimme zudem noch bebte, und er drehte sich mühsam auf seine unverletzte Seite, richtete sich auf und lehnte sich mit der rechten Schulter an die Wand.

»Sam, du darfst nicht...«

»Du hast geweint«, fiel er ihr ins Wort. Es klang wie ein Vorwurf.

Lisa hob die Hände und rieb sich schüchtern die feuchten Augen. Sie kam sich vor wie eine Zehnjährige. Sie hatte also geweint – und sie sagte sich trotzig, daß das überhaupt nichts zu bedeuten hatte. Sie hatte schon über traurige Filme geweint, oder weil sich ein Haustier verletzt hatte, über Bücher, die sie las – über alles Erdenkliche. Es hatte jedenfalls bestimmt nicht das zu bedeuten, was er ihr unterstellen wollte – daß sie begonnen hatte, Zuneigung zu ihm zu fassen! Sie zog gar nicht damenhaft die Nase hoch und bemühte sich, die Tränen zurückzuhalten, die gerade wieder strömen wollten.

»Du hast doch geweint?« beharrte er mit sanfter Stimme. Er berührte sie nicht, aber seine Augen gruben sich in sie.

»Na und?« antwortete sie barsch. Sie wollte nicht, daß er das Thema weiterverfolgte, wenn sie auch sich selbst nicht eingestehen wollte, weshalb sie sich so dagegen wehrte.

»Warum, Lisa?«

Sie merkte, daß er nicht davon ablassen wollte, aber Lisa war um keinen Preis bereit, die Schwäche, die sie für ihn hatte, einzugestehen. Zweifellos hätte er sie ausgelacht und verspottet, und wenn es um ihn ging, war sie sich ihrer Gefühle so ungewiß, daß er unter keinen Umständen etwas von der Zärtlichkeit erfahren durfte, die sie ihm gegenüber empfand.

»Ich weine immer, wenn ich Streß habe«, sagte sie mürrisch. Dann fügte sie, um das Thema zu wechseln, hinzu: »Solltest du dich nicht wieder hinlegen?«

Sam ging nicht auf ihre letzte Bemerkung ein. Das hätte sie vorher wissen können. Er bog den Kopf zurück und musterte sie nachdenklich. Lisa spürte die Röte in ihre Wangen aufsteigen, als er nicht aufhörte, sie forschend zu betrachten.

»Seit ich dich kenne, hast du ständig aus irgendwelchen Gründen unter Streß gestanden«, sagte er bedächtig. »Und ich habe dich bisher nie weinen sehen. Warum gibst du es nicht zu, Lisa? Du hast geweint, weil es schlimm für dich war, mir weh zu tun.«

Lisa sagte nichts. Ihre Lider senkten sich von selbst, um ihre Augen vor seinem forschenden Blick zu verbergen. Dieser Mistkerl, dachte sie gereizt. Hatte er es denn immer noch darauf abgesehen, sie in Verlegenheit zu bringen?

»Das stimmt doch, oder?« beharrte er.

Lisas Unterlippe bebte vor Verlegenheit. Wenn er sich jetzt über sie lustig machte, wollte sie sterben.

»Und wenn schon?« fragte sie kampflustig und schlug

die Augen auf, um ihn fest anzusehen. Zu ihrem Erstaunen verzogen sich seine Lippen zu einem betörenden Lächeln, das sie jedesmal bis ins Mark erschüttert hatte.

»Die Vorstellung gefällt mir«, sagte er leise, und seine Augen waren plötzlich warm und freundlich, als sie über ihr leicht gerötetes Gesicht glitten. »Komm her, Schätzchen.«

Er griff bei diesen Worten mit seinem gesunden Arm nach ihr. Ohne zu wissen, wie es eigentlich dazu gekommen war, lag Lisa kurz darauf da und hatte sich an seine unverletzte Seite geschmiegt. Ihr Kopf war an seinen Nacken gepreßt, und sein Arm war um ihren Rücken geschlungen und zog sie noch dichter an ihn.

»Ich fand es gräßlich, dir wehzutun«, gestand sie mit zittriger Stimme ein. Er preßte sie zum Trost noch fester an sich.

»Vor gar nicht allzulanger Zeit hatte ich den Eindruck, du hättest mir liebend gern die Kehle aufgeschlitzt«, sagte er, und die Andeutung eines spöttischen Lächelns war aus seiner Stimme herauszuhören. »Was hat dich dazu gebracht, es dir anders zu überlegen?«

Genau das hatte Lisa erwartet. Sie zuckte zusammen und versuchte, sich von ihm zu lösen. Trotz seiner Verletzung war er immer noch unendlich viel stärker als sie, und er schien sie mühelos festhalten zu können.

»Mach dich nicht über mich lustig!« sagte sie mit einer schrillen, bebenden Stimme.

Augenblicklich lockerte sich sein Griff, und er sah ihr ins Gesicht. Ihre Köpfe lagen nicht im Schein der Taschenlampe, die an einem Seil über ihnen baumelte, und in der Dunkelheit war es schwierig, seinen Gesichtsausdruck deutlich zu erkennen.

»Ich habe mich nicht über dich lustig gemacht, Schätzchen.« Merkwürdigerweise klangen die Worte ernst. »Ich habe mich nur gefragt, wie es zu diesem Sinneswandel gekommen ist.«

»Ich weiß es nicht. Und ich will auch nicht darüber reden.«

Sam musterte sie noch einen Moment lang und zog sie dann wieder an sich.

»Einverstanden«, sagte er gutmütig. »Wir werden nicht darüber reden – oder zumindest nicht jetzt.« Er murmelte die Worte in ihr Ohr, und seine Lippen stießen ihr Haar zur Seite. Sein Atem streifte ihre zarte Haut. Lisa spürte, daß ihr Kopf gegen ihren Willen auf seine breite Schulter fiel. Sie seufzte und ließ sich entspannt neben ihn sinken. Sie war ja so müde...

»He, schlaf nicht auf mir ein«, sagte er, nachdem sie einige Minuten lang geschwiegen hatten.

Lisa murmelte schläfrig eine Antwort. Sam schüttelte sie sachte mit dem Arm, den er um ihre Taille geschlungen hatte. Widerwillig blickte Lisa zu ihm auf, und in ihren großen Augen war zu lesen, daß sie schlaftrunken war. Sam sah ihr einen Moment lang in das zarte Gesicht und legte dann seine Finger unter ihr Kinn. Ehe Lisa wußte, wie ihr geschah, beugte er sich vor und küßte sie zart auf den Mund. Ihre Lippen bebten unter der Berührung.

»Dir ist kalt«, sagte er stirnrunzelnd. Zum Glück hatte er ihr Zittern falsch gedeutet. »Du mußt deine nassen Sachen ausziehen, ehe du dir eine Lungenentzündung holst.«

Lisa hatte keinen einzigen Gedanken an ihre Kleidung verschwendet. Die Sachen waren nicht mehr so durchnäßt und triefend wie vorhin, sondern nur noch feucht und kalt. Wenn sie es sich jetzt genauer überlegte, stellte sie fest, daß die klamme Nässe auf ihrer Haut äußerst unangenehm war. Sie zitterte wieder, und diesmal kam es wirklich von der Kälte.

»Wird gemacht, wenn du deine Sachen auch ausziehst«, sagte sie. Sie richtete sich auf und warf einen Blick auf die nasse Hose, die sich wie eine zweite Haut an seine schmalen Hüften und seine Schenkel schmiegte.

»Abgemacht«, antwortete er leichthin, aber seine blauen Augen glänzten verräterisch.

Als sie ihn ansah, hatte Lisa ein ganz eigenartiges Gefühl. Es war, als wolle ihr Herz einen Purzelbaum in ihrer Brust schlagen. Um ihre Gedanken in eine andere Richtung zu lenken, begann sie eilig, ihr Hemd aufzuknöpfen. Sie hatte so lange mit ihm zusammengelebt, daß sie keine Scheu hatte, sich vor seinen Augen auszuziehen. Sam hatte jeden einzelnen Millimeter ihres Körpers bereits gesehen – und nicht nur gesehen.

Er beugte sich vor und begann, seine Stiefel aufzuschnüren. Dann lehnte er sich stöhnend wieder an die Wand. Lisa blickte auf und sah, daß ein Krampf sein Gesicht verzerrte. Sie stand augenblicklich neben ihm und sah ihn erbost an. »Ich habe dir doch gesagt, daß du dich nicht rühren sollst«, schalt sie ihn in einem Tonfall, den man von liebevollen Müttern kennt, deren Geduld am Ende ist. »Wann wirst du mir endlich zuhören?«

Sam sah sie an. Er war bleich, und seine Haut spannte sich über seinem Schädel, doch die vage Andeutung eines Grinsens spielte um seinen Mund.

»Tut mir leid«, murmelte er. Lisa bedachte ihn mit einem vorwurfsvollen Blick und hockte sich dann neben ihn, um ihm die Stiefel auszuziehen.

Als sie bei den Socken angelangt war, überlegte sie sich, wie schön seine Füße doch waren. Sie waren groß und braun und sahen so kräftig aus – Füße, auf die man sich verlassen konnte, dachte sie, und sofort war sie entrüstet über sich, weil sie sich derartig dumme Gedanken leistete. Hatte man je von Füßen gehört, auf die Verlaß war? Wieder mußte sie sich sagen, daß sie sich davor hüten mußte, zuviel an ihn zu denken. Wenn sie erst wieder zu Hause waren, würden sie ihre getrennten Wege gehen.

Sie zog ihm die Hose aus. Ihre Bewegungen waren absolut selbstverständlich und frei von jeder Peinlichkeit. Er ließ sie keinen Moment lang aus den Augen, als sie den Reißverschluß herunterzog. Sie konnte beim besten Willen nicht ahnen, daß er sich dachte, was für ein hübscher Anblick sie doch war, als ihr silbrigblondes Haar wie ein Heiligenschein ihr zartes, gerötetes Gesicht umrahmte und sie sich, wie es so typisch für sie war, auf die Unterlippe biß, während sie sich ganz auf ihre Aufgabe konzentrierte. Ihr Hemd war bis zur Taille aufgeknöpft, und nur ihr durchsichtiger BH verbarg ihre Brüste vor seinem Blick. Dann blickte sie auf, sah seinen Blick, der auf ihr ruhte, und lächelte.

»Kannst du dich ein wenig aufrichten?« Sie mußte die Frage zweimal wiederholen, ehe er sie verstand.

Sam bog seine Hüften hoch, und sie konnte ihm die Hose ohne größere Schwierigkeiten ausziehen. Sam fiel wieder ein, daß sie wahrhaft nicht ungeübt darin war, Männer auszuziehen, doch er verbannte diese Überlegung sofort wieder. Für ihn änderte das ohnehin nichts...

Lisa holte die einzige Decke, die sie dabei hatten, und deckte Sam zu. Zitternd zog er die Decke dichter um sich.

»Komm, zu zweit ist es wärmer.«

Erst bei Sams Worten merkte sie wieder, wie sehr sie wirklich fror. Lisa zog hastig ihre Kleider aus und blieb nackt und zitternd vor Sam stehen. Sie hatte die Arme um sich geschlungen, um sich zu wärmen.

»Gib mir das Gewehr, und mach die Taschenlampe aus. Wir müssen sparsam mit den Batterien umgehen«, sagte Sam. Lisa tat es, und Sam schlug die Decke neben sich zurück.

»Komm her, Schatz.« Seine Stimme war gesenkt, gedehnt und sanft. Lisa kroch gehorsam neben ihm unter die Decke und wunderte sich darüber, wie gern sie den Klang seiner Stimme hatte.

Sams Arm schlang sich um ihre Taille, und sie kuschelte sich an ihn, um sich und ihn zugleich zu wärmen. Sie redeten wenig, als sie nackt nebeneinander unter der Decke lagen, aber ihre Körper schmiegten sich dicht aneinander und teilten sich einander in ihrer eigenen Sprache mit. Kein sexuelles Verlangen ging von dieser Nähe aus, eher das Gefühl, als seien sie gute alte Freunde oder ein Liebespaar, das einander schon lange kennt.

11

Lisa erwachte mit dem Gefühl, daß etwas nicht stimmte. Sie blieb einen Moment lang regungslos in der Stellung liegen, in der sie eingeschlafen war. Es schien Morgen zu sein. Der Regen fiel erbarmungslos auf das Strohdach. Es klang, als sei kein Ende in Sicht.

Sams Arm preßte sie immer noch an ihn, und sie hörte seinen Atem in ihrem Ohr, doch er schien fast zu flach und zu schnell für einen Schlafenden zu atmen. Ein Lächeln trat auf Lisas Lippen, als sie glaubte, er sei wach und begehre sie. Offensichtlich war seine Verletzung nicht schlimm genug, um seine grundlegendsten Instinkte einzudämmen.

Dann riß Lisa die Augen weit auf, und das Lächeln floh von ihren Lippen, als sie spürte, daß sein Körper von Krämpfen geschüttelt wurde. Lisa erkannte, daß sie davon erwacht sein mußte. Sams Augen waren geschlossen, und Lisa brauchte gar nicht erst eine Hand auf seine Stirn zu legen, um zu erkennen, daß er hohes Fieber hatte. Das sagte ihr die sengende Hitze seines Körpers, als er sie noch fester an sich preßte.

»Sam!« Sein Name kam über ihre Lippen, ehe sie sich zusammenreißen konnte. Ihrem Verstand war klar, daß es für nichts gut war, ihn aufzuwecken, doch ihre Gefühle brauchten die Gewißheit, daß er bei Bewußtsein war. Als er mit keinem Anzeichen zu erkennen gab, daß er sie gehört hatte, ängstigte sie sich. Gott im Himmel, sie waren allein in einer feindlichen Wildnis und unter primitivsten Bedingungen, und er war entschieden schwer krank. Was um Himmels willen sollte sie bloß tun?

Verzweifelt versuchte sie, ihn wider besseres Wissen wachzurütteln. Sie wünschte sich inbrünstig, daß er die Augen aufschlagen und ihr in irgendeiner Form zu verstehen geben würde, daß er sie erkannte. Sie versuchte, sich einzureden, daß er ihr zumindest sagen konnte, was sie für ihn tun sollte, wenn er zu Bewußtsein kam. Doch ihre Bemühungen waren vergebens. Lisa hätte am liebsten geweint. Sie hatte sich noch nie in ihrem ganzen Leben so hilflos und so unfähig gefühlt. War sie denn für gar nichts zu gebrauchen? Konnte sie denn nicht wenigstens dieses eine Mal stark sein und für sie beide sorgen, statt sich automatisch an ihn zu wenden, um sich Rat und Unterstützung zu holen?

Als der nächste Schauer Sams Körper durchzuckte, preßte er Lisa noch dichter an sich, um sich an ihr zu wärmen, und seine Zähne klapperten. Dieses unheilvolle Geräusch trieb Lisa an, etwas zu tun. Sie war auf sich gestellt. Niemand war da, der ihr helfen oder ihr raten konnte – und Sam brauchte dringend ihre Hilfe. Einmal in ihrem Leben mußte sie allein zurechtkommen.

Als sie sich mühsam aus seiner Umklammerung befreit hatte, stöhnte Sam, wickelte sich noch enger in die Decke und zog die Knie an die Brust. Kein Tropfen Schweiß stand auf seiner Haut. Lisa legte ihre Hand erst auf seine Stirn und dann auf seine Wangen. Seine Haut faßte sich an, als stünde er in Flammen.

Im ersten Moment erstarrte sie vor Furcht. Dann zwang sie sich, ruhig nachzudenken. Fest stand, daß er hohes Fieber hatte und daß sie etwas unternehmen mußte, damit es herunterging. Um ihrer beider willen mußte sie dafür sorgen, daß er wieder gesund wurde.

Sie entschied, daß sie sich als allererstes seine Wunde

ansehen mußte. Vielleicht war ihr laienhafter Eingriff in irgendeiner Form an seinem Zustand schuld. Gestern nacht, nach der Operation, schien es ihm den Umständen entsprechend gut gegangen zu sein. Und eine Infektion der Wunde hätte sich doch sicher nicht so schnell bemerkbar gemacht. Oder doch? Sie wußte es nicht. Sie verstand so gut wie nichts von erster Hilfe und Krankenpflege.

Sie zitterte vor Kälte und spürte, wie eine Gänsehaut nach der nächsten über ihren nackten Körper lief und ihre Brustwarzen sich schmerzhaft aufstellten. Gleich würde sie sich anziehen, aber vorher mußte sie nach ihm sehen.

Der Verband war blutig, aber damit war zu rechnen gewesen. Er schien jedenfalls nicht allzu stark geblutet zu haben. Sachte entfernte sie den Verband, und wieder erschrak sie, als sie seine trockene, glühende Haut berührte. Wenn sie nicht sofort etwas gegen sein Fieber tat, waren die Folgen unausdenkbar. Es war sogar möglich, daß er daran starb... Lisa war überrascht und erschrokken zugleich, als sie feststellte, wie elend sie sich bei diesem Gedanken fühlte. Sie hatte immense Angst davor, ihn zu verlieren, doch sie hätte sich nicht träumen lassen, daß sie je wieder derart um einen Menschen leiden könnte – nicht seit Jennifers Tod.

Auf ihr ungeübtes Auge machte die Wunde einen guten Eindruck. Die Haut um den Einschuß herum war immer noch geschwollen und verfärbt, aber die Wunde selbst war nicht entzündet. Zumindest sah es nicht danach aus. Sie erinnerte sich dunkel daran, in einem Krimi gelesen zu haben, daß man an dem ekelhaften Geruch erkennen konnte, wenn eine Wunde brandig wurde, doch sie roch lediglich das antiseptische Mittel. Erleichtert brachte sie den Verband wieder an und zog sich auf die Füße.

Ihre Kleider waren schmutzig und steif, aber immerhin trocken. Als sie sich angezogen hatte, war ihr ein wenig wärmer. Sie packte alles aus, um nachzusehen, was sie bei sich hatten. Anschließend steckte sie Sams Kleider in die Tasche und schob sie ihm als Kissen unter den Kopf.

Sie wußte, daß Sam Medizin brauchte, die fiebersenkend wirkte, doch die meisten Tabletten und Salben, die sie vorfand, kannte sie nicht. Auch die Namen auf den Etiketten sagten ihr nichts über die Verwendung – mit einer Ausnahme. Sie fand Aspirin, das ihres Wissens gut gegen Fieber war. Aber wie sollte sie Sam dazu bringen, die Tabletten zu schlucken? Sie hatten ohnehin so gut wie gar kein Wasser mehr. Lisa wußte nicht, was sie tun sollte, wenn dieser letzte Schluck Wasser aufgebraucht war. Als sie den Regen hörte, der auf das Dach trommelte, schüttelte sie den Kopf. Wassermangel schien ihr geringstes Problem zu sein.

Als Lisa sich gerade überlegte, wie man einen Bewußtlosen dazu bringen sollte, Tabletten zu schlucken, wälzte sich Sam auf die Seite und schlug zu ihrer Erleichterung die Augen auf.

»Wasser«, ächzte er und fuhr sich mit der Zunge über die ausgedörrten Lippen. Seine blauen Augen waren fiebrig und verschleiert. Er schien Lisas Gegenwart nicht wahrzunehmen.

Ihr erster Impuls bestand darin, ihm die Wasserflasche an die Lippen zu halten, doch dann konnte sie ihm die Tabletten nicht mehr einflößen.

»Wasser«, wiederholte Sam mit einem flehentlichen Krächzen, das ihr das Herz brach.

»Sofort«, versprach sie und nahm seinen Kopf in den Schoß. Sorgsam hob sie ihn über ihre Brüste und hielt ihn fest, damit er besser schlucken konnte. »Vorher mußt du Medizin nehmen. Kannst du diese Aspirintabletten schlucken? Tu es für mich.«

Unbewußt sprach sie mit ihm, wie sie mit einem kranken Kind gesprochen hätte. Seine Augen schlossen sich. Einen Moment lang fürchtete sie, er hätte das Bewußtsein wieder verloren. Doch dann schlug er die Augen wieder auf und schien sie anzusehen.

»Sam?« flüsterte sie erwartungsvoll.

Er zog die Stirn in Falten und bewegte unruhig seinen Kopf an ihren Brüsten.

»Beth?« murmelte er.

Lisa spürte, wie ihr Herz bei der Nennung dieses unbekannten Frauennamens schmerzte. Wer war Beth? Das fragte sie sich, als sie das Aspirin zwischen seine Lippen schob und ihm eilig die Wasserflasche an den Mund hielt und sie hob, damit er gezwungen war zu schlucken. Seine Freundin, seine Schwester, seine Tochter – oder seine Frau? Schockiert stellte Lisa fest, daß sie noch nicht einmal wußte, ob er verheiratet war. Bis jetzt schien es keine Rolle gespielt zu haben. Aber wenn sie es sich überlegte, war es nur zu wahrscheinlich, daß er eine Frau und etliche Kinder hatte. Er war ein umwerfend gutaussehender Mann – und er konnte äußerst charmant sein, wenn er es wollte. Es war nahezu unvorstellbar, daß er in seinem Alter – Ende Dreißig? Vierzig? Auch das wußte sie nicht – noch keiner Frau auf den Leim gegangen war. Sie stellte sich ihn mit einer Frau an seiner Seite vor, einer pummeligen, kleinen, hausbackenen Frau, die sich gern in der Küche zu schaffen machte, und mit ein paar Kindern. Der Gedanke versetzte ihr einen Stich. Geistesabwesend strich sie ihm das Haar aus dem Gesicht und stellte fest, daß sie angefangen hatte, Sam als ihr Eigentum anzusehen – wenn auch auf noch so seltsame Art. Und das war einfach lachhaft!

Plötzlich merkte sie, daß sie seinen Kopf immer noch an ihre Brüste schmiegte und daß seine blauen Augen sie starr ansahen und den Anschein erweckten, als sei er halbwegs bei sich. Lisa legte seinen Kopf eilig auf das provisorische Kissen.

»Sam?« fragte sie noch einmal, doch diesmal war ihr Tonfall unfreundlich.

»Wasser«, lautete seine Antwort, die er mit einer heiseren und flehentlichen Stimme vorbrachte. »Bitte, Wasser.«

Er war eindeutig nicht ganz bei sich. Lisa spürte den Kloß in ihrer Kehle, als sie besorgt nach dem Kochtopf griff, um ihn in den Regen zu stellen.

Sam lag den ganzen Tag im Delirium. Lisa saß neben ihm und feuchtete seinen Körper mit dem kühlen Regenwasser an, wenn er die Decke von sich warf, und wenn der Schüttelfrost ihm übel mitspielte, kroch sie zu ihm in den Schlafsack und zog ihn in ihre Arme. Erbittert malte sich Lisa aus, daß er sich vorstellte, sie sei Beth. Ihre Eifersucht auf diese Frau – wer sie auch sein mochte und was sie Sam auch bedeutete – wuchs wie Unkraut in einem Blumenbeet, obwohl sie sich weigerte, sich das eindeutige Gefühl als das einzugestehen, was es war. Mechanisch flößte sie ihm Aspirin und kaltes Wasser ein. Als er aufwachte und unumwunden äußerte, er müsse pinkeln, half sie ihm sogar dabei. Und während all der Zeit kam sie sich – wenn auch noch so unsinnigerweise – vor, als hätte er ihr einen Schlag verpaßt, der nicht nur ihren Körper getroffen hatte, sondern bis ins Herz ging.

Schließlich zitterte er so heftig, daß sie keine andere Möglichkeit mehr sah, als ein Feuer zu riskieren. Sie sammelte Reisig auf dem Boden auf, denn es sollte nur ein kleines, wärmendes Feuer werden. Die Hütte wollte sie nicht gleich anzünden. Sie hoffte nur, daß der Rauch durch die Ritzen abzog, denn die Tür wollte sie unter keinen Umständen öffnen. Auch wenn sie gar nicht daran denken wollte, war es gut möglich, daß die Soldaten, die sie suchten, ganz in ihrer Nähe waren.

Ihre Versuche, Sam zu füttern, blieben erfolglos. Jeder Löffel Nahrung, den sie ihm einflößte, kam sofort wieder heraus, und sie entschloß sich, ihn wieder auf Wasser und Aspirin zu setzen.

Als die Nacht anbrach, war Lisa am Rande der Verzweiflung. Sam ging es keineswegs besser. Sie konnte sogar nicht ausschließen, daß es ihm noch schlechter ging. Selbst das konnte sie nicht beurteilen.

Sein Körper wurde in immer kürzeren Abständen von Zuckungen gepackt, und seine Zähne klapperten so laut wie die Tasten einer Schreibmaschine. Da sie nicht wußte, was sie für ihn hätte tun können, zog Lisa sich schließlich aus, glitt nackt zu ihm unter die Decke und schlang ihre Arme um ihn, weil sie ihn wärmen wollte. Er murmelte unzusammenhängende Wortfetzen vor sich hin und bewegte unruhig seine Arme und Beine, und Lisa fürchtete, er könne versehentlich die Wunde in seiner Schulter wieder aufreißen. Sie drehte sich um und legte sich flach auf den Rücken. Dann zog sie seinen

Kopf auf ihre Brüste, schlang ihre Arme um seinen Hals und streichelte sein Haar, seine stoppeligen Wangen und seinen Nacken, damit er stillhielt. Instinktiv murmelte sie unsinnige Zärtlichkeiten und summte sogar ein Schlaflied in sein Haar. Sie hatte es Jennifer oft vorgesungen – aber im Moment dachte sie gar nicht an Jennifer. Nach ein paar Minuten wurde sie für ihre Mühen belohnt: Sam blieb still liegen. Sie sang trotzdem weiter, bis sie sie beide in den Schlaf gelullt hatte.

Als sie erwachte, mußte es noch sehr früh am Morgen sein, denn in die Hütte drang noch fast kein Licht, Sam lag noch so da, wie er eingeschlafen war. Sie fand, seine Haut faßte sich nicht mehr ganz so heiß an. Vielleicht ging es ihm doch schon etwas besser. Während sie noch darüber nachdachte, schlang sich sein Arm fester um sie. Dann schlug er die Augen auf. Das war nicht weiter ungewöhnlich. Am Tag zuvor hatte er sie oft angestarrt, ihr mitten ins Gesicht gesehen, ohne sie zu erkennen – aber zumindest hatte er nicht mehr Beth zu ihr gesagt. Lisa verzog die Mundwinkel, als sie feststellte, daß sie bereits für solche Kleinigkeiten dankbar war. Aber als sein Blick diesmal über ihre sanft gewölbte Brust glitt, die direkt in seinem Blickwinkel lag, und dort einen Moment lang verharrte, ehe Sam ihr ins Gesicht sah, hätte sie schwören können, daß er bei klarem Bewußtsein war.

»Lisa?« fragte er sie mit krächzender Stimme.

Lisa riß die Augen weit auf. Ihre Arme schlangen sich von allein um seinen Kopf und schmiegten ihn an sie. Sie hätte vor Erleichterung am liebsten geweint.

»Oh, Sam, Gott sei Dank!« sagte sie aus tiefstem Herzen. »Ich habe mir solche Sorgen um dich gemacht.«

Als sie merkte, daß sie sein Gesicht und sein Haar zärtlich streichelte, ließ sie die Hände verlegen fallen.

»Hör nicht auf«, murmelte er. Seine Lippen lagen warm auf ihrer Haut. »Bitte.« Gehorsam, wenn auch schüchtern, nahm Lisa ihre Beschäftigung wieder auf und streichelte zart sein Haar. Er seufzte, lehnte sich an sie und schloß die Augen wieder.

»Wie fühlst du dich?« fragte sie nach einer Weile. Er schmiegte sein Gesicht noch tiefer zwischen ihre Brüste, genoß die seidenweiche Haut und antwortete erst dann.

»Todmüde – und meine Schulter tut furchtbar weh. Ist es dir gelungen, die Kugel rauszuholen? Ich kann mich anscheinend nicht daran erinnern.«

»Ja. Aber das war in der vorletzten Nacht. Du bist sehr krank gewesen...«

»Das Fieber.« Es klang resigniert, und er blieb mit geschlossenen Augen liegen.

Er war wirklich todmüde, aber etwas, was er gesagt hatte, ließ Lisa nachdenken.

»Du hattest Fieber, ja. Woher weißt du das? Du warst nicht bei dir...«

»Ich hatte es schon öfter.« Sie glaubte schon, er würde es dabei belassen, doch kurz darauf fuhr er fort: »Es ist etwas, was ich mir in Vietnam geholt habe. Ab und zu kommt es wieder. Seit drei oder vier Jahren habe ich keine Fieberanfälle mehr gehabt. Ich dachte, es sei vielleicht diesmal endgültig vorbei damit.«

»Was für eine Krankheit ist das?« Lisa bereitete es Sorgen, daß er öfter derart zu leiden schien. Aber mit der modernen Medizin ließ sich gewiß alles heilen.

»Im Krankenhaus hat man mir einen langen Namen dafür genannt, an den ich mich nicht mehr erinnern kann. Gewöhnlich wird es als Dschungelfieber bezeichnet. Man kann es bis heute nicht heilen«, sagte er und nahm damit ihre nächste Frage vorweg. »Aber es ist weder lebensgefährlich noch sonst was. Ich kann ohne allzu große Probleme damit leben. Im allgemeinen spüre ich vorher, wenn ein Anfall kommt, aber diesmal habe ich nichts davon gemerkt. Der Zeitpunkt war ja auch teuflisch unpassend.«

»Glaubst du, daß sie uns immer noch suchen?« Ihre Stimme versagte fast.

Sam schlug die Augen auf und sah sie nachdenklich an. Einen Moment lang zögerte er, als könnte er sich nicht entschließen, ob er ihr die Wahrheit sagen sollte.

»Höchstwahrscheinlich«, sagte er schließlich. Lisa war einerseits froh, daß er sich entschlossen hatte, sie nicht zu belügen, aber andererseits wäre es ihr durchaus lieb gewesen, obwohl sie eigentlich vorher in ihrem tiefsten Innern gespürt hatte, wie die Antwort lauten würde. »Aber bei diesem Regenguß werden sie nicht weit kommen. Wenn sie nicht auf der Straße bleiben, stecken sie schnell mit ihren Jeeps fest. Ich glaube, daß wir hier ziemlich sicher sind – wenigstens, bis er Regen nachläßt.«

Lisa schloß die Augen und sprach ein kurzes Dankgebet für den heftigen Regen, den sie noch vor wenigen Minuten verflucht hatte.

»Das Fieber – ist es immer so, daß es einfach kommt und geht? So schnell?« Ihre Frage war eher zufällig und diente in erster Linie dazu, sich selbst abzulenken, damit sie sich nicht die Soldaten vorstellte, die plötzlich mit geladenen und schußbereiten Waffen in die Hütte stürmten.

»Das Schlimmste ist vorbei.« Er unterbrach sich und fuhr dann widerstrebend fort: »Aber wahrscheinlich werde ich heute noch ein paarmal bewußtlos – nicht so schlimm wie gestern, aber es dauert eine Weile, bis sich das Fieber wirklich legt. Hinterher bin ich im allgemeinen noch ein bis zwei Tage lang restlos geschwächt.«

Lisa sah ihm besorgt in die Augen. Wenn zu befürchten stand, daß er wieder ohnmächtig wurde, dann mußte sie vorher herausfinden, was sie für ihn tun konnte.

»Hast du irgendwelche Medikamente dabei, die du sonst dagegen einnimmst? Ich habe dir Aspirin eingeflößt, weil ich die anderen Tabletten alle nicht kannte.«

»Warum kein Aspirin? Es gibt ohnehin nicht viel, was dagegen hilft. Die Zeit muß vorübergehen, das ist alles. Innerhalb von ein paar Tagen legt sich das Fieber immer von selbst.«

Sam nahm seinen Arm von ihrer Taille und legte eine Hand auf eine ihrer Brüste. Er streichelte sie liebevoll, und Lisa war sich ihrer Nacktheit plötzlich im Übermaß bewußt. Peinlich berührt stellte sie fest, daß ein Schauer des Verlangens bis in ihre Zehenspitzen lief.

»Hat dir je jemand gesagt, daß du wunderschöne Brüste hast?« murmelte Sam. Lisa spürte, daß sie glutrot wurde, obwohl sie selbst wußte, wie albern es war.

»Ja oder nein?« beharrte er. Seine Finger ließen nicht von ihrer Beschäftigung ab.

»Nein«, gestand sie wahrheitsgemäß ein und wand sich, um sich von ihm zu lösen. Trotz seiner Krankheit und seiner Verletzung konnte er sie mühelos zurückhalten.

»Noch nicht einmal dein Mann – wie hieß er doch?«

Seine Stimme war sehr leise, und er warf ihr einen undefinierbaren Blick zu.

»Jeff. Nein, er hat es mir nicht gesagt.« Als ob Jeff ihr gesagt hätte, sie hätte schöne Brüste – oder auch nur etwas dergleichen gedacht hätte!

»Er muß spinnen – oder blind sein.« Sam tastete beiläufig nach Informationen. Lisa spürte, daß ihr Herz schneller schlug. Sie fürchtete, er könnte hören, wie es in ihrer Brust hämmerte. Es kam ihr fast vor, als hätte sie Eifersucht gehört, aber das mußte von ihrer Seite aus Wunschdenken sein, gestand sich Lisa ein. Innerlich schnitt sie eine Grimasse. Dann fiel es ihr auf: Weshalb hätte sie sich wünschen sollen, daß er eifersüchtig war?

»Hast du Hunger?« Sie war entschlossen, ihre Gedanken von diesen Irrwegen zurückzurufen, ehe sie unwiderruflich Pfade einschlugen, die nicht ratsam waren. Sam lehnte einen Moment lang stumm an ihr, und Lisa fürchtete, er könnte das Thema weiterverfolgen. Dann nahm er seine Hand von ihren Brüsten und sah sie wieder mit diesen verheerend blauen Augen an.

»Ja. Aber ich habe ein dringlicheres Problem – ich müßte mal ins Bad.«

»Oh.« Nachdem sie so für ihn gesorgt hatte, wußte Lisa, wie albern es war, jetzt in Verlegenheit zu geraten – und doch konnte sie nichts dagegen tun. Es war schließlich etwas ganz anderes, für einen Mann zu sorgen, der im Fieberwahn lag, als einem Mann zu helfen, der ganz und gar wach und bei Bewußtsein war. Einem Mann, der zu attraktiv war, um ihr ihren Seelenfrieden zu lassen.

»Wenn du mich losläßt, dann hole ich den... den...«

»Das hast du also getan?« fragte er mit einer angewiderten Grimasse. »Nein, danke. Ich glaube, ich schaffe es allein nach draußen.«

»Ich bezweifle, daß du auch nur aufstehen kannst«, wandte Lisa ein. Die Vorstellung, er könne sich hinstellen, laufen und wahrscheinlich umfallen, war ihr schrecklich.

»Mir macht es wirklich nichts aus«, sagte Lisa beiläufig – für den unwahrscheinlichen Fall, daß es ihm vielleicht peinlich war, sich von ihr helfen zu lassen.

»Mir aber«, antwortete er entschieden.

Ehe Lisa weitere Argumente vorbringen konnte, zog Sam sich auf die Füße. Er war offensichtlich sehr schwach und wankte bedrohlich. Lisa lief zu ihm und hing sich seinen gesunden Arm über die Schulter. Zu ihrem Erstaunen nahm er ihre Hilfe klaglos an – bis zur Tür. Dann bestand er darauf, allein weiterzugehen. Sein Gesicht war so grimmig entschlossen, daß Lisa nichts dagegen einwandte. Etwa zehn Minuten lang kaute sie nervös auf ihren Nägeln herum, bis er zurückkam. Er stützte sich mit der Hand an der Hütte ab. Einen Moment lang nahm sie wahr, wie prachtvoll sein nackter Körper war, ehe sie ihm entgegenlief, um ihm zu helfen. Er schüttelte ihre Hand ab, und sie lief besorgt neben ihm her und bemühte sich, nicht verletzt zu sein, weil er sie zurückgewiesen hatte. Sowie die Tür wieder hinter ihnen geschlossen war, schien er ihre Hilfe nur zu gern anzunehmen, als es darum ging, sich sanft hinzulegen.

»Du bist naß geworden«, sagte sie anklagend, als er sich erschöpft zurücklehnte. Kleine Wassertropfen funkelten in seinem Haar, und andere rollten über sein Gesicht und seine Brust.

»Was hast du vorhin über etwas Eßbares gesagt?«

fragte Sam. Seine Stimme klang matter. Lisa fürchtete, sein kleiner Ausflug in den Regen könnte ihm sehr geschadet haben. Stumm öffnete sie eine Dose.

Lisa mußte ihn füttern. Nachdem er ein paar Löffelvoll geschluckt hatte, begann er zu zittern und stieß das Essen von sich.

»Ich friere«, sagte er, und immer heftigere Schauer überkamen ihn.

Lisa stellte das Essen zur Seite, legte sich zu ihm unter die Decke und wiegte ihn in ihren Armen, als er von Krämpfen geschüttelt wurde. Sie hatte sich nicht erst die Mühe gemacht, sich auszuziehen, doch sein Kopf rieb sich erbarmungslos an ihrem rauhen Hemd, und schließlich knöpfte sie es auf und zog seinen Kopf auf ihre Brüste. Jetzt blieb er ruhig liegen. Lisa glaubte, er sei entweder eingeschlafen oder wieder bewußtlos geworden. Sie war erstaunt, als er zu ihr aufblickte und seine Hände sich auf ihre Taille legten.

»Sing mir etwas vor«, murmelte er. »Das Lied, das du gestern nacht gesungen hast. Das gefällt mir.«

Lisa kämpfte gegen eine heftige Woge der Zärtlichkeit an, die sie zu verschlingen drohte, und sie summte ihm das Wiegenlied von Brahms vor, das Jennifer am allerliebsten gehört hatte. Allmählich fügte sie auch den Text hinzu, und nach einer Weile atmete er schwer und schien eingeschlafen zu sein.

Im Lauf des Tages erwachte er mehrfach zwischendurch, und er klammerte sich an sie, ob er fror oder schwitzte, ob er wach war oder schlief. Er redete zusammenhangslos, und Lisa konnte das meiste nicht verstehen. Den wenigen Worten, die sie verstanden hatte, entnahm sie, daß er sich in einem fernen Krieg glaubte. Ein-

oder zweimal rief er nach Beth, und dabei klang seine Stimme so unglücklich, daß das Mitleid mit ihm ihren eigenen Schmerz überlagerte. Beth konnte sich sehr glücklich schätzen, fand Lisa. Es war ein trostloses Gefühl, und sie strengte sich an, nicht überzubewerten, wie sehr Sam nach ihrer, Lisas, Gegenwart zu lechzen schien. Es war nur zu wahrscheinlich, daß er sie für die ferne Beth hielt.

Aber wenigstens ein einziges Mal wußte er genau, wer sie war, als sie versuchte, sich aus seinen Armen zu winden. Die blauen Augen öffneten sich und sahen ihr direkt ins Gesicht. Sie hielt den Atem an und wußte nicht, ob er bewußtlos stammeln oder zusammenhängend reden würde.

»Laß mich nicht allein«, murmelte er. »Lisa, geh nicht fort. Laß dich von mir im Arm halten. Du bist so warm und so weich... Bitte, verlaß mich nicht.«

Er bat sie, Lisa, ihn nicht allein zu lassen. Lisa lächelte mit bebenden Lippen und spürte, wie unglaublich warm ihr ums Herz wurde.

»Ich lasse dich nicht allein«, *Liebling,* hätte sie fast hinzugefügt, doch es gelang ihr gerade noch rechtzeitig, das Wort hinunterzuschlucken.

»Versprichst du es mir?« fragte er, ohne sie aus den Augen zu lassen. Er schien genau zu wissen, was er sagte.

»Ich verspreche es dir«, bestätigte sie ihm. Das schien ihn zufriedenzustellen, denn er seufzte tief und schloß die Augen.

Am nächsten Tag ging es ihm wesentlich besser, und er hatte das Delirium ausgestanden. Er klammerte sich nicht mehr ganz so sehr an Lisa, und es war ihr möglich, etwas zu essen und sich zu waschen und ihm bei beidem behilflich zu sein. Um die Mittagszeit machte er wieder einen Ausflug ins Freie, doch als er zurückkam, legte er sich nicht gleich wieder hin, sondern setzte sich und lehnte sich an die Wand der Hütte. Er war nackt, wie schon seit drei Tagen, aber das schien ihn nicht im geringsten zu stören. Sein Blick war auf sie gerichtet, aber sie war nicht sicher, ob er sie wirklich ansah. Er schien tief in Gedanken zu sein.

»Hier«, sagte sie, nachdem er vielleicht fünf Minuten dort gesessen hatte, ohne die Kälte zu bemerken. Sie nahm die Decke vom Boden und wickelte sie um ihn. Er nahm diese Geste wortlos an, aber als sie wieder fortgehen wollte, griff er nach ihrem Handgelenk und zog sie an sich. Sie kauerte neben ihm und sah ihn fragend an. Er musterte sie versonnen.

»Danke, daß du für mich gesorgt und mich gepflegt hast«, sagte er schließlich. »Ich stehe in deiner Schuld.«

Lisa sah ihn an, und ihr Blick wurde kühl. Ganz gleich, was sie von ihm wollte – und sie war gar nicht sicher, ob sie überhaupt etwas von ihm wollte – aber Dankbarkeit war es mit Gewißheit nicht.

»Ich stand in deiner Schuld«, gab sie unwirsch zurück. »Jetzt sind wir quitt.« Sie zog ihr Handgelenk fort und stand auf.

Als weitere vierundzwanzig Stunden vergangen waren, ging es ihm so viel besser, daß der Heilprozeß seiner Schulterverletzung ihm schon mehr Unbehagen bereitete als die letzten Reste des Fiebers. Es regnete immer noch, doch die Heftigkeit der Regenfälle schien nachzulassen. In ein bis zwei Tagen mußten sie weiterziehen, ob Sam bis dahin laufen konnte oder nicht. Lisa dachte an die vielen Meilen, die sie hinter sich bringen mußte, während Gefahr und möglicherweise sogar der Tod überall am Wegesrand lauerten, und ein eisiges Grauen rann durch ihre Adern. Sie biß sich resolut auf die Lippen und tat ihr Bestes, um sich nicht davon überwältigen zu lassen, doch es gelang ihr nur teilweise, ihr Entsetzen zu verbannen. Sie sagte sich trotzdem, daß sie sich den Dingen dann stellen würde, wenn es an der Zeit war. Bis dahin mußte sie ihre gesamte Energie darauf konzentrieren, alles dafür zu tun, daß Sam wieder gesund wurde.

Er hatte seine Hose angezogen und war zum ersten Mal seit dem Einsetzen seiner Krankheit wieder halbwegs bekleidet. Die Kleidungsstücke ließen ihn fast wie einen Fremden erscheinen.

Um sich die Zeit zu vertreiben, malten sie auf den Lehmboden Spielbretter, vor denen sie wie kleine Kinder auf dem Bauch lagen und sich nichts daraus machten, daß sie schmutzig wurden. Als sie so neben ihm lag und wieder einmal bewußt feststellte, wie attraktiv er war, überkam Lisa plötzlich ein fast unwiderstehlicher Impuls, ihn zu küssen.

»Sag mir eins«, sagte sie beiläufig und sah auf das Spielbrett. Er war ganz darauf konzentriert, ein Wort mit acht Buchstaben und einem g in der Mitte zu finden. »Wer ist Beth?«

12

Sam spürte, daß all seine Muskeln sich anspannten.

»Wie hast du von Beth erfahren?« Wenn Frank, der einzige Mensch, dem er sich je anvertraut hatte, ihr etwas von Beth erzählt hatte, würde er ihm den verdammten Hals umdrehen, falls er ihn je wieder zu sehen bekam. Dieser Abschnitt seines Lebens lag für alle Zeiten hinter ihm. Er sah keinen Sinn darin, sich auch nur daran zu erinnern.

Lisas grüne Augen sahen ihn an. »Du hast nach ihr gerufen, als du im Fieber gelegen hast.«

»Ah.« Innerlich verfluchte sich Sam. Er erinnerte sich daran, geträumt zu haben, er sei wieder in Vietnam. An einem der ersten Tage, nachdem er an die Front geschickt worden war, war er verwundet worden. Eine Granate hatte ihm das Gesicht zerrissen und ihn vorübergehend blind werden lassen – wenn er auch damals nicht wußte, daß seine Blindheit nur vorübergehend war –, während er dalag und schlief. In dieser ganzen entsetzlichen Zeit hatte er wiederholt nach Beth gerufen und sogar den Kaplan dazu gebracht, ihr zu schreiben und ihr mitzuteilen, was ihm zugestoßen war. Er durfte gar nicht mehr daran denken, um Himmels willen. Sie hatte sich noch nicht einmal die Mühe gemacht, den Brief zu beantworten, aber auch das hätte er vorher wissen können. Der Geistliche hatte ihr schließlich auch die Neuigkeit mitgeteilt, daß Sam blind war. Beth wollte nichts von einem Mann wissen, dem etwas fehlte.

»Wer ist sie?« beharrte Lisa.

Sam sah sie an. Sie lag auf dem Bauch auf dem Fußboden, hatte das Kinn auf die Hände gestützt, und ihr hübsches Haar fiel gelockt um ihr vollkommen geschnittenes Gesicht. Mein Gott, ist sie schön, dachte er. Dann verzog ein zynisches Lächeln seine Mundwinkel. Ihre smaragdgrünen Augen waren auf ihn gerichtet, als sei sie ein Kind, das eine Gutenachtgeschichte erwartet.

»Sie... war... meine Frau.« Beth den Titel einer »Ehefrau« zu verleihen, tat ihr bereits zuviel der Ehre an, fand Sam. Sie war nie seine Frau gewesen, noch nicht einmal am Anfang, als er sie so wahnsinnig geliebt hatte, wie nur ein Junge lieben kann. Sie war eher seine Mätresse gewesen, die Hure, die bei ihm wohnte, mit ihm schlief und sich von ihm ernähren und einkleiden ließ, während sie wartete, bis ihr etwas Besseres über den Weg lief.

»Du bist verheiratet?« Lisas Stimme klang merkwürdig, fast heiser. Er warf ihr einen fragenden Blick zu, während er mit einem Kopfschütteln verneinte.

»Ich *war* verheiratet«, verbesserte er sie. Als er sah, wie unwillig sie ihn ansah, fügte er hinzu: »Wir haben uns scheiden lassen.«

»Warum?«

Sam kniff die Augen zusammen. Er haßte es, über seine Vergangenheit zu reden. Es war, als hätte er ihr damit ein Stück von sich selbst anvertraut, ihr etwas in die Hand gegeben, was sie nutzen konnte, um es gegen ihn zu verwenden. Das war ihm gegenüber niemandem recht. Besonders verhaßt war es ihm, mit Frauen über seine Vergangenheit zu reden. Bisher hatte er es auch wirklich noch nie getan. Das Fiasko mit Beth hatte ihn eine Abneigung gegen Frauen entwickeln lassen – in jeder Hinsicht bis auf eine, und so würde es für den Rest seines Lebens bleiben. Er wollte nichts von diesen untreuen Geschöpfen wissen.

»Wenn du nicht darüber reden willst, kann ich das gut verstehen.«

Ihr hastiger Rückzug hatte merkwürdigerweise die Wirkung auf ihn, daß er fast zum ersten Mal in seinem Leben wirklich darüber reden wollte. Etwas an diesem Mädchen gab ihm das Gefühl, ihr vertrauen zu können, auch wenn sie noch so jung und verzogen und aufbrausend war. Er grinste. Wenigstens konnte er ihr nicht unterstellen, daß sie auf sein Geld aus war. Für sie mußte alles, was er sich erspart hatte, lächerlich wenig sein.

»Es macht mir nichts aus«, sagte er zu seinem Erstaunen und stellte fest, daß es wirklich so war. »Was willst du wissen?«

Lisa blickte zu ihm auf. Ihr Gesicht war sehr blaß und ernst. Sam hätte am liebsten schon wieder gegrinst. In der absurd weiten Männerkleidung, die alle Rundungen ihres Körpers verhüllte, und ohne jede Spur von Schminke im Gesicht wirkte sie lachhaft jung. Jünger als Jay. Vielleicht fünfzehn...

»Wie lange bist du schon geschieden? Was ist schiefgegangen? Habt ihr Kinder gehabt... ich meine, habt ihr Kinder?«

»Du willst also alles ganz genau wissen?« murmelte Sam und unterdrückte mühsam ein Lachen, als er merkte, wie verlegen sie plötzlich war. Trotz seiner Schmerzen und der üblen Klemme, in der sie steckten, und dieses verfluchten, deprimierenden Regens fühlte er sich plötzlich auffallend unbeschwert. »Hättest du was dagegen, mir zu sagen, warum dich all das interessiert?«

Sie nahm sofort eine Abwehrhaltung ein. »Ich dachte nur, es gäbe uns Gesprächsstoff«, sagte sie und sah wieder auf das Spielbrett.

Sam musterte ihren Haarschopf. Sie sah auf das Spiel, als hinge alles davon ab, das gesuchte Wort zu erraten.

»Ich bin seit fast fünfzehn Jahren geschieden. Sie hat befunden, daß ich ihren Anforderungen nicht entspreche. Ja, einen Sohn habe ich auch. Er heißt Jay – richtig Jason –, und er ist siebzehn. Fast so alt wie du«, fügte er mit einem gehässigen Blick hinzu.

»Ich bin fünfundzwanzig.« Sie blickte zu ihm auf, als sie das sagte.

Sam zog spöttisch eine Augenbraue hoch. Das sicherste Erkennungsmerkmal junger Leute, dachte er, war, daß sie immer den Eindruck machten, sich zu verteidigen, wenn es um ihr Alter oder um ihren Mangel an Jahren ging.

»Und du bist – im Gegensatz zu mir – verheiratet.« Es kam tonlos heraus. Er hatte nicht vorgehabt, es auszusprechen, und schon gar nicht in diesem Tonfall. Als er seine eigene Stimme hörte, fand er, daß er fast eifersüchtig wirken mußte. So was Dummes! Seit Jahren war er nicht mehr eifersüchtig wegen einer Frau gewesen. Beth hatte ihn davon geheilt, und zwar für alle Zeiten – oder zumindest hatte er das geglaubt.

»Wir leben getrennt«, antwortete Lisa, und ihre Augen wandten sich einen Moment lang von ihm ab. Dann sah sie ihn wieder an. »Aber wir reden von dir. Was ist in eurer Ehe schiefgegangen?«

Sam seufzte und setzte sich im Schneidersitz hin.

»Ich habe es dir doch schon gesagt. Sie hat befunden, daß ich ihren Anforderungen nicht entspreche.«

»Und warum nicht?«

»Willst du das wirklich alles wissen? Es ist eine ziemlich langweilige Geschichte.«

»Ja. Bitte.«

Ihre Stimme drückte eine Wehmut aus, der er sich nicht widersetzen konnte. Sam schnitt eine Grimasse und begann zu erzählen.

»Sie war zwei Jahre älter als ich und hatte einiges von der Welt gesehen. Ich war erst zwanzig, als ich sie gebeten habe, mich zu heiraten, und ich war außergewöhnlich jung und dumm. Sie hat als Kellnerin in einer Bar in der Nähe des Stützpunktes gearbeitet – ich war damals bei der Marine –, und als der gutgläubige Narr, der ich war, dachte ich, ich könnte sie aus all dem herausholen. Was ich nicht wußte, war, daß sie sich nicht wirklich aus diesem Milieu herausholen lassen wollte. Sie wollte den Status einer anständigen Ehefrau haben, und sie wollte Geld für Kleider und andere Dinge, aber gleichzeitig wollte sie es sich gutgehen lassen. Als sie jemanden gefunden hatte, mit dem sie mehr Spaß hatte als mit mir, hat sie mich verlassen. Und das war es dann.«

»Wie lange wart ihr verheiratet?«

Sam sah sie argwöhnisch an, denn ihr ruhiger Tonfall ließ ihn fürchten, daß sie Mitleid mit ihm hatte. Allein der Gedanke brachte ihn außer sich. Doch sie schien ganz in das Spielfeld vertieft zu sein.

»Zwei Jahre.«

»Und du hast nie wieder geheiratet?«

»Nein.« Sein Tonfall drückte tiefe Überzeugung aus.

»Und was ist mit deinem Sohn? Jay heißt er doch, nicht wahr? Lebt er bei deiner... bei Beth?«

Sam schnaubte vor Lachen. »Wohl kaum. Als er etwa fünf war, hat sie befunden, daß es ihr nicht paßt, ihn bei sich zu haben, weil er ihr im Weg ist. Keiner von uns beiden hat in den letzten zehn Jahren etwas von ihr gehört.

Mir ist das nur recht so, aber manchmal denke ich, daß Jay es bedauert. Die meisten Kinder wollen doch eine Mutter haben. Ich sage ihm immer wieder, daß er ohne sie besser dran ist – und das ist wahr, das kannst du mir glauben –, aber ich denke trotzdem, daß er sich ab und zu nach ihr sehnt. Vor allem, weil ich so oft fort bin.«

Sam wunderte sich über sich selbst. Er hatte noch nie mit irgend jemandem über Jays unausgesprochene Gefühle geredet, die ihm Sorgen machten. Aber es belastete ihn schon seit Jahren – wenn er es sich auch selbst nie eingestanden hätte –, daß Jay ihm vielleicht doch die Schuld an der Trennung von seiner Mutter gab. Wenn es einen Menschen auf Erden gab, den er liebte, dann war das sein Sohn. Er wußte nicht, wie er damit zurechtgekommen wäre, wenn Jay ihn eines Tages gehaßt hätte, weil er ihm Beth genommen hatte.

»Wo ist er jetzt? Bei deiner Familie?« fragte Lisa, und ihre Augen glitten über sein Gesicht. Sam erkannte das Mitgefühl, das in ihrem Blick stand, doch zu seinem Erstaunen störte er sich gar nicht weiter daran. Irgendwie gefiel es ihm sogar – weil es von ihr kam.

»Er ist in der Schule. In einem Internat. Wenn ich nicht im Land bin, ist er immer dort, und ich versuche, in den Sommerferien und an den Wochenenden Zeit für ihn zu haben, damit wir gemeinsam etwas unternehmen können.«

»Was ist mit deinen Eltern? Leben sie noch?«

»Keine Ahnung«, antwortete er barsch.

»Was soll das heißen – du hast keine Ahnung?« Sie warf den Kopf zurück, um ihn fragend anzusehen. »Das gibt es doch nicht, daß jemand nicht weiß, ob seine Eltern...«

»Ich habe meine Eltern nie gekannt«, fiel er ihr ins Wort und malte mit dem Zeigefinger Figuren in den Sand. Darüber hatte er nie mit jemandem gesprochen. Es war fast noch schmerzlicher als Beths Verrat. Über Beth war er hinweggekommen, und zwar schon vor Jahren. Aber er glaubte nicht, je darüber hinwegzukommen, welche Schande es darstellte und welche Qualen es ihm bereitete, zu wissen, daß seine Eltern ihn wie einen streunenden Welpen, den sie gefunden hatten und nicht brauchen konnten, ausgesetzt hatten.

»Wer hat dich aufgezogen? Irgend jemanden muß es doch gegeben haben.« Ihre Stimme war sanft, und als sie zu Sam aufblickte, sah er, daß auch ihre Augen einen sanften Ausdruck hatten.

»Der Staat North Carolina hat freundlicherweise die Verantwortung für mich übernommen, als ich etwa zwei Jahre alt war. Ich vermute, daß ich vorher bei einem meiner Elternteile gelebt habe. Ich kann mich nicht erinnern, und niemand hat sich je die Mühe gemacht, mich darüber aufzuklären. Nicht, daß es etwas ändern würde. Seit meinem zweiten Lebensjahr bin ich von einer Pflegestelle zur nächsten weitergereicht worden. Immer etwa dann, wenn ich mich irgendwo eingelebt hatte und anfing, mich geborgen zu fühlen, ist irgend etwas passiert. Entweder die Frau ist schwanger geworden, oder sie mußte wieder arbeiten oder sonst was, und dann hat man mich abgeschoben. Schließlich habe ich mir dann nicht erlaubt, irgend jemanden zu mögen, weil es zu schmerzhaft war, wieder fortgehen zu müssen.«

»Armer kleiner Junge«, sagte Lisa sanft, und ihre Hand legte sich auf die strammen Muskeln seines Oberschenkels. Sam sah auf diese schmalen hellen Finger hinunter und legte seine Hand darauf. Ihre Haut war so zart... Sie drehte ihre Hand um und schlang ihre Finger um seine.

»Du brauchst nicht gar soviel Mitleid mit mir zu haben«, warnte er sie mit der Andeutung eines Grinsens, ohne dabei ihre Hand loszulassen. »Mit zehn war ich ein ganz schöner Gauner. Ich habe bei jeder sich bietenden Gelegenheit die Schule geschwänzt, ich habe getrunken und geraucht, und ich war so unausstehlich, daß die meisten netten Menschen, die mich bei sich aufgenommen haben, mich bald wieder auf die Straße gesetzt haben. Dann habe ich endlich gelernt, Autos kurzzuschließen.« Lisa blickte mit weit aufgerissenen Augen zu ihm auf. Er hätte wetten können, daß sie der Sorte von Menschen, die solche Dinge taten, nie nähergekommen war als via Fernsehschirm in ihrem Wohnzimmer. »Man könnte behaupten, das sei es, was mich bei der Marine hat landen lassen.«

»Wagen kurzzuschließen?« Sie zwinkerte verständnislos.

Sam lachte. »Ja. Ich habe einen Wagen zuviel kurzgeschlossen und bin erwischt worden. Dabei hatten wir gar nicht vor, ihn wirklich zu stehlen. Wir wollten nur ein bißchen damit rumfahren, bis wir keine Lust mehr hatten oder das Benzin ausgegangen wäre. Der Sheriff hat es aber nicht so gesehen. Meine Kumpel sind mit Bewährung davongekommen, aber ich war der Fahrer, und daher hat man mich vor die Wahl gestellt – Militärdienst oder zwei Jahre Gefängnis. Ich bin zur Marine gegangen, aber manchmal habe ich mir gewünscht, ich hätte mich für zwei Jahre Absitzen entschieden. Ich habe mich immer wieder gefragt, ob es wirklich schlimmer hätte sein können.«

»Das hast du jetzt aber erfunden!« warf Lisa ihm vor. Sie setzte sich auf, um ihm forschend ins Gesicht zu sehen. Sie hielt immer noch seine Hand und tat nichts, um sie ihm zu entziehen. Sam streichelte ihre Fingerspitzen mit den Fingerkuppen seiner anderen Hand und bemerkte unbewußt, wie dunkel und rauh seine Haut neben ihrer blaßgoldenen seidigen Haut wirkte.

»Was meinst du? Das Schuleschwänzen, das Trinken, das Kurzschließen von Wagen oder...« Er machte sich über sie lustig. Einem Leben, wie er es geführt hatte, war sie bestimmt nie ausgesetzt gewesen. Sie war immer umsorgt worden und umhegt und beschützt aufgewachsen.

»Daß du fast ins Gefängnis gekommen wärst. Das ist doch nicht wahr, oder?«

»Es ist keine Erfindung. Ich schwöre bei Gott, daß es die Wahrheit ist.«

»Aber wie alt warst du damals?«

»Siebzehn. Ich mußte lügen, was mein Alter angeht, weil die Marine mich sonst nicht genommen hätte.«

»Aber was ist mit der Schule? Du kannst noch keinen Abschluß gehabt haben.«

»Ich habe keinen Schulabschluß. Ich war in der elften Klasse, als das passiert ist, und später bin ich nie mehr zur Schule gegangen. Als ich dann in Vietnam war, habe ich angefangen zu lesen und mich sozusagen selbst weitergebildet. Im Gegensatz zu manchen anderen Leuten«, sagte er mit einem spöttischen Blick, »hatte ich keinen Großvater, der mich verhätschelt und ins College geschickt hat.«

»Und dann hast du Beth geheiratet«, sagte Lisa mit sanfter Stimme.

Sam sah, daß sie sich damit abmühte, sich die Form

von Leben vorzustellen, die er geführt hatte. Es mußte so fremd für sie klingen, wie ihm ihre behütete Existenz vorkam.

»Das war drei Jahre später. Mein Militärdienst war fast vorbei, und sie hat mich dazu überredet, mich für einen längeren Zeitraum zu verpflichten. Dann hat sie mich geheiratet. Nachdem sie sich eine feste Geldquelle gesichert hatte.«

»Du mußt sie sehr geliebt haben.« Es kam fast als ein Flüstern heraus.

Sam sah sie nüchtern an. »O ja – damals. Aber davon hat sie mich schnell geheilt. Wenn Jay nicht ihr Sohn wäre, würde ich längst keine Sekunde mehr an sie denken.«

»Aber du hast nach ihr gerufen – als du krank warst.«

Sams Lippen wurden schmaler. »Immer, wenn ich das Fieber bekomme, bilde ich mir ein, daß ich wieder in Vietnam bin, weil ich dort war, als ich es das erste Mal hatte. Ich vermute, ich habe nach Beth gerufen, weil ich sie damals bei mir haben wollte. Ich würde sie wahrscheinlich gar nicht mehr erkennen, wenn sie heute auf der Straße vor mir herliefe. Ich habe vor Jahren begriffen, wer sie wirklich ist. Wenn ich Jay nicht zu mir geholt hätte, wäre es ihm wahrscheinlich so ergangen wie mir – er wäre von einer Pflegefamilie an die nächste weitergereicht worden, bis er etwas angestellt hätte, was sich nicht mehr aus der Welt schaffen läßt. Beth wollte ihn jedenfalls nicht haben.«

»Wie ist er – dein Sohn?«

Sams Züge wurden weicher. »Er ist etwa so groß wie ich, aber schlanker. Zum Teufel, er ist noch ein Junge, er wird Fleisch ansetzen, wenn er älter wird. Und er sieht besser aus, als ich je ausgesehen habe. Im Prinzip hat er dieselbe dunkle Haut, dasselbe dunkle Haar und meine blauen Augen, aber sein Haar ist glatt. Und er ist klug. Er hat während der gesamten Schulzeit alles mit Glanz bestanden, und nächstes Jahr wird er ins College gehen. Er hat sich bisher noch nicht entschieden, wo, aber er darf es sich aussuchen. Er hat den Grips dazu, und ich kann es mir leisten, ihm jedes College zu zahlen.«

»Verdienst du bei dem, was du tust, so gut?« Lisa wußte, daß es eine taktlose Frage war, aber sie rutschte ihr trotzdem gegen ihren Willen raus. Sie war nie auf den Gedanken gekommen, daß man als Soldat besonders gut bezahlt werden könnte.

»Ich verdiene genug. Manchmal mehr als andere. Aber ich habe im Lauf der Jahre ein paar Geldanlagen getätigt, die einiges abgeworfen haben, und nach diesem Job hier kann ich es mir leisten, Jay in jedes College zu schicken, das er sich aussucht, und ich habe noch genug übrig, um etwas zu tun, was ich mir schon lange wünsche.«

»Und das wäre?«

Sam zuckte die Achseln. Er lächelte schief, als sei es ihm peinlich, zuzugeben, daß er sein Leben lang einen bestimmten Traum gehegt hatte.

»Ich will eine Ranch kaufen. Nein, nicht bar auf die Hand, aber ich habe genug, um eine beträchtliche Anzahlung zu leisten und den Grundstock für eine Rinderherde zu legen. Jay und ich haben sie uns schon ausgesucht. Sie heißt Circle C und liegt in Montana.«

»Das klingt einfach wundervoll.« Lisa fand wirklich, daß es wundervoll klang. Ihr ging plötzlich auf, daß sie viel für das Privileg gegeben hätte, mit Sam und seinem Sohn auf dieser Ranch leben zu dürfen. Sie war erschüttert. Es war einfach lächerlich, das wußte sie selbst, und doch...

Sam lehnte sich wieder an die Wand und streckte seine langen Beine aus. Er schnitt eine Grimasse und hielt sich die verwundete Schulter. Lisa saß sofort neben ihm, und für den Moment war alles, was sie gesagt hatten, vergessen.

»Hast du Schmerzen?« fragte sie besorgt und musterte sein Gesicht, um dort eventuell Anzeichen zu erkennen.

Er grinste. »Um die Wahrheit zu sagen – das verdammte Ding juckt. Ich glaube kaum, daß du etwas dagegen tun kannst, oder? Weil nämlich...«

Lisa kratzte ihn, und er genoß es sichtlich. »Solltest du dich nicht ausruhen?« fragte sie. »Du mußt wieder zu Kräften kommen. Schließlich müssen wir uns wieder auf den Weg machen, sowie der Regen aufhört.« Sie sah ihn bei diesen Worten ernst an.

»Nein. So einfach kommst du mir nicht davon. Du hast mich dazu gebracht, dir alle meine tiefsten Geheimnisse zu erzählen. Und jetzt will ich deine hören. Du kannst damit anfangen, mir von diesem, wie heißt er doch – Jeff – zu erzählen.« Sam war über die Griesgrämigkeit erstaunt, mit der er den Namen ihres Mannes aussprach.

Lisa zuckte die Achseln und lehnte sich dann neben Sam an die Wand. Er nahm wieder ihre Hand, und ihre Finger schlangen sich um seine.

»Da gibt es nicht viel zu erzählen. Wir sind seit sechs Jahren verheiratet, aber wirklich glücklich waren wir nur im ersten Jahr. Ich zumindest war es. Ich glaube, daß Jeff selbst damals nicht glücklich war. Wie deine Beth hatte er andere Interessen.« Lisa unterließ es, die exakte Natur dieser ›anderen Interessen‹ zu schildern. In Sams Augen konnte es beim besten Willen keinen Unterschied machen, welches Geschlecht Jeffs Geliebte hatten, und sie war Jeff immer noch ein gewisses Maß an Takt schuldig.

»Warum hast du ihn geheiratet?«

»Weil er vollkommen war – der perfekte Märchenprinz, von dem jedes junge Mädchen träumt. Er hat gut ausgesehen, war gebildet und reich – und er war bereit, in der Nähe meines Großvaters zu leben. Das war mir damals sehr wichtig. Ich wollte nie allzuweit weg von Amos leben.«

»Du nennst deinen Großvater Amos? Ich dachte, er hieße Herman.«

Lisa lächelte wie ein Kobold. »Herman ist sein Familienname. Ich hätte ihn auch fast bekommen. Aber mit Vornamen heißt mein Großvater Amos. Und er haßt diesen Namen. Deshalb nenne ich ihn auch so. Ich gehöre zu den wenigen Menschen, denen er es durchgehen läßt.«

»Du Göre«, bemerkte Sam.

Lisa nickte. »Ja, das stimmt. Oder zumindest war ich es. Jetzt bin ich mir nicht mehr so sicher.«

»Erzähl weiter. Was ist euch zugestoßen – dir und Jeff?« Um keinen Preis wäre es ihm möglich gewesen, den hämischen Tonfall zu unterdrücken, der diesen Namen begleitete.

»Du meinst, was schiefgegangen ist? Ich habe es dir doch schon gesagt. Er hatte andere Interessen, und ich bin dahintergekommen.«

»Vor fünf Jahren. Und doch bist du immer noch mit ihm verheiratet. Warum? Hat er Geld?«

Lisa sah ihn verächtlich an. »Es sind nicht alle Frauen so wie Beth, Sam. Ich habe Jeff nicht wegen seines Geldes geheiratet, und ich würde auch wegen seines Geldes nicht seine Frau bleiben. Obwohl ich zugeben muß, daß seine Familie ziemlich reich ist. Aber das ist meine Familie auch. Es gibt nichts, was er mir geben könnte und was ich mir nicht selbst leisten könnte.«

Aus irgendwelchen Gründen wurde Sam bei dieser Bemerkung flau in der Magengrube. Wenn die Millionen, die den Kerl ›ziemlich reich‹ machten, sie derart unbeeindruckt ließen, was mußte sie dann über sein Bankkonto denken, das im Vergleich armselig war? Er konnte unter keinen Umständen mithalten... Was dachte er sich bloß? Sam ertappte sich bei dieser unsinnigen Überlegung. Er wollte gar nicht mithalten. Sowie er wieder in den Vereinigten Staaten war, würde das Mädchen, das in der ausgebeulten Uniform neben ihm saß, so absolut aus seiner Reichweite verschwinden, daß sie noch nicht einmal in derselben Stratosphäre lebten. Aber er hätte ohnehin nichts mit ihr zu tun haben wollen. Wenn sie wieder in den Vereinigten Staaten waren, würde er seiner Wege gehen und sie ihrer. Und zwar getrennt. Und genauso wollte er es haben, sagte er sich, und sie wollte es zweifellos genauso haben.

»Ich nehme kaum an, daß eine Karrierefrau, die ihrem Beruf so hingebungsvoll nachgeht wie du, Zeit hatte, Kinder zu bekommen?« fragte er, und es klang hämischer, als er es beabsichtigt hatte. Zu seinem Erstaunen schien sie tief getroffen zu sein. Ihre Lippen zitterten, und ihre Augen glänzten und waren verdächtig feucht. Sie antwortete nicht.

»Hast du Kinder?« fragte er langsam und vorsichtig, denn er wußte, daß ihr niedergeschlagener Blick etwas zu bedeuten hatte. Vielleicht hatte sie Kinder – so jung, wie sie war, mußten es noch halbe Säuglinge sein –, und sie hatte sie im Stich gelassen, um durch Rhodesien zu ziehen. Vielleicht war ihre Bestürzung auf Schuldgefühle zurückzuführen.

Sie antwortete immer noch nicht. Ihre Augen schlossen sich, und die langen, gebogenen schwarzen Wimpern lagen wie Federn auf ihren bleichen Wangen.

»Lisa?« fragte er verwirrt und hielt ihre Hand fester. Was sie auch getan oder nicht getan hatte – im Moment mußte sie sich deshalb scheußlich fühlen. Ihre Hand klammerte sich an ihn wie die eines Affen, der sich bei einem Wirbelsturm am Stamm einer Palme festhält.

Sie öffnete die Augen. Sie waren von unvergossenen Tränen überschwemmt. Sie sah ihn fest an.

»Ich hatte eine Tochter«, sagte sie tonlos. »Jennifer. Sie ist letztes Jahr gestorben.«

Sam fühlte sich, als hätte sie ihm einen Schlag in die Eingeweide versetzt. Sie wirkte so betroffen, so gequält und so traurig. Tränen standen in ihren Augen, und ihre Lippen bebten, als sie sich abmühte, tapfer zu sein und nicht zu weinen. Seit Jahren hatte ihn nichts so tief gerührt wie ihre hilflose Traurigkeit. Plötzlich ging ihm auf, daß sie trotz ihres Geldes und ihres gesellschaftlichen Standes und des hingebungsvollen Großvaters tatsächlich so einsam und untröstlich sein konnte wie er. Seine Hand schloß sich noch fester um ihre Finger, und er zog sie in seine Arme, wiegte ihren Kopf an seiner Schulter, hielt sie fest und schaukelte sie wie ein verletztes Kind.

»Erzähl mir die ganze Geschichte, Schätzchen«, flüsterte er ihr ins Ohr und strich ihr das Haar aus dem abgewandten Gesicht.

Ihre Hände klammerten sich an sein Hemd, und ihre

Stimme war kaum hörbar, während sie mit gesenktem Kopf gehorchte und die Worte an seine Schulter hauchte. Sie sprudelten aus ihr heraus, schneller und immer schneller, als sie die Qualen noch einmal durchlebte, die Jennifers Tod für sie bedeutet hatten. Sie teilte ihr Leid mit ihm und wollte einen Teil ihrer eigenen Last auf ihn abladen, während sie sie seinen breiten Schultern aufbürdete. Während sie erzählte und weinte, hielt er sie im Arm und murmelte tröstliche Dinge, obwohl er nur jedes dritte Wort verstehen konnte, doch er wußte, daß es ihr guttun würde, sich alles von der Seele zu reden. Er empfand eine Zärtlichkeit für sie, wie er sie nie für eine andere Frau empfunden hatte, noch nicht einmal für Beth. Sie war so klein und hilflos, wie sie in seinen Armen lag und sich an ihn klammerte und sich das Herz aus dem Leib schluchzte, und plötzlich wußte er, daß er nie mehr als nur das eine von seinem Leben verlangen würde – daß es ihm gestattet wurde, sich zwischen sie und die Welt zu stellen und sie vor jeder Traurigkeit und jedem Leid zu beschützen. Als er sie festhielt und sie wiegte, während sie weinte, hatte er das heftige Verlangen, sie als sein Eigentum anzusehen. Sie gehört mir, schrie sein Herz, während sein Kopf es sofort abstritt und ihn an all die Gründe erinnerte, aus denen sie ihm nicht gehörte und ihm nie gehören konnte. Doch sein Herz wollte sich einfach nicht davon überzeugen lassen. Das hieß, daß er gewaltig in der Klemme saß.

Schließlich hörte sie auf zu reden und weinte nur noch. Lange schnaufte und schluchzte sie an seinem Nacken. Er preßte sie immer noch an sich, streichelte ihr Haar und ihren Rücken, murmelte tröstliche Worte und drückte ab und zu einen zarten Kuß auf ihren gesenkten Kopf. Es schien, als weinte sie seit Stunden, doch Sam störte sich nicht daran. Er hatte das Gefühl, keine größere Gunst erlangen zu können, als sie in den Armen zu halten, während sie weinte.

Endlich ließ das herzzerreißende Schluchzen nach, und sie schniefte und schluckte, ehe die Erschöpfung sie matt an seine Schultern sinken ließ. Sams gesunder Arm schlang sich enger um sie und drückte stumm aus, daß sie gern bleiben konnte, wo sie war, solange sie wollte.

»Entschuldige bitte«, murmelte Lisa schließlich und rückte ein wenig von ihm ab, doch ihr Kopf blieb weiterhin gesenkt, damit er nicht sehen konnte, wie die Tränen ihr Gesicht zugerichtet hatten. »So... so bin ich noch nie zusammengebrochen. Ich glaube, das meiste von dem, was ich dir erzählt habe, habe ich ohnehin noch niemandem erzählt.«

Sam zog sachte an ihrem langen, seidigen Haar, weil er ihr ins Gesicht sehen wollte. Ihre Augen waren rotgerändert und verquollen, und die Tränen hatten schmutzige Streifen auf ihren Wangen zurückgelassen. Ihr Mund war sehr rot und wirkte leicht verschwommen. Sam glaubte, noch nie eine Frau gesehen zu haben, die so bedauernswert wirkte und gleichzeitig doch noch so schön war.

»Entschuldige, bitte«, sagte sie noch einmal und versuchte zu lächeln. Das Beben ihrer Lippen zerriß ihm das Herz.

»Es braucht dir nicht leid zu tun«, sagte er heiser. »Du kannst dich jederzeit an meiner Schulter ausweinen. Glaub mir, es ist mir eine Ehre.«

Lisa spürte, daß ihr Herz einen Schlag lang aussetzte,

als er sie mit diesem Lächeln ansah, das ihr den Atem verschlug.

»Ich liebe dich«, sagte sie. Sie war erschüttert bis ins Mark.

Seine Augen blieben erstarrt auf ihrem Gesicht haften und wurden größer. Seine Hand fiel von ihrem Haar und blieb neben ihm liegen. »Was hast du gesagt?« Seine Stimme war rauh. Tief in seinen Augen schien eine blaue Flamme zum Leben zu erwachen.

»Ich habe gesagt, ich liebe dich«, wiederholte Lisa. Diesmal kam es noch deutlicher heraus, und während sie es aussprach, wußte sie, daß es die Wahrheit war. Sie wußte nicht, wann es passiert war oder wie es dazu gekommen war. Sie wußte nur, daß es so war, daß sie ihn mehr liebte, als sie je in ihrem Leben irgend etwas oder irgend jemanden geliebt hatte, daß sie ihn begehrte und ihn brauchte...

»Du solltest solche Dinge nicht sagen, wenn du sie nicht so meinst.« Er war bei Gott versucht, so übel versucht, ihre Worte für bare Münze hinzunehmen, sie in seine Arme zu reißen und sie nie mehr loszulassen. Er begehrte sie mit einer Heftigkeit, die wenig mit physischer Leidenschaft zu tun hatte. Er begehrte ihr Herz und ihre Seele und ihren Geist ebensosehr wie ihren Körper, und zwar für ewig und für alle Zeiten.

»Ich meine es ernst«, sagte sie mit fester Stimme und lächelte ihn dann wieder an. Ihre grünen Augen waren noch tränenverschleiert. »Ich liebe dich, Sam Eastman. Warum tust du nicht endlich etwas, statt dazusitzen und mich anzustarren wie ein Kalb mit zwei Köpfen?«

»Himmel«, murmelte er und schloß einen Moment lang die Augen.

Dann griff er nach ihr, riß sie an sich und schloß seine Arme um sie. Lisa hob wortlos den Kopf und wandte ihm ihr Gesicht zu. Sie hob die Arme, um sie um seinen Nacken zu schlingen, und ihre Lippen teilten sich, als sie ihn schamlos aufforderte, sie zu nehmen.

»Küß mich«, sagte sie unwillkürlich, als er ihr Gesicht, das ihm zugewandt war, so argwöhnisch musterte wie ein Käufer, der eine Probefahrt machen soll. »Bitte, Sam, küß mich.«

Sein Mund erstickte ihr letztes Wort. Er küßte sie, als sei er ausgehungert und hätte vor, alle die Jahre wettzumachen, die sie nicht miteinander verbracht hatten. Lisa reagierte mit beseligter Hingabe darauf, erwiderte seine Zärtlichkeiten und kam sich vor, als sei sie zum ersten Mal in ihrem Leben wahrhaft lebendig. Ich liebe ihn, sagte sie sich wieder und immer wieder, als fürchtete sie, es sei ein Traum, aus dem sie jeden Moment erwachen konnte. Ich liebe ihn, ich liebe ihn!

Sam schenkte seiner Wunde wenig Beachtung, als er Lisa auf den Boden gleiten ließ und sie mit leidenschaftlichen Küssen übersäte. Lisa spürte triumphierend und glücklich, wie ein Schauer durch seine langen Glieder zuckte. Sein Körper sagte ihr, daß er sie liebte, wenn er den Gedanken auch noch nicht in Worte gefaßt hatte.

»Ich begehre dich teuflisch«, flüsterte sie ihm kühn ins Ohr, und ihre Zunge glitt über sein zartes Ohrläppchen.

Trotz seiner Erregung mußte Sam breit grinsen. »Erinnere mich bei Gelegenheit daran, daß ich mich einmal mit dir über deine Ausdrucksweise unterhalte. Für eine Dame läßt sie einiges zu wünschen übrig.«

»Ist es das, was du willst? Eine Dame?« Sie provozierte ihn bewußt mit Worten und Berührungen, und er reagierte so darauf, daß sie nicht wußte, was sie sich sonst noch hätte wünschen können. Mit zitternden Händen zog er sie wieder an sich.

»Nein, im Moment nicht«, gab er mit heiserer Stimme zu, und dann lag sein Mund auf ihren Lippen und brachte sie auf die wirkungsvollste Weise zum Schweigen, die der Mensch seit Anbeginn der Zeiten kennt.

Mit bebenden Fingern zogen sie einander aus, und Lisa half ihm dort, wo es ihm schwerfiel, bis sie beide nackt auf dem Lehmboden lagen. Ihre Körper waren füreinander entflammt, und ihre Hände waren gleichzeitig flehentlich und verheißungsvoll, als jeder den Körper des anderen erkundete, als sei es das erste Mal für sie. Lisa wollte, daß er ihren Körper schneller in Besitz nahm, ehe sie an den köstlichen Qualen starb, die er ihr bereitete, doch Sam war entschlossen, sich Zeit zu lassen. Seine Hände und sein Mund ließen nichts unberührt, als sei er darauf aus, seine Ansprüche abzustecken. Schließlich wand sich Lisa nur noch unter ihm, und ihre Hände klammerten sich an seinen Körper und verlangten wortlos mehr. Als Sam sich nicht mehr länger beherrschen konnte, stieß er seinen kräftigen Oberschenkel fast roh zwischen ihre Beine und preßte sie auseinander. Lisa bog sich ihm entgegen, doch er hielt sich immer noch zurück.

»Sag es«, befahl er mit belegter Stimme. »Ich will es dich sagen hören.«

»Was?« Lisa sah ihn an und blinzelte bestürzt. Sie konnte an nichts anderes mehr denken als daran, wie sehr sie ihn begehrte.

»Sag mir, daß du mich liebst. Ich will es hören.«

»Ich liebe dich«, sagte Lisa gefügig. »Ich liebe dich, ich liebe dich, ich liebe... oh!«

In dem Moment, als sie die Worte aussprach, nahm er sie und ergriff mit einer unbändigen Zärtlichkeit Besitz von ihr, die sie sich nie hätte träumen lassen. Er ließ sie in alle Himmel aufsteigen, und sie fühlte sich, als müsse sie in seinen Armen sterben.

Als es schließlich vorbei war, blieb Lisa still neben ihm liegen und schmiegte sich dicht an seinen Körper. Sam hauchte einen zarten Kuß auf ihre Wange, und Lisa lächelte träumerisch. Sie prägte sich mit ihren Augen und mit ihren Händen sein Gesicht ein. Die blauen Augen lächelten sie an, und sie glaubte, nie in ihrem Leben einen Anblick gesehen zu haben, der ihr derart das Herz stehenbleiben ließ.

»Ich hoffe, du hast vor, dich schnell scheiden zu lassen«, sagte er mit gedehnter Stimme, als sie mit einem Finger über seine Lippen fuhr. »Sobald wir zu Hause sind, wirst du mich nämlich heiraten.«

13

Einen Moment lang starrte Lisa nur in dieses dunkle Gesicht. Ihre Augen wurden immer größer. Als sie seinen ernsten Blick und die Andeutung eines Lächelns sah, glaubte sie endlich, daß sie sich nicht verhört hatte.

»Sam! Ist das dein Ernst?« quietschte sie. Sie setzte sich kerzengerade hin und strahlte vor Freude.

Seine Augen glitten besitzergreifend über sie.

»Sam!« warf Lisa ungeduldig ein, als er sie unablässig musterte. Als er wieder zu ihr aufblickte, sah sie ihn mit einer Mischung aus Gereiztheit und Belustigung und noch etwas an, wovon er sehnlichst hoffte, daß es Liebe war.

»Habe ich mich verhört, oder hast du mich gerade gebeten, dich zu heiraten?« fragte sie lachend.

»Ich glaube nicht, daß ich dich darum gebeten habe«, sagte er, »ich habe mich lediglich sachlich zu einem Tatbestand geäußert. Du kannst nicht einfach rumlaufen und Männern erzählen, daß du sie liebst, sie dann aber nicht heiraten wollen.«

Es waren scherzhafte Worte, und der Tonfall klang spöttisch, doch seine Augen standen im Widerspruch dazu. Sie betrachteten sie mit einem Verlangen, das ihren Puls rasen ließ. Allein sein Anblick reichte aus, um ihr bis ans Ende ihrer Tage Freude zu bereiten.

»Als Heiratsantrag würde ich das nicht gerade bezeichnen«, murrte sie und behielt ihn im Auge, denn wenn er ihre Neckereien ernst nahm, wollte sie schnell »ja« rufen, ehe er es sich anders überlegte.

»Mehr kriegst du nicht von mir«, sagte er mit geheuchelter Teilnahmslosigkeit. Dann zog er eine Augenbraue hoch und erkundigte sich: »Und? Was ist?«

Die blauen Augen sahen sie strahlend an, doch in ihren Tiefen war eine Spur von Unsicherheit zu erkennen, die ihr zum Verhängnis wurde. Sie nahm sofort Abstand davon, ihre Entscheidung hinauszuschieben, um ihn zum Spaß noch ein wenig zu necken. Statt dessen warf sie sich in seine Arme, zog ihn an sich und preßte sich an ihn. Sie vergaß seine Wunde vollkommen, bis sie spürte, daß er zusammenzuckte.

»Entschuldige, bitte«, sagte sie sofort und ließ ihn los. Sein Arm schlang sich noch fester um ihre Taille und zog sie noch dichter an seinen nackten Körper. Die Wirkung dieser Berührung durchzuckte sie bis in die Zehenspitzen. Er spürte es auch. Das erkannte sie an der plötzlichen Glut in seinen Augen.

»Es ist alles in Ordnung«, sagte er mit belegter Stimme. »Oder zumindest ist dann alles in Ordnung, wenn du erst ja gesagt hast. Ich weigere mich, mit einer Frau zu schlafen, die mich nicht zum Mann haben will.«

Sie warf den Kopf zurück, um ihm ins Gesicht sehen zu können, wenn sie ihm die Antwort gab. Lächelnd sah sie ihm in die Augen. Seine Züge wurden sanfter, und seine Augen strahlten sie an.

»Ja«, flüsterte sie. Er lächelte noch strahlender.

»Das nenne ich ein braves Mädchen«, sagte er beifällig und küßte sie auf eine Art, die ihr entschieden mitteilen sollte, daß sie jetzt ihm gehörte. Lisa ging hingebungsvoll auf seinen Kuß ein, schlang ihre Arme um seinen Kopf und strich mit den Fingern über sein dichtes Haar. Zu ihrem Erstaunen und nicht ohne eine gewisse Belustigung stellte sie fest, daß ihr seine atavistische Darstellung männlicher Vorherrschaft durchaus behagte.

Sie murmelte ihm anbetende Dinge ins Ohr, als er sie nahm, und das schien ihn außer sich zu bringen. Sie spürte sein Herz gegen seine Rippen hämmern, sie schmeckte und roch den Schweiß, der von seinem Körper auf ihren tropfte, und sie hörte seinen abgehackten Atem, als er sie rasend vor Lust liebte und dabei doch an ihr Vergnügen dachte. Als er sie fast um den Verstand gebracht hatte, sagte er die Worte, nach denen sie sich so sehr gesehnt hatte.

»Ich liebe dich, Lisa«, sagte er stöhnend, als sie mit gespreizten Schenkeln auf ihm saß, und sie hielt einen Moment lang still. Seine großen Hände konnten ihre Hüften fast umspannen, seine Finger gruben sich in ihre Haut, und sie spürte ihn tief in sich. Sein Atem ging stockend, als er zu ihr aufblickte, und seine Augen waren vor Leidenschaft verschleiert, als er seinen Blick über ihren Körper gleiten ließ. »Mein Gott, wie sehr ich dich liebe.«

»Sam...«, keuchte sie. Sie wollte ihm noch näher sein, als sie es im Moment ohnehin schon war, ihn ganz in sich aufnehmen und ihn nie wieder loslassen. Sie streckte die Arme nach ihm aus, doch seine Hände auf ihren Hüften setzten sie wieder in Bewegung, und sie vergaß alles bis auf den Taumel, dem sie sich hingaben.

Später hielt er sie im Arm, als er eine seiner letzten Zigaretten rauchte. Lisa schmiegte sich selig an ihn und rollte sich zusammen. Er hatte sie beide zugedeckt.

»Du wirst mir nicht zurücknehmen, was du gesagt hast, ist das klar?« sagte er mit einem schwachen Grinsen, doch seine Augen sahen sie dabei ernst an. »Du hast es mir versprochen, und du wirst mich heiraten. Und du wirst für den Rest unserer Leben mit mir verheiratet bleiben und nie mehr auch nur einen anderen Mann ansehen. Kapiert?«

»Und niemals Ferien vom guten Benehmen?« spottete sie.

»Niemals«, bestätigte er barsch und sah sie strafend an.

Lisa schnitt eine Grimasse. »Ich sehe schon, daß du einen sehr herrschsüchtigen Ehemann abgeben wirst«, murmelte sie, um ihn zu provozieren.

»Das siehst du verdammt richtig«, antwortete er. Sein Blick war finster.

»Wenn es dir wirklich so wichtig ist, sage ich am besten meinen Liebhabern, daß ich nicht mehr zu haben bin.«

»Das möchte ich dir geraten haben«, sagte er mürrisch. »Ich glaube, wenn ein anderer Mann dich auch nur anrühren würde, würde ich ihn umbringen, und das Gefühl habe ich in meinem ganzen Leben noch bei keiner Frau gehabt.«

Lisa wußte, daß ihn dieses Eingeständnis Überwindung gekostet hatte, und sie drückte einen Kuß auf sein dichtes Brusthaar.

»Sam«, sagte sie mit sanfter Stimme, weil sie jedes Mißverständnis ausräumen wollte, falls er sich immer noch falsche Vorstellungen von ihr machte. »Bis auf Jeff hat es in meinem Leben niemanden außer dir gegeben. Ich habe nie mit jemand anderem geschlafen, und ich habe auch nie einen anderen Mann begehrt. Und Jeff...«

Aber er ließ sie nicht ausreden.

»Ist das wahr?« Seine Stimme klang ungläubig. Als sie zu ihm aufblickte, sah er sie mit ebenso ungläubigen Augen an.

»Ich schwöre es dir.«

Er schwieg eine Zeitlang. Als sie ihn wieder ansah, stellte sie fest, daß er lächelte. Auf seinem Gesicht stand eine gewisse Selbstzufriedenheit, die sie belustigte. Sie merkte, daß ihm diese Vorstellung gefiel.

»Und ich dachte schon, du würdest dich an jeden Kerl ranschmeißen«, sagte er und machte sich damit über sich selbst lustig.

»Nein. Das war nur bei dir so.«

»Nur bei mir.« Er kostete die Vorstellung aus wie ein Kind, das gerade ein funkelnagelneues Spielzeug bekommen hat und sich nicht davon losreißen kann. Dann fügte er scherzhaft und doch in Form einer indirekten

Warnung hinzu: »Und ich rate dir, daß es auch dabei bleibt.«

»Ja, Sam«, antwortete sie mit angemessener Unterwürfigkeit.

Er grinste sie an und wirkte plötzlich sehr jung und unbesorgt. »Das klang jetzt wirklich sehr nett und ziemend für eine Ehefrau«, sagte er beifällig. »Wenn du so weitermachst, könnte es sein, daß ich dich nicht dreimal in der Woche verprügeln werde.«

Dafür versetzte ihm Lisa einen Rippenstoß. Er lachte.

»Verträgst du denn keinen Spaß?« erkundigte er sich, und sie zeigte ihm überdeutlich, daß sie zumindest in der Hinsicht absolut keinen Spaß vertrug.

Den Rest des Tages verbrachten sie mit scherzhaftem Geplänkel, wenn sie einander nicht gerade liebten. Lisa war in ihrem ganzen Leben noch nicht so glücklich gewesen. Dieser Mann war genau das, wonach sie jahrelang gesucht hatte, das, was sie wollte und brauchte und unbedingt haben mußte. Er war jetzt schon so notwendig und unerläßlich für sie wie Wasser, Nahrung oder andere grundlegende Dinge des Lebens. Sie liebte ihn so absolut, daß es schon schmerzhaft war.

Jede alltägliche Handlung erstrahlte in neuem Glanz – sei es das Essen, das Baden oder seinen Verband zu wechseln, denn alles war anders, wenn er sie liebte. Sie kam sich selbst albern dabei vor, ständig nur noch zu lächeln, aber sie konnte nichts dagegen tun. Sam war genauso glücklich wie sie, und es war ihm anzumerken. Er lachte und war so albern und verspielt wie ein Teenager, der zum erstenmal verliebt ist.

Als es schließlich Schlafenszeit war, hatte Lisa das Gefühl, die Welt sei endlich heil, und nichts könne ihr mehr zustoßen. Selbst die Gefahren der Lage, in der sie sich befanden, konnten sie jetzt nicht mehr erschrecken. Sie setzte vollkommenes und grenzenloses Vertrauen in Sam. Er würde sie heil und ganz aus diesem irrsinnigen Land bringen, und sie würden nach Hause fahren und heiraten... mit diesem köstlichen Gedanken schlief sie ein.

Als Lisa erwachte, war der neue Tag angebrochen. Das helle Grau im Innern der Hütte wies darauf hin, daß es Morgen war. Einen Moment lang blieb sie still liegen und genoß Sams Gegenwart und das Wissen, daß er sie liebte. Noch nicht einmal der unnachgiebig harte Boden, auf dem sie lagen, störte sie, als sie seinem Atem lauschte. Er ging langsam und gleichmäßig und war fast unnatürlich laut. Stirnrunzelnd legte Lisa eine Hand auf seine Schläfe. Hatte das Fieber doch noch einmal eingesetzt? Nein, seine Haut war nicht ungewöhnlich warm. Es lag an etwas anderem... Plötzlich erkannte sie, daß sein Atem nur soviel lauter klang als sonst, weil jegliches Hintergrundgeräusch fehlte. Irgendwann im Lauf der Nacht mußte der Regen aufgehört haben.

»Sam!« Sie knuffte ihn in die Seite. Sein Arm schloß sich von selbst fester um sie, damit sie nicht aufstehen und fortgehen konnte.

»Ja?«

»Wach auf! Es hat aufgehört zu regnen.«

Er war augenblicklich hellwach. Einen Moment lang blieb er mit offenen Augen liegen und lauschte der Stille.

»Dann müssen wir uns auf den Weg machen«, sagte er schließlich sachlich.

»Ja.« Lisa rückte von ihm ab. Er ließ es zu, setzte sich hin und rieb sich das Gesicht. Er war nackt und strahlte eine unglaubliche Männlichkeit aus. Lisa, die sich bereits Wasser ins Gesicht spritzte und sich dann anzog, spürte den Stolz in sich aufwogen. Er war durch und durch ein Mann, groß und stark und zuverlässig, und er sah gut aus und war zäh, wenn es verlangt wurde, und konnte doch so grenzenlos zart sein – und all das gehörte ganz und gar ihr. Bei diesem Gedanken lächelte sie.

Sam zog sich gerade die Stiefel an, als Lisa ihrer provisorischen Toilette im Freien einen kurzen Besuch abstattete.

Es war ein wunderschöner Morgen, denn der Regen hatte aus der unfruchtbaren Steppe, von der sie umgeben waren, ein grünendes Paradies gemacht. Staunend nahm Lisa die Veränderungen wahr.

Auf dem Rückweg zur Hütte glaubte sie, etwas in der Luft zu wittern. Sie blieb stehen, sah sich langsam um und legte den Kopf zur Seite, während sie versuchte, dahinterzukommen, was anders war als sonst. Ob wohl ein Löwe oder ein Gepard in der Nähe ist? war ihr erster Gedanke, als sie bemerkte, daß die Vögel verstummt waren und das kleine Gnu, das sie vorhin noch gesehen hatte, verschwunden war. Ihr Herz pochte heftig, als sie sich nach den Bäumen umsah, doch nichts erschien ihr ungewöhnlich. Der Morgen war nach wie vor so schön, daß es kaum zu glauben war.

»*Abetusdisti-kowebo!*« Diese Worte hatte sie schon einmal gehört, nämlich in der Nacht, in der die Guerillas aus dem Dschungel gekommen waren und das Haus der Blass' angezündet hatten. Lisa wußte, daß es »weiße Teufel« hieß. Sie drehte sich sofort in die Richtung um, aus der der Ruf gekommen war, und sie blieb stocksteif stehen, als sie einen afrikanischen Soldaten sah, der mit seiner Flinte und einem tückischen Grinsen im Gesicht auf sie zukam. Dicht hinter ihm sah Lisa ein Motorboot, das am Flußufer angelegt hatte. Zwei der vier Besatzungsmitglieder kamen auf sie zu. Ihre Waffen waren auf Lisas Körper gerichtet. Der dritte Mann war auf dem Weg zu einer der Hütten und hatte vermutlich vor, das Dorf zu durchsuchen. Der vierte saß im Boot, dessen Motor weiterhin lief.

Lisa rührte sich nicht und gab auch keinen Laut von sich. Sie spürte, daß sie sie andernfalls auf der Stelle getötet hätten. Ihr Verstand war vor Angst gelähmt, und doch war ihr klar, daß der Tod unter Umständen besser war als das, was sie mit ihr vorhaben mochten. Sie sah ihrem unausweichlichen Tod bereits eine Folge von Vergewaltigungen und Folterungen vorausgehen. Trotzdem konnte sie sich nicht dazu durchringen, etwas zu tun, was zu ihrem sofortigen Tod geführt hätte. Sie dachte an Sam, und ein Teil ihres Innern klammerte sich an den winzigen Hoffnungsschimmer, er könne ihr zu Hilfe kommen. Jeden Moment mußte er sie vermissen, wenn ihm nicht – jetzt schon etwas komisch vorkam. Wenn er sah, was hier los war, ehe er von einem der Guerillas überrumpelt wurde – wenn er nicht blind in die Falle tappte, ohne etwas von deren Existenz zu ahnen –, dann konnten sie noch eine Chance haben. Lisa sah die vier Männer an, denen Sam gegenübertreten mußte. Jeder einzelne von ihnen war so gut bewaffnet wie Sam, doch sie waren stark und gesund und gut genährt, und der letzte Funke ihrer Hoffnung erlosch. Sie waren chancenlos, und es war besser, sich nichts vorzumachen.

»Lisa, wenn ich dir ein Zeichen gebe, wirst du dich

auf den Boden werfen. Halte dir die Arme über den Kopf, und bleib liegen, ohne dich umzusehen. Verstanden?«

Sie wagte es nicht, in die Richtung zu sehen, aus der Sams Stimme kam. Er mußte dicht hinter ihr stehen, und seine Stimme war so leise, daß die näherkommenden Guerillas sie nicht hören konnten. Er mußte gesehen haben, was hier geschah, sich unbemerkt aus der Hütte geschlichen haben und durch die Bäume zu ihr gestoßen sein. Die Guerillas hatten anscheinend keine Ahnung, daß er dicht hinter ihr stand, denn sie kamen weiterhin langsam auf sie zu, ohne sich besonders in acht zu nehmen.

Mit einem angedeuteten Nicken, das kaum wahrnehmbar war, gab sie Sam zu erkennen, daß sie seine Anweisungen verstanden hatte. Dann blieb sie angespannt stehen und fragte sich, wann sie tun sollte, was er ihr gesagt hatte, und was er dann unternehmen würde.

Die beiden Guerillas waren jetzt keine vier Meter mehr von ihr entfernt. Lisa fürchtete sich so sehr, daß sie kaum noch Luft bekam. Ihre Kehle war so trocken, daß sie nicht mehr schlucken konnte. Ihre Knie waren weich, und sie konnte nur hoffen, daß sie nicht nachgeben würden, ehe Sam bereit war. Ein Teil ihres Verstandes war noch klar und geschärft und schätzte sachlich die Lage ein; der Rest war ein einziges wirres Grauen, und sie sandte Gebete um ihre und um Sams Sicherheit gen Himmel.

Als Lisa keine Anstalten machte, zurückzuweichen oder die Männer anzugreifen, zu fliehen oder um Hilfe zu schreien, wurden die Guerillas ruhiger. Ihre Gewehre waren noch auf sie gerichtet, aber sie sprachen miteinander und sahen sich nicht mehr besorgt nach allen Seiten um.

»Jetzt, Lisa!« Bei Sams Ruf zuckte sie zusammen, obwohl er sie darauf vorbereitet hatte. Während sie sich gehorsam auf den Boden warf und sich die Arme schützend über den Kopf schlug, sah sie die weißen Augäpfel der Guerillas, die Sam überrumpelt hatte, und sie sah, wie sie entgeistert den Mund aufsperrten, aber sie sah auch, daß sie ihre Gewehre in die Luft rissen und abdrückten. Schluchzend und betend und schreiend hielt sie sich die Arme über den Kopf, als sie die Schüsse hörte, auf die weitere Schüsse von der anderen Seite folgten. Ein Mann schrie im Todeskampf. In ihrer Angst um ihn vergaß sie Sams Anweisungen und sah auf. Die beiden Guerillas lagen vor ihr auf dem Boden, einer so dicht neben ihr, daß sie die Hand nach ihm ausstrecken konnte. Sie waren eindeutig tot oder lagen im Sterben. Die Beine des Mannes, der dicht vor ihr lag, traten krampfhaft um sich, während er mit dem Tod rang. Aus dem Teil seines Kopfes, der noch mit seinem Körper verbunden war, strömte Blut.

Lisa merkte, daß ihr übel wurde, aber sie hatte keine Zeit, sich mit ihrem körperlichen Unbehagen zu befassen. Wo war Sam? Sie sah, daß er fortrannte und sich dann auf den Boden warf und sich voranwälzte, als einer der Guerillas aus einer Hütte kam und der andere vom Boot sprang. Beide feuerten ihre Gewehre auf ihn ab. Sie stellte dankbar fest, daß er nicht verletzt zu sein schien, als sie sah, wie er zwischen den Bäumen untertauchte und hinter einem Baumstamm Deckung suchte, um sich gegen den Kugelhagel zu schützen, während er eine Salve nach der anderen auf die beiden Guerillas abfeuerte, die versuchten, sich ihm zu nähern und ihre Deckung dabei doch nicht aufzugeben. Keiner der drei Männer schien den leisesten Gedanken darauf zu vergeuden, daß Lisa auch noch da war. Sie nahmen so wenig Notiz von ihr wie von den beiden Toten, die vor ihr lagen.

Der Guerilla, der im Boot geblieben war, sprang von der Deckung einer Hütte zur anderen und versuchte, Sam zu umrunden und sich ihm von hinten anzunähern. Lisa konnte deutlich sehen, was er vorhatte, aber Sam war mit dem Mann beschäftigt, der von rechts auf ihn zukam; zumindest feuerte er seine Schüsse in diese Richtung ab – vielleicht hatte er aber auch nur Angst, sie versehentlich zu treffen, wenn er auf den Mann schoß, der zwischen ihnen war. Sie überlegte sich, ob sie Sam durch einen Schrei warnen sollte, aber das kam überhaupt nicht in Frage. Sie hatte nicht die geringste Lust, die Aufmerksamkeit des Guerillas auf sich zu lenken. In Sekundenschnelle hätte er sie erledigen können. Und doch mußte sie irgend etwas tun. Sie konnte nicht einfach hilflos auf dem Boden liegen bleiben und ihr Gesicht in ihren Händen begraben, während diese Mörder ihr Bestes taten, um Sam zu töten!

Lisa behielt den Mann, der ihr näher war, im Auge und kroch auf das Gewehr des Toten zu, der direkt vor ihr lag. Sie brauchte lediglich abzudrücken, mehr war nicht zu tun. Auf diese Entfernung – sieben Meter – hätte sie ihn doch kaum verfehlen können, oder? Heute war sie froh, daß Sam ihr die verhaßte Lektion im Schießen erteilt hatte.

Lisa hatte ernste Zweifel daran, was sie tun sollte. Wenn sie den Mann verfehlte, und das war gut möglich, würde er sie auf der Stelle töten. Vielleicht sollte sie den Kampf doch lieber Sam überlassen.

Die Entscheidung wurde ihr etwa drei Minuten später abgenommen. Sie hörte einen Schuß und einen heiseren Aufschrei, der aus Sams Kehle drang. Der Guerilla, der ihr näher war, rannte gebückt auf die Bäume zu. Ohne jeden weiteren Gedanken schnappte Lisa das Gewehr des Toten, preßte es an ihre Schulter, nahm den laufenden Mann ins Visier und drückte ab. Im ersten Moment wirbelte der Guerilla herum und schien auf sie zuzukommen, und sie glaubte, daß sie ihn verfehlt hatte und er jetzt darauf aus war, sie zu töten. Dann fiel er flach auf den Bauch. Blut strömte aus seinem Mund.

So plötzlich, wie der Schußwechsel begonnen hatte, war er vorüber. Ein gespenstisches Schweigen herrschte im Dorf. Lisa starrte benommen die hingestreckte Gestalt des Mannes an, den sie getötet hatte. Sam kam eilig auf sie zu. Er hielt seine Pistole in der Hand und vergewisserte sich erst, ob der Mann, auf den sie geschossen hatte, auch wirklich tot war. Lisa sah all das, aber nichts drang wirklich zu ihr durch. Es war, als sähe sie alles durch eine dicke Milchglasscheibe.

»Ist alles in Ordnung mit dir?« Sam hatte sich neben sie hingekniet und ihr das Gewehr aus der Hand genommen. Lisa feuchtete mit der Zunge ihre Lippen an. Dann nickte sie. Sam drehte sie um, hob sie auf seine Arme und preßte sie fest an sich. Lisa schlang zitternd ihre Arme um seinen Hals und erwürgte ihn fast mit ihrer Umklammerung, als sie frisches Blut sah, das aus einer Wunde in seinem Nacken rann.

»Du bist verletzt!« Der Anblick seines Blutes, das an seinem Hals herunterlief, ließ sie aus der Trance aufschrecken, in die sie gesunken war.

»Das ist nichts weiter. Nur ein Kratzer.« Er legte seine Hände auf ihre Arme und stieß sie ein wenig von sich, um ihr ins Gesicht sehen zu können. Sein Gesicht war weiß und angespannt, und Lisa wußte nicht, ob es auf den Schmerz der neuen Wunde zurückzuführen war oder auf seine Angst um sie.

»Du dummes kleines Mädchen! Du hast mich zu Tode erschreckt!« sagte er, nachdem er sie von Kopf bis Fuß gemustert und keine Anzeichen für eine Verletzung bemerkt hatte. »Als ich den Schuß gehört habe, hätte ich beinah einen Herzinfarkt bekommen! Ich dachte schon, der Halunke hätte sich entschlossen, erst dich umzulegen und sich dann über mich herzumachen! Dann habe ich dich mit diesem verdammten Gewehr in der Hand gesehen – dich, die du noch nicht einmal auf einen Baum schießen konntest! –, und ich konnte es einfach nicht glauben! Ist dir denn nicht klar, daß er dir den Schädel weggepustet hätte, wenn du ihn verfehlt hättest?«

»Es tut mir leid«, sagte sie kleinlaut.

Sam schüttelte den Kopf und schloß einen Moment lang die Augen. Dann zog er Lisa wieder an sich. »Tu so was nie wieder«, schalt er sie mit gedämpfter Stimme. Seine Lippen waren auf ihr Haar gepreßt. »Wenn wir das nächste Mal in einer Klemme stecken, dann halt dich zum Teufel raus! Was glaubst du wohl, wie es mir ginge, wenn dir etwas zustoßen würde? Ich könnte mir selbst eine Kugel in den Kopf schießen!«

Lisa erholte sich allmählich von ihrem Schrecken, und eine gewisse Entrüstung setzte ein. Wie konnte er sie dafür schelten, daß sie versucht hatte, ihm das Leben zu retten...

»Ich habe ihn aber getroffen«, hob sie so würdig wie möglich hervor und zog ihren Kopf zurück, um ihm ins Gesicht sehen zu können.

Er sah ihr mit einem ungläubigen Blick in die Augen. Dann mußte er gegen seinen Willen grinsen. »Himmel«, sagte er und preßte einen Kuß auf ihren Mund. »Du bist wirklich etwas ganz Besonderes! Ja, du hast ihn getroffen! Es war ein verdammt guter Schuß. Liebling, aber wenn du mich liebst, dann tu so etwas nie wieder. Ich glaube, den Schock halten meine Nerven kein zweites Mal aus.«

»Du scheinst alt zu werden«, murmelte Lisa abfällig, und Sam grinste wieder. Dann stand er auf und zog sie mit sich auf die Füße.

»Komm, wir müssen verschwinden, ehe andere hier rumschnüffeln. Das Boot macht uns alles viel leichter. Bei Anbruch der Nacht müßten wir das Land verlassen können.«

Während er das sagte, zog er Lisa hinter sich her zu ihrer Hütte. Gemeinsam packten sie die Sachen ein und liefen zum Boot, das ein paar Meter weit vom Ufer abgetrieben war. Sie wateten durch das Wasser. Sam erreichte das Boot als erster, und nachdem er sich hineingeschwungen und das Gepäck abgelegt hatte, hielt er Lisa eine Hand hin, um ihr beim Einsteigen behilflich zu sein. Als sie an Bord war, ließ Sam den Motor an. Wenige Minuten später fuhren sie flußabwärts.

Lisa warf noch einen letzten Blick auf das Dorf, als das Boot einer Windung des Stromes folgte. Aus dieser Entfernung sah sie nur noch die strohgedeckten Dächer, die sich als Silhouetten vor den Bäumen abzeichneten. Der Ort wirkte heiter und friedlich. Es fiel Lisa schwer zu glauben, daß dort vor wenigen Minuten vier Männer ihr Leben gelassen hatten – und einer von ihnen durch ihre Hand.

»Denk nicht mehr daran«, riet ihr Sam mit ruhiger Stimme, als er sah, daß sie zurückblickte und richtig schloß, was in ihr vorging. »Du hast nur getan, was du tun mußtest.« Dann wurden seine Augen sanfter, als er in ihr weißes Gesicht sah. »Für den Fall, daß ich es bei all dem Trubel noch nicht gesagt habe: Danke. Wahrscheinlich hast du mir das Leben gerettet. Als die Kugel mich gestreift hat, habe ich deinen Freund einen Moment lang aus den Augen gelassen. Bei der Geschwindigkeit, mit der er sich bewegt hat, ist es gut möglich, daß er es geschafft hätte, sich von hinten an mich heranzuschleichen, ehe ich ihn wieder gefunden hätte.«

Lisa spürte, daß ihr bei Sams Worten warm ums Herz wurde. Sie lächelte ihn an und fragte sich, ob er die Wahrheit sagte oder ob er alles nur gesagt hatte, damit es ihr weniger ausmachte, daß sie einen Menschen getötet hatte. Was seine Motive auch sein mochten – sie fühlte sich erheblich besser. Sie hätte ein ganzes Heer von Männern erschossen, ohne mit der Wimper zu zucken, wenn Sam damit geholfen gewesen wäre.

»Ich liebe dich«, sagte sie. Er wandte ihr sein Gesicht wieder zu; sie sah, daß er lächelte. Er war so schön, und sie liebte ihn so sehr, daß es schon qualvoll war.

Lisa sprang auf und flog in seine Arme. Er preßte sie an sich und küßte sie lange und inbrünstig, doch dabei hielt er die Augen offen und sah auf das Wasser, das vor ihnen lag. Als er dem Boot wieder seine volle Aufmerksamkeit zuwendete, blieb Lisa neben ihm stehen. Ihr Kopf ruhte auf seiner Schulter, und ihre Arme waren um seine Taille gelegt. Sie zweifelte nicht im geringsten daran, daß Sam sie aus dem Land und in Sicherheit bringen würde. Sie wußte, daß sie ihm ihr Leben anvertrauen konnte.

»Oh, dein Hals!« rief sie nach einer Weile aus, als ihr plötzlich einfiel, daß ihn wieder eine Kugel erwischt hatte.

Er sah sie lächelnd an und drückte einen schnellen Kuß auf ihre Nasenspitze. »Ich habe es dir doch schon gesagt – das ist nur ein kleiner Kratzer«, sagte er. »Beim Rasieren habe ich mir selbst schon Schlimmeres zugefügt. Es hat auch schon aufgehört zu bluten.«

Lisa wollte sich selbst vergewissern, aber sie stellte fest, daß er recht hatte. Die Verletzung ging kaum tiefer als ein Kratzer, und das Blut, das so leuchtend rot herausgeronnen war, war schon getrocknet. Dennoch grauste Lisa bei der Vorstellung, was passiert wäre, wenn die Kugel auch nur ein paar Millimeter weiter rechts gelandet wäre.

»Es ist aber nicht passiert«, sagte er leise und schien wieder einmal ihre Gedanken lesen zu können. »Hier hätte so einiges schiefgehen können«, sagte er und warf Lisa einen vorwurfsvollen Blick zu, »aber nichts von alledem ist passiert. Vergessen wir es also, ja? Wenn meine Berechnungen richtig sind, sollten wir rechtzeitig zum Abendessen in Südafrika sein.«

»Wirklich?« Wenn es seine Absicht gewesen war, sie abzulenken, dann konnte Sam einen vollen Erfolg für sich verbuchen. Da ihr die Trennung von Sam, die so unvermeidlich erschienen war, jetzt keine Sorgen mehr bereitete, sehnte sich Lisa danach, wieder in Sicherheit zu sein und endlich in die Zivilisation zurückzukehren. Sie dachte an Essen, an ein heißes Bad und an ein richtiges Bett. Und all das würde Sam mit ihr teilen... Bei diesem Gedanken lächelte sie wieder.

Im Lauf des Tages wurde Lisa zusehends nervöser. Sie kam auf den Gedanken, daß die Toten im Dorf von ihren Kameraden entdeckt werden könnten. Dann würden sie sie mit noch größerer Rachsucht hetzen. Jeden Moment rechnete sie damit, Bootsmotoren hinter sich zu hören, doch nichts geschah. Stunden vergingen, während die Sonne herunterbrannte, das Wasser glitzerte und der Gesang von Vögeln in der Luft hing.

Der Fluß, auf dem sie fuhren, mündete in einen anderen ein, wahrscheinlich einen Nebenfluß des Limpopo, wie Sam ihr sagte. Wenn es der Fluß war, für den er ihn hielt, floß er durch die Südspitze des Landes, ehe er in den Fluß einmündete, der die Grenze zwischen Rhodesien und Südafrika bildete. Wenn sie diesen Punkt erst erreicht hatten, waren sie in Sicherheit. Sie würden auf demselben Fluß weiterfahren, wenn auch so dicht wie möglich auf der südafrikanischen Seite, bis sie Messina erreichten, eine Stadt in Südafrika. Von dort aus würde es relativ einfach sein, die Vorkehrungen für den Rückflug in die Vereinigten Staaten zu treffen.

Lisa, die auf dem Boden saß und an Sams Beinen lehnte, lauschte seiner Stimme, ohne dem, was Sam sagte, wirklich Beachtung zu schenken. Ihr genügte es, ihm nahe zu sein und zu wissen, daß er am Leben und einigermaßen heil und ganz war und daß er sie liebte. Die Nervosität, die sie im Lauf des Tages beschlichen hatte, schien ihr immer absurder vorzukommen. Sie waren schon so nah am Ziel – was hätte jetzt noch passieren können?

Als sie jedoch spürte, daß seine Beinmuskulatur sich anspannte, wußte sie es, ehe sie den eindringlichen Tonfall seiner Stimme hörte.

»Bleib um Gottes willen unten«, zischte er, und sie spürte plötzlich einen Sog unter sich, als er den Motor auf Hochtouren laufen ließ.

»Was...?« fragte sie und versuchte, sich entgegen seinen Anweisungen umzusehen. Seine Hand legte sich auf ihren Kopf und stieß ihn nach unten. Als sie furchtsam zu ihm aufblickte, konnte sie sehen, daß er auf dem Sprung war wie ein Tiger.

»Ein paar Jeeps fahren am Ufer entlang«, sagte er durch zusammengebissene Zähne. »Wahrscheinlich haben sie keine Ahnung, wer wir sind. Aber falls sie es doch auf uns abgesehen haben, will ich, daß du auf dem Boden liegen bleibst, dir die Arme um den Kopf schlingst und sonst gar nichts. Verstanden?«

»Ja.«

»Das hast du beim letzten Mal auch gesagt«, murrte er. »Aber diesmal, möge Gott mir beistehen, werde ich...«

Er kam nie dazu, den Satz zu beenden.

»Bleib unten!« sagte er noch einmal mit finsterer Stimme und kauerte sich hin, als das Boot durch das Wasser glitt. Lisa riskierte einen schnellen Seitenblick, ehe sie sich gehorsam flach auf den Boden legte. Das, was sie sah, jagte ihr Angst und Schrecken ein. Ihr Blick fiel auf ein rund halbes Dutzend Jeeps, mindestens drei an jedem Flußufer. In dem Moment, in dem sie sie sah, bremsten sie abrupt, und Soldaten sprangen heraus. Sie legten sich flach hin, ehe sie das Feuer eröffneten, aber die Lage war eindeutig: Die Soldaten schossen auf das Boot. Mitten auf dem Fluß und ohne jede Deckung waren Sam und sie perfekte Zielscheiben.

14

Sechs Wochen später saß Lisa in Sams Krankenzimmer in Annapolis, Maryland. Gemessen am Standard von Krankenhäusern war es ein hübsches Zimmer. Die Wände waren nicht in dem üblichen Weiß gestrichen, sondern in einem freundlichen Gelb, und auf dem Boden lag ein hochfloriger blauer Teppich. Saint Mary's war ein kleines Privatkrankenhaus, das Unsummen kostete und seine Patienten mit so viel Ehrerbietung behandelte, wie es die jeweiligen Krankheiten und Verletzungen zuließen. Sam hätte sich in dem Marinekrankenhaus im nahen Bethesda behandeln lassen können, aber Lisa zog es vor, das Zimmer und die Behandlung in Saint Mary's zu bezahlen. Seit dem entsetzlichen Nachmittag, an dem vier Kugeln seinen Körper durchsiebt hatten, war Sam selten bei Bewußtsein gewesen und daher nicht um Rat gefragt worden. Lisa hatte die Entscheidung ganz allein getroffen.

Amos war so froh, sie gesund und lebendig wiederzusehen, daß er nur wenige Fragen nach diesem Fremden stellte, von dessen Seite sie nicht weichen wollte, seit die südafrikanische Flußpatrouille die beiden aus den halbversunkenen Trümmern ihres kleinen, von Kugeln durchlöcherten Motorboots gefischt hatte. Lisa war mit einer unbedeutenden Schußverletzung im Arm davongekommen, die schon fast verheilt war und ihr nur wenig Last machte. Sams Verfassung war wesentlich schlechter: Eine Kugel hatte ihn direkt über der linken Schläfe in die Stirn getroffen, aber zum Glück war sie von seinem Schädel abgeprallt, ohne allzuviel Schaden anzurichten. Eine Kugel in der Brust hatte seinen linken Lungenflügel durchbohrt, und eine der beiden Kugeln in seinem rechten Oberschenkel hatte den Knochen gebrochen.

Es war ein Wunder, daß er nicht schon vor dem Eintreffen der Flußpatrouille verblutet war, die ihn eilig ins nächste Krankenhaus gebracht hatte. Ein weiteres Wunder war erforderlich gewesen, um ihn in die Vereinigten Staaten zurückzubringen. Lisa wußte, daß nur ihre beharrliche Weigerung, ihn allein zu lassen, dazu geführt hatte, daß beide Südafrika verlassen konnten, ohne allzu viele Fragen zu beantworten. Amos hatte seine Verbindungen einsetzen müssen. Den Südafrikanern gegenüber hatte Lisa behauptet, Sam sei ebenfalls Journalist und ohne eigenes Verschulden in die Kämpfe geraten. Nach einem Blick auf Sam, der selbst dann, wenn er bewußtlos in einem Krankenhausbett lag, noch Zähigkeit ausstrahlte, waren die Behörden skeptisch gewesen, aber als sie erst herausgefunden hatten, wer sie war, hatten sie über Botschaftskontakte die Verbindung zu Amos aufgenommen und Lisas Worte anschließend nicht mehr anzweifeln wollen. Daher hatte man die Erlaubnis gegeben, Lisa und Sam in einem kleinen Privatflugzeug, das Amos geschickt hatte, ausreisen zu lassen.

Sie hatte Amos lediglich erzählt, daß Sam ihr mehr als einmal das Leben gerettet hatte und daß sie in seiner Schuld stand. Das konnte Amos verstehen – es wäre ihm unerträglich gewesen, jemandem etwas schuldig zu sein.

Lisa hätte ihm die Wahrheit gesagt und ihm erzählt, daß Sam der Mann war, den sie liebte und heiraten würde, wären ihr nicht zwei Umstände im Weg gewesen. Erstens hatte sie festgestellt, daß es nicht allzugut klang, einen Mann als seinen Verlobten hinzustellen, während man noch mit einem anderen Mann verheiratet war, und zweitens war sie nicht sicher, wie Sam dazu stand, Gott und die Welt in ihre Pläne einzuweihen. Vielleicht wollte er zuallererst mit seinem Sohn darüber reden oder ... Jedenfalls würde sie warten, bis es ihm wieder gut genug ging, um gemeinsam mit ihr alles Weitere zu entscheiden. Die Ärzte hatten ihr versichert, daß es nur noch eine Zeitfrage war, bis er wieder zu sich kam und gesund wurde.

Seit ihrer Rückkehr hatte sie still und leise die Räder in Betrieb gesetzt, um sich scheiden zu lassen. Amos hatte sie noch nichts davon berichtet, da sie es vorzog, abzuwarten und ihm alles auf einmal zu erzählen, doch Jeff hatte sich ausgesprochen anständig verhalten. Da sie jetzt nicht mehr ihren Mann in ihm sah, hatte Lisa sogar festgestellt, daß Jeff ein wirklich guter Freund sein konnte. Er war der einzige, dem sie sich anvertraut hatte, und wenn er auch bei der Vorstellung, sie könne einen Berufssoldaten heiraten, die Augenbrauen hochgezogen hatte, hatte er ihr doch gleich darauf aus vollem Herzen gewünscht, sie möge glücklich mit ihm werden. Auch ihm war es lieber, zu warten und Amos und seine eigene Familie vor vollendete Tatsachen zu stellen, wenn sie erst einmal geschieden waren. Auf diese Weise konnte ihnen niemand dareinreden.

Jay, Sams Sohn, war durch einen von Amos' Sekretären ausfindig gemacht worden und hatte fast genausoviel Zeit im Krankenhaus verbracht wie Lisa. Er wohnte bei ihr und Amos (sie war wieder zu ihrem Großvater gezogen und hatte als Begründung angegeben, er wohnte näher am Krankenhaus, was auch der Fall war. Amos hatte sich nicht dazu geäußert). Mit seinen siebzehn Jahren war Jay eine schlaksige, hochaufgeschossene Ausgabe von Sam. Schon allein deshalb hatte Lisa ihn ins Herz geschlossen, aber er war zudem ein sehr liebenswürdiger Teenager, der höflich war und gute Manieren hatte. Trotz seiner knospenden Männlichkeit, die ihm verbot, es auszusprechen, war offensichtlich, daß er Sam verehrte. Lisa hatte ihm erklärt, daß Sam sie im Dschungel gefunden und ihr das Leben gerettet hatte, und Jay hatte daraufhin große Bewunderung für seinen Vater empfunden, aber nur wenige Fragen gestellt. Der Gedanke, daß sie auf dem Weg waren, sich bestens miteinander anzufreunden, gefiel Lisa.

Es war Mitte Dezember, und Lisa trug einen jadegrünen Wollrock, der die Farbe ihrer Augen betonte, und eine Seidenbluse mit Rüschen. Sie war beim Friseur gewesen und hatte sich die Nägel maniküren lassen, und ihr war klar, daß sie ein ganz anderes Wesen zu sein schien als das zerlumpte Geschöpf, das Sam im Dschungel gefunden hatte. Gespannt erwartete sie seine Reaktion auf ihr verändertes Äußeres, aber es konnte noch Tage oder gar Wochen dauern, bis er seine Umgebung wieder bewußt wahrnahm, und sie mußte geduldig sein. Zumindest schien es für die Ärzte festzustehen, daß er wieder gesund wurde, und das war die Hauptsache.

Lisa hatte Grace vom *Star* angerufen, um ihr zu sagen, daß sie heil und ganz aus Afrika zurückgekommen war, aber ansonsten hatte sie keine Kontakte zu ihren Mitarbeitern gehabt. Lisa hatte den Verdacht, daß Amos dahintersteckte. Grace war zwar außer sich über den Tod ihrer Freundin Mary Blass, doch sie war zu sehr Reporterin, um sich nicht zu überlegen, was Lisa für sie hätte schreiben können – einen Bericht einer Augenzeugin, die das Massaker der gesamten Familie miterlebt hatte, nicht mehr und nicht weniger! – und sie hatte Lisa angefleht, die Geschichte zu schreiben. Lisa hatte so taktvoll wie möglich abgelehnt, doch Grace war von ihrer Natur her, aber auch durch ihren Beruf, beharrlich. Lisa kannte sie gut genug, um zu wissen, daß Grace nicht aufgegeben hätte, wenn kein Druck auf sie ausgeübt worden wäre. Und niemand außer Amos besaß den Einfluß und die Willenskraft, um den notwendigen Druck auszuüben. Voller Entsetzen hatte er ihrem sorgsam zensierten Bericht über die Geschehnisse auf der Farm der Blass' gelauscht und sich angehört, was ihr hinterher noch alles zugestoßen war. Die Vorstellung, daß seine Enkelin solche Greueltaten miterlebt und derartige Ängste ausgestanden hatte, war ihm schrecklich. Er hatte in Lisas Augen gesehen, was sie durchgemacht hatte, und er hatte sie – was bei ihm wirklich ungewöhnlich war – in den Arm genommen und ihr gesagt, sie solle am besten alles vergessen. Anscheinend wollte er alles tun, damit sie wirklich nicht mehr daran dachte. Jedenfalls hatte keiner der Mitarbeiter des *Star* versucht, Kontakt zu Lisa aufzunehmen, und Lisa meldete sich von sich aus bei niemandem. Sie wußte vor allem nicht, wie sie erklären sollte, was Sam und seine Männer in Afrika geplant hatten, und sie hatte den Verdacht, daß ihr Vorhaben nicht direkt legal war. Sie wußte noch nicht einmal, ob es ungesetzlich war, sich als Söldner zu verdingen. Sie entschied, es sei rundum das beste, den Zeitungen gegenüber kein Wort verlauten zu lassen, und gerade das ermöglichten ihr Amos' Geld und Einfluß.

Seufzend wandte sie ihre Aufmerksamkeit dem Mann wieder zu, der hinter ihr in dem Krankenhausbett lag. Seine Augen waren geschlossen, und er hatte einen schmalen weißen Verband um die Stirn. Sein Haar war geschnitten worden und doch länger, als er es gewöhnlich trug, und seine Haut war immer noch tiefbraun. Dank der Krankenschwestern wurde er täglich frisch rasiert. Die jüngeren unter ihnen betrachteten seinen Körper mit entschiedener Bewunderung. Er hing am Tropf, und sein rechtes Bein war in einer dreieckigen Konstruktion eingehängt, die ebenfalls mit einem weißen Laken bedeckt war.

Lisa stellte sich neben sein Bett und strich ihm automatisch die Locken aus der Stirn. Er bewegte sich unruhig und murmelte etwas vor sich hin, und Lisa fragte sich besorgt, ob er Schmerzen hatte. Man hatte ihm Schmerzmittel gegeben, deren Wirkung sich jedoch mit der Zeit abnutzte, und die Ärzte hatten Angst, die Dosis zu erhöhen; sie wollten nicht, daß er das Krankenhaus als Süchtiger verließ.

»Wie geht es ihm?« fragte Jay, der in der Tür stand, mit gesenkter Stimme.

Lisa sah lächelnd zu ihm auf und stellte fest, daß ihr Großvater ihm ins Zimmer folgte. Ihr Lächeln wurde noch strahlender. Amos mußte Jay ins Krankenhaus gebracht haben.

»Unverändert«, antwortete sie fröhlich. Schon vor Wochen hatte sie aufgehört, in Sams Gegenwart zu flüstern. Die Ärzte hatten ihr gesagt, daß er dann wieder zu sich kommen würde, wenn sein Körper dazu bereit und in der Lage war. Vorher konnte man ihn nicht stören.

»Ich habe dem Jungen gleich gesagt, daß er nicht wach ist«, sagte Amos gereizt, »aber er hat darauf bestanden, vorbeizufahren und sich selbst zu vergewissern. Ich habe ihm gesagt, daß du uns Bescheid gibst, wenn sich hier etwas tut.«

Lisa nickte. »Ja, natürlich gebe ich euch Bescheid, aber ich bin sicher, daß Jay ihn trotzdem sehen wollte. Schließlich ist Sam sein Vater.«

»Ja«, stimmte ihr Jay zu. Er stellte sich neben Lisa und sah Sam stirnrunzelnd an. »Wenn ich hier läge, wäre er jeden Tag da. Das weiß ich. So ist er nun mal.«

Jay hatte seine Gefühle für seinen Vater und das, was sein Vater für ihn empfand, noch nie so deutlich ausgedrückt, und jetzt war er sichtlich verlegen. Lisa verbarg ihr Lächeln vor ihm, als sie die Röte in seine Wangen aufsteigen sah. Er war empfindlich, was seinen Status als junger Mann anging, und er war noch nicht alt genug, um zartere Gefühle eingestehen zu können, ohne dabei zu fürchten, er könne unmännlich erscheinen. Er war nur acht Jahre jünger als sie, doch als sie ihn in seiner vollen Größe mit den Händen in den Taschen seiner Samtcordjacke und mit den unvermeidlichen Jeans neben sich stehen sah, kam sich Lisa um Zeitalter älter vor als er.

»Was fangt ihr beide heute nachmittag an?« fragte sie. Sie wußte, daß Amos gern mit dem Jungen zusammen war und daß die beiden ihre Zeit häufig gemeinsam verbrachten, während sie bei Sam saß.

Amos grinste. Lisa stellte voller Stolz fest, wie gut er für seine zweiundsiebzig Jahre aussah. Sein Körper war nicht gebeugt, sondern aufrecht und kräftig, obwohl er kaum größer war als sie selbst – die Bennets waren alle nicht besonders groß, aber Lisa räumte ein, daß sie es in Zukunft werden könnten, wenn sie sich Sams Gestalt ansah. Amos' eisengraues Haar war etwas dünner geworden, aber er hatte noch alle Zähne im Mund und war fast nie krank. Er wäre jederzeit als Sechzigjähriger durchgegangen.

»Wir haben uns gedacht, wir könnten nach Washington fahren und ins Varieté gehen.« Lisa merkte, daß Amos sich über sie lustig machte. Wahrscheinlich hatten Jay und er etwas ganz anderes vor, zum Beispiel Weihnachtseinkäufe zu erledigen. Ihr fiel wieder ein, daß kaum noch zwei Wochen bis zu den Feiertagen blieben. Sie mußte selbst noch einiges erledigen, aber sie hatte soviel Zeit bei Sam verbracht, daß sie bisher kein einziges Geschenk besorgt hatte. Vielleicht am kommenden Wochenende...

»Das klingt gut.« Lisa gab mit keinem Zeichen zu erkennen, daß sie Amos, der seine Geschenke schon immer gern heimlich besorgt hatte, durchschaute.

»Komm doch mit«, sagte Amos. »Weglaufen kann er dir ja nicht.«

»Ich will, daß jemand da ist, wenn er zu sich kommt«, sagte Lisa beharrlich. Amos sah sie kopfschüttelnd an und verließ mit Jay das Zimmer.

»Das ist schrecklich nett von dir«, bemerkte eine matte, aber vertraute Stimme.

Lisa wirbelte herum und riß die Augen auf, als sie in Sams Gesicht sah – seine blauen Augen waren weit offen und bei klarem Bewußtsein. »Sam!« rief sie freudig aus und wollte sich über ihn beugen.

»Lisa«, sagte er spöttisch, doch er lächelte sie an.

»Seit wann bist du schon wach?« fragte sie, weil sie sich darüber wunderte, daß er nicht mit seinem Sohn geredet hatte.

»Schon lange genug. Ich hätte schon eher etwas gesagt, aber ich habe mich diesem älteren Herrn, der so unfreundlich zu Jay und zu dir war, noch nicht ganz gewachsen gefühlt.«

»Das war Amos«, erklärte Lisa, die immer noch strahlend lächelte.

Sam schnitt eine Grimasse. »Das dachte ich mir schon.« Dann veränderte sich seine Stimme. »Bekomme ich denn keinen Kuß?« fragte er kläglich.

Lisa beugte sich über ihn und preßte ihre Lippen auf seinen Mund. Als er sie leidenschaftlich küssen wollte, wich sie zurück und richtete sich auf.

»Was ist?« fragte er stirnrunzelnd. »Hast du es dir anders überlegt?« Er stellte die Frage so beiläufig, daß Lisa im ersten Augenblick gar nicht durchschaute, worauf er hinauswollte.

»Was denn?« Sie sah ihn verwirrt an.

»Ob du mich heiratest.«

»Ganz und gar nicht. Hast du darauf gehofft, daß ich es mir anders überlege?« Ihre Worte klangen scherzhaft, doch sie sah ihm zärtlich in die Augen. Ihr wurde klar, daß er wirklich gefürchtet hatte, sie hätte es sich anders überlegen können, denn sie sah seine Erleichterung, ehe er sie unverschämt angrinste.

»Eigentlich hatte ich es schon gehofft«, sagte er und drückte ihre Hand.

»So ist es schon besser«, sagte Sam, nachdem er Lisa an sich gezogen und ausgiebig geküßt hatte. »Ich muß doch wissen, zu wem ich gehöre, falls eine der Krankenschwestern mit mir durchbrennen will.« Er sah Lisa an. »Du bist wunderschön«, sagte er heiser.

»Danke«, sagte Lisa.

Sam ließ seine Blicke durch das Zimmer gleiten. »Ich glaube, du solltest mich einweihen, was hier eigentlich vorgeht. Ich bin bereits von allein zu dem Schluß gekommen, daß wir wieder zu Hause und in Sicherheit sind, aber ich würde gern ganz genau hören, wie es dazu gekommen ist. Das letzte, woran ich mich erinnern kann, ist, daß wir in diesem verfluchten Boot gesessen haben, während die Soldaten auf uns geschossen haben. Danach ist alles verworren.«

»Du...«, setzte Lisa an, als eine Krankenschwester in einer weißen Tracht ins Zimmer kam und abrupt stehenblieb, als sie bemerkte, daß ihr Patient endlich wieder bei Bewußtsein war. Sie gehörte zu den älteren Schwestern und hätte sich selbst von Robert Redford nicht beeindrucken lassen, wenn er ihr nackt zu Füßen gelegen hätte. »Sie hätten uns rufen sollen, Mrs. Collins«, sagte die Frau vorwurfsvoll und trat ans Fußende des Bettes. Lisa zog ihre Hand verlegen zurück.

»Daran habe ich nicht gedacht«, sagte sie schuldbewußt. Sam warf ihr einen spöttischen Blick zu.

»Ich glaube, ich habe Mrs. Collins überrumpelt.« Sams Mund verzog sich spöttisch, und er betonte zwar schwach, aber doch unüberhörbar den Nachnamen ihres Namens. Lisa wußte, wie ungern er sich daran erinnern ließ, daß sie mit einem anderen Mann verheiratet war, aber es gab nichts, was sie daran hätte ändern können. Ob es ihm paßte oder nicht – sie hieß nun einmal so. Wenigstens im Moment.

»Sie sollten sich nicht überanstrengen, indem Sie reden«, sagte die Krankenschwester streng zu Sam. »Sie sind schwerkrank gewesen, und Sie brauchen Ruhe. Wie lange ist er schon wach?« Die Frage war fast vorwurfsvoll an Lisa gerichtet. Stammelnd antwortete sie. Die Frau rümpfte die Nase.

»Es tut mir leid, Mrs. Collins, aber ich muß Sie bitten, jetzt zu gehen. Dr. Peters hat darum gebeten, *augenblicklich* unterrichtet zu werden, wenn Mr. Eastman zu sich kommt, und ich glaube wirklich nicht, daß er sich von Besuchern ermüden lassen sollte, solange Dr. Peters ihn noch nicht gesehen und seine Einwilligung gegeben hat.«

»Sie hat recht, Sam. Ich muß jetzt gehen«, sagte Lisa zögernd. »Ich komme heute abend wieder – wenn Dr. Peters damit einverstanden ist.«

Sam sah sie stirnrunzelnd an und nickte dann widerwillig. Aber als Lisa aufstehen wollte, hielt er ihre Hand fest und weigerte sich, sie wieder loszulassen.

»Würden Sie uns bitte für einen Moment entschuldigen?« sagte er zu der Krankenschwester. Sie sah ihn erst überrascht, dann mißbilligend an, doch sie ging und ließ die beiden allein.

»Küß mich«, sagte Sam mit belegter Stimme, sowie sie gegangen war.

Lisa sah ihn kopfschüttelnd an. »Was würde die Krankenschwester dazu sagen?«

»Zum Teufel mit ihr. Küß mich.«

»Aber dann muß ich wirklich gehen«, warnte ihn Lisa, ehe sie sich zu ihm herunterbeugte.

Zehn Minuten mußten vergangen sein, als sie endlich das Zimmer verließ.

Erst am späten Nachmittag bekam Sam die Erlaubnis, Besucher zu empfangen. Lisa blieb im Korridor und unterhielt sich mit Dr. Peters, während Amos und Jay zu Sam gingen. Der Arzt sagte ihr, Sams Zustand habe sich erheblich verbessert, aber er sei immer noch geschwächt und brauchte viel Ruhe. Da er endlich wieder bei Bewußtsein war, sei es unwahrscheinlich, daß er noch einmal bewußtlos würde, doch er müsse sich so ruhig wie möglich verhalten. Das hieß, daß zumindest in den ersten Tagen nur wenig Besuch erlaubt war. Wenn alles gutging, würde man Sam in einem Monat entlassen können. Anschließend sollte er noch zwei weitere Monate seiner Rekonvaleszenz widmen und sich währenddessen schonen.

Als Lisa das Zimmer betrat, stand Amos stumm und ein wenig unbeholfen am Fußende des Bettes, und Jay drückte seinem Vater kräftig die Hand. Er strahlte von einem Ohr zum anderen, und Sam sah ihn mit dem Grinsen eines Vaters an, dem klar ist, daß sein Sohn jetzt glaubt, zu alt für jede Form der Zuneigung zu sein, die weniger männlich wirken könnte.

Lisa hörte gerade noch, wie Sam Jay anknurrte: »Und wieso bist du nicht in der Schule?« Jay grinste wenn möglich noch breiter. Er ließ Sams Hand los.

»Wenn du dich in der Welt rumtreibst und dummes Zeug anstellst, zum Beispiel auf dich schießen läßt, dann kannst du von mir nicht erwarten, daß ich zur Schule gehe«, gab der Junge zurück. »Irgend jemand muß doch auf dich aufpassen.«

»Ach wirklich?« Lisa wußte, daß keiner von beiden ernst meinte, was er sagte. »Der Tag, an dem ich einen neunmalklugen Jungen brauche, der auf mich aufpaßt, liegt noch in weiter Ferne, laß dir das gesagt sein. Und da du jetzt weißt, daß ich noch heil und ganz bin, wirst du augenblicklich wieder in die Schule gehen. Und zwar morgen.«

»Es sind doch nur noch drei Tage bis zu den Ferien!«

Lisa fand, es sei an der Zeit, sich einzumischen. Sie stellte sich neben Jay und zog Amos mit sich.

»Jay wird bei uns bleiben, bis die Schule nach Weihnachten wieder anfängt«, sagte Lisa. »Er kann nach den Ferien wieder zur Schule gehen.« Dann wechselte sie das Thema, weil sie sah, daß Sam streitlustig wirkte. Sie wies mit einer Kopfbewegung auf Amos und sagte: »Sam, du hast meinen Großvater noch nicht kennengelernt.«

»Mr. Bennet.« Sam hielt ihm die Hand hin. Amos nahm sie und schüttelte sie.

»Major Eastman.«

Lisa sah Amos überrascht an, während Sams Augen schmaler wurden. Nur Jay wirkte gelassen.

»Amos ...« Lisa wandte sich mit einem fragenden Blick an ihren Großvater.

Sam brachte sie mit einer Handbewegung zum Schweigen und sagte zu Amos: »Sie haben Informationen über mich eingeholt.«

Amos zuckte die Achseln. »Was erwarten Sie anderes? Sie ist meine Enkelin.«

»Ich verstehe«, räumte Sam ein, während Lisa von einem zum anderen blickte und ihre Bestürzung allmählich der Empörung wich.

»Ich kann mich selbst um meine Angelegenheiten kümmern«, sagte sie erbittert zu Amos. Dann sah sie Sam an und sagte vorwurfsvoll: »Du hast mir nie erzählt, daß du Major bist.«

»Es hat sich nie ergeben.«

»Er ist befördert worden, als in Vietnam alle Offiziere seiner Einheit getötet worden sind«, warf Jay ein. Er platzte vor Stolz. »Zum Major haben sie ihn gemacht, als er einen feindlichen Posten praktisch allein eingenommen hat. Er hat alle möglichen Orden...«

»Halt den Mund, Jay«, fauchte Sam seinen Sohn an. Jay wirkte gekränkt, aber er verstummte gehorsam.

»Ich möchte Ihnen dafür danken, daß Sie meiner Enkelin das Leben gerettet haben«, sagte Amos förmlich zu Sam. »Sie sagt, Sie hätten es mehr als einmal getan.«

Sam zuckte die Achseln. »Sie brauchen sich nicht dafür zu bedanken. Es war mir ein Vergnügen.« Er lächelte Lisa matt an. »Außerdem hat sie sich längst dafür erkenntlich gezeigt. Hat sie Ihnen erzählt, wie sie mir das Leben gerettet hat?« Als er feststellte, daß Amos und Jay ihn entgeistert anstarrten, fügte er leise hinzu: »Nein, natürlich nicht. Das hätte ich mir denken können.«

»Lisa...« sagten Amos und Jay gleichzeitig. Beide sahen sie mit demselben Ausdruck des Erstaunens an.

»Es hat sich nie ergeben«, wiederholte sie Sams Worte.

Sams Lippen wurden zu einem schmalen Strich. Er murmelte etwas, was nur für ihre Ohren bestimmt war. »Mir scheint, daß einiges noch nicht zur Sprache gekommen ist.«

Währenddessen beschwichtigte Lisa Amos und Jay mit dem Versprechen, ihnen später alles zu erzählen.

Als die Krankenschwester kam, um sie zu vertreiben, griff Sam nach Lisas Hand.

»Entschuldigt Lisa noch einen Moment«, sagte er zu Amos und zu Jay. »Ich will mit ihr reden.«

Sie sahen ihn überrascht an, als sie feststellten, daß

Sam Lisas Hand hielt, doch Jay ging sofort aus dem Zimmer. Amos folgte ihm zögernd, nachdem Lisa ihm zugenickt hatte, um auszudrücken, daß sie nichts dagegen hatte, mit Sam allein zu bleiben.

»Es gibt einiges, was du den beiden nicht erzählt hast, oder?« fragte Sam, als sie allein waren. Er sah ihr fest in die Augen. Lisa fühlte sich schuldbewußt, aber das war einfach lächerlich. Sie hatte nichts Böses getan!

»Wenn du darauf anspielst, daß ich ihnen nicht gesagt habe, daß wir... daß ich... daß wir heiraten wollen«, setzte sie an. Es klang gegen ihren Willen so, als müsse sie sich verteidigen.

Sam nickte ironisch. »Ja, genau das meinte ich«, murmelte er sarkastisch.

Lisa funkelte ihn wütend an. »Ich dachte, daß du es Jay vielleicht zuerst sagen willst«, fauchte sie. »Schließlich wäre es reichlich peinlich für mich gewesen, ihn zu begrüßen und zu sagen: ›Ach, übrigens hoffe ich, es paßt dir, mich als Stiefmutter zu haben, weil ich nämlich deinen Vater heiraten werde.‹«

Sam dachte einen Moment lang darüber nach. »Ist das auch wirklich der einzige Grund, aus dem du ihnen nichts gesagt hast?«

»Natürlich!« Sie war immer noch wütend. Sams Augen verloren etwas von ihrem harten Glanz, als er sie ansah. Ihre Augen funkelten wutentbrannt, ihre Wangen waren vor Zorn gerötet, und ihr Mund wirkte streitlustig.

»Jetzt siehst du wieder aus wie die Lisa, an die ich mich erinnere«, sagte er mit sanfter Stimme. »Am Anfang warst du immer wütend auf mich. Ich konnte einfach nicht fassen, wie schön du warst, wenn deine Augen Funken gesprüht haben und dein Haar so zerzaust war, als hätte sich ein Eichhörnchen ein Nest darin gebaut, und dein Gesicht war öfter schmutzig als sauber. Ich war verrückt auf dich... Aber gestern und heute, mit deinen schicken Kleidern, der Schminke und der ordentlichen Frisur, habe ich dich kaum wiedererkannt.«

Das wütende Flackern in Lisas Augen erlosch, und sie sah Sam zärtlich an. Ihr wurde klar, daß die Situation für ihn genauso seltsam war wie für sie. Auch er war unsicher.

Sie setzte sich behutsam auf die Bettkante, störte sich nicht daran, daß die Krankenschwester jeden Moment eintreten konnte, beugte sich vor und küßte ihn. Als er sie losließ, schmiegte sie ihre Wange an sein Gesicht.

»Ich habe mich nicht verändert«, flüsterte sie ihm ins Ohr. »Das sind nur die Kleider. Ich will dich immer noch heiraten, Sam, und es gibt nichts auf Erden, was ich lieber täte.«

Er preßte seine Lippen auf ihren Nacken und rieb sie auf ihrer Haut.

»Lisa...« sagte er mit belegter Stimme, doch das energische Eintreten der Krankenschwester ließ ihn den Satz abrupt beenden. Als die Tür aufging, zuckte Lisa zurück, als sei ein Schuß auf sie abgefeuert worden.

»Ich muß Sie jetzt bitten zu gehen, Mrs. Collins«, sagte die Krankenschwester streng. Sie verbarg jedes Erstaunen darüber, eine angeblich verheiratete Frau in den Armen ihres Patienten zu sehen, hinter einer Maske. »Mr. Eastman braucht Ruhe.«

»Ja. Gut.« Verlegen strich sie ihr Kleid glatt, ehe sie Sam ansah. »Ich komme morgen wieder, Sam. Soll ich dir etwas mitbringen? Zeitschriften oder...«

»Nein, danke«, sagte Sam höflich. »Jay kennt meinen

Geschmack in puncto Lektüre besser als du. Ich werde mir von ihm etwas mitbringen lassen.«

Lisa nickte und wandte sich ab. Als sie die Tür öffnete, rief Sam ihr nach.

»Ja?« Sie wandte sich wieder zu ihm um.

»Ich glaube, in dem Punkt, über den wir gerade geredet haben, hast du recht«, sagte er mit ausdruckslosem Gesicht. »Behalten wir es vorläufig für uns. Einverstanden?«

Lisa starrte ihn an. Die blauen Augen waren so bodenlos wie das Meer.

»Wenn du es so haben willst«, sagte sie zögernd.

»Ja.«

»Gut.« Als Lisa sich Amos und Jay im Korridor anschloß, hatte sie albernerweise das Bedürfnis zu weinen.

Sam machte in den nächsten Tagen gewaltige Fortschritte, und Dr. Peters, der sehr zufrieden mit ihm war, sagte, wenn alles gutginge, dürfe Sam vielleicht sogar schon Weihnachten zu Hause verbringen. Für Lisa stand fest, daß sie Sam im Haus ihres Großvaters gesundpflegen würde, doch es kostete sie Mühe, Sam dazu zu überreden. Schließlich gab er nach, aber auch nur, weil Dr. Peters ihm sagte, er würde erst in einem Monat entlassen, wenn er nicht in der Nähe des Krankenhauses bliebe und jemanden hätte, der für ihn sorgte. Der Arzt teilte Lisa unter vier Augen mit, daß Sam noch lange Schwierigkeiten mit dem Laufen haben würde, daß er für Wochen oder Monate Krücken brauchte und wahrscheinlich für den Rest seines Lebens humpeln würde. Das tat Lisa leid für Sam, aber ansonsten änderte es nichts für sie. Sie wußte, daß es Sam gar nicht passen würde, aber Dr. Peters hatte sich entschlossen, Sam vorerst noch nichts dergleichen mitzuteilen. Er wollte nicht, daß seine Genesung, die wirklich bemerkenswerte Fortschritte machte, durch Sorgen beeinträchtigt wurde.

Sams Haltung gegenüber Lisa war schwer zu beschreiben. Sie wußte, daß er froh war, sie zu sehen. Seine Augen strahlten unmißverständlich, wenn sie zur Tür hereinkam. Er neckte sie und lachte mit ihr und küßte sie sogar, aber er sagte ihr kein einziges Mal mehr, daß er sie liebte, und er sprach auch mit keinem Wort davon, daß sie heiraten wollten. Wenn Lisa das Thema anzuschneiden versuchte, weigerte er sich mit einem charmanten Lächeln, darüber zu reden. Sie würden sich erst wieder darüber unterhalten, wenn er aus dem Krankenhaus entlassen wurde, sagte er, und ansonsten wollte er nichts dazu sagen.

Dr. Peters gab schließlich seine Erlaubnis, Sam am Heiligabend zu entlassen. Als der große Tag gekommen war, fuhren Lisa und Jay ins Krankenhaus, um ihn abzuholen. Amos kam nicht mit. Es herrschte Frost, und er sagte, die Kälte täte ihm in seinen alten Knochen weh.

Als sie Sams Zimmer betraten, war er vollständig angekleidet und saß auf der Bettkante. Sein Bein war jetzt von oben bis unten eingegipst. Nur seine Fußzehen schauten heraus. Er trug eine braune Cordhose, deren eines Hosenbein aufgeschnitten worden war, ein blaubraunkariertes Flanellhemd und eine Schafslederjacke. Es waren Sams Kleider, die sie für ihn besorgt hatten.

Als Sam die beiden sah, grinste er und lehnte ihre ausgestreckten Hände ab. Er zog sich auf die Füße und hielt sich an den Krücken fest.

»Ich kann schon ziemlich gut damit umgehen«, sagte er. Lisa sah sich kopfschüttelnd an, wie geschickt er die

Krücken handhabte. Gab es eigentlich irgend etwas, was er nicht konnte?

»Kommt, laßt uns gehen«, sagte Sam. Lisa hatte die Tür offengelassen, und er stand schon im Korridor. Als sie auf den Aufzug warteten, kam Dr. Peters auf sie zu. Er begrüßte Lisa und Jay freundlich und gratulierte Sam dazu, wie gut er mit den Krücken umging. Sam lachte, drückte dem Arzt die Hand und dankte ihm dafür, daß er ihn wieder zusammengeflickt hatte.

»Sie sollten als Kandidat gegen den Sechsmillionendollarmann antreten«, sagte Dr. Peters grinsend. »Mit dem, was es gekostet hat, Sie wieder zusammenzuflicken, habe ich für den Rest meines Lebens ausgesorgt.«

Sam stöhnte. »Wahrscheinlich kriege ich einen Rückfall, wenn ich die Rechnung bekomme.«

Dr. Peters sah ihn überrascht an. »Ach, darum hat sich Mrs. Collins doch längst gekümmert...«

Der Aufzug kam, und sie wurden unterbrochen. Lisa zerrte Sam in den Fahrstuhl und winkte dem Arzt mit aufgesetzter Fröhlichkeit zu. Sam sagte kein Wort, bis Jay vorausgegangen war, um den Wagen aufzuschließen. Dann knurrte er aus einem Mundwinkel: »Ich will diese Rechnung haben, sowie wir im Haus deines Großvaters ankommen. Ich zahle meine Rechnungen selbst, verstanden?«

Lisa warf einen Seitenblick auf ihn und sah, daß er vor Wut außer sich war.

15

Während der gesamten Heimfahrt gaben sie sich fröhlich, um sich vor Jay nichts anmerken zu lassen, doch die Spannung, die zwischen Lisa und Sam herrschte, war nahezu unerträglich. Als sie die Einfahrt hinauffuhren und Sam das prächtige Haus sah, das mit seinen zweiundzwanzig Zimmern auf einem Grund von vierzig Morgen Land lag, trug das nicht dazu bei, seine Laune zu verbessern. Jay schwärmte begeistert von dem Haus und nahm die ablehnende Haltung seines Vaters nicht wahr.

Sie kamen kurz vor dem Mittagessen an, und da Jay ausgehungert war und Sam nichts essen wollte, waren sie endlich allein miteinander.

»Du dachtest, ich kann die Rechnung nicht bezahlen«, sagte Sam vorwurfsvoll, sowie Lisa die Tür hinter Jay geschlossen hatte. Sein Blick war kalt wie Stein.

»Das war es nicht«, brachte Lisa zu ihrer Verteidigung vor. »Ich wollte nur, daß du dir nicht auch noch darüber Sorgen machst, solange es dir nicht gutgeht.« Natürlich war sie auf den Gedanken gekommen, das mußte sie zugeben – aber bestimmt nicht ihm gegenüber.

»Lügnerin.«

Dieses eine leise Wort ließ glühende Röte in Lisas Wangen aufsteigen. Sie biß sich auf die Lippen und merkte dann selbst, wie verräterisch diese Geste war. Sam war sie nicht entgangen.

»Also gut, dann dachte ich eben, daß du das Geld vielleicht nicht hast«, gab sie zu und entschied, Lügen sei zwecklos. Vielleicht war es sogar das beste, diese ganze alberne Geschichte endlich aus der Welt zu schaffen. Sie hatte nun einmal mehr Geld als er, und wenn es ihm nicht paßte, dann war das ein Jammer, aber so war es nun einmal. Er würde lernen müssen, es zu akzeptieren. Dann konnten sie weitersehen. »Was ist denn so schrecklich daran? Geld bedeutet doch nicht viel. Sieh es einmal so: Wenn du reich wärst und ich...« Fast hätte sie arm gesagt, doch sie merkte es gerade noch rechtzeitig. »...und ich nicht, würdest du dann nicht auch alles, was du besitzt, mit mir teilen wollen? Alles, was ich habe, gehört dir, Sam. Du kannst alles haben, was du willst. Du brauchst nie um etwas zu bitten.«

Sowie die Worte über ihre Lippen gekommen waren, wußte sie, daß sie etwas Dummes gesagt hatte. Seine Züge veränderten sich bis zur Unkenntlichkeit.

»Eins wollen wir von Anfang an klarstellen«, sagte Sam durch zusammengebissene Zähne. Er stand da und hatte sich auf seine Krücken gestützt. Sie waren durch die gesamte Breite des Teppichs voneinander getrennt. Lisa wünschte, er hätte sich hingesetzt, da sie wußte, wieviel Kraft es ihn kosten mußte, so lange auf den Füßen zu sein, doch sie brachte nicht den Mut auf, es ihm jetzt zu sagen – nicht in der Laune, in der er war. »Ich zahle auf meine Art, verstanden? Ich habe noch nie in meinem Leben Almosen angenommen, und damit fange ich jetzt auch nicht an!«

»Sam, das sind keine Almosen!« jammerte Lisa. »Ich liebe dich. Wie kannst du von Almosen sprechen, wenn ich dich liebe?«

Wenn sie geglaubt hatte, ihn mit ihren Worten zu beschwichtigen, dann hatte sie sich getäuscht. Wenn möglich war er sogar noch wütender.

»Ich will die Krankenhausrechnung haben, und zwar noch heute«, fauchte Sam. »Und wenn du so etwas je wieder tust, dann stehe ich auf und gehe. Ist das klar? Wenn – falls – du mich heiratest, wirst du von dem leben müssen, was ich dir bieten kann. Etwas anderes kommt für mich nicht in Frage, und darüber solltest du dir lieber ernste Gedanken machen. Erstens habe ich schon mal kein Haus wie dieses, und ich werde es auch nie haben. Und ich will verdammt sein, wenn ich hier lebe«, fügte er wütend hinzu. Als ob sie es je gewagt hätte, ihn darum zu bitten! Im Traum nicht! Dann glitten seine Blicke verächtlich über die flauschige Blaufuchsjacke, die ihr gerade bis auf die Hüfte reichte, auf die schimmernde silbergraue Seidenbluse und die pechschwarze Wollhose bis zu den grauen Wildlederstiefeln und der passenden Handtasche, die sie nervös in den Händen hielt, und er sagte kühl: »Du bist ein kostspieliges Luxuspüppchen, Liebling. Ich bin mir nicht sicher, ob ich mir dich leisten kann.«

Lisa starrte ihn an. Ihr Zorn über seine Haltung kämpfte mit der Angst, er könne tatsächlich mit dem Gedanken spielen, das Ganze zu vergessen. Ihre Angst trug den Sieg davon. Sie wußte nicht, was sie tun sollte, wenn sie Sam verlor. Sie würde sich noch einsamer fühlen als je in ihrem ganzen Leben.

»Bitte, setz dich«, sagte sie schließlich mit ruhiger Stimme, doch ihr Blick war flehentlich. »Du weißt, daß du nicht lange auf diesen Krücken stehen sollst.«

»Zum Teufel mit den Krücken!« Er funkelte sie wütend an. »Hast du kein einziges Wort von dem gehört, was ich gesagt habe?«

Lisa schnitt eine Grimasse. »Wie hätte ich es überhören sollen? Geflüstert hast du ja nicht gerade. Ich habe längst gesagt, daß mir das mit der Krankenhausrechnung leid tut. Was kann ich denn sonst noch sagen? Es wird nicht wieder vorkommen, okay? Aber würdest du dich jetzt bitte hinsetzen?«

Sam wirkte noch wütender als bisher. »Und du glaubst, das sei schon alles? Du sagst, daß es dir leid tut, und damit ist alles vergessen? Bis zum nächstenmal? Ganz und gar nicht! Wir werden das jetzt ein für allemal klären: Wenn du mich heiratest, wirst du in einem Haus leben, das ich mir leisten kann, die Kleider tragen, die ich dir kaufen kann, den verfluchten Haushalt selbst führen...«

»Ich verstehe«, fiel ihm Lisa ruhig ins Wort. »Und ich bin einverstanden. Ist es jetzt gut? Willst du, daß ich einen Vertrag unterschreibe oder so was? Und würdest du dich bitte *setzen*!«

»Nein, ich werde mich verdammt noch mal nicht hinsetzen«, gab Sam finster zurück.

»Jetzt bist du kindisch«, sagte Lisa, deren Augen inzwischen Funken sprühten. »Willst du wissen, was ich glaube? Ich glaube, du suchst nur nach einer Möglichkeit, einen Rückzieher zu machen, um mich nicht zu heiraten. Du wußtest von Anfang an, daß ich eine Menge Geld habe, und es hat dich bisher nie gestört. Warum also machst du jetzt einen solchen Wirbel? Ich sage dir, daß es keine Rolle spielt. Wir werden uns einigen. Und wenn du dich jetzt nicht hinsetzt, wirst du demnächst umfallen.«

»Bezeichne mich nicht als kindisch, und sag mir nicht, daß ich mich hinsetzen soll!« brüllte er und kam so zielstrebig auf sie zu, wie seine Krücken es erlaubten. »Ich bin kein zahmes Schoßhündchen, das du rumkommandieren kannst. Ich...«

Als er um die Rücklehne des Sofas kam, sah Lisa, daß eine braune Lampenschnur sich mit seiner Krücke verhedderte.

»Sam, paß auf!« Es war zu spät. Er hatte das Gleichgewicht verloren, stürzte und fluchte, als er donnernd auf den Boden fiel und die Lampe vom Tisch riß, die neben ihm in Stücke zerbrach. Lisa kniete augenblicklich neben ihm und berührte ihn mit zitternden Händen. Er lag auf dem Rücken wie eine Schildkröte auf ihrem Panzer. Seine Augen waren geschlossen, und eine Grimasse verzerrte sein Gesicht. Die Flüche strömten immer noch ununterbrochen über seine Lippen.

»Hast du dir weh getan?« Lisas Hände glitten besorgt über den Gips. Er schien nicht gesprungen zu sein. Sam schlug die Augen auf und sah sie böse an. Sie erwiderte seinen Blick nicht weniger wütend.

»Ich habe dir doch gesagt, daß du dich setzen sollst!« fauchte sie.

Er sah sie zornig an, doch dann zuckten zu ihrem Erstaunen seine Mundwinkel. »Ja, das hast du gesagt, nicht wahr?« Er grinste sie an. Lisa starrte ihn benommen an und war entgeistert über das Lachen, das in seinen Augen aufblitzte. »Erinnere mich daran, daß ich beim nächsten Mal auf dich höre.«

»Du hast dir nicht weh getan, oder?« Ein Lächeln schlich sich langsam auf ihre Lippen, als sie ihn von Kopf bis Fuß musterte. Er hatte sich auf einen Ellbogen gezogen.

»Nein, aber das habe ich dieser dreimal verfluchten Lampe bestimmt nicht zu verdanken«, sagte er und versetzte den Überresten einen Stoß mit seiner Krücke. Die große Scherbe rollte weiter und zerbrach dann in noch kleinere Stücke. Sam sah einen Moment lang zu und fing dann an zu lachen. Lisa sah von seinem Gesicht zu der Lampe und wieder in sein Gesicht, und dann fiel sie in sein Gelächter ein.

»Lach mich ruhig aus! Mit mir kann man es ja machen!« knurrte er fröhlich. »Ich werde dir Respekt beibringen müssen.«

Er streckte seine Hände nach ihr aus und zog sie an seine Brust. Lisa blieb dort liegen und kicherte vor sich hin, während er drohende Laute von sich gab.

»Was geht hier vor? Wir haben euch sogar in der Küche gehört!«

Sie hatten nicht gehört, daß Jay ins Zimmer gekommen war, aber jetzt stand er da und hatte sich über die Rükkenlehne des Sofas gebeugt. Mißbilligend beobachtete er, wie sich die beiden auf dem Boden wälzten.

Lisa setzte sich hin und strich sich die Kleider und das Haar glatt. Sie sah Sam an, der keine Anstalten machte, sich zu rühren oder aufzustehen. Um seine Mundwinkel spielte immer noch ein freches Grinsen. Dann sah sie Jay an, der sichtlich bestürzt wirkte.

»Ach, nichts weiter. Dein Vater hat mich nur gerade gebeten, ihn zu heiraten«, sagte sie leichthin und grinste breit, als sie denselben dämlichen Ausdruck auf die beiden männlichen Gesichter treten sah.

»Das soll wohl ein Witz sein«, sagte Jay schließlich. Er sah so aus, als glaubte er kein Wort.

Lisa schüttelte den Kopf. »Nein.«

»Du hast sie wirklich gefragt, ob sie dich heiratet?« Jay sah Sam an, um es sich von ihm persönlich bestätigen zu lassen.

Sam grinste. »Ich schätze, so ist es – wenn sie es sagt.

Es liegt mir fern, eine Dame als Lügnerin zu bezeichnen.«

Lisa sah ihn mordlustig an.

»Und was hat sie dazu gesagt?« fragte Jay, dem es zu dumm wurde, daß die beiden derart albern waren.

Sam sah Lisa an, und sein Blick war fragend.

»Sie hat ja gesagt«, sagte Lisa zu Jay, doch sie konnte spüren, wie die Anspannung von Sams Körper abfiel, der ausgestreckt hinter ihr lag.

»Das ist ja prima!« schrie Jay und kam um das Sofa herum. »Einfach prima! Ich gratuliere dir, Lisa! Ich wußte natürlich, daß er dich wirklich gern hat, aber daß er dich gleich heiratet...! Bist du auch sicher, daß du weißt, was du tust?« Die Frage war an Sam gerichtet, und Jays Stirn war in Sorgenfalten gelegt. Dann sah er Lisa an und fügte hastig hinzu: »Das geht nicht gegen dich, aber so was tut er normalerweise nicht. Du meinst nicht, daß es vielleicht an den Tabletten liegt, die sie ihm gegeben haben, oder?«

»Vielen Dank«, murmelte Lisa und schnitt Jay eine Grimasse. Sam brüllte vor Lachen.

»Doch, wahrscheinlich«, sagte er zu seinem Sohn, als er wieder reden konnte. »Aber jetzt ist es zu spät: Ich habe mich festgelegt. Stell dir nur vor, wie peinlich es für Lisa wäre, wenn ich mich jetzt drücken würde.«

»Ja.« Jay schien das alles ernst zu nehmen. Lisa machte entrüstet den Mund auf, um sich zu verteidigen, aber Jay war schon wieder etwas anderes eingefallen. »Dann wirst du also meine Stiefmutter sein, sehe ich das richtig?« Er grinste Lisa frech an. »Soll ich jetzt schon anfangen, Mama zu dir zu sagen?«

»Lisa reicht durchaus«, sagte Sam trocken. »Allzuviel älter als du ist sie ja nicht.«

»Nein?« Darüber dachte Jay einen Moment lang nach. »Glaubt ihr, daß ihr beide Kinder haben werdet?«

Sam warf Lisa einen spöttischen Blick zu. Sie spürte, daß sie rot wurde.

»Darüber werden wir uns später unterhalten«, sagte Sam zu seinem Sohn und setzte sich endlich auf. »Komm her und zieh mich hoch.«

Jay hielt Sam eine Hand hin und zog ihn auf die Füße. Währenddessen stand Lisa auf und strich sich verlegen die Kleider glatt, als sie neben den beiden stand.

»Was hattet ihr eigentlich auf dem Fußboden zu suchen?« fragte Jay und sah von einem zum anderen, als Sam um das Sofa herumging und sich auf das Polster fallen ließ. »Ich finde, für einen Heiratsantrag ist das ein komischer Ort.«

»Dein Vater ist gestolpert«, sagte Lisa und sah Sam böse an, als er in sich hineinlachte.

»Dein Mittagessen wird sicher kalt«, sagte Sam zu Jay und sah Lisa strahlend an.

Der Junge zuckte die Achseln. »Ich bin erst gekommen, nachdem ich aufgegessen hatte.«

Sam sah ihn an und zog eine Augenbraue hoch. »Wenn das so ist...«

»Ach so, ich verstehe. Ihr beide wollt allein sein, stimmt's? Schon gut, ich gehe ja schon. Übrigens: Ist es ein Geheimnis? Oder kann ich es allen erzählen?«

Sam sah Lisa an. Sie lächelte.

»Erzähl es, wem du willst«, sagte sie zu Jay. »Es ist kein Geheimnis.«

Sam lächelte ebenfalls, als Jay das Zimmer verließ. Amos nahm die Neuigkeiten gut auf, wenn man die näheren Umstände bedachte. Als sie in seinem Arbeitszimmer mit ihm allein war, sagte er Lisa, er sei schließlich noch nicht senil, und daß es zwischen ihr und Jeff nicht stimmte, sei ihm schon seit langem klar. Wenn sie sicher war, daß Sam das war, was sie haben wollte, würde er ihr keine Steine in den Weg legen.

»Es wird dir allerdings nicht leichtfallen, mit ihm auszukommen«, sagte er warnend zu Lisa, als sie ins Bett gehen wollte. »Er ist es gewohnt, Befehle zu erteilen, und nicht, sich etwas vorschreiben zu lassen. Ich kann mir nicht vorstellen, daß er sich von dir so um den kleinen Finger wickeln läßt wie wir alle.«

Lisa wandte sich in der Tür noch einmal um und lächelte ihren Großvater an. »Das macht mir nichts aus. Ich liebe ihn«, sagte sie leise.

»Dann schnapp ihn dir, Mädchen«, antwortete Amos. Seine Stimme war mürrisch, aber seine Augen glänzten verdächtig, als er sie ansah. »Wenn du glaubst, daß er dich glücklich macht, dann schnapp ihn dir. Dein Glück ist mir wichtiger als alles andere auf Erden.«

»Das weiß ich. Ich habe dich auch sehr lieb, Amos«, sagte Lisa. Sie kam noch einmal zurück, um ihn auf die ledrige Wange zu küssen. Er drückte sie einen Moment lang an sich, kniff sie dann ins Kinn und schickte sie ins Bett.

Der erste Weihnachtsfeiertag brach an. Es war ein kalter, klarer, strahlend heller Wintertag. Im Lauf des Nachmittags fielen ein paar Schneeflocken, die nicht liegenblieben, aber zu der feierlichen Stimmung beitrugen. Sie aßen Truthahn und die köstlichen Beilagen, die Mary Dobson, die Haushälterin, so delikat zubereitet hatte, und verbrachten den Rest des Tages damit, faul vor dem großen Kamin herumzusitzen, der eine ganze Wand des

Wohnzimmers einnahm. Amos und Jay spielten Schach, während Lisa und Sam nebeneinander auf einem der prallen Sofas vor dem Kamin saßen und sich murmelnd miteinander unterhielten. Ab und zu spielte Sam mit dem Geschenk, das ihm Lisa gemacht hatte, einem Taschenmesser mit Schere, Schraubenzieher, Dosenöffner und allem, was dazugehört, und er schien sich sehr darüber zu freuen. Lisa hatte sich lange damit herumgeschlagen, was sie ihm schenken konnte, und instinktiv hatte sie gewußt, daß es nicht ratsam war, ihm etwas zu Kostspieliges zu kaufen. Sam hatte Jay beauftragt, ein Geschenk für sie zu kaufen, eine hübsche Porzellanfigur, die ein Mädchen aus dem achtzehnten Jahrhundert darstellte. Das Stück war liebevoll gearbeitet und gefiel ihr sehr.

Nachdem sie Sam und Amos einen Gutenachtkuß gegeben und sich vergewissert hatte, daß Jay Sam behilflich sein würde, wenn er ins Bett ging (Sam hatte es schlicht von sich gewiesen, die Dienste des Krankenpflegers anzunehmen, den sie für ihn engagiert hatte, und nach einem schnellen Blick in sein versteinertes Gesicht hatte Lisa den Mann fortgeschickt), wollte sich Lisa schlafen legen. Es war ein langer Tag für sie gewesen, und sie war müde. Sie schlief immer noch in dem hübschen, altmodisch eingerichteten Schlafzimmer, das schon in ihrer Kindheit ihr Zimmer gewesen war, teils aus Rücksicht auf Amos' Feingefühl, aber auch, weil Sam seine ungestörte Nachtruhe brauchte, um von seinen Verletzungen zu genesen. Sam war nicht gerade begeistert über dieses Abkommen, aber er hatte es mit grimmigem Humor akzeptiert. Als Lisa ihm versichert hatte, sobald sie geschieden sei – nach Angaben ihres Anwalts in etwa drei Monaten – und sie erst mit ihm verheiratet sei, würden sie für den Rest ihres Lebens in einem Bett schlafen, hatte er einsehen müssen, daß es nicht gar so schlimm war, wenn sie die wenige Zeit, die sie noch hier waren, den Moralvorstellungen des alten Mannes Rechnung trugen.

Als Lisa ihr Nachthemd angezogen hatte, einen Hauch von nichts, wünschte sie, Sam könne sie endlich so sehen. Nachdem er sie in der ausgebeulten Khakiuniform erlebt hatte, verzehrte sie sich danach, ihm endlich zu zeigen, wie weiblich und verführerisch sie wirken konnte. Einen Moment lang war sie versucht, sich heimlich in Sams Schlafzimmer zu schleichen. Dann dachte sie wieder an Amos und an Sams Verletzungen und seufzte. Er hatte noch jede Menge Zeit, sich von ihr bezaubern zu lassen, wenn sie erst einmal verheiratet waren. Bis dahin konnte sie wahrhaftig alleine schlafen. Sie schlief seit fast zwei Monaten allein, denn in der Zeit war Sam im Krankenhaus gewesen. Warum also fiel es ihr heute nacht so schwer? Sie dachte an Sam, der in dem Zimmer direkt unter ihr schlief, und schnitt eine Grimasse. Solange er im Krankenhaus gelegen hatte, war er für sie nicht erreichbar gewesen. Jetzt war er ganz nah, und nur das Treppenhaus trennte sie voneinander, und sie wußte, daß er sie mit offenen Armen willkommen geheißen hätte. Lisa stellte sich seinen langen, kräftigen Körper vor, wie er dort unten im Bett lag, und ihr Mund wurde trocken. Sie begehrte ihn mit einer Macht, von der sie im Traum nicht geglaubt hätte, sie empfinden zu können. Als sie mit Jeff verheiratet war, hatten sie einander oft über Monate noch nicht einmal halbherzig geküßt, und ihr hatte überhaupt nichts gefehlt. Sie hatte sogar schon geglaubt, ihr Sexualtrieb sei nur schwach ausgeprägt, denn sie hatte gelesen, daß das bei manchen Menschen der Fall war. Doch seit sie Sam kennengelernt hatte, spielte ihr Körper verrückt. Sie lechzte in einem Maß danach, von ihm berührt zu werden, ihn zu riechen und zu schmecken, daß es schon an physischen Schmerz grenzte. Sie war süchtig nach ihm, stellte sie mit einem kläglichen Lächeln fest, wie auf eine Droge. Wenn sie ihn nicht regelmäßig um sich hatte, traten die Entzugserscheinungen auf. Lisa zögerte noch einen Moment. Dann stieg sie ins Bett, schaltete das Licht aus und ließ sich gereizt auf das Kissen fallen. Sie würde sich nicht wie ein lüsterner Teenager heimlich zu ihm schleichen. Sie war eine erwachsene Frau, die ihre Triebe vollkommen unter Kontrolle hatte, und sie konnte warten.

Es mußte etwa Mitternacht sein, und sie hatte eine Stunde lang unruhig geschlafen, als sie im Korridor, der an ihrer Tür vorbeiführte, gedämpfte Laute hörte. Was auf Erden...? dachte sie. Sie setzte sich auf und streckte die Hand nach ihrer Nachttischlampe aus. Spielten die Wasserrohre verrückt, oder hatten sie Einbrecher im Haus, oder...

Lisa starrte ungläubig die Türklinke an, die heruntergedrückt wurde. Dann ging die Tür auf, ehe sie auch nur schreien konnte. Mit aufgerissenen Augen sah sie furchtsam die Erscheinung an, die auf der Schwelle stand – und war augenblicklich beruhigt.

»Wie bist du hier raufgekommen?« fragte sie und sah seinen Gips und die Krücken an und dachte an die hohe Wendeltreppe.

Sam grinste, trat ein und schloß die Tür hinter sich.

»Frag mich nicht«, riet er ihr. »Du kannst mir glauben, daß es kein allzu würdiger Anblick war.«

»Du hättest dir das Genick brechen können!«

»Ich war vorsichtig«, versicherte er ihr und kam auf ihr Bett zu. Seine Blicke glitten über das bezaubernde Bild, das sich ihm bot. Ihr weißblondes Haar war zerzaust, und ihr Gesicht, das völlig ungeschminkt war, war leicht gerötet. Der helle Silberton des unglaublichen Nachthemdes, das sie trug, betonte jede der Rundungen ihres perfekt geformten Körpers. Er grinste dreist, als er sah, daß ihre Brustwarzen aufgestellt waren und sich gegen die Seide preßten. Ob sie ihn schalt oder nicht – sie freute sich, ihn zu sehen.

»Du Idiot! Du darfst doch keine Treppen steigen! Wenn du hingefallen wärst, müßtest du wieder für Monate ins Krankenhaus! Wenn es nicht sogar dein Tod gewesen wäre. Du brauchst ein Kindermädchen!«

Er stand jetzt neben dem Bett, grinste sie an und sah so verteufelt gut aus. Er trug nichts weiter als einen weißen Frotteemantel, der ihm bis auf die Knie reichte. Sie wußte, daß er darunter nackt war. Für seine Dummheit hätte sie ihm gleichzeitig den Schädel einschlagen und ihn umarmen können. Sie sah ihn mit einem finsteren Stirnrunzeln an.

»Sei mir nicht böse«, sagte er einschmeichelnd. »Ich habe dir ein Geschenk mitgebracht.«

Er stützte sich auf eine Krücke und zog mit der anderen Hand ein kleines, hübsch verpacktes Etui aus der Tasche seines Morgenmantels. Lisa spürte, daß ihr Herz schneller schlug. Sie wußte instinktiv, was in dem Päckchen war.

Er gab es ihr, setzte sich neben sie auf die Bettkante und sah ihr lächelnd zu, als sie es mit unsicheren Fingern auspackte. Wie sie vermutet hatte, war es ein Ring: ein wunderbarer Smaragd, der von Diamanten eingefaßt war. Es war das umwerfendste Schmuckstück, das sie je gesehen hatte, und sie sah ihn begeistert an.

»Willst du ihn denn nicht anstecken?« fragte er mit einem breiten Grinsen. Ihr Erstaunen bereitete ihm enorme Freude.

»Steck du ihn mir an«, sagte sie und hielt ihm das Schmuckkästchen und ihre linke Hand hin.

Er nahm den Ring aus seinem Etui, griff nach ihrer Hand und steckte den Ring sachte an ihren Finger. Dann hob er ihre Hand an seine Lippen und preßte einen zarten Kuß auf ihren Handrücken. Seine Augen, die ihr ins Gesicht sahen, sagten ihr tausend Dinge, von denen sie wußte, daß er sie nie in Worte fassen würde. Sie lächelte ihn bebend vor Seligkeit an.

»Das muß dich ein Vermögen gekostet haben.« Diese Worte hatten sich in aller Unschuld in ihrem Hinterkopf herausgebildet, aber als sie über ihre Lippen kamen, hätte Lisa sich selbst einen Tritt verpassen können. Sie hätte nichts Schlimmeres sagen können – vor allem, wenn ihr der Ring so unglaublich gefiel und sie den Mann so sehr liebte, daß sie für ihn gestorben wäre. Das hatte gerade noch gefehlt, wenn es ohnehin schon sein wunder Punkt war, daß sie finanziell besser gestellt war als er.

Er nahm seine Hand von ihren Lippen und starrte sie an. Lisa sah ihn beklommen an. Sie hatte alles verdorben, diesen wunderbaren Moment mit ihrem vorlauten Mundwerk zerstört. Sie fand noch nicht einmal die Worte, um wiedergutzumachen, was sie angerichtet hatte. Sie konnte ihn lediglich mit aufgerissenen Augen anstarren.

»Fragst du deine Freier immer, wieviel sie für ihre Geschenke ausgeben?« fragte er barsch. Lisa war so erschrocken, daß sie den Mund aufmachte.

»O Sam, es tut mir ja so leid«, sagte sie kläglich und umklammerte seine Hand. »So war es nicht gemeint – ich will nur nicht, daß du das Gefühl hast, mir teure Geschenke machen zu müssen. Ich brauche sie nicht...«

»Ich glaube, du hältst jetzt besser den Mund, ehe du dich wirklich in Schwierigkeiten bringst«, sagte er einigermaßen friedfertig und tippte scheltend an ihr Kinn. »Glaub mir, ich kann mir den Ring leisten. Die Frage ist nur, ob er dir gefällt?«

Sie war erleichtert, weil sie noch einmal so glimpflich davongekommen war.

»Er ist traumhaft schön!«

Er lächelte sie an, und Lisa warf sich in seine Arme.

»Ich liebe dich, Sam. Ich liebe dich über alles.«

Sam sah sie mit strahlend blauen Augen an, senkte ihren Rücken auf die Matratze und beugte sich über sie.

»Zeig es mir.«

Die Worte und der Blick, von dem sie begleitet wurden, waren unmißverständlich lasziv. Lisa lächelte ihn betörend an und ließ ihre Hände verführerisch über seine breiten Schultern gleiten.

»Hast du etwas Bestimmtes im Sinn?« flüsterte sie, während ihre Hände unter seinen Bademantel glitten und über seine Brust strichen. Ihre Nägel gruben sich sanft in seine festen Muskeln.

Er sagte es ihr. Und zeigte es ihr. Seine Hände und sein Mund waren unglaublich sinnlich, als sie über ihren Körper glitten und nichts unerforscht ließen. Sie machte es ihm nach und tat dasselbe mit ihm, und als sie seinem

Mund ein Stöhnen nach dem nächsten entlockte, spürte sie, wie eine tiefe, süße Zufriedenheit sie befiel. Ihre Körper, die längst nackt waren, wanden sich, brannten, wo sie einander berührten, und glühten von einer Leidenschaft, die sie in ihren Flammen zu verzehren drohte. Immer noch enthielt ihr Sam das vor, wonach sie sich schluchzend vor Verlangen sehnte, und ihr Begehren war so übermächtig, daß es sie um den Verstand brachte. Als er sich nicht länger zusammenreißen konnte, nahm er sie. Ihr Aufschrei der Ekstase wurde von seinen Lippen gedämpft, und sein Körper huldigte ihr, gab ihr alles, was sie brauchte, und nahm sich seinerseits von ihr, was sie ihm nur geben konnte. Lisa kam sich vor, als sei sie in glühende Lava getaucht worden.

Die Dämmerung brach schon fast an, als sie in ihrer Umarmung einschliefen. Lisa dachte im Traum nicht daran, ihn in sein Zimmer zurückzuschicken, sondern versank in einen tiefen, traumlosen Schlaf.

16

Ein kurzes Klopfen an der Tür ließ Lisa blinzelnd erwachen. Sie blieb einen Moment lang still liegen und war nicht ganz sicher, wovon sie eigentlich erwacht war. Die Sonne strömte durch die Fenster und tauchte ihr Schlafzimmer in einen goldenen Schimmer. An ihrem Rücken spürte sie eine köstliche Wärme. Dicht an ihrem Ohr hörte sie den gleichmäßigen Atem eines Mannes, und ein kräftiger Arm hatte sich besitzergreifend um ihre Taille geschlungen. Lisa lächelte und streckte sich genüßlich, als sie sich wieder daran erinnerte, was in der vergangenen Nacht vorgefallen war. Sie drehte sich in seinen Armen um und wollte ihn wachküssen.

»Lisa!« Der gedämpfte Ruf, der von einem ungeduldigen Klopfen an ihre Schlafzimmertür begleitet wurde, ließ sie abrupt zurückschrecken. Sie spürte, daß Sam sich bewegte. Er mußte es auch gehört haben. Ehe sie etwas sagen konnte, wurde die Tür aufgerissen. Ein gutaussehender, einigermaßen großer junger Mann mit einem braunen Haarschopf stand in der Tür und sah sie überrascht an.

Lisa riß entgeistert die Augen auf. Sie war genauso erstaunt wie er und vergaß ganz, daß sie nackt und er ihren entblößten Körper in ihrer sitzenden Haltung bis zur Taille sehen konnte. Sam lehnte sich an die Kissen, setzte sich, drückte ihr die Decke in die Hand und bedeutete ihr, sich zuzudecken. Errötend tat sie es.

»Wer, zum Teufel, sind Sie?« fauchte Sam den Eindringling an. Er wirkte bedrohlich. Und das war keine schlechte Leistung, fand Lisa, für einen Mann, der nackt mit der Frau eines anderen Mannes im Bett ertappt wird – von eben diesem anderen Mann!

»Ich bin Jeff Collins«, antwortete ihr angetrauter Ehemann. Er verschränkte die Arme vor der Brust und lehnte sich lässig an den Türrahmen. Zu Lisas Verdruß war er belustigt. »Und Sie sind vermutlich Eastman.«

Sam kniff die Augen zusammen. Ehe er etwas darauf antworten konnte, mischte sich Lisa hastig ein.

»Wolltest du etwas Bestimmtes von mir, Jeff?« Es war eine dumme Frage, das wußte sie selbst. Weshalb hätte er sonst in ihrer Schlafzimmertür stehen und sie angrinsen sollen?

»Ich habe dir ein Weihnachtsgeschenk mitgebracht«, sagte er. Er richtete sich auf und steckte die Hände in die Taschen seiner tadellos geschneiderten saloppen Hose. »Tut mir leid, daß ich so früh dran bin, aber ich dachte, du seist schon auf. Im allgemeinen bist du ja um diese Tageszeit nicht mehr im Bett. Da ich nach dem Mittagessen geschäftlich wegfahre, dachte ich mir, jetzt oder nie.«

»Schon gut«, sagte Lisa und kam sich dämlich vor, als sie das Bettuch an sich preßte. »Du hast ja recht, normalerweise wäre ich längst auf. Aber heute morgen...« Ihre Stimme verhallte. Es war nur zu eindeutig, weshalb sie noch im Bett lag. Wie hätte jemand eine kampflustige Gestalt von einem Meter dreiundneunzig übersehen können?

»Ich sehe, daß du heute später dran bist«, sagte Jeff mit einem bewundernswerten Ernst, und nur dem fröhlichen Blitzen in seinen Augen war anzumerken, daß er sich über ihre heikle Lage amüsierte. »Es tut mir leid, daß ich so unangemeldet hier eindringe. Aber ich hätte nie damit gerechnet...« Auch seine Stimme verhallte, als er Sams unfreundlichen Blick sah.

»Nein, natürlich nicht«, sagte Lisa, die kaum noch wußte, was sie sagte. Ihr war nur klar, daß sie Jeff loswerden mußte, ehe Sam sich entschloß, einzugreifen. »Würdest du bitte im Wohnzimmer auf mich warten? Ich komme sofort. Ich muß mir nur etwas überziehen.« Sobald sie es gesagt hatte, spürte sie, daß sie erneut heftig errötete. Jeff grinste breit und wandte sich ab. Als er auf die Wohnzimmertür zuging, rief er über die Schulter: »Ach, übrigens, nett, Sie kennengelernt zu haben, Eastman.«

Sam antwortete nicht darauf. Lisa stieg aus dem Bett,

hob ihr Nachthemd vom Fußboden auf und zog es sich mit unsicheren Händen über den Kopf. Dann schloß sie die Schlafzimmertür. Sam ließ sie keinen Moment lang aus den Augen.

»Was, zum Teufel, hat er hier zu suchen?« knurrte er, als sie ihren Morgenmantel von der Chaiselongue nahm und ihn überzog.

»Du hast es doch selbst gehört; er ist gekommen, um mir ein Weihnachtsgeschenk zu bringen.« Lisa war noch selten in ihrem Leben derart verlegen gewesen. Warum bloß hatte sie Sam nie erzählt, wie ihre Beziehung zu Jeff ausgesehen hatte? Sein Gesicht wurde zusehends finsterer, und Lisa wußte, daß sie einiges erklären mußte, ehe sich die Stimmung der vergangenen Nacht wieder einfangen ließ.

»Warum, zum Teufel, schenkt er dir etwas zu Weihnachten?« fragte Sam grob. »Weiß der Idiot etwa nicht, daß du dich von ihm scheiden läßt? Oder hast du ›vergessen‹, es ihm zu sagen?«

»Natürlich weiß er, daß ich mich von ihm scheiden lasse«, antwortete Lisa entrüstet, während sie den Gürtel ihres Morgenmantels aus grauem Satin zuband. »Aber wir sind weiterhin Freunde. O Sam, in ein paar Minuten erkläre ich dir alles. Aber laß mich erst zu Jeff gehen, damit ich es hinter mir habe.«

Sam sah sie an. Sein Gesicht war immer noch finster. »Meinetwegen«, sagte er schließlich. »Sieh zu, daß du ihn los wirst. Aber wenn du nicht in zehn Minuten wieder da bist, wird es mir ein Vergnügen sein, mich selbst mit ihm zu befassen.«

Lisa kam nach genau acht Minuten zurück. Sam saß auf der Bettkante und rauchte eine Zigarette. Er hatte den Frotteemantel angezogen. Als sie eintrat, blickte er auf, und seine Augen funkelten wie Kobalt.

»Und?« sagte der gedehnt, als sie die Tür geschlossen hatte und immer noch kein Wort sagte.

Lisa seufzte, kniete sich dann vor ihn hin und sah ernst in sein versteinertes Gesicht auf. In dieser Haltung blieb sie sitzen, während sie ihm von Jeff erzählte.

Nachdem sie ausgeredet hatte, schwieg er so lange, daß sie schon begann, sich Sorgen zu machen. In seinem Gesicht war nichts zu lesen. Es war vollkommen ausdruckslos.

»Sam?« fragte sie leise, als ihr sein Schweigen unerträglich wurde.

»Das ist also der einzige Mann, mit dem du je geschlafen hast – außer mir?« fragte er nachdenklich.

»Ja.«

»Kein Wunder, daß du hochgegangen bist wie ein Feuerwerkskörper«, sagte er mit bitterem Blick. »Wenn ich mir vorstelle, daß ich dachte, es läge an mir! Du wärst bei jedem anderen Mann genauso gewesen. Du wolltest nicht mich – du wolltest nichts weiter als Sex!«

Lisa starrte ihn an und traute ihren Ohren nicht.

»Das ist ja abscheulich«, fauchte sie. Sie sprang auf und funkelte ihn wütend an. »Sam, wenn ich nichts weiter als Sex gewollt hätte, hätte es Dutzende von Männern gegeben, mit denen ich hätte schlafen können! Ich habe mir einfach nichts aus ihnen gemacht! Aber aus dir – Gott weiß warum! Glaubst du etwa, du bist der einzige Mann, der je versucht hat, mich in sein Bett zu kriegen? Sei nicht albern! Wenn alles, was ich wollte, Sex gewesen wäre, hätte ich keinen Mangel daran gehabt.«

»Du hättest es ausprobieren sollen«, sagte er zynisch. »Vielleicht hätte es dir Spaß gemacht.«

Lisa mußte sich zusammenreißen, um ihm nicht ins Gesicht zu schlagen, bis er Sterne sah.

»Ist dir eigentlich klar, wie unglaublich beleidigend du bist?« fragte sie schließlich mit einer mühsam beherrschten Stimme. »Was zwischen uns ist, ist etwas ganz Besonderes, und das ist es von Anfang an gewesen, und du weißt es genausogut wie ich. Dein Problem besteht darin, daß du Angst hast, mir zu trauen, Angst hast, an das zu glauben, was zwischen uns gewesen ist, weil Vertrauen verletzbar macht! Ich hätte nie geglaubt, daß du ein Feigling bist, Sam!«

Darauf erwiderte er nichts, aber Lisa konnte deutlich erkennen, daß ihm nicht paßte, was sie gesagt hatte. Er kniff die Augen zusammen.

»Was soll ich denn tun, Sam?« Ihre Stimme war leise, aber provozierend. »Dir beweisen, daß du etwas ganz Besonderes bist? Ich könnte losziehen und mit einem anderen Mann schlafen – mit zwei Männern, warum nicht gleich mit einem halben Dutzend – und dann könnte ich zu dir zurückkommen und Vergleiche anstellen. Ist es das, was du willst?«

Sam preßte die Zähne aufeinander, bis sein Mund blutleer wirkte. »Ich würde jeden einzelnen von ihnen umbringen wollen«, gab er zu, und sein schmaler Mund verlieh seinen Worten Nachdruck. »Und dann kämst du wahrscheinlich an die Reihe.« Seine blauen Augen funkelten. Lisa spürte, daß ihr Zorn abebbte.

»Was also schlägst du vor, Sam? Ich habe dir gesagt, daß ich dich liebe. Was soll ich tun, um es dir zu beweisen?«

Er sah sie lange an, und der bedrohliche Glanz verschwand aus seinen Augen. Dann lächelte er kläglich, und Lisa stellte erleichtert fest, daß sich alles zum Guten gewendet hatte.

»Ich muß mich wohl damit begnügen, daß du es mir sagst«, sagte er trocken. »Für alles andere ist es schon zu spät. Du gehörst mir, und ich will verflucht sein, wenn ich dir eine Chance gebe, es dir noch einmal anders zu überlegen. Wenn du Sex willst, wirst du dich mit mir begnügen müssen.«

Lisa sah ihn finster an und war hin und her gerissen. Sie wußte nicht, ob ihre Wut oder ihr Humor die Oberhand gewinnen würde. Schließlich mußte sie laut lachen.

»Ich werde mich dazu zwingen«, sagte sie mit gespieltem Ernst. »Aber dir kann ich nur raten, in der Beziehung nicht nachzulassen. Sonst mußt du nämlich die Folgen tragen.«

»Nein, du wirst die Folgen tragen müssen«, sagte er mürrisch. Er streckte die Hände nach ihr aus und zog sie auf seine Knie. »Wenn ich dich je dabei erwischen sollte, daß du einen anderen Mann auch nur ansiehst, werde ich dir den prallen, kleinen Hintern versohlen, daß du ein Jahr lang nicht mehr sitzen kannst. Und dann werde ich dich lieben, bis du am Ende bist und zu matt, um noch irgend etwas anderes anzuschauen als mich.«

»Drohungen, Sam?« murmelte Lisa in sein Ohr, während ihre Zunge über sein Ohrläppchen glitt.

»Nein«, antwortete er. Er bog sie zurück und preßte seine Lippen auf ihre Brust. »Versprechungen.«

Die Mittagszeit war schon vorbei, als sie endlich aus ihrem Zimmer kamen.

In der darauffolgenden Woche schien es, als stimmte

alles zwischen ihnen – zumindest nach außen hin. Doch Lisa, deren Liebe sie überempfindlich für Sams Stimmungen machte, glaubte, eine gewisse Wachsamkeit an ihm wahrzunehmen, die vorher nicht dagewesen war, eine Neigung, stumm ihre Motive zu hinterfragen, statt das, was sie tat, als das anzusehen, was es war. Wenn er sie im Bett an den Punkt brachte, ihn heftig zu verlangen und sich nach ihm zu verzehren, schien er sie nicht ohne einen gewissen Zynismus zu nehmen. Sie hatte den Verdacht, daß er immer noch bohrende Zweifel an der Ernsthaftigkeit ihrer Liebe zu ihm hegte, und sie hätte sich ohrfeigen können, weil sie ihm nicht gleich am Anfang die Wahrheit über Jeff erzählt hatte. An sich war die ganze Geschichte extrem albern, und wenn sie nicht so rasend in Sam verliebt gewesen wäre, hätte sie sich darüber kaputtlachen können, daß er glaubte, ihr ginge es nur um seinen Körper oder um das, was er im Bett tat. So, wie die Dinge standen, war ihr jedoch gar nicht nach Lachen zumute. Aber sie fürchtete sich davor, das Thema zur Sprache zu bringen, denn dann konnte es zu einer Auseinandersetzung kommen, die wahrscheinlich alles nur verschlimmert hätte. Wenn sie Sam jetzt noch verlor, wollte sie sterben. Sie liebte ihn auf eine Art, die sie nie für möglich gehalten hätte.

Seit der Nacht, in der er zu ihr gekommen war, verbrachte Lisa die Nächte in seinem Bett. Sie redete sich ein, sie täte es nur, um zu verhindern, daß er den gefährlichen Aufstieg zu ihrem Zimmer nochmals wagte, doch insgeheim wußte sie, daß sie es tat, weil sie ihm nicht zuviel Zeit lassen wollte, in der er allein war und zu dem Entschluß gelangen konnte, sie sei es nicht wert, sich in solche Konflikte zu bringen. Sie bemühte sich, dezent zu sein, und sie schlich sich zu Sam, wenn alle längst im Bett waren, und verließ ihn, ehe die ersten Hausbewohner aufstanden, und doch hatte sie das Gefühl, daß der gesamte Haushalt von Jay über Amos bis zu einem Dienstmädchen, das nur einmal in der Woche kam, von ihnen wußte. In einer Zeit, in der Frauen sich absolut selbstverständlich Liebhaber nehmen, war es lächerlich, sich derart anzustellen, weil sie mit einem Mann schlief, den sie ohnehin heiraten würde. Das wußte Lisa, und doch war es ihr peinlich.

Lisa fuhr Sam jeden Nachmittag zur Nachbehandlung ins Krankenhaus und wartete dort zwei Stunden auf ihn. Er wollte ihr diese Mühe ersparen, doch Lisa war froh um jede Minute, die sie mit Sam verbringen konnte. Darin lag ihre Chance, seine Liebe zu ihr zu festigen. Sie wollte, daß er sie ebensosehr brauchte, wie sie ihn brauchte. Nur dann konnte sie sich seiner Liebe sicher sein. So, wie die Dinge standen, hatte sie den gräßlichen Verdacht, daß sie mehr zu verlieren hatte als er, und diese Vorstellung erschreckte sie zu Tode.

So weit Lisa zurückdenken konnte, hatte Amos zu Silvester immer einen Ball veranstaltet, bei dem Lisa die Planung und die Rolle der Gastgeberin übernommen hatte. Lisa hatte es immer Spaß gemacht, solche Feste zu organisieren, und Amos nutzte die Gelegenheit, um Menschen, die führende Posten in seinen Firmen hatten, in einer zwangloseren Umgebung zu beobachten und nicht in ihren Büros. Mehr als einmal hatte er die Karriere eines jungen Politikers ins Rollen gebracht, indem er ihn in finanziell einflußreiche Kreise einführte. Die Gäste waren immer bunt gemischt, und gewöhnlich wurde aus Amos' Silvesterbällen ein gelungenes Fest, das allen Spaß machte.

Sam war nicht gerade begeistert, als er von der Party hörte, und schon gar nicht, als Lisa ihm mitteilte, daß er im Smoking erscheinen sollte, doch er erklärte sich einverstanden, sich ihren Freunden, Verwandten und Bekannten vorstellen zu lassen. Jay zog eine Pizza und ein Fußballspiel vor. Lisa hatte das Gefühl, Sam hätte sich lieber seinem Sohn angeschlossen und sagte nur nichts, um ihre Gefühle nicht zu verletzen. Dennoch war sie froh über seine Einwilligung, unter den Gästen zu erscheinen. Sie konnte es kaum noch abwarten, ihn vorzuzeigen. Lisa hatte das sichere Gefühl, daß er sich in einem Smoking sehen lassen konnte.

Als Lisa endlich dazu kam, sich für den Ball umzuziehen, stand der Lieferwagen des Partyservices schon vor der Tür, und die Kapelle stimmte bereits ihre Instrumente. Sie war spät dran und entschloß sich, nur schnell zu duschen und kein Bad zu nehmen. Dann schminkte und frisierte sie sich eilig, obwohl sie wußte, daß die meisten der geladenen Damen den ganzen Nachmittag beim Friseur verbracht hatten.

Nachdem sie ihr Ballkleid angezogen und sich ein letztes Mal im Spiegel gemustert hatte, machte sie sich besorgt auf den Weg zu Sam. Sie fürchtete, er könne sich doch noch für das Fußballspiel entschieden haben.

Als sie eintrat, war der Fernsehapparat auch wirklich eingeschaltet, und beide Männer starrten gebannt auf den Bildschirm, doch während Jay in Jeans und einem saloppen Hemd auf dem Sofa lag, stand Sam fertig angekleidet im Smoking neben ihm.

»Habe ich mich verspätet?« fragte er Lisa erschrocken. »Ich dachte, ich sehe mir nur ein paar Minuten von dem Spiel an.«

»Nein, ich bin nur eher hergekommen, um zu sehen, ob ich dir irgendwie behilflich sein kann. Ich könnte dir zum Beispiel die Krawatte binden.«

»Du scheinst Gedanken lesen zu können«, sagte Sam. »Ich wollte Jay schon darum bitten, aber es ist noch gar nicht lange her, daß er gelernt hat, sich die Schnürsenkel zuzubinden.«

»Ha, ha«, kam es von der Couch. »Wollt ihr den ganzen Abend rumturteln?«

Lisa riß ihren Blick von dem fantastischen Anblick los, den Sam bot, und band ihm verlegen die Krawatte. Als sie damit fertig war, nahm er ihre Hand, schmiegte sie an sein Gesicht und preßte einen zarten Kuß auf ihre Handfläche.

»Danke«, sagte er mit belegter Stimme. Lisa spürte, daß ihr Atem stockte, als sie in diese blauen Augen sah. Wenn die Augen wirklich der Spiegel der Seele waren, dann wußte sie jetzt, wie sehr Sam sie liebte. Mit verschleiertem Blick sah sie zu ihm auf.

»Wollt ihr die ganze Nacht dort stehenbleiben und einander anstarren?« fragte Jay mürrisch. Sam ließ Lisas Hand los.

»Reiß dich zusammen, Kumpel, oder ich verkaufe dich an den nächstbesten Araber, der mir ein Angebot für dich macht«, sagte Sam über die Schulter zu Jay. Jay grölte vor Lachen, und Lisa zog Sam lachend aus dem Zimmer.

Die Party war ein großer Erfolg, aber es war schließlich nicht anders zu erwarten gewesen. Lisa bewegte sich von einer Gruppe zur anderen und achtete darauf, Sam möglichst oft an ihrer Seite zu haben, damit er sich in dieser Menschenmenge nicht verloren fühlte. Er kannte niemanden außer ihr und Amos. Lisa war stolz auf den Eindruck, den Sam auf die Gäste beiderlei Geschlechtes machte. Die Männer reagierten instinktiv auf Sams gebieterische Ausstrahlung, die natürliche Haltung des Überlegenen, wogegen die Frauen seinen makellosen Körper in der eleganten Abendkleidung bewunderten. Lisa war sich der neidischen Blicke anderer Frauen nur zu bewußt, die alles gegeben hätten, wenn Sam ihnen auch nur den kleinen Finger hingehalten hätte. Sie leistete sich die menschliche Schwäche, den Neid der anderen voll auszukosten. Zu Sams Gunsten mußte man sagen, daß er die allzu offensichtlichen Versuche mancher weiblichen Gäste, seine Aufmerksamkeit auf sich zu lenken, nicht wahrzunehmen schien. Ein höfliches Lächeln war seine äußerste Reaktion.

Denjenigen, die sich nach Jeff erkundigten, teilte Lisa lediglich mit, er sei auf einer Geschäftsreise. Sie fand, eine so große Gesellschaft sei nicht der rechte Ort, um bekanntzugeben, daß sie und Jeff sich scheiden ließen und daß sie vorhatte, den Mann an ihrer Seite zu heiraten. Sie stellte Sam lediglich mit seinem Namen vor und hatte das Gefühl, es sei überflüssig, nähere Erklärungen dazu abzugeben, in welcher Beziehung sie zu ihm stand. Sie wußte, daß vor allem unter den weiblichen Gästen Spekulationen angestellt wurden, aber sie hatte nicht vor, die herrschende Neugier zu befriedigen, und bisher hatte niemand die Kühnheit besessen, sie direkt darauf anzusprechen.

Als genau eine Stunde vor Mitternacht der Ball begann, ließ Lisa Sam mit einer gemurmelten Entschuldigung bei einem Herrn sitzen, der nicht tanzen konnte oder wollte. Sie mußte sich ihren Pflichten als Gastgeberin widmen. Während sie in den Armen aller erdenklichen Männer über die Tanzfläche gewirbelt wurde, spürte Lisa Sams Blicke auf sich. Wenn sie ihm einen Blick zuwarf, nachdem sie sich gerade von einem Mann befreit hatte, der schon zuviel Champagner getrunken und sie daher zu dicht und zu genüßlich an sich gezogen hatte, stellte sie belustigt fest, daß seine Augen sich zusammenzogen. Es gefiel ihr, daß er sie so ganz und gar für sich haben wollte.

Nach dem nächsten Tanz entschloß sie sich, sich eine Zeitlang zu Sam zu setzen und die faszinierende Möglichkeit näher zu ergründen, er könne eifersüchtig sein. Nachdem er es offen zugegeben hatte, was allerdings einige Mühe kosten würde, wollte sie ihm versichern, daß er bei weitem der attraktivste Mann im ganzen Saal war.

»Lisa, meine Süße, so selbstzufrieden habe ich dich noch nicht erlebt«, schnurrte eine leicht nasale weibliche Stimme hinter ihr.

Lisa drehte sich lächelnd um und stand Elise Sutton gegenüber, einer schlanken Blondine von etwa dreißig Jahren, die ein rotes Kleid trug, das bis zum Nabel offenstand. Sie war zu stark geschminkt, und Lisa wußte, daß sie gerade dabei war, sich von ihrem vierten Mann scheiden zu lassen. Lisa kannte Elise seit Jahren, da beide sich gleichzeitig um Jeff bemüht hatten. Der Ausdruck, der auf Elises Gesicht stand, kam Lisa bekannt vor. Er besagte, daß sie sich wieder einmal einen Mann geschnappt hatte, der Elise gefiel.

»Vielleicht geht es mir gut«, gab Lisa spöttisch zurück.

»Du hast auch allen Grund dazu.« Elise hatte das charmante, nichtssagende Lächeln aufgesetzt, das immer auf ihrem Gesicht stand, wenn sie sich mit anderen Frauen unterhielt. Es war kein bißchen echter als ihre Haarfarbe. »Ein hübsches Weihnachtsgeschenk hast du dir zugelegt. Sagst du mir, wo du ihn gefunden hast? Er scheint ganz mein Typ zu sein.«

Lisa lächelte genauso falsch wie Elise. »Im obersten Regal des Spielzeugladens«, antwortete sie ernst. »Aber leider war er der einzige von der Sorte, den es dort gab, Elise.«

Elise zuckte mit einer gekonnten Bewegung die Achseln. »Wenn das so ist, dann gib mir doch Bescheid, wenn sich dein neues Spielzeug abgenutzt hat. Ich würde auch gern eine Zeitlang damit spielen.«

Lisa lächelte wieder ihr falsches Lächeln. »Ich werde dir bestimmt Bescheid sagen, wenn ich ihn ablege«, versprach Lisa und dachte: Da kannst du warten, bis du grün wirst, du heuchlerisches Geschöpf.

Elise lächelte sie wieder an, doch diesmal richtete sie ihr Lächeln an einen Punkt, der direkt über oder hinter Lisas Kopf lag, und etwas Verlockendes trat in ihren Blick.

»Ich wußte doch, daß du das für mich tust. Schließlich haben wir schon immer unser Spielzeug miteinander geteilt, oder nicht, meine Liebe?« schnurrte sie. Nachdem sie noch ein provozierendes Lächeln über Lisas Schulter geworfen hatte, schwebte sie davon.

Lisa hatte bereits einen Verdacht, wen Elise so verführerisch angelächelt hatte, und als sie sich umdrehte, stellte sie fest, daß ihr Verdacht begründet war.

»Planst du jetzt schon, mich an deine Freundinnen weiterzureichen, Lisa?« Sams Mund lächelte, doch seine Augen waren erschreckend kalt. »Du hättest mir sagen sollen, daß ich dich langweile. Ich bin sicher, daß mir noch ein paar neue Tricks eingefallen wären. Schließlich wäre es doch ein Jammer, wenn sich dein Weihnachtsgeschenk noch nicht einmal bis ins Neue Jahr hält, oder nicht?«

»Sam, sei nicht albern«, murmelte Lisa kläglich. »Dir muß doch klar sein, daß das nur der Unsinn war, den man auf Partys sagt. Von meiner Seite aus hatte es nichts zu bedeuten – und Elise hat es wahrscheinlich genausowenig ernst gemeint.«

»Ich kann es nicht leiden, zum Thema von ›Partygesprächen‹ zu werden«, fauchte Sam, doch das beängstigende Lächeln war noch nicht von seinen Lippen gewichen. »Und diese ganze Party paßt mir auch nicht. Wenn du mich entschuldigst, werde ich mich jetzt wohl zurückziehen.« Er deutete eine spöttische Verbeugung an, die die ironische Höflichkeit seiner letzten Worte unterstrich.

»Sam!« rief Lisa aus, als er sich von ihr abwandte. Ihre Stimme lenkte mehrere fragende Blicke von Umstehenden auf sie, und Lisa biß sich auf die Lippen und eilte hinter Sam her.

Sie holte ihn auf der Treppe ein und stellte entsetzt fest, daß er sich überhaupt nicht in acht nahm und sich leicht das Genick hätte brechen können.

»Sam!« Lisa eilte hinter ihm her. »Sei um Gottes willen vorsichtig.«

Sam beachtete sie nicht.

»Was ist, Lisa?« fragte er hämisch, als er den unteren Treppenabsatz erreicht hatte. »Hast du Angst, dein Spielzeug könnte eher kaputtgehen, als du es ablegen willst?«

»Sam, das ist ja lachhaft!« Lisa mußte fast rennen, um mit ihm schrittzuhalten. »Würdest du bitte stehenbleiben und mir einen Moment lang zuhören? Das Ganze war doch nur ein Witz.«

»Ich kann es nicht leiden, die Pointe deiner Witze zu sein.« Er blieb abrupt stehen, aber Lisa wußte, daß er es nicht tat, weil sie ihn darum gebeten hatte. Seine Stimme war gehässig, und er stand da und sah sie finster an. Jeder, der ins Treppenhaus oder aus der Küche kam, hätte ihnen zuhören können. Im Moment war das Lisa vollkommen gleichgültig. »Ich kann es auch nicht leiden, als Spielzeug bezeichnet zu werden«, fügte Sam giftig hinzu.

»Du willst eine absolut harmlose Unterhaltung absichtlich falsch verstehen!« fauchte Lisa, die jetzt auch wütend wurde. »So redet Elise immer über Männer. Ich glaube, sie hält das sogar für sehr schick.«

»Ich verstehe gar nichts bewußt falsch«, sagte Sam mit schneidender Stimme. »Ich habe dich heute abend beobachtet, wie du mit jedem Mann im Saal gespielt und sie alle an der Nase herumgeführt hast. Genauso spielst du auch mit mir. Und ich glaube, daß deine Freundin den Nagel auf den Kopf getroffen hat. Genau das bin ich für dich: ein Spielzeug, mit dem du spielst, bis es dir langweilig wird, und dann wirfst du es in eine Ecke und machst dich auf die Suche nach einem neuen! Mir paßt es nicht, mich in der Form benutzen zu lassen, mein verzogener Liebling. Das kannst du mit mir nicht machen! Du kannst dir von deinem Geld einen neuen Kerl kaufen, Süße! Ich spiele nämlich nicht mehr mit!«

Lisa war so entrüstet über seine Beleidigungen, daß sie nach Luft schnappte. Sie konnte keinen klaren Gedanken mehr fassen, und ehe sie sich versehen hatte, hatte sie ihm ins Gesicht geschlagen. Sams Wange glühte rot, und sein übriges Gesicht war weiß vor Wut, als er sie mit einem wütenden Funkeln in seinen blauen Augen ansah.

»Wie kannst du es wagen, so mit mir zu reden!« zischte Lisa, die nicht weniger zornig war als er. »Für wen, zum Teufel, hältst du dich überhaupt? Diese Beschimpfungen brauche ich mir nicht von dir gefallen zu lassen! Noch sind wir nicht verheiratet!«

»Nein, noch nicht«, sagte er gedehnt, und ihre Blicke kämpften miteinander. »Selbst für diese kleine Gnade muß man Gott danken.«

Bei dieser Bemerkung erreichte Lisa den Siedepunkt.

»Wenn du es so siehst, du Schwein, dann kannst du deinen verdammten Ring haben und ihn dir sonstwohin stecken!« schrie sie ihn an. Sie zerrte an dem Schmuckstück, das der Stein ihres Anstoßes war, bis der Ring von ihrem Finger glitt. Dann warf sie ihn ihm ins Gesicht. Er hob automatisch eine Hand, um den Ring zu fangen, doch seine Krücken waren ihm im Weg. Der Stein traf seinen Backenknochen, riß die Haut auf, und ein kleiner Tropfen Blut quoll aus dem Kratzer. »Ich würde dich nicht einmal mehr heiraten, wenn du mich auf Knien darum anflehen würdest!«

»Dann siehst du es genauso wie ich«, sagte er. Er wandte sich ab und ging, ohne den Ring aufzuheben. Er blieb auf dem Boden liegen, und im Schein des Kronleuchters blitzten die Steine grün und weiß. Lisa starrte erst den Ring an, dann die Tür, die Sam gerade hinter sich zuschlug. Als sie regungslos dort stand, wurden im Ballsaal über ihr die Hörner geblasen, und Dutzende von aufgeregten Stimmen riefen gleichzeitig: »Ein frohes Neues Jahr!«

17

Als Lisa am nächsten Morgen aufstand, waren Sam und Jay fort. Mary, die Haushälterin, teilte ihr gleichmütig mit, Major Eastman habe um kurz nach sechs ein Taxi zum Flughafen bestellt. Inzwischen war es schon nach neun. Als Marys Worte allmählich zu ihr vordrangen, fühlte sich Lisa elend, denn sie erkannte die scheußliche Wahrheit. Sam hatte ihre überstürzt geäußerten Worte ernstgenommen und betrachtete ihre Verlobung als gelöst. Er würde sie nicht heiraten – selbst dann nicht, wenn sie ihn auf Knien darum anflehte. Als sie an die Worte dachte, die sie ihm am Vorabend an den Kopf geworfen hatte, zuckte Lisa zusammen. Auf einen Mann, der Sams Stolz hatte, mußten sie wie Peitschenhiebe gewirkt haben. Wie hatte sie nur so etwas sagen können? Als ihr Mary mit ausdruckslosem Gesicht den Smaragdring brachte, den sie Sam in ihrer Wut an den Kopf geworfen hatte, und sagte, sie hätte ihn beim Putzen auf dem Boden gefunden, kam Lisa nur mit Mühe in ihr Zimmer, ehe sie in Tränen ausbrach.

Als sie sich ausgeweint hatte, sah Lisa die Welt schon wieder anders. Ihr waren die Gehässigkeiten wieder eingefallen, die Sam zu ihr gesagt hatte. Außerdem hatte er sich wieder einmal geweigert, ihren Erklärungen zuzuhören. Sie war keineswegs die Alleinschuldige, und er hätte sich bei ihr entschuldigen müssen, nicht nur sie bei ihm! Sollte er doch zur Abwechslung einmal angekrochen kommen! Sie war sicher, daß er einsehen würde, wohin er sie mit seinen Worten getrieben hatte, wenn er sich erst beruhigt hatte und dazu kam, über die Dinge nachzudenken, die er zu ihr gesagt hatte. Dann würde er sie als der gerechte und immens anständige Mann, als den sie ihn kannte, um Verzeihung bitten. Bis dahin war es zwecklos, sich aufzuregen. Sam würde bald klarwerden, wie absurd die Situation war, und dann würde er zu ihr zurückkommen. Gewiß sogar.

Amos wirkte nicht überzeugt, als sie ihm ihre Sicht der Dinge schilderte. Lisa sagte ihm erst nur, sie hätte sich mit Sam gestritten, ohne auf Einzelheiten einzugehen, aber sie war es zu sehr gewohnt, sich auf die Ratschläge ihres Großvaters zu verlassen. Anfangs zögerte sie, doch dann kamen die Worte wie ein Wasserfall aus ihr heraus, als sie ihm die ganze üble Geschichte erzählte. Selbst das Thema, wie heikel Sam war, wenn es um ihren Reichtum ging, ließ sie nicht aus.

»Ich dachte mir schon, daß darin das Problem liegt«, sagte Amos, als Lisa es ihm gestanden hatte. »Ich habe gemerkt, daß ihm das ganze Getue hier nicht liegt. Das kann ich ihm nicht vorwerfen. Wenn ich an seiner Stelle wäre, würde es mir auch nicht passen.«

»Aber das ist doch lächerlich!« wandte Lisa heftig ein. Sie biß sich auf die Lippen, als sie ihren Großvater über seinen Schreibtisch hinweg ansah. »Mir macht es doch auch nichts aus, daß er nicht reich ist. Warum also macht er deshalb einen solchen Wirbel?«

»Weil er ein Mann ist und den Stolz eines Mannes besitzt«, sagte Amos unverblümt. »Mir ginge es genauso. Ein Mann will für seine Frau sorgen, ihr Geschenke machen und sie ein wenig verwöhnen. Es gibt nichts, was er dir geben könnte, was du nicht schon längst hast, und alles, was du besitzt, ist wahrscheinlich wesentlich besser als das, was er sich leisten könnte. Das weiß er – und es belastet ihn. Das ist doch nur normal.«

»Das finde ich nicht«, murmelte Lisa griesgrämig. Sie ließ sich tiefer in den bequemen Sessel sinken und sah versonnen in das Feuer, das im Kamin loderte und knisterte. Dann riß sie sich aus ihren Tagträumen und fragte: »Was tätest du, wenn du an meiner Stelle wärst?«

»Du willst ihn immer noch haben?« Amos sah sie durchdringend an. Lisa nickte kläglich.

»Dann lauf ihm nach. Genau das mußt du tun. Es wird nicht allzu schwer sein, herauszufinden, wo er ist. Ich werde sofort einen meiner Mitarbeiter darauf ansetzen.«

Lisa dachte einen Moment lang darüber nach. Dann schüttelte sie bedächtig den Kopf. »Nein, ich weigere mich, ihm wie ein Teenager mit Liebeskummer nachzulaufen. Er hat mit allem angefangen – dann soll er auch derjenige sein, der zu mir kommt und sich entschuldigt.«

Amos seufzte. »Die Entscheidung liegt bei dir, mein Kind, aber ich glaube, daß du einen Fehler machst. Wenn du es so haben willst, dann sollst du es so haben. Ich glaube nur nicht, daß du damit rechnen solltest, er könnte mit eingezogenem Schwanz zurückkommen. Wenn ich auch nur die geringste Menschenkenntnis besitze, wird er es nicht tun.«

Amos hatte wie üblich recht. Lisa wartete fast einen Monat lang und hoffte täglich, Sam würde auf der Schwelle stehen, entsprechend reumütig natürlich, oder wenigstens anrufen. Als die Wochen vergingen – Wochen, in denen sie nichts anderes tat, als im Haus herumzulungern und auf das Läuten des Telefons zu warten –, wurde es ihr immer gleichgültiger, ob er bei seiner Rückkehr entsprechend reumütig war oder nicht. Er brauchte nichts weiter zu tun, als sich mit ihr in Verbindung zu setzen, und sie würde seine Entschuldigung annehmen.

Er tat es aber nicht. Ende Januar wurde Lisa endlich klar, daß sie zu ihm gehen mußte, wenn sie Sam wieder für sich gewinnen wollte. Es kostete sie einige Überwindung und Mühe, ihren Stolz zu schlucken, aber schließlich gelang es ihr. Sie ging zu Amos und fragte ihn, ob er feststellen lassen könnte, wohin Sam und Jay gegangen waren. Es schien, als hätte Amos ihr Anliegen schon seit Tagen auf sich zukommen sehen. Er hatte die Antwort parat, sowie die Frage über Lisas Lippen gekommen war. Jay sei wieder in der Schule, sagte er. Sam sei in Montana und lebte dort auf einer Ranch, die er abzuzahlen begonnen hatte.

»Die Circle C«, sagte Lisa.

Amos, der sie mitfühlend ansah, nickte. »Sie ist nicht weit außerhalb von Anaconda. Am einfachsten hast du es, wenn du nach Butte fliegst und dir dort einen Leihwagen nimmst. Ich rufe den Flughafen an und lasse ein Flugzeug für dich bereitstellen. Wann willst du abreisen?«

Sämtliche Instinkte drängten Lisa, ›Jetzt‹ zu sagen. Nachdem sie sich endlich entschlossen hatte, Sam aufzusuchen, fieberte sie sehnsüchtig darauf, Sam zu sehen. Sie konnte es kaum noch abwarten. Sie fragte sich, wie er sie anschauen würde, wenn sie plötzlich dastand. Und was würde er sagen? Sie malte sich aus, daß er sie in die Arme reißen und sie küssen würde, und bei dieser Vorstellung wurden ihre Knie weich.

»Morgen früh«, sagte sie, denn sie wußte, daß sie Zeit brauchte, um zu packen. Wenn alles glatt lief, konnte es sein, daß sie nicht zurückkam. Sie mußte wenigstens genug für eine Woche mitnehmen. Innerhalb dieses Zeitraums konnte Amos den Rest ihrer Dinge verpacken und ihr zuschicken lassen.

»Ich werde mich darum kümmern«, sagte Amos, und Lisa lächelte ihn dankbar an. Dann wollte sie sein Arbeitszimmer verlassen, weil sie es kaum noch erwarten konnte, mit dem Packen zu beginnen.

Als ihre Hand schon auf der Türklinke lag, hielt Amos' Stimme sie zurück. »Wenn du glaubst, daß du moralische Rückendeckung brauchst, komme ich gern mit«, bot er ihr brummig an.

Lisa, die wußte, daß er das Fliegen haßte und daß seine Arthritis ihm wieder zu schaffen machte, war tief gerührt. Sie drehte sich zu ihm um. Er sah sie besorgt an.

»Wahrscheinlich ist es besser, wenn ich allein hinfahre«, sagte sie leise. »Trotzdem danke ich dir, Amos.«

Er nickte. Lisa warf ihm eine Kußhand zu und verließ das Zimmer.

Es war kurz vor vier am darauffolgenden Nachmittag, als der kleine Jet, der einer von Amos' zahlreichen Firmen gehörte, in Butte landete.

»Sollen wir auf Sie warten, Mrs. Collins?« fragte der Pilot, der zu ihr gekommen war, nachdem das Flugzeug vor dem Flughafengebäude stand.

Lisa schüttelte den Kopf. »Nein, danke. Das wird nicht nötig sein.«

Der Pilot nickte. »Gut. Dann starten wir wieder, sowie wir etwas gefuttert und das Flugzeug aufgetankt haben. Ich wünsche Ihnen einen angenehmen Aufenthalt«, fügte er hinzu, als die Tür aufging und der Stewart die Treppe herunterließ.

»Danke«, erwiderte Lisa lächelnd und stieg aus.

Sie nahm sich ein Taxi für den restlichen Weg, eine Strecke von etwa achtzig Kilometern. Sie fand es unsinnig, sich einen Wagen zu mieten, wenn sie sich dann doch nur überlegen mußte, wie sie ihn wieder zurückbringen sollte. Auf der Fahrt saß sie auf dem Rücksitz und sah aus dem Fenster auf die Landschaft, die vorbeizog. Sie war ganz aufgeregt, als ihr klar wurde, daß sie gerade ihren ersten Eindruck von dem Staat bekam, der ihre neue Heimat sein würde.

Als erstes nahm sie wahr, daß es sehr kalt sein mußte. Überall lag Schnee, den ein ständiger Wind vom Boden aufwirbelte und vor sich hertrieb. Er bog die Äste der hohen Kiefern, die die Gegend sprenkelten, und er wehte durch die Schlitze der Fensterscheiben. Der Himmel war dunkelgrau und voller Wolken. Der Fahrer sagte ihr, der Wetterbericht habe für den späteren Nachmittag weitere Schneefälle angekündigt. Es sei sogar eventuell mit einem Schneesturm zu rechnen. Das gab es hier oft um diese Jahreszeit. Auf allen Seiten ragten hohe Berggipfel in die Wolken auf. Lisa erinnerte sich wieder daran, daß Anaconda mitten in den Rocky Mountains lag. Das Land war von einer majestätischen Schönheit, die Lisa bestaunte. Eine dunkle, kalte Pracht ging von allem aus, und sie war begeistert.

Die Circle C Ranch lag ein Stück weit von der Hauptstraße ab. Sie bogen in eine zweispurige Straße ein, die schmaler und immer schmaler zu werden schien, je weiter sie fuhren. Schließlich bog der Fahrer in einen Feldweg ein, oder zumindest kam es ihr so vor. Unter den tiefen Schneewehen war nicht zu erkennen, ob es sich überhaupt noch um eine Straße mit Belag handelte.

»Das Haus liegt etwa eine halbe Meile von hier, in dieser Richtung«, sagte der Fahrer lakonisch und wies mit dem Finger darauf. »Da kommen Sie bestenfalls zu Fuß hin. Mit dem Wagen kommen wir nicht weiter. Wenn Sie einen Rat von mir haben wollen: Lassen Sie sich von mir wieder in die Stadt zurückfahren.«

Lisa sah auf das verschneite Land hinaus. Eine halbe Meile klang nicht allzu schlimm, aber zu Fuß durch diesen tiefen Schnee, und das auch noch bei dieser Kälte? Es würde nicht einfach sein, voranzukommen. Aber sie hatte nicht den langen Weg zurückgelegt, um jetzt kehrtzumachen. Wenn sie nur zu Fuß zu Sam gelangen konnte, dann würde sie eben zu Fuß gehen.

»Sind Sie auch sicher, daß es nur eine halbe Meile ist?« erkundigte sie sich. Sie wollte die absolute Gewißheit haben, daß sie nicht inmitten der Einöde festsaß, wenn sie aus dem Wagen ausstieg.

»Ja«, antwortete der Mann. »Sie können das Gebäude nicht verfehlen – Sie brauchen nur dem Weg zu folgen. Ich weiß auch nicht, warum er ihn nicht freigeschaufelt hat. Die meisten tun es.«

»Dann laufe ich eben«, entschied Lisa. »Wieviel schulde ich Ihnen?«

Er sagte es ihr, und sie bezahlte ihn. Dann hob er ihren Koffer aus dem Kofferraum und stellte ihn in den Schnee, in dem er bis zur Hälfte versank.

»Wenn ich an Ihrer Stelle wäre, Fräulein, dann würde ich den Koffer stehenlassen, wo er steht. Lassen Sie ihn später von Ihrem Freund raufholen. Ein großer und kräftiger Kerl – ich habe ihn ein- oder zweimal in der Stadt gesehen. Ich bin sicher, daß er ihn gern für Sie holen wird.«

Lisa nickte. Sie bedankte sich noch einmal bei dem Mann für seine Mühen und entschloß sich, seinen Rat anzunehmen und den Koffer stehenzulassen. Eigentlich blieb ihr auch nicht viel anderes übrig. Sie hätte das schwere Gepäckstück gar nicht eine halbe Meile durch den Schnee schleppen können.

Der Fahrer blieb sitzen und sah ihr nach, bis sie den Kamm eines Hügels erreicht hatte und aus seiner Sicht verschwunden war. Lisa stapfte durch den Schnee, der ihr fast bis an die Knie reichte. Es beruhigte sie, daß der Fahrer doch noch wartete. Als sie schließlich hörte, daß er den Wagen anließ, fühlte sie sich von einer großen Bestürzung beschlichen.

Es war bitterkalt, vielleicht fünfundzwanzig Grad unter Null. Lisa trug eine hautenge Jeans, einen roten Rollkragenpullover aus Lambswool, Cowboystiefel mit hohen Absätzen und einen wadenlangen Persianermantel mit Kapuze. Abgesehen von dem Mantel, der sehr warmhielt, war sie nicht gerade ideal für einen Fußmarsch bei diesem Wetter angezogen. Aber als sie sich heute morgen angekleidet hatte, war es ihr nur darum gegangen, Sam zu zeigen, wie passend sie auf seiner Ranch wirkte. Sie hatte beschlossen, Bluejeans seien genau das Richtige.

Sie konnte das Haus aus einiger Entfernung sehen. Die weiße Farbe war verwittert und blätterte ab, und Lisa betrachtete entgeistert das schäbige Haus, in dem sie vielleicht den Rest ihres Lebens verbringen sollte. Doch dann dachte sie an Sam, und ihre Laune wurde sofort besser. Das Haus konnte man schließlich herrichten – und das würde sogar Spaß machen. Und wenn es sein mußte, um Sam bei sich zu haben, hätte sie sogar in einem Loch im Erdboden gehaust und sich dort glücklich gefühlt.

Ihr Gesicht war steif vor Kälte, und der Wind ließ ihre Augen tränen, als sie kurz vor dem Haus stand. Ihre

Füße waren zwei Eisblöcke, und ihre Beine waren taub. Ihre Hände, die sie tief in die Manteltaschen gegraben hatte, waren an den Fingerspitzen bläulich angelaufen.

Im Haus brannte Licht. Lisa starrte es gebannt an und malte sich aus, wie warm es im Innern sein mußte – mit Sam an ihrer Seite. Wenn ihre Beine nicht so taub vor Kälte gewesen wären, wäre sie auf das Haus zugerannt.

In dem Moment, in dem sie das Haus ansah, wurde die Tür geöffnet, und die große Gestalt eines Mannes, die von hinten angestrahlt wurde, setzte sich als Silhouette im Türrahmen ab.

»Sam!« wollte sie freudig ausrufen, doch aus ihrer Kehle kam nur ein ersticktes Krächzen. Das machte auch nichts. Er war da, und sobald er sie erkannt hatte, würde er in den Schnee hinauslaufen und sie in seine Arme reißen.

Sie hatte recht – zumindest in einer Hinsicht. Er kam ihr durch den hohen Schnee entgegen. Doch als er ihr nahe genug gekommen war und sie ihn deutlich sehen konnte, war mühelos zu erkennen, was auf seinem harten Gesicht stand: Verdruß, der reine Verdruß, und sonst gar nichts.

»Was, zum Teufel, hast du hier zu suchen?« fauchte er und sah sie mit einem feindseligen Blick an. Als er merkte, wie sehr ihre Zähne klapperten, veränderte sich sein Gesichtsausdruck ein wenig. »Wie kannst du bloß so dumm sein?« murmelte er und sah in ihr Gesicht. »Bist du denn völlig übergeschnappt? Von wo aus bist du zu Fuß gelaufen, vom Ende der Auffahrt? Was ist, wenn du dich verirrt hättest, wenn du das Haus irgendwie verfehlt hättest? So kalt, wie es heute abend ist, hättest du innerhalb von ein paar Stunden erfrieren können! Da ich nicht wußte, daß du kommst, hätte ich natürlich auch nicht nach dir gesucht!«

»Sam...« setzte Lisa an. Sie murmelte seinen Namen durch Lippen, die vor Kälte starr waren. Er stieß einen Fluch aus und hob sie auf seine Arme. Als sie an seiner muskulösen Brust lag, schmiegte sie sich dichter an ihn und schlang ihre Arme um seinen Hals. Das hatte schon mehr mit der Begrüßung zu tun, die sie erwartet hatte!

Er trug sie ins Haus und trat die Tür hinter sich zu. Lisa nahm wohlige Wärme und Licht wahr, als er sie durch einen Flur trug. Sie kamen an etlichen offenen Türen entlang und erreichten schließlich die Küche. Lisa, die einen flüchtigen Blick über den Raum gleiten ließ, während sie auf Sams Schulter lag, stellte fest, daß das Haus von innen noch heruntergekommener wirkte als von außen. Das rotweißkarierte Linoleum auf dem Boden war abgenutzt und biß sich schrecklich mit den grün gestrichenen Küchenschränken. Rostiges Metall, das einmal weiß gewesen sein mußte, bildete die Ablage um das schmutzige Spülbecken. Ein alter weißer Gasherd und ein Kühlschrank standen im rechten Winkel zueinander an den Wänden.

»Es entspricht nicht ganz deinen Maßstäben, aber es ist immer noch besser, als zu erfrieren«, sagte Sam, dem nicht entgangen war, wie erstaunt Lisa ihre Augen aufgerissen hatte. Er ließ sie ohne Umstände auf einen weißen Küchenstuhl fallen, den er mit seinem Fuß vor einen Ofen gezogen hatte, in dem ein Holzfeuer brannte. Lisa erkannte, daß die köstliche Wärme von diesem primitiven Ofen ausging.

»Es ist sehr... hübsch«, sagte Lisa unbeholfen und

wünschte dann, sie hätte gar nichts gesagt, als sie sah, wie Sams Lippen schmaler wurden.

»Sam…« setzte sie noch einmal an und wollte schnell ihren Standpunkt klarstellen, doch er fiel ihr barsch ins Wort.

»Zieh die nassen Stiefel aus – und die Jeans auch. Die Hosenbeine sind ja patschnaß bis zu den Knien.«

Nachdem er ihr diese unfreundliche Anweisung gegeben hatte, drehte sich Sam auf dem Absatz um und verließ den Raum. Als er Minuten später zurückkam, war es Lisa gelungen, ihren Mantel auszuziehen und sich einen ihrer nassen Stiefel vom Fuß zu zerren. Sam sah, daß sie wenig Fortschritte gemacht hatte. Er brummte unwillig, ging auf dem Boden vor ihr in die Knie und zog ihr den zweiten Stiefel aus. Dann griff er nach dem Reißverschluß ihrer Jeans. Sein Vorgehen war so unpersönlich, als sei er im Begriff, eine Zwiebel zu schälen.

»Steh auf.«

Lisa stand gehorsam auf, als er die Jeans über ihre Hüften zog und ihr sagte, sie solle die Füße hochheben. Als er ihr aus der Strumpfhose half, merkte Lisa endlich, was anders an ihm war.

»Dein Gips!« sagte sie atemlos und starrte das Bein an, das unter seiner Jeans so gut wie neu wirkte.

Als er ihr die Strumpfhose ausgezogen hatte, stand er auf und schien dem Umstand keine weitere Beachtung zu schenken, daß sie nur einen Pullover und einen weißseidenen Tangaslip trug.

»Ja, letzte Woche haben sie ihn mir abgenommen«, sagte er gleichmütig und nahm ein paar Kleidungsstücke vom Küchentisch, die er vorhin geholt hatte.

»Hier, zieh das an. Es sind keine Modellkleider, aber das Zeug hält warm.«

»Du bist ungerecht, und das weißt du selbst.« Lisa nahm ihm die Kleidungsstücke ab – ein paar Sportsocken und eine lange Männerunterhose. Sie hatte den Verdacht, daß er diese unansehnlichen Sachen nur ausgesucht hatte, um sie zu ärgern. Sie würde sie trotzdem anziehen, und zwar gern.

»So, meinst du?« Er wandte sich ab und machte sich am Ofen zu schaffen, als sie die lange Unterhose anzog und sich dann setzte, um die Socken anzuziehen. Als Lisa angezogen war, goß er aus einem verbeulten Aluminiumtopf irgendeine Flüssigkeit in zwei Becher.

»Kakao?« Er drehte sich zu ihr um und hielt ihr einen der Becher hin. Lisa nahm ihn entgegen, hielt das warme Gefäß dankbar in den Händen und nippte von dem süßen Getränk. Sie saß nach wie vor am Feuer. Er stand da und sah sie grüblerisch an.

»So«, sagte er mürrisch, nachdem sie ihren Kakao etwa zur Hälfte ausgetrunken hatte. »Und jetzt erzählst du mir vielleicht, was du hier zu suchen hast.«

Lisa warf einen flüchtigen Seitenblick auf ihn. Er hatte eindeutig vor, es ihr nicht leicht zu machen.

»Das klingt nicht gerade so, als seist du froh, mich zu sehen«, murmelte sie anstachelnd.

»Das bin ich auch nicht.«

Lisa war entgeistert, als sie diese derben Worte hörte. Sie starrte ihn an und war verletzt. Ihre Lippen wurden schmaler. Er wollte ihr aber auch nichts ersparen!

»Das, was ich damals in der Nacht zu dir gesagt habe, war nicht mein Ernst«, sagte sie und sah ihn mit einem einschmeichelnden Lächeln in ihren grünen Augen an.

»Ich war außer mir vor Wut – aber das warst du schließlich auch. Es tut mir leid, Sam. Kannst du mir verzeihen?«

Als die Worte erst draußen waren, konnte sie unbeschwerter atmen. So schlimm war es ja gar nicht.

»Natürlich«, sagte er, aber auch das hatte sie vorher gewußt.

Ein strahlendes Lächeln verzog ihre Lippen. Sie stellte ihren halbvollen Becher auf dem Boden ab, sprang auf, warf sich in seine Arme und schlang ihre Arme um seinen Hals, um ihn begeistert an sich zu drücken.

»Na so was.« Er stellte seinen Becher auf den Tisch, um ihre Arme von seinem Hals zu lösen. Dann hielt er sie vor sich hin.

Lisa sah zu ihm auf, und ihr rätselnder Blick verriet ihre tiefe Verwirrung. »Was ist los?«

Seine Mundwinkel zogen sich nach unten, als er in ihr Gesicht sah. Seine Hände lagen auf ihren Unterarmen.

»Ich glaube, das war voreilig«, sagte er. »Ich habe lediglich gesagt, daß ich deine Entschuldigung annehme.«

»Und?«

»Mehr habe ich damit nicht gemeint.«

Lisa ahnte dunkel, was er damit sagen wollte. Sie zuckte zusammen, und ihre Augen sprühten Funken.

»Du Schwein, du willst es mir wirklich unter die Nase reiben und mich dafür büßen lassen, stimmt's?« fauchte sie. »Was willst du von mir? Mich betteln sehen? In Ordnung, ich bitte dich. Bist du jetzt zufrieden?«

»Nein.«

Lisa stampfte mit dem Fuß auf, als sie ihn wütend ansah. »Was willst du denn noch? Noch weiter, als ich ohnehin schon gegangen bin, gehe ich nicht. Wenn du mich heiraten willst...«

»Ich will dich nicht heiraten.«

»Was?« Lisa starrte ihn ungläubig an. Sie traute ihren Ohren nicht.

»Es könnte nicht gutgehen.«

»Was!« kreischte sie.

»Du hast gehört, was ich gesagt habe.« Sein Gesicht war unerbittlich. »Es könnte nicht gutgehen. Und wenn du nicht ein derart verzogener Fratz wärst, der es immer gewohnt war, sich alles unter den Nagel zu reißen, was ihm gefällt, ohne an den Preis zu denken, dann wüßtest du es auch. O ja, es würde dir Spaß machen, meine Frau zu sein – vielleicht sechs Monate lang. Dann würdest du bereits anfangen, Dinge zu wollen, die ich dir nicht geben kann. Du würdest dir Opas Haus wünschen, Hausangestellte und Kleider und schicke Wagen, du würdest dich langweilen, weil du inmitten der Einöde auf einer heruntergekommenen Ranch festsitzt, und weil es hier keine Geschäfte und keine Restaurants und keine Partys gibt – und dann würdest du feststellen, daß du etwas falsch gemacht hast.«

»Nein, eben nicht!« wandte Lisa nachdrücklich ein und starrte ihn an. Das, was er sagte, war sein Ernst – soviel war ihr klar. Er versuchte nicht nur, es ihr schwerzumachen. Kalte Angst schlängelte sich über ihren Rücken. »Nein, Sam, so wäre es eben nicht!«

»O doch.« Er war unbeirrbar. Seine Finger hielten ihre Unterarme immer noch umklammert, und die blauen Augen schienen sich in ihr Gesicht zu bohren. »Sei ein einziges Mal in deinem Leben dir selbst gegenüber ehrlich, Lisa, und gib es zu. Das hier ist nichts für dich.«

»Doch!« rief sie, doch er ging nicht darauf ein, sondern sprach weiter, und die Worte durchbohrten ihr Herz.

»Ich habe dein Gesicht gesehen, als ich dich ins Haus getragen habe. Du warst entsetzt. Und du hast recht. Es ist nicht das Wahre – aber ich bin hier zu Hause. Und du müßtest hier leben – und das würde dir gar nicht gefallen.«

»Doch, es würde mir gefallen!«

»Um Gottes willen, Lisa, benutz doch einmal deinen Verstand!« Seine Geduld ließ nach, auch das stand fest. »Wenn du mich heiraten würdest, wärst du die Frau eines Ranchers – und noch nicht einmal die eines reichen Ranchers. Du müßtest sämtliche Mahlzeiten kochen, und nach den Kostproben, die ich bisher bekommen habe, gibt es kaum eine schlechtere Köchin auf Erden...«

»Ich könnte es lernen!«

»Und das Haus sauberhalten und die Wäsche waschen. Hier gibt es noch nicht einmal eine Spülmaschine, und irgendwie kann ich mir dich einfach nicht bis zu den Ellbogen im Spülwasser vorstellen.«

»Du könntest doch eine Spülmaschine kaufen, oder etwa nicht?« Er argumentierte so unsachlich, daß sie es nicht glauben konnte. Sie wußte, daß sich all diese Dinge regeln ließen, wenn er ihnen nur eine Chance gegeben hätte.

»Vielleicht in einem Jahr oder so. Im Moment ist mein gesamtes Geld in Land und in Rindern angelegt.«

»Ich habe Geld...« Sowie sie es gesagt hatte, wußte sie, daß sie etwas falsch gemacht hatte. Er kniff seine Augen zusammen, und sein Mund wurde zu einem schmalen Strich.

»Das hast du dir also dabei gedacht, oder nicht?« fragte

er mit einer täuschend kühlen Stimme. »Du wolltest dein Geld dafür ausgeben, dir den Luxus zu kaufen, den du dir als meine Frau nicht leisten kannst. Da ist, wie ich dir, glaube ich, schon einmal gesagt habe, nichts zu machen. Meine Frau lebt mit dem, was ich ihr geben kann.«

»Einverstanden«, sagte Lisa matt. »Es würde mir wirklich nichts ausmachen, Sam. Wenn du mir nur eine Chance gibst...«

»Nein.«

»Aber ich liebe dich!« heulte Lisa auf.

»Du liebst das, was ich mit deinem Körper tue«, sagte er roh. »Das ist das einzige, was zwischen uns ist, Süße: Der Sex stimmt.«

»Das ist nicht wahr, und du weißt es selbst!«

»Es ist wahr. Wenn du erst etwas mehr Erfahrung hast, wirst du es selbst sehen.«

»Ich liebe dich...«

»Du glaubst, mich zu lieben«, verbesserte er sie.

»Ich will dich heiraten!« Lisa funkelte ihn wütend an.

Seine Augen funkelten ganz seltsam, als er sie ansah. »Das ist zu schade für dich«, sagte er im nächsten Moment gedehnt. »Ich will dich nämlich nicht heiraten.«

Ihr Kummer und ihr Zorn trieben Lisa in die Raserei. Sie gab einen kleinen Wutschrei von sich und griff nach dem nächstbesten Gegenstand, bei dem es sich zufällig um den Becher handelte, den er abgestellt hatte. Ihre Finger umklammerten das Gefäß, und sie warf es ihm an den Kopf. Die Kakaoreste sprühten durch die Küche. Sam duckte sich, und der Becher sauste an ihm vorbei und zersprang an der Wand. In ihrer Wut griff sie nach etwas Neuem, doch er war zu schnell für sie. Als sich ihre Finger um eine Untertasse schlossen, die anscheinend noch von seinem Abendessen auf dem Tisch stand, war er mit einem Satz neben ihr. Er hielt ihre Hände fest und zog sie vom Tisch fort, ohne ihre Handgelenke loszulassen.

»Deine Wutanfälle bringen mich nicht von meiner Haltung ab«, sagte er mit ruhiger Stimme, doch er sah sie hitzig an.

Lisa blickte hilflos zu ihm auf. Sie konnte ihm nichts antun, solange er ihre Hände festhielt.

»Laß mich los!« verlangte sie. Ihre Wut, ihr verletzter Stolz und ihr Leid darüber, daß er sie abgewiesen hatte, ließen sie von Kopf bis Fuß zittern.

»Nicht, ehe du dich beruhigt hast«, sagte er und sah sie an wie ein Muster einer seltsamen Gattung unter dem Mikroskop.

»Ich bin ruhig. Und jetzt laß mich los.«

Langsam ließ er ihre Handgelenke los und beobachtete sie mit Adleraugen, weil es sein konnte, daß sie sich entschloß, plötzlich nach einer anderen Waffe zu greifen. Einen Moment lang musterten sie einander stumm. Lisas Brüste hoben und senkten sich, und ihre Wangen waren vor Erregung gerötet, doch Sam wirkte aufreizend unbeirrt. Und aufreizend attraktiv. Wenn sie nicht ganz so wütend auf ihn gewesen wäre, daß sie ihm mit Freuden ein Messer zwischen die Rippen gestoßen hätte, dann hätte sie sich ihm am liebsten in die Arme geworfen.

»Sam...« Sie wollte einfach nicht zulassen, daß er sie auf diese idiotische Art aus seinem Leben verbannte. Es mußte eine Möglichkeit geben, ihn zu Verstand zu bringen. Wenn sie es nur fertigbrachte, die Fassung zu bewahren und ihn in einem Moment zu erwischen, in dem er nicht auf der Hut war...

»Wie bist du hierhergekommen?« fragte er abrupt.

Lisa war so überrascht, daß sie einen Moment lang nachdenken mußte, ehe sie antwortete.

»Ich habe mir in Butte ein Taxi genommen. O Sam, mein Koffer steht noch am Ende der Auffahrt. Könntest du ...?«

»Ich nehme an, du bist mit einem der praktischen kleinen Privatflugzeuge von Amos nach Butte geflogen?« Eine Spur von Hohn war aus seiner Stimme herauszuhören.

»Ja«, gab Lisa trotzig zu. »Sam, ich meine nur, mein Koffer ...«

»Du wirst ihn hier nicht brauchen. Ich bringe dich heute nacht noch nach Butte zurück. Morgen früh kannst du dann in dein todschickes kleines Flugzeug steigen und wieder nach Hause fliegen.«

»Du kannst mich doch nicht nach Butte zurückbringen!« Ihr Aufschrei kam instinktiv heraus. Sie hatte nur noch eine Hoffnung, ihn dazu zu bringen, daß er es sich anders überlegte, und um das zu verwirklichen, mußte sie die Nacht hier verbringen. »Deine Auffahrt ist nicht freigeschaufelt«, fügte sie unbeholfen hinzu, weil ihr nichts einfiel, was mehr gezogen hätte.

Sein Blick drückte seine Verachtung aus. »Ich habe einen Landrover«, sagte er trocken. »Mit dem kommen wir bei Schnee genauso schnell voran wie sonst. Zieh deine Sachen wieder an, während ich den Wagen hole.«

Ehe er ausgeredet hatte, wandte er sich schon ab, verließ die Küche und lief durch den schmalen Flur zur Tür. Lisa lief in ihrem Unglück hinter ihm her und versuchte, sich etwas einfallen zu lassen, um das hinauszuzögern, was immer unvermeidlicher erschien. Als er die Tür öffnete, breitete sich ein seliges Lächeln auf ihrem Gesicht aus. Es ist doch noch nicht alles verloren, dachte sie selbstgefällig.

»Es schneit«, hob sie hervor, als Sam nur stehenblieb und auf die wogenden weißen Schwaden blickte. Sam warf ihr einen erbitterten Blick über die Schulter zu und wandte sich dann widerstrebend von der Tür ab, um sie wieder zu schließen. Wenn er auch noch so fest entschlossen war, sie loszuwerden, dann wußte er doch, daß es Wahnsinn war, auch nur zu versuchen, achtzig Kilometer durch dieses Wetter zu fahren.

»Dann wirst du eben morgen früh aufbrechen«, sagte er kühl und ging an ihr vorbei. Lisa antwortete nichts darauf, doch sie lächelte vor sich hin.

Kurz darauf zog sich Sam ein Paar Schneeschuhe und einen Parka mit Lammfutter an und trabte die Auffahrt hinunter, um ihren Koffer zu holen. Während er fort war, spülte Lisa den Topf, den er benutzt hatte, um den Kakao heiß zu machen, und die eine Tasse, die noch heil war. Dann kehrte sie die Splitter des anderen Bechers auf und wischte den Schmutz vom Küchenboden. Nach dieser lobenswerten Tat beschloß sie, sich kurz im Haus umzusehen.

Es bestand aus der Küche, einem Wohnzimmer, einem Eßzimmer, drei kleinen Schlafzimmern und einem einzigen Bad. All das war mindestens so sehr heruntergekommen wie die Küche. Lisa schüttelte den Kopf, als sie sich ein Bild vom Zustand des Gebäudes gemacht hatte, und sie dachte kurz über Sams Worte nach. Könnte sie es ertragen, für den Rest ihres Lebens in einer solchen Umgebung zu leben? Sie sah die Farbe an, die von den Wänden abblätterte, das morsche Holz und das schäbige Linoleum auf den Fußböden, die schmutzigen Badezimmerarmaturen, und ihr Entschluß stand fest: Ohne weiteres. Was war ein Haus denn schon anderes als vier Wände und ein Dach? Die Liebe war das, was ein Heim daraus machte. Und sie war bereit, dieses baufällige Haus zu lieben, weil Sam es liebte, und ganz gleich, wie oft er das Gegenteil behauptete – sie liebte Sam.

Als Sam mit ihrem Koffer zurückkam, war Lisa bereits soweit gediehen, sich vorzustellen, daß das Haus eigentlich gar nicht so unmöglich war, wenn man etwas Farbe und einen Putzlappen darauf verwandte. Es würde Spaß machen, das Gebäude herzurichten... Aber sie war einfühlsam genug, um Sam nicht in ihre Pläne einzuweihen – jedenfalls für den Moment nicht.

Für den Rest des Abends ignorierte er sie und brütete über Papieren, mit denen er sich an den Küchentisch gesetzt hatte. Er blickte nicht ein einziges Mal auf. Lisa, die ihm mit einem Stapel Zeitschriften *Aus Feld und Wald* gegenübersaß, die er ihr mit einem spöttischen Blick gereicht hatte, sah zwischendurch sauertöpfisch auf seinen gesenkten Kopf und fragte sich, ob dieser Mann, der einen auf die Palme bringen konnte, all die Mühe, die sie sich machte, um ihn für sich zu gewinnen, überhaupt wert war. Ihre Augen glitten über das wellige schwarze Haar und sein dunkles Gesicht zu den breiten Schultern und der stämmigen Brust, und ein vertrautes Aufflakkern der Erregung durchzuckte sie innerlich. O ja, er war es wert, entschied sie.

Schließlich blickte er auf und teilte ihr mit, es sei an der Zeit, ins Bett zu gehen. Lisa konnte nichts gegen den Hoffnungsschimmer tun, der in ihren Augen aufleuchtete. Falls er ihn bemerkt hatte, dann tat er so, als hätte er nichts gesehen. Er führte sie zu dem kleinen Schlafzimmer, in dem er ihren Koffer abgestellt hatte, und bedeutete ihr mit einer Geste, all das sei ganz für sie da. Bei ihrer Erkundung des Hauses hatte sie bereits festgestellt, daß er in dem größeren Schlafzimmer auf der anderen Seite des Flurs schlief. Er hatte also vor, bis zum bitteren Ende durchzuhalten? Sie war grimmig entschlossen, und sie würde sehen, was sich dagegen tun ließ.

Sam ließ ihr den Vortritt im Bad, und sie duschte sich eilig und putzte sich die Zähne, ehe sie sich einen Morgenmantel aus grüner Seide überzog und das Bad verließ. Sie wollte ihm jede Menge Zeit zum Einschlafen lassen...

Sie hörte die Dusche und die Toilettenspülung. Dann ging die Badtür auf, und er tappte barfuß durch den Flur zu seinem Schlafzimmer. Seine Tür schloß sich mit einem vernehmbaren Klicken hinter ihm. Mit einem Anflug von Entrüstung stellte Lisa fest, daß er noch nicht einmal die Absicht hatte, ihr gute Nacht zu sagen.

Dennoch hielt ihr gemäßigter Ärger sie nicht davon ab, ihren Plan in die Tat umzusetzen. Sie zog sich ein wunderschönes türkises Nachthemd an, das fast ganz aus Spitze bestand und der Fantasie wenig Raum ließ, bürstete sich das Haar, bis es sich anfaßte wie Seide, sprühte sich verschwenderisch mit Parfum ein und brachte sogar einen Hauch von Make-up an (nicht, daß er es im Dunkeln gesehen hätte, aber es war immer gut, auf alles vorbereitet zu sein – vielleicht schaltete er die Nachttischlampe an). Als sie endlich fertig war, setzte sie sich auf das Fußende ihres Bettes und wartete. Wenn es klappen sollte, mußte sie ihn in dem Moment erwischen, in dem er am wehrlosesten war – direkt nach dem Einschlafen.

Als sie fand, es sei genug Zeit vergangen, stand sie auf, schlich sich aus ihrem Schlafzimmer und schloß die Tür behutsam hinter sich, damit sie lautlos ins Schloß fiel. Als sie sich durch den Flur vorantastete, malte sie sich aus, wie es kommen würde: Sie würde zu ihm ins Bett kriechen, sich an ihn kuscheln und dafür sorgen, daß er ihre Anwesenheit bemerkte. Als das lüsterne Geschöpf, das er war, würde er ihr nicht widerstehen können, wenn sie ihm erst einmal so nahe war. Das wußte sie. Und sie war sicher, daß sie ihm jedes Versprechen entlocken konnte, während er sie liebte...

Sie blieb vor seiner Tür stehen, preßte ihr Ohr an das morsche Holz und lauschte auf Geräusche, die darauf hindeuten konnten, ob er schlief oder wach war. Als sie seinen ruhigen Atem hörte, streckte sie ihre Hand nach der Türklinke aus und versuchte, die Tür zu öffnen. Nichts tat sich. Die Tür mußte klemmen. Sie stieß immer fester dagegen und rüttelte immer heftiger an der Klinke. Dann glaubte sie, ein neues Geräusch hinter der Tür zu vernehmen. Schließlich war sie sich sicher: Sam lachte! Plötzlich war ihr alles klar: Er hatte seine Schlafzimmertür abgeschlossen!

»Du Mistkerl!« schrie sie und trat in ihrer Machtlosigkeit gegen die Tür. Wieder hörte sie dieses verhaßte Lachen. Sie geriet in Wut.

»Gute Nacht, Lisa«, rief er spöttisch durch die geschlossene Tür, und als sie in ihr Schlafzimmer stürmte, hörte sie ihn immer noch lachen.

18

Vier Monate später sah sich Sam endlich gezwungen, sich einzugestehen, daß er einen Fehler begangen hatte. Seine Liebe zu Lisa war nicht etwa, wie er es sich vorgestellt hatte, erloschen, sondern wurde immer stärker, bis er schließlich das Gefühl hatte, von dieser Glut bei lebendigem Leibe verzehrt zu werden. Er wußte, daß er in den letzten Monaten abgenommen hatte. Sogar Jay, der gerade von der Schule zurückgekommen war, hatte sich mit der brutalen Offenheit, die so typisch für die Jugend ist, zu seiner hageren Gestalt geäußert. Er hatte nichts Ordentliches gegessen, weil er keinen Hunger hatte, und er hatte nicht genug geschlafen, weil ihr Bild jedesmal vor seinen Augen stand, wenn er sie schloß, wie eine Spukgestalt, die ihn heimsuchte. Er sah ihr silberblondes Haar, die grünen Augen und ihr feingeschnittenes Gesicht vor sich, als stünde sie vor ihm. Er stellte sich vor, diese rosigen Lippen zu küssen, diese vollkommenen Brüste zu streicheln, zwischen ihre seidigen Schenkel vorzustoßen und sie zu besitzen, bis er vor Verlangen fast verrückt wurde. Sie war ihm unter die Haut gegangen wie ein besonders widerstandsfähiger Parasit, und keine der Methoden, zu denen er gegriffen hatte, um gegen sie vorzugehen, hatte gewirkt. Er mußte sich ganz einfach damit abfinden, mit dem Wissen zu leben, daß er sie liebte, ob es ihm paßte oder nicht.

Und es paßte ihm absolut nicht – zumindest anfangs nicht. Im Laufe der Jahre hatte er gelernt, seine Ungebundenheit zu schätzen, und er hatte keine Lust, sie für eine kokette, flatterhafte junge Frau von fünfundzwanzig Jahren aufzugeben, auch wenn sie noch so umwerfend war. Die simple Wahrheit war die, daß er sich fürchtete. In dem Punkt hatte Lisa den Nagel auf den Kopf getroffen. Er fürchtete sich davor, sie zu lieben, obwohl er sich danach verzehrte, sie könnte nur kurze Zeit bei ihm bleiben und dann weiterziehen, um nach saftigerem Gras zu suchen und ihn mit den zerstreuten Bruchstücken seines Lebens zurücklassen.

Er bemühte sich, dahinterzukommen, wann seine Gefühle für sie eigentlich entflammt waren. Es mußte ganz zu Anfang passiert sein. Er hatte sie begehrt, seit er sie zum ersten Mal gesehen hatte; jene Nacht in ihrem Zelt, in dem er ihren schönen und aufreizenden Körper zum ersten Mal besessen hatte, war ihm unvergeßlich. Das, was sie im Bett getan hatte, hatte ihm den Atem verschlagen. Um rundherum aufrichtig zu sein – und er fand es wirklich an der Zeit –, mußte er zugeben, daß sie die Geschehnisse nur um ein paar Tage beschleunigt hatte, indem sie die Initiative selbst in die Hand genommen hatte. Früher oder später hätte er sie genommen, und er hatte es vom ersten Moment an gewußt. Es war nur einfacher für ihn gewesen, sie in dem Glauben zu lassen, sie trage die alleinige Verantwortung.

Aber er hatte sich eingeredet, daß der Sex alles war. Keine Zärtlichkeit und, Gott bewahre, schon gar keine Liebe, sondern lediglich ein männlicher und ein weiblicher Körper, die außergewöhnlich stark aufeinander reagierten. Und er hatte wirklich geglaubt, daß das alles sei. Bis zu dem Tag, an dem er ihr im afrikanischen Busch das Schießen beigebracht hatte. Damals hatte sie sich in seinen Armen umgedreht und ihn so liebevoll geküßt... In dem Moment hatte er sie mehr begehrt als je in seinem Leben irgendeine Frau. Und er hatte sie genommen und es so schön gefunden, sie zu berühren, sie zu schmecken und sie zu riechen. Ihre Lippen, ihre Zunge und ihre Hände auf seinem Körper hatten ihn in die Raserei getrieben. Hinterher war er bis ins Mark erschüttert gewesen – und was hatte er getan? Hatte er sich vielleicht bei ihr für das schönste Erlebnis in seinem ganzen Leben bedankt? Nein, zum Teufel! Er hatte sie bewußt beleidigt und verletzt, sie mit vorsätzlicher Gehässigkeit fertiggemacht und sie dann wieder genommen, und zwar nicht nur brutal, sondern auch noch auf die erniedrigendste Art, die er kannte, und das nur, um ihr und sich selbst zu beweisen, daß sie ihm nichts bedeutete. Wenn er jetzt daran dachte, zuckte Sam zusammen.

Als sie ihm gesagt hatte, daß sie ihn liebte, war es ihm wie ein Wunder erschienen. Sie hatte eine Seite in ihm angerührt, von deren Existenz er vorher nichts geahnt hatte, und sie hatte ein sehnsüchtiges Verlangen gestillt, von dem er nicht wußte, daß er es hegte. In seinem ganzen Leben hatte ihn keine Frau wirklich geliebt. Es hatte jede Menge Frauen gegeben, viel Sex und viele Körper, o ja. Aber es hatte immer seinen Preis gehabt, und in irgendeiner Form hatte er sich immer dafür revanchiert. Keine Frau hatte ihm je die großzügige, selbstlose Zärtlichkeit entgegengebracht, die Lisa ihm bereitwillig angeboten hatte, und das ließ sich um keinen Preis kaufen. Und er hatte all das von sich gewiesen, weil er ein verbissener, hartnäckiger Dummkopf war.

Lisa hatte ihm einmal vorgeworfen, er sei ein Feigling, und sie hatte sich nicht getäuscht. Sie brachte ihn dazu, sich vor Angst in die Hose zu machen. Das war schon fast komisch, wenn er es sich überlegte. Er, der feindlichen Kugeln und Bomben und Bajonetten gegenübergetreten war, ohne mit der Wimper zu zucken, fürchtete sich vor kaum mehr als einem Zentner weiblichen Fleisches. Weil er sie liebte. Und ihm blieb nichts anderes übrig, als sich damit auseinanderzusetzen.

Er wollte nicht nur mit ihr schlafen, obwohl er sich sagte, daß das natürlich ein zusätzliches Geschenk des Himmels war. Er wollte für sie sorgen, sie beschützen, sie anlächeln und sich von ihr anlächeln lassen, sie zum Lachen bringen und sie festhalten, wenn sie sich in seinen Armen ausweinte, und er wollte sogar derjenige sein, der ihre lächerlichen Wutausbrüche verursachte. Er wollte sich lieber von Lisa Tassen an den Kopf werfen lassen, als sich von einer anderen Frau küssen zu lassen. Und das zeigte ihm wahrhaft, wie weit es mit ihm gekommen war. Er stellte resigniert fest, daß er nichts dagegen tun konnte: Ihm blieb nichts anderes übrig, als sie zu heiraten. Falls sie ihn nach allem, was geschehen war, noch haben wollte.

Was das Geld anging, mußte er zugeben, daß es ihm ein wenig zusetzte. Er hatte immer geglaubt, es sei die Pflicht eines Mannes, für seine Frau zu sorgen, ihr ein Dach über dem Kopf bieten zu können, sie zu ernähren und einzukleiden und sie mit den vielen hübschen Kleinigkeiten zu überschütten, die ein Frauenherz höher schlagen lassen. All das wollte er Lisa geben. Es überraschte ihn sogar selbst, wie ausgeprägt sein Drang war, für sie zu sorgen. Und wenn sie eine gewöhnliche Frau gewesen wäre, etwa eine Sekretärin oder eine Verkäuferin oder sogar eine Journalistin, die von ihrem Einkommen lebt, wäre es ihm möglich gewesen – und zwar mühelos. Er hatte genügend Geld, um einer Frau ein bequemes Leben mit vielen kleinen Annehmlichkeiten bieten zu können, aber es reichte nicht für wirklichen Luxus. Lisa dagegen... Seine Mundwinkel zogen sich nach unten. Sie war riesige Häuser und Dienstboten gewohnt, kostbaren Schmuck und Pelze und Modellkleider, Damengesellschaften und schicke Partys. Das konnte er ihr nicht bieten. Aber auch das hatte er ihr mehr als einmal gesagt, und sie hatte darauf beharrt, daß es für sie nichts änderte, daß es ihr nichts ausmachte. Und jetzt mußte Sam ihr glauben. Er wollte sie viel zu sehr, als daß ihm etwas anderes übriggeblieben wäre. Und er glaubte und hoffte, daß sie ihn auch wollte. Er mußte sich vergewissern.

Nachdem er zu diesem Entschluß gelangt war, wurde Sams Stimmung sichtlich besser. Er rechnete nicht damit, daß es ihm wirklich Probleme bereiten würde, Lisa dazu zu überreden, ihn zu heiraten. Er mußte lediglich sehen, wie er sie in sein Bett bekam, und dort würde ihm das scharfe kleine Biest alles versprechen. Außerdem machte er sich mürrisch mit der Vorstellung vertraut, daß er sich bei ihr entschuldigen mußte. Das war er ihr schuldig.

Ehe er sie zu sich nach Hause holen konnte, hatte er jedoch noch einiges zu erledigen. Jay war den Sommer über da, und Sam hatte Männer eingestellt, die sich um seine Rinderherde kümmerten, und es gab keinen Grund, das Haus nicht herzurichten. Er wollte zwei der Männer dazu abkommandieren, die Mauern frisch zu streichen, und er holte weitere Männer aus der Stadt, die die Leitungen, die Wasserrohre und dergleichen erneuern sollten. Er bestellte sogar eine neue Kücheneinrichtung, bis hin zur Spülmaschine. Eine Woche lang verbrachten er und Jay ihre Abende damit, die Holzböden abzuschleifen, zu schmirgeln und neu zu versiegeln, und als das erledigt war, begannen sie, die Wände zu streichen, während das Haus von außen frisch verputzt wurde. Sie griffen nur zu schlichter weißer Farbe. Wenn Sam die Frauen kannte, dann wollte Lisa die Farbtupfer und den Krimskrams ohnehin selbst in die Hand nehmen.

Als Jay endlich erfuhr, weshalb diese ausgiebigen Vorbereitungen durchgeführt wurden, machte er sich mit Feuereifer an die Arbeit. Er hatte ohnehin nie verstanden, warum die beiden überhaupt auseinandergegangen waren. Er sagte, jeder könne sehen, daß Lisa eine prima Ehefrau abgab, obwohl sie nicht kochen konnte und sich nicht direkt für Hausarbeiten eignete. Zu Sams Belustigung hatte sein Sohn ihm dann detaillierte Anweisungen gegeben, wie man einer Frau einen Heiratsantrag macht. Sich hinter einem Sofa auf dem Boden herumzuwälzen, damit sei es wahrhaft nicht getan, sagte Jay finster.

Obwohl er derart mit den Vorbereitungen für Lisas Rückkehr beschäftigt war, fand Sam die Zeit, Erkundigungen nach dem Schicksal der Männer einzuziehen, die ihn nach Rhodesien begleitet hatten. Als er Frank Leads endlich telefonisch erreichte – im Haus seiner Tochter in Florida – durchflutete ihn tiefe Erleichterung. Als ihr Anführer war er für die Sicherheit der Männer verantwortlich, und in seinen eigenen Augen hatte er sie furchtbar im Stich gelassen, wenn er auch nicht wußte, was er hätte tun können, um das bittere Ende ihres Auftrages abzuwenden. Dennoch dachte er immer wieder, daß die Dinge anders ausgegangen wären, wenn er Lisa damals nicht im Kopf gehabt hätte. Sogar ganz anders.

Sam konnte an Franks Stimme erkennen, daß sein alter Freund ebenso erleichtert war, etwas von ihm zu hören.

Sie lachten und scherzten und erzählten einander ihre Erlebnisse während der Flucht aus Rhodesien, doch Sams sorgsam zensierte Version war weit aufregender, da Frank und die übrigen Überlebenden das bereitstehende Flugzeug erreicht hatten. Dann wurde das Gespräch ernst. Fünf Männer waren drüben umgekommen, die vier, die bei der Explosion ihr Leben verloren hatten, und der junge Mike Harley. Und mindestens einer – sie wußten nicht, ob er unter den Überlebenden oder unter den Toten war – hatte sie verraten. Es war jetzt unmöglich, den Verräter eindeutig zu identifizieren, obwohl Frank und Sam beide einen Verdacht hatten. Aber das änderte jetzt auch nichts mehr. Auch Frank hatte, wie Sam, beschlossen, er sei zu alt, um sein Leben für jeden verrückten Despoten aufs Spiel zu setzen, der das Geld dafür aufbrachte. Frank teilte Sam mit, er habe sich am selben Tag, an dem er in den Vereinigten Staaten wieder festen Boden betreten hatte, aus dem Geschäft zurückgezogen. Jetzt war er gerade dabei, eine kleine Firma aufzubauen, die Touristen auf Fischerbooten zu Ausflügen einlud. Als Sam ihm bedrückt seine Pläne gestand, Lisa zu heiraten – falls sie ihn haben wollte –, verspottete Frank ihn einige Minuten lang hämisch, ehe er wieder ernst wurde und ihm alles Gute wünschte. Sam wünschte Frank ebenfalls alles Gute, und dann waren beide Männer über die eigene Rührseligkeit verlegen. Sie beendeten eilig das Gespräch, doch hinterher war Sam wohler zumute als seit langem.

Es war Mitte Juni, als Sam endlich fand, auf der Ranch sei alles fertig. Jetzt war nichts anderes mehr zu tun, als aufzubrechen und Lisa zu holen. Als er im Flugzeug nach Washington saß, war Sam so nervös wie ein Junge, der zum ersten Mal ein Mädchen einlädt, mit ihm auszugehen. Er wußte, wie albern das in seinem Alter war, aber was war, wenn sie ihn nicht haben wollte?

Es war teuflisch heiß, als er in Washington ausstieg und auf den Mietwagen zuging, der für ihn bereitstand. Es mußten mehr als dreißig Grad im Schatten sein. Die Sonne brannte erbarmungslos herunter, und ihre Hitze wurde vom Pflaster und von den Wagendächern reflektiert. Es herrschte ein dichtes Gedränge, und alle Leute schienen in Eile zu sein. Er hatte Washington noch nie gemocht. Für seine Begriffe war es zu laut und zu schmutzig, und es gab zu viele Menschen dort.

Als er den Stadtverkehr hinter sich hatte und auf der Straße nach Annapolis war, war ihm glühend heiß. Natürlich haperte es mit der Klimaanlage des Wagens. Er zog sein leichtes Jackett aus und kurbelte die Fenster herunter. Als der Fahrtwind ihm Kühlung verschaffte, war es nicht mehr ganz so schlimm. Sam lächelte matt und beschloß, er werde es überleben.

Den ersten Rückschlag erlebte er im Haus. Mary Dobson, die ihn mit einem mißbilligenden Blick bedachte, den er sich nicht erklären konnte, teilte ihm mit, daß Mrs. Collins nicht mehr dort lebte. Sie hatte sich eine Wohnung in Baltimore genommen. Diese Neuigkeiten verschlugen Sam die Sprache, bis ihm klar wurde, daß er eben einfach nach Baltimore weiterfahren mußte. Mehr als vierzig Kilometer waren es nicht. Zu seinem Erstaunen weigerte sich Mary rundheraus, ihm die Adresse zu geben. Er solle auf Mr. Bennet warten, der in der Stadt war und erst am späteren Abend zurückkommen würde, sagte sie, ehe sie ihm die Tür vor der Nase zuschlug. Sam wollte schon gegen die Tür hämmern und die gewünschten Informationen verlangen, als er Henry Dobson sah. Es kostete ihn nur wenige Minuten, Lisas Adresse aus ihm herauszuholen, doch die Haltung des Mannes verblüffte Sam, und er begann nachzudenken. Henry schien eine fast so große Abneigung gegen Sam zu hegen wie seine Frau.

Die Sonne ging glutrot unter, als Sam endlich die Straße gefunden hatte, in der Lisa jetzt wohnte. Er war erstaunt, denn es war keine noble Gegend, sondern ein Viertel, in dem Backsteinhäuser aus der viktorianischen Zeit standen, die anscheinend in Wohnungen unterteilt worden waren. Es gab gepflegte kleine Vorgärten und ein paar Bäume am Straßenrand – und das war nicht gerade die Umgebung, die Lisa gewohnt war. Vielleicht hatte Henry ihm eine falsche Adresse gegeben. Sam parkte stirnrunzelnd den Wagen und ging auf ein dreistöckiges Haus mit Dachgiebeln zu. Nach Henrys Angaben wohnte Lisa im obersten Stockwerk.

Auf der Veranda vor der verzierten Tür aus Walnußholz waren drei kleine Briefkästen in die Wand eingelassen. Auf einem davon stand L. COLLINS. Lisa wohnte also wirklich hier; Henry hatte sich nicht geirrt. Sam hatte gerade angeklopft, da er keine Klingel und keine Gegensprechanlage sah, als ein junges Paar aus dem Haus kam und ihm lächelnd die Tür aufhielt, ohne ihn auch nur zu fragen, was er wollte. Mit finsterem Gesicht trat Sam ein. Was, zum Teufel, dachte sich Amos dabei, Lisa in einer solchen Umgebung leben zu lassen? fragte er sich gereizt, als er in dem altmodischen Treppenhaus nach oben stieg. Hier war sie nicht sicher. Er hätte Gott weiß wer sein können – ein Vergewaltiger, ein Mörder oder sonstwer – und so einfach war er ins Haus gekommen. Was ging hier vor?

Als Sam auf dem obersten Treppenabsatz vor der Tür stand, die alles war, was ihn jetzt noch von Lisa trennte, wichen seine unsinnigen Überlegungen seiner Nervosität. Ob sie froh war, ihn wiederzusehen? Was sie wohl sagen würde?

Er holte tief Luft und klopfte an die Tür. Ihm fiel auf, daß nicht einmal die mindesten Sicherheitsvorkehrungen getroffen wurden. Es gab noch nicht einmal einen Spion in der Tür. Gütiger Gott... Aber zumindest würde sie sehr überrascht sein.

Dann ging die Tür auf. Sam sah in die grünen Augen, die seit Monaten durch seine Träume spukten. Bei seinem Anblick öffneten sie sich weit. Sie war überrascht, daran bestand kein Zweifel. Einen Moment lang sagte sie gar nichts, und dann zog sie die Augenbrauen zusammen und sah ihn finster an. Sam sog jede Nuance ihres Ausdrucks in sich auf wie ein Mann, der nach Ewigkeiten in der Wüste auf Wasser trifft.

»Was hast du hier zu suchen?« fragte sie. Sie machte nicht den Eindruck, als sei sie froh, ihn zu sehen.

Damit hatte er immerhin gerechnet. Sam lächelte sie einschmeichelnd an, lehnte sich an den Türrahmen und stützte seinen Kopf mit seinem Unterarm.

»Ich habe eine Spülmaschine gekauft«, sagte er mit heiserer Stimme, und dann glitt sein Blick von ihrem Gesicht über ihre Kehle und ihren geschmeidigen, anziehenden Körper – und plötzlich hatte er das Gefühl, jemand habe ihn in die Magengrube getreten. Ihr Bauch wölbte sich unter dem weichen weißen Stoff ihres Umstandskittels, als hätte sie einen Medizinball geschluckt. Sie mußte mindestens im sechsten Monat sein!

»Himmel!« sagte er, nachdem er ihren Bauch eine Zeitlang angestarrt hatte. Er konnte seinen Blick nicht davon losreißen. Er schüttelte den Kopf, um wieder klar denken zu können, und er glaubte, er hätte vielleicht Halluzinationen. Aber nein, die Wölbung verschwand nicht.

»Himmel!« sagte er noch einmal und sah ihr wieder ins Gesicht. In seinem fragenden Blick stand Entsetzen.

Ihre Lippen wurden schmaler. »Geh!« sagte sie und wollte die Tür wieder zumachen.

Das rüttelte Sam aus seiner Betäubung auf. Er stellte eilig einen Fuß in den Türspalt und bahnte sich dann einen Weg in die Wohnung. Lisa, die ihm kräftemäßig unterlegen war und hilflos dastand, hielt sich an der Tür fest und funkelte ihn wütend an.

»Verschwinde aus meiner Wohnung!«

Sam schüttelte den Kopf. »Unter keinen Umständen.«

»Raus!«

»Sei nicht so dumm, Lisa«, sagte er, als seine Zunge ihm endlich wieder gehorchte. »Du mußt einsehen, daß wir miteinander reden müssen. Du bist schwanger!«

»Ach, wirklich? Das ist mir noch gar nicht aufgefallen.«

Sam sah sie nur an. Nach dem Schlag, den es ihm versetzt hatte, hier anzukommen und sie in diesem Zustand vorzufinden, prallte ihr Sarkasmus an ihm ab.

»Warum hast du mir nichts davon gesagt?« fragte er schließlich und starrte sie an.

»Weil es dich verdammt noch mal nichts angeht!« fauchte sie, und bis auf zwei leuchtendrote Flecken war ihr Gesicht weiß.

»Es geht mich nichts an? Das ist mein Kind!«

»Ach, wirklich?« Sie lächelte hämisch.

»Ja, und das weißt du selbst.« Er hegte nicht den geringsten Zweifel daran.

Lisa sah ihn herausfordernd an. Als er ihren Blick mit felsenfester Entschlossenheit zurückgab, blinzelte sie.

»Na und?« sagte sie schließlich und machte sich nicht einmal mehr die Mühe, seine Vaterschaft zu bestreiten.

»Na und?« wiederholte Sam entgeistert. »Es wäre mein Recht gewesen, es zu erfahren! Himmel, du mußt schon schwanger gewesen sein, als du auf der Ranch warst! Warum, zum Teufel, hast du es mir nicht gesagt? Ich...«

»Ich wußte es noch nicht«, murmelte sie. »Ich habe es erst zwei Wochen später erfahren.«

Sam schloß die Augen und holte tief Atem. Als er die Augen wieder aufschlug, hatte er mit sich selbst alles zu seiner Zufriedenheit klargestellt. Wenn überhaupt, dann machte diese unerwartete Entwicklung alles nur um so leichter.

»Mach um Gottes willen die Tür zu«, sagte er. Er wandte sich von ihr ab und trat in das kleine Wohnzimmer. Es war nicht luxuriös, aber es war behaglich eingerichtet und in hellen Gelb- und Grüntönen gehalten.

»Ich will, daß du gehst!« sagte sie beharrlich und sah ihm verärgert nach.

»Das ist zu schade. Ich gehe nämlich nicht, und du kannst mich nicht rauswerfen.« Er setzte sich auf einen Lehnstuhl. »Mach die Tür zu, Lisa.«

Sie zögerte einen Moment lang, ehe sie die Tür schloß. Ihre Lippen waren zusammengepreßt, und ihre Augen sprühten Funken, als sie mitten im Zimmer stehenblieb und ihn finster ansah.

»Ich habe dir nichts zu sagen, Sam«, sagte sie steif.

»Wann ist es soweit?« Er deutete auf ihren Bauch, ohne auf ihre Worte einzugehen.

»Ende September«, antwortete Lisa, der es widerstrebte, ihm auch nur diese Information zu geben.

Sam rechnete eilig zurück. »Dann muß es in der Nacht in deinem Zimmer passiert sein...« Seine Stimme verhallte, als erinnerte er sich wieder daran, wie er ihr den Ring gegeben hatte und was hinterher geschehen war. Lisa errötete. Sam bemerkte ihre Verlegenheit, und sein Herz strömte ihr entgegen. Was mußte sie durchgemacht haben, als sie entdeckt hatte, daß sie ein Kind von ihm erwartete, und das wenige Zeit, nachdem er sie so hartherzig fortgeschickt hatte! Er fand, dafür habe er die Todesstrafe verdient. Aber wie hätte er es wissen können... Wenn sie es ihm doch bloß gesagt hätte, dann hätte er ihre Sorgen sofort aus der Welt geschafft.

»Liebling, ich kann dir gar nicht sagen, wie leid es mir tut, daß du all das allein durchmachen mußtest«, sagte er mit sanfter Stimme und stand auf und kam auf sie zu, um sie behutsam in die Arme zu nehmen. Sie blieb starr stehen. »Ich werde mein Bestes tun, um es wiedergutzumachen. Wir werden auf der Stelle heiraten und...«

»Nein!« Sie riß sich von ihm los und stemmte ihre Arme dabei mit einer Kraft, die ihn erstaunte, gegen seine Brust.

Sam sah auf sie herunter. »Was soll das heißen?«

»Das, was ich sage! Nein! Und noch mal nein! Eine Ablehnung! Ich will dich nicht heiraten!«

»Du bekommst ein Kind von mir«, hob er hervor, als habe sie diesen Umstand übersehen.

»Das heißt noch lange nicht, daß ich dich heiraten muß.«

»O doch, das heißt es!« Sams Geduld ließ nach.

»Nein, eben nicht.«

Sam zählte langsam bis zehn, ehe er etwas sagte. Er mußte daran denken, daß sie schwanger war und daß schwangere Frauen zu Unsachlichkeit neigten.

»Schatz, mir ist klar, daß du böse auf mich bist. Und ich gebe sogar zu, daß du Grund dazu hast. Und wenn du willst, entschuldige ich mich noch einmal bei dir. Aber ob du nun wütend bist oder nicht, ändert nichts an dem Umstand, daß dieses Kind einen Vater braucht – und daß du einen Mann brauchst. Du hast dich doch von Collins scheiden lassen, oder nicht?« fügte er mit schärferer Stimme hinzu.

»Ich bin seit drei Monaten geschieden.« Sie wich vor ihm zurück, während sie sprach, und als er merkte, daß er ihren Arm immer noch festhielt, ließ er sie los.

»Dann hindert uns nichts daran, auf der Stelle zu heiraten«, sagte er, als sei damit alles geklärt.

Sie stemmte die Hände in die Hüften und sah ihn trotzig an. Sam war fasziniert von dem Bild, das sie bot. In ihrer Schwangerschaft war sie mitsamt dem dicken Bauch noch hübscher als sonst. Ihr Haar war länger, und mit ihrem Pferdeschwanz hätte man sie für siebzehn halten können. Ihre Haut war makellos, und ihre Augen strahlten. Sie war der Inbegriff von Weiblichkeit, und die Gefühle, die ihn bei ihrem Anblick durchströmten, erschütterten ihn. Sie war seine Frau, und es war an der Zeit, jeder unsinnigen gegenteiligen Behauptung einen Riegel vorzuschieben.

»Wir werden heiraten, sobald es sich machen läßt«, sagte er nachdrücklich. Seine Augen forderten sie heraus, sich ihm zu widersetzen.

Sie zögerte keinen Moment lang. »O nein, das tun wir nicht«, gab sie zurück. »Versuch es in deinen Kopf zu kriegen, Sam: Ich lasse mir von dir nichts mehr vorschreiben. Ich habe vor, das zu tun, was für mich und das Kind das Beste ist, und dazu gehört nicht, dich zu heiraten. Wenn dich dein Schuldbewußtsein plagt, dann tut es mir leid für dich.«

Sam sah ihre Entschlossenheit. Sie wollte sich anscheinend erst erweichen lassen, nachdem er für alles gebüßt hatte. Für etwas Ernsteres als Trotz konnte er es nicht halten. Verdammt noch mal, sie war doch eine Frau! Und sie war schwanger. Und da es sein Kind war, brauchte sie ihn – und sie würde ihn kriegen, selbst dann, wenn er sie an den Haaren vor den Altar schleifen mußte! Aber vorher wollte er versuchen, sie mit vernünftigen Argumenten zu überzeugen. Schließlich war es ihr gutes Recht, wütend auf ihn zu sein, und er war bereit, Zugeständnisse zu machen.

»Solltest du dich nicht setzen?« fragte er und wechselte damit das Thema, denn ihm war aufgefallen, daß sie schon stand, seit er die Wohnung betreten hatte.

»Ich bin nicht krank, sondern schwanger«, antwortete sie mit ruhiger Stimme. »Ein absolut natürlicher Zustand. Und ich finde, du solltest nicht vergessen, daß ich bis heute ohne deinen Beistand zurechtgekommen bin, und es besteht kein Anlaß dafür, jetzt plötzlich den überbesorgten werdenden Vater zu spielen. Dafür ist es zu spät, Sam, und es wäre ohnehin zu wenig.« Ihr Tonfall klang spöttisch.

»Setz dich.« Diesmal war es ein Befehl.

Als sie in seine stahlharten Augen sah, erkannte Lisa den Mann wieder, der sie im rhodesischen Urwald erbarmungslos seinem Willen unterworfen hatte. Aber jetzt waren sie nicht in Rhodesien, und sie wollte verflucht sein, wenn sie ihm gehorchte! Sie ließ sich nicht zu einer Antwort herab, sondern verschränkte die Arme und sah ihn stumm an. Einen Moment lang glaubte sie, er wolle seinem Befehl durch körperliche Gewaltanwendung Nachdruck verleihen. Dann wurden seine Lippen weicher, und er lächelte sie kläglich an.

»Lisa, Liebling, wenn ich gewußt hätte, daß du schwanger bist, wäre ich auf der Stelle zu dir gekommen«, sagte er mit einer Stimme, die sanfter war, als alles, was sie je aus seinem Mund gehört hatte. Er schien Anstalten zu machen, auf sie zuzukommen und sie in seine Arme zu ziehen.

Sie hob eine Hand, um ihn zurückzuhalten. »Du hast also nichts verstanden, oder?« Die Worte waren kühl, und ihre Augen sahen ihn nüchtern an. »Ich habe nie daran gezweifelt, daß du zu mir zurückgekommen wärst und mir angeboten hättest, mich zu heiraten, wenn du gewußt hättest, daß ich schwanger bin. Aber ich will nicht aus einem solchen Grund heiraten. Das ist keine gesunde Basis für eine Beziehung fürs Leben. Ich habe eine gescheiterte Ehe hinter mir und du auch. Ich habe nicht vor, einen solchen Fehler ein zweites Mal zu begehen.«

»Ich bin hergekommen, weil ich dich bitten wollte, mich zu heiraten«, sagte er und sah sie fest an.

Lisa verspürte gegen ihren Willen den Drang, sich in seine Arme zu werfen, sich von ihm beschützen und umsorgen und lieben zu lassen. Dann rief sie sich wieder ins Gedächtnis zurück, daß er sie nicht liebte – zumindest nicht genug, um sie angesichts der möglichen Probleme zu heiraten, die ihr unterschiedlicher gesellschaftlicher Stand und ihr Geld nach sich ziehen konnten. Er liebte sie nicht genug, um sie zu heiraten – und nur durch ihre Schwangerschaft sah er sich dazu gezwungen.

»Ich hatte nicht die leiseste Ahnung, daß du schwanger bist, ehe du diese Tür geöffnet hast, Lisa«, fuhr er fort, als sie nicht antwortete. »Ich bin trotzdem gekommen, um dich zu holen. Weil mir klargeworden ist, daß ich dich liebe. Ob du ein Kind bekommst oder nicht – ich will, daß du meine Frau wirst.«

Lisa starrte ihn an. Sie war in Versuchung – in allzu großer Versuchung –, ihn beim Wort zu nehmen. Ihn zu heiraten. Das war alles, was sie wollte und schon immer gewollt hatte. Aber wenn er sie nicht wirklich haben wollte, und wenn er sie nur wegen des Kindes heiratete, dann wäre es ihr unerträglich gewesen. Ihr Herz war bereits zweimal gebrochen, erst von Jeff und dann von Jennifer. Sie hatte Angst, ein drittes Mal könne über das Maß alles Erträglichen hinausgehen. Und sie hatte Sam schon einmal vertraut und ihn rückhaltlos geliebt und sich ihm bedenkenlos hingegeben. Und er hatte sie fortgeschickt. Es erschien ihr fast unglaubwürdig, daß er jetzt aus heiterem Himmel aufgetaucht war, weil er sie heiraten wollte, jetzt, da sie ein Kind von ihm bekam. Vorher hatte er monatelang nichts von sich hören lassen.

»Hat Amos sich mit dir in Verbindung gesetzt?« fragte sie. Sie bemühte sich, ihre Stimme nicht argwöhnisch klingen zu lassen, als sie plötzlich auf diesen Gedanken kam, doch es gelang ihr nicht ganz.

Er musterte sie. »Nein«, sagte er. »Ich habe seit Monaten nichts von Amos gehört.«

»Wie hast du erfahren, wo ich wohne?«

»Ich bin zum Haus deines Großvaters gefahren – ich

dachte, daß du noch dort lebst. Henry Dobson hat mir deine Adresse gegeben. Ich glaube nicht, daß Amos da war. Ich bin sicher, daß er mir einiges zu sagen gehabt hätte, wenn er dagewesen wäre.« Seine Mundwinkel verzogen sich. »Was hält er übrigens davon?« fragte er mit einer Geste, die ihrem Bauch galt.

»Er findet es einfach entsetzlich«, sagte sie und schnitt eine Grimasse. »Er tut zwar sein Bestes, um es nicht zu zeigen, aber nach seiner Auffassung bringt sich ein ›anständiges Mädchen‹ nicht in diese Lage. Am Anfang ist er natürlich davon ausgegangen, daß wir beide heiraten, und das war dann nicht mehr ganz so schlimm. Als ich ihm schließlich gesagt habe, daß ich dich nicht heiraten werde, hatte ich einen Moment lang Angst, er könnte ohnmächtig werden. Er wollte mich dazu bringen, zur Circle C zu fahren, dich hierherzuschleppen und dich dazu zu zwingen, daß du mich heiratest, ob du willst oder nicht. Aber ich habe ihm gesagt, daß ich ihm nie verzeihen werde, wenn er sich einmischt. Und er hat gemerkt, daß es mein Ernst war. Seitdem hält er sich in jeder Hinsicht sehr gut – vermute ich.« Die beiden letzten Worte nuschelte sie und sah Sam dabei skeptisch an. Es war einfach ein zu großer Zufall, daß er aus heiterem Himmel auftauchte und sie heiraten wollte. Sie konnte das Gefühl nicht abschütteln, daß er schon vorher etwas von dem Kind gewußt hatte.

»Ich schwöre dir, daß ich nicht mit Amos gesprochen habe«, sagte Sam. Er sah ihr fest ins Gesicht.

Vielleicht hat er die Wahrheit gesagt, dachte Lisa und wünschte sich plötzlich sehnlichst, daran glauben zu können. Dann regte sich ihr gesunder Menschenverstand wieder.

»Heirate mich, Lisa«, wiederholte Sam leise.

Er stand immer noch dicht vor ihr und hatte die Arme vor der Brust verschränkt. Die untergehende Sonne warf ihre roten Strahlen durch das große Fenster und hüllte sein Gesicht in Schatten, doch Lisa spürte, wie eindringlich er sie ansah. Wieder mußte sie den Drang unterdrücken, sich in seine Arme zu werfen. Nein, es stand zuviel auf dem Spiel, nämlich nicht nur für sie, sondern auch für das Kind. Sie konnte es sich nicht leisten, den nächsten Fehler zu machen. Diesmal mußte sie sicher sein, ehe sie es sich gestattete, einen Menschen zu lieben.

»Nein, Sam, das habe ich dir doch schon gesagt.« Sie strich sich mit den Händen über den Bauch und feuchtete sich mit der Zungenspitze die Lippen an. »Ich muß wenigstens darüber nachdenken. Dieses Kind ist ohne einen Vater besser dran als mit einem Vater, der es ablehnt, oder mit Eltern, die einander ständig an die Kehle gehen. Als es nur um dich und mich gegangen ist, war das nicht so schlimm. Wenn es nicht geklappt hätte, hätten wir uns scheiden lassen können, und wir hätten nur uns selbst geschadet. Aber jetzt ist alles viel schwieriger. Es würde mir schwerfallen, mich vom Vater meines Kindes scheiden zu lassen.«

»Es käme nie zu einer Scheidung. Ich liebe dich, Lisa.«

Ihr Lächeln war fast bitter. »Wirklich, Sam? Das hast du schon einmal gesagt – und dann bist du fortgegangen. Was ist mit dem Geld? Ich bin noch genauso reich wie damals, Sam, und du bist es nicht. Wann werden wir deshalb den nächsten Ärger miteinander haben?«

Er wandte sich von ihr ab und lief durch das Zimmer.

Schließlich blieb er am Fenster stehen und wandte ihr sein Gesicht zu. Seine Hände lagen hinter seinem Rükken auf dem Fensterbrett.

»In den letzten Monaten ist mir klargeworden, daß es keine große Rolle spielt«, sagte er mit ruhiger Stimme. »Das Geld gehört dir. Ich werde es nicht anrühren – aber du kannst es benutzen – um dir Kleider und persönliche Dinge zu kaufen – wenn du willst. Du kannst auch dem Kind etwas davon kaufen.«

»Das ist eine beträchtliche Kehrtwendung.«

Sie hatte ihren Kopf schräggelegt und machte sich über ihn lustig.

»Ich hatte jede Menge Zeit, darüber nachzudenken. Und ich bin zu dem Schluß gekommen, daß nur du zählst – du und das, was uns miteinander verbindet. Im Vergleich dazu spielt alles andere keine Rolle.«

Bei seinen Worten spürte Lisa ein Flämmchen in ihrem Innern aufflackern. Die Flamme wurde größer und schmolz den Eisblock, der ihr Herz umschloß, seit Sam sie von seiner Ranch fortgeschickt hatte – und sie feststellen mußte, daß sie schwanger war. Er wirkte fast demütig, als bitte er sie darum, ihm eine Chance zu geben. Er hatte nichts von dem arroganten, herrschsüchtigen Soldaten an sich, den sie kennengelernt hatte. Es klang so, als meinte er es ernst – und vielleicht war er wirklich aufrichtig. Im Moment mochte es sein Ernst sein, aber wie würde es aussehen, wenn sie sechs Monate verheiratet waren, ein Jahr, fünf Jahre? Würde sich das Geld als ein unvermeidlicher Stein des Anstoßes zwischen ihnen erweisen? Damals war sie bereit gewesen, es zu riskieren. Aber jetzt mußte sie ihrer Sache sicher sein – wegen des Kindes.

»Was ist jetzt?« Sein Tonfall drückte deutlich aus, daß er die Geduld verlor, aber auch, daß er nur eine Antwort für möglich hielt.

»Ich muß darüber nachdenken, Sam. Das ist nichts, was ich aus dem Stegreif entscheiden kann. Du mußt mir Zeit lassen.«

»Verdammt noch mal!« Der Fluch kam erbittert über seine Lippen und zerschnitt die Dämmerung.

Lisa blickte auf und behielt ihn wachsam im Auge, als er die Gardinen zuzog und zwei Stehlampen neben dem Sofa einschaltete. Als das Zimmer in ein weiches gelbes Licht getaucht war, kam er auf sie zu, legte seine Hände auf ihre Oberarme und hielt sie fest, als sie zurückweichen wollte. Die Berührung seiner Hände, die auf ihrer bloßen Haut lagen, ging ihr unter die Haut. Seit Monaten hatte sie keinerlei sexuelle Regungen verspürt und es sich noch nicht einmal gestattet, in ihrem Körper etwas anderes als einen wohnlichen Ort für ihr Kind zu sehen, und das plötzliche Verlangen, das sie bis in die Zehenspitzen durchzuckte, kam wie ein Elektroschock. Sie bemühte sich, ihm zu entkommen, doch er hielt sie fest, sanft, aber entschieden.

»Wie lange willst du diesen Unsinn weiterspielen?« Die Worte kamen abgehackt heraus. Das Lodern in seinen Augen sagte ihr, daß er plötzlich außer sich vor Wut war.

Seine Wut riß den Schleier von ihrer eigenen Wut, die sie in diesen schrecklichen vergangenen Monaten unter Verschluß gehalten hatte. Mit blitzenden Augen sah sie Sam an. Die meisten Frauen hätten sich in diesem Augenblick vor ihm gefürchtet, doch sie kannte ihn zu gut, und es stand zuviel auf dem Spiel.

»Ist das dein letztes Wort zu diesem Thema?«

Sein Gesicht war so angespannt, daß sie leicht erkennen konnte, wie mühsam er seine Selbstbeherrschung aufrechterhielt. Seine Hände hatten sich fester um ihre Arme geschlossen, wenn auch nicht schmerzhaft. Es prickelte in ihren Adern. Es war, als sei ihr Blut jahrhundertelang gefroren gewesen und sei gerade dabei, aufzutauen. Lisa erkannte, daß Sam sie zum Leben erweckte, ob in der Liebe oder im Zorn.

»Ja, bis ich Zeit genug gehabt habe, um darüber nachzudenken.«

Sein Griff schloß sich noch fester um ihre Arme. Dann ließ er sie los und wandte sich abrupt ab. Lisa starrte entgeistert auf seinen Rücken, als er auf die Tür zuging.

»Du gehst doch nicht etwa?« In ihrem Erstaunen kamen die Worte unwillkürlich heraus.

»Doch, ich gehe. Das wolltest du doch so haben, oder nicht?« Seine Stimme war gepreßt vor Wut. Seine Schritte verlangsamten sich nicht, bis er die Tür geöffnet hatte. Dann drehte er sich noch einmal zu ihr um und sah sie an.

Lisa blinzelte. Da sie Sam kannte, hatte sie nicht erwartet, daß er so schnell nachgeben würde, wenigstens nicht ohne einen gewaltigen Kampf.

»Oder nicht?« fragte er.

»Doch.« Viel anderes hätte sie nicht sagen können.

»Gut.« Auch dieses eine Wort klang abgehackt. »Ich melde mich wieder.«

Dann drehte er sich auf dem Absatz um und ging aus der Tür, die er hinter sich zuzog. Lisa stand da und starrte die Tür an. Sie war so aufgewühlt, und ihre

Gedanken waren so wirr, daß es einige Minuten dauerte, bis sie daran dachte, die Tür hinter Sam abzuschließen.

19

Als sie am nächsten Tag von der Arbeit kam, erwartete er sie schon. Sein Wagen war im Halteverbot vor dem Zeitungsgebäude geparkt, und er trug eine Jeans mit einem lässigen gelben T-Shirt. Er lehnte an der geschlossenen Wagentür und hatte die gebräunten Arme vor der Brust verschränkt, und die Nachmittagssonne ließ sein welliges schwarzes Haar glänzen. Die gutsitzende Jeans betonte seine schmalen Hüften und die langen Beine, und die weiche Baumwolle des T-Shirts hob seine kräftigen Oberarme und seine ausgeprägte Schultermuskulatur hervor. Als er sie auf sich zukommen sah, stieß er sich von dem Wagen ab, ließ seine Arme herunterfallen und lächelte. Seine Mundwinkel zogen sich nach oben, und in seinen gebräunten Wangen zeichneten sich tiefe Lachfalten ab. Seine blauen Augen sahen sie mit einem Ausdruck an, der schon wegen der Wirkung, die er auf sie hatte, verboten sein müßte. Lisa musterte ihn wachsam. Ihr Herz schlug schon bei seinem Anblick solche Purzelbäume, daß es ihr ein leichtes gewesen wäre, ihm nachzugeben und in eine Heirat mit ihm einzuwilligen. Sie war immer noch nicht sicher, ob das das beste war. Und schon gar nicht, ob es für sie alle drei das beste gewesen wäre.

»Was hast du hier zu suchen?« fragte sie, als sie ihm näher gekommen war. Sie hoffte, ihr strenger Tonfall könne darüber hinwegtäuschen, daß ihr Herz sich bei seinem Anblick überschlug.

Sein seltsames, schiefes Lächeln wurde noch breiter. »Ich dachte mir, ich könnte dich zum Abendessen einladen«, sagte er, als sei es das Natürlichste auf der Welt, daß er hier stand und auf sie wartete. »Einverstanden?«

Er sah unglaublich gut aus, als er dort stand und sie mit diesen blauen Augen ansah, während er ihr die Beifahrertür aufhielt. Lisa bemerkte, daß einige der Frauen, mit denen sie zusammenarbeitete, ihn interessiert musterten, als sie auf dem Weg zum Parkplatz an ihm vorbeikamen. Dann wandten sich die Blicke ihr mit einer Mischung aus Neid und Spekulation zu. Morgen würden ihr zahllose neugierige Fragen bevorstehen...

»Ich bin mit dem Wagen hier«, sagte sie zögernd. Plötzlich wußte sie, daß sie wirklich mit ihm ausgehen wollte. Sie sehnte sich danach, mit ihm zusammen zu sein. Sie hatte ihn viel mehr vermißt, als sie es sich im Lauf der letzten Monate eingestanden hatte. Jetzt kam sie sich vor wie eine Blume, die zu lange in der Sonne gestanden hatte und im letzten Moment sah, daß sich Regen ankündigte.

»Das ist kein Problem. Ich bringe dich nach dem Essen hierher zurück, damit du den Wagen abholen kannst. Ich kann dich aber auch morgen früh zur Arbeit fahren.«

Sie sah ihn fest an. »Wenn ich mit dir essen gehe, heißt das noch lange nicht, daß du die Nacht bei mir verbringst, Sam.«

Er grinste sie an. »Wie argwöhnisch du bist! Ich wollte damit doch nur sagen, daß ich gern morgen früh bei dir vorbeikomme und dich zur Arbeit bringe. Kein Grund zur Aufregung.«

»Ich möchte meinen Wagen lieber heute noch holen.«

»Wie du willst. Steigst du jetzt ein oder nicht? Ich komme mir allmählich ziemlich albern vor, wenn ich dastehe und dir die Tür aufhalte, während du mich ansiehst, als sei ich eine Mischung aus Jack the Ripper und Bruno Hauptmann.«

Darüber mußte Lisa lachen. Sie lachte immer noch, als sie einstieg.

»Woher hast du gewußt, wo ich arbeite?« fragte sie, als er sich ans Steuer setzte und den Wagen anspringen ließ. Er fädelte sich geschickt in den Berufsverkehr ein.

»Von Amos«, sagte er, ohne die Straße aus dem Auge zu lassen.

»Von Amos?« Sie war plötzlich instinktiv auf der Hut. Er hatte es zwar gestern abend bestritten, doch er hatte sich mit Amos getroffen. Sie hätte es ja wissen müssen...

»Die Überlegung, die du gerade anstellst, kannst du sofort wieder vergessen.« Er warf ihr einen flüchtigen Seitenblick zu, ehe der Verkehr seine Aufmerksamkeit wieder beanspruchte. »Ich habe mich heute morgen mit Amos getroffen. Und zwar zum ersten Mal, seit Jay und ich Annapolis verlassen haben. Er hat sich gewaltig gefreut, mich zu sehen, das muß ich schon sagen. Er fand, es sei an der Zeit, daß ich mich blicken lasse.«

»Das kann ich mir vorstellen.« Lisa konnte es sich genau ausmalen. Wenn Sam Amos gesagt hatte, daß er zurückgekommen war, um sie zu heiraten, mußte Amos dem jüngeren Mann geradezu um den Hals gefallen sein.

»Er hat mir auch erzählt, daß du kürzlich zur Stellvertreterin des Chefredakteurs der Zeitschrift befördert worden bist, für die du arbeitest. Wie heißt sie noch mal, *Baltimore Alive*?« Lisa nickte. »Und daß du die Stellung nur aufgrund deiner Arbeit bekommen hast, weil niemand auch nur wußte, daß du mit ihm verwandt bist. Wie ist das gekommen?«

Lisa zuckte die Achseln. »Ich nehme an, ich hatte es satt, unter Amos' Fittichen zu sein. Ich habe mich schon immer, mein Leben lang, gefragt, ob die Dinge, die ich erreicht habe – die guten Noten in der Schule, meine Aufnahme im Bryn Mawr, sogar Jeffs Heiratsantrag – darauf zurückzuführen sind, daß ich Amos' Enkelin bin. Die einzige Stellung, die ich außer dieser je gehabt habe, habe ich über ihn bekommen. Ich habe angefangen, mich zu fragen, was ich allein hinkriege, ohne die Hilfe anderer. Daher habe ich mich entschieden, es auszuprobieren. Ich habe mich tatsächlich hingesetzt und die Stellenangebote in der Zeitung gelesen, wie es Hunderte von Menschen täglich tun. Dann habe ich einen Lebenslauf abgefaßt und mich nach einer Stellung umgesehen. Und ich habe Arbeit gefunden. Weil den Leuten meine Art zu schreiben gefällt, nicht weil ich mit Amos verwandt bin.«

Er sah sie an und lächelte plötzlich. »Absolut bewundernswert. Lisa Bennet Collins hält also all ihr Geld und ihre gesellschaftlichen Verbindungen geheim und wird zu einer gewöhnlichen berufstätigen Frau. Macht es dir Spaß?«

Sie sah ihm fest in die Augen und lächelte dabei nicht. In den grünen Tiefen war sogar eine Spur von Trotz zu erkennen. »Ja, sehr.« Und das stimmte. Zum ersten Mal in ihrem Leben hatte sie das Gefühl, daß man sie um ihrer selbst willen schätzte. Es war ein gutes Gefühl, aber eigentlich wollte sie gar nicht darüber reden. Noch nicht einmal mit Sam. Jedenfalls nicht jetzt – das Gefühl war noch zu frisch. »Wohin fährst du überhaupt?« fragte sie und wechselte das Thema. Sie sah aus dem Fenster und stellte fest, daß sie in einer Wagenschlange standen, um sich in die Schnellstraße einzufädeln.

Sam wirkte einen Moment lang überrascht. Er schien sich keine großen Gedanken darüber gemacht zu haben, wohin er fuhr. »Das weiß ich selbst nicht so genau, um die Wahrheit zu sagen. Worauf hast du Lust? Amos hat ein Restaurant vorgeschlagen, das auf Meeresfrüchte spezialisiert ist. Er hat gesagt, daß du sehr gern hingehst, aber ich habe den Namen vergessen.«

»Das Blue Crab«, warf Lisa automatisch ein. Die Vorstellung, daß die beiden sich hinter ihrem Rücken gegen sie verbündeten – und genau danach klang es – gefiel ihr nicht wirklich. Sie reckte ihr Kinn in die Luft. »Ich hätte große Lust auf Pizza.«

»Pizza?« Entgeisterter hätte Sams Stimme nicht klingen können, wenn sie ›Ringelblumen‹ gesagt hätte. Er wandte seinen Blick von den Wagen ab, die vor ihnen standen, und betrachtete ihren Körper, der nach wie vor schlank war, wenn man von ihrem Bauch absah, über den das blaue Umstandskleid nicht ganz hinwegtäuschen konnte. »Bist du sicher, daß das gut für dich ist – in deiner Verfassung?«

Lisa sah ihn gereizt an. »Um Himmels willen, Sam, ich bin bei bester Gesundheit, und Pizza ist nicht ungesund. Aber wenn es dich beruhigt, trinke ich ein Glas Milch und keine Cola. Einverstanden?«

»Einverstanden.«

Sein Lächeln war entwaffnend gedacht. Lisa wußte es, und es tat trotzdem seine Wirkung. Sie lächelte ihn gegen ihren Willen an und gestand sich selbst allzu ungern ein, daß ihre Sorge um sie ihr wohltat. An Jay hatte er bereits bewiesen, daß er ein guter Vater sein konnte, und es schien, als sei er bereit, dem Kind, das demnächst geboren wurde, ein ebenso guter Vater zu sein. Wenn sie nur sicher gewesen wäre, daß er sie genügend liebte, um sich nicht von den Hindernissen abschrecken zu lassen, die zwischen ihnen standen...

»Für mich ist all das noch ganz neu, Liebling, und du wirst mich damit vertraut machen müssen«, sagte er mit einem matten Lächeln, als er sich von Lisa zu der Pizzeria lotsen ließ, die nur zwei Kreuzungen von ihrer Wohnung entfernt war. »Jay ist vor siebzehn Jahren geboren worden, und damals war ich während Beths Schwangerschaft die meiste Zeit nicht da, weil ich Manöver hatte. Aber ich kann mich noch erinnern, daß ihr häufig übel war und sie oft im Bett bleiben mußte. Ist dir übel gewesen?« Der beiläufige Tonfall der Frage konnte seine tiefe Sorge nicht verbergen.

Lisa schüttelte den Kopf. »Nur in den ersten drei Monaten – und auch damals selten. Seit da an fühle ich mich prächtig. Mit Jennifer war es genauso.« Lisa konnte inzwischen mit mehr Liebe als Leid an ihre Tochter denken, und ihr war klargeworden, daß sie einen großen Teil dieses innerlichen Heilungsprozesses Sam zu verdanken hatte. Er hatte ihr in vieler Hinsicht gutgetan...

»Ich hätte bei dir sein müssen«, hörte sie ihn tonlos murmeln. Als sie ihn ansah, bemerkte sie, daß sich sein Gesicht verfinstert hatte.

»Wenn du dich wegen des Geldes nicht so blöd angestellt hättest, wärst du bei mir gewesen«, hob Lisa ohne allzuviel Taktgefühl, aber der Wahrheit entsprechend, hervor.

Er zuckte zusammen. »Ja, dann wäre ich bei dir gewesen, das stimmt«, sagte er bedächtig. Dann wandte er sich zu ihr um und fügte eindringlich hinzu: »Lisa...«

Sie fühlte sich der Diskussion noch nicht gewachsen, auf die sein Tonfall deutlich hinwies. Sie mußte dahinterkommen, was für sie selbst und für das Kind das beste war, und vorher durfte sie nicht zulassen, daß Sam unbestreitbare Überzeugungskünste – und die Liebe, die sie für ihn empfand – dazu benutzte, sie ins Wanken zu bringen. Sie war entschlossen, diese Entscheidung mit dem Verstand und nicht mit dem Herzen zu treffen. Wenigstens dieses eine Mal.

Die bunte Fassade der Pizzeria, die an der nächsten Kreuzung auftauchte, kam ihr zur Rettung. »Bieg dort ab«, sagte sie, und das Thema war zumindest für den Moment zurückgestellt.

Sie traten ein, bestellten Pizza und ein Bier für Sam und ein Glas Milch für Lisa. Dann spielten sie Videospiele, während sie auf die Pizza warteten. Lisa kam sich eher wie ein Teenager vor, der ein Rendezvous hat, als wie die unverheiratete werdende Mutter, die eine Scheidung und den tragischen Tod eines Kindes hinter sich gebracht hat, und es war ein köstliches Gefühl. Sie kicherte beim Spielen wie eine Sechzehnjährige. Sam, der den Vorteil hatte, von Jay in diese Spiele eingeweiht worden zu sein, war viel besser als Lisa und schlug sie mit einer zielstrebigen Beharrlichkeit, die Lisa insgeheim sehr lustig fand. Auch er schien wieder zum Teenager geworden zu sein, wenn nicht noch jünger. Ob Männer wohl je erwachsen wurden? fragte sie sich amüsiert, als er ein Siegesgeheul von sich gab, bei dem sich alle Gäste im Restaurant umdrehten. Er hatte sie gerade dreimal hintereinander beim Computer-Pingpong geschlagen.

Als die Pizza kam, setzten sie sich an einen Tisch. Sam strahlte über seinen Sieg, und Lisa bemühte sich vergebens, gegen ihr Kichern anzukommen. Beide waren aufgekratzt, und ihre Gesichter waren vor Lebhaftigkeit gerötet. Beim Essen unterhielt Sam sie mit Märchen (kein Wort glaubte sie ihm von alledem!) über seine Erlebnisse und Heldentaten als Soldat und mit Geschichten über seine jungen Jahre als aufsässiger Teenager in einer Stadt, in der Konformität als der höchste aller Werte galt. Dann hörte er ihr mit unermüdlichem Interesse zu, als sie von ihrer Arbeit und dem Interview mit einem hiesigen Discjockey erzählte, das sie gerade zu arrangieren versuchte.

»Wann bist du eigentlich in die Wohnung eingezogen?« fragte er. Er griff nach einem der beliebten Randstücke der Pizza und biß genüßlich hinein.

»Etwa zwei Wochen, nachdem ich festgestellt habe, daß ich schwanger bin.« Die Worte kamen gedämpft heraus, während Lisa mit den Fäden kämpfte, die der Käse zog.

»Und warum?«

Seine Verblüffung war so echt, daß sie eine durchdachtere Antwort gab, als sie es normalerweise getan hätte. Wenn sie und Sam eine Chance hatten, eine echte Chance, eine Ehe zu führen, die funktionierte, dann mußte er sie verstehen, wie auch sie ihn zu verstehen versuchte. Bisher war ihre Beziehung zueinander mehr auf Glut und Leidenschaft als auf Freundschaft zurückgegangen, doch Lisa hatte das Gefühl, die Freundschaft sei der bessere Kleister, um zwei Menschen für zwanzig oder dreißig Jahre aneinander zu binden.

»Ich fand, es sei an der Zeit, daß ich mich auf eigene

Füße stelle«, antwortete sie und sah ihm fest in die Augen. »Mir ist aufgegangen, daß ich nie wirklich allein gewesen bin. Ich habe bis zu meiner Heirat bei Amos gelebt und dann bei Jeff, bis ich nach Rhodesien gegangen bin. Und dort habe ich mit dir zusammengelebt.«

»Aber warum hast du dir ausgerechnet diese bestimmte Wohnung ausgesucht? Sie kommt mir nicht gerade so vor, als sei das der Ort, der dir behagt.«

»Wenn das so ist, machst du dir wirklich keine Vorstellung davon, wo es mir behagt, stimmt's, Sam?« Die Worte kamen trotz ihres bissigen Inhalts sanft heraus. »Du hast es einfach als selbstverständlich vorausgesetzt, daß ich nur an einem Ort glücklich sein kann, der jeden Luxus auf Erden verkörpert! Nachdem ich von deiner Ranch zurückgekommen bin, habe ich mich sogar gefragt, ob du vielleicht recht hast – ob ich etwa wirklich so verzogen bin, daß ich nicht ohne ein großes Haus und Dienstboten und kostspielige Kleider und schicke Wagen leben kann! Daher habe ich mich entschlossen, es herauszufinden. In den allerletzten Monaten habe ich mich rundum selbst ernährt und ausschließlich von dem Geld gelebt, das ich mit meiner Arbeit verdiene, einer Arbeit, für die ich viel tue und die mir Spaß macht. Mir macht es Spaß, zu wissen, daß ich nicht das nutzlose gutgestellte kleine Mädchen bin, als das ihr mich sehen wolltet – du und Jeff und Amos!«

Einen Moment lang herrschte Schweigen. Sam sah ihr in die Augen und legte langsam das Stück Pizza hin, das er in der Hand hielt.

»Wenn ich dir das Gefühl gegeben habe, dann tut es mir leid«, sagte er leise. »Ich habe dich nie für nutzlos gehalten, Lisa, nur für ein Mädchen, das mehr Luxus gewohnt ist, als ich jemandem bieten kann. Ich wollte nicht, daß du auf alles verzichten mußt, was du haben willst, weil du mich geheiratet hast.«

»Aber was du nie verstanden hast, ist, daß ich dich wollte.« Lisa hatte ihre Stimme so sehr gesenkt, daß Sam sie nur mit Mühe hören konnte. Die einzige Kerze auf dem Tisch tauchte ihre helle Haut in einen rosigen Glanz, und ihre Augen spiegelten den Lichtschein der Kerze wider, als sie ihm ins Gesicht sah. »Mir hat es nie an Geld gefehlt, und auch an nichts, was man für Geld kaufen kann. Und daraus habe ich gelernt, daß Geld gar nicht so wichtig ist. Was zählt, sind die Menschen, Sam. Die Menschen und ihre Beziehungen zueinander.«

»Wenn du es so siehst, dann heirate mich. Ich liebe dich – und du liebst mich. Auf der Grundlage sollten wir imstande sein, mit allem zurechtzukommen.«

Lisa lächelte betrübt. »Aber wie lange würde es dauern, bis dich der Gedanke an all das Geld wieder plagen würde, das auf meinen Namen auf einem Bankkonto liegt? Wie lange würde es dauern, bis du dich wieder fragst, ob ich es nicht doch bereue, nicht die Form von Leben zu führen, von der du glaubst, daß ich sie brauche? Wie lange würde es dauern, bis wir uns wieder darüber streiten? Wie lange würde es dauern, bis du anfängst, mich zu hassen?«

»Lisa...« Seine Stimme war heiser.

Lisa schüttelte den Kopf. »Sag im Moment gar nichts, Sam. Denk einfach in Ruhe darüber nach. Und sei um deiner selbst willen, aber auch um meiner und des Kindes willen aufrichtig. Bitte.«

Sie stand abrupt auf und ließ Sam zurück. Es blieb ihm überlassen, die Rechnung zu bezahlen, während sie aus dem Restaurant stürzte, ehe die Tränen, die in ihre Augen sprangen, ihr endgültig Schande machten. Als Sam sie eingeholt hatte und sie zu seinem Wagen führte, hatte sie sich wieder unter Kontrolle, doch er sah sie tief besorgt an.

»Ist alles in Ordnung mit dir?« fragte er, als er ihr die Tür aufgehalten hatte und neben ihr eingestiegen war.

Lisa nickte nur, denn sie wagte es nicht zu sprechen. Sam sah sie an und öffnete den Mund, als wolle er etwas sagen. Dann überlegte er es sich anscheinend anders. Wortlos fuhr er sie zu ihrer Wohnung.

»Mein Wagen...« waren die einzigen Worte, die Lisa von sich gab, als sie sah, daß sie da waren.

»Ich bringe ihn später vorbei. Mach dir deshalb keine Sorgen«, sagte er kurz und bündig und ging um den Wagen herum, um ihr die Tür aufzuhalten. Lisa stand schon auf dem Bürgersteig, als er auf ihrer Seite des Wagens stand.

»Es ist nicht nötig...« *daß du mich raufbringst*, wollte sie schon sagen, doch der höhnische Blick, den er ihr zuwarf, brachte sie dazu, diese Worte als reine Zeitvergeudung abzutun. Er lief auf der Treppe stumm hinter ihr her, und als sie vor ihrer Wohnung standen, nahm er ihr den Schlüssel aus der Hand und schloß die Tür auf.

»Warte hier.« Ehe sie wußte, was er vorhatte, war er eingetreten und hatte die Lichter eingeschaltet und sich eilig in allen Zimmern umgesehen, ehe er zu ihr zurückkam.

»Ich glaube kaum, daß das nötig war. Ich lebe schon seit Monaten hier und habe noch nie Schwierigkeiten gehabt.«

»Willst du mich daran hindern, mir das Pfadfinderabzeichen zu verdienen?« Er sah sie lächelnd an, legte seine Hand unter ihr Kinn und zog ihr Gesicht zu sich hinauf. »Gute Nacht, Lisa«, murmelte er. Dann senkte er seinen Kopf, um einen flüchtigen Kuß auf ihre Lippen zu drükken. Ehe sie so darauf reagieren konnte, wie es ihr sämtliche Instinkte geboten, richtete er sich wieder zu seiner vollen Größe auf und sah sie an.

»Ich möchte, daß *du* nachdenkst«, sagte er mit sanfter Stimme. »Und zwar über folgendes: Wenn du mich nicht heiratest, wie lange würde es dann dauern, bis du dich selbst dafür haßt, uns keine Chance gegeben zu haben? Wie lange würde es dauern, bis unser Kind dich dafür haßt, daß du ihm oder ihr den Vater genommen hast?«

Sie sah erschüttert zu ihm auf. Er lächelte sie an, drückte noch einen flüchtigen Kuß auf ihre Lippen und ließ sie dann los.

»Schließ die Tür hinter mir ab«, befahl er. Als sie ihn nach wie vor anstarrte, ging er. Und sie war allein.

20

Die Rosen wurden abgegeben, als sie am nächsten Tag beim Mittagessen war. Als sie in das winzige Kämmerchen zurückkam, das ihr als Büro diente, standen sie da – ein Dutzend blutroter Blüten in einer Kristallvase, und der Duft hing üppig in der Luft. Lisa blieb erstarrt in der Tür stehen, als sie den Strauß sah, und Emily Pfeiffer, die Redakteurin, mit der sie gerade essen gewesen war und die ihr jetzt auf dem Fuß folgte, weil sie über einen geplanten Artikel reden wollten, prallte mit ihr zusammen.

»Irre!« sagte Emily, als sie über Lisas Schulter lugte und die Blumen sah. Dieses eine Wort brachte Lisa wieder zu Sinnen. Sie ging auf die Rosen zu und lächelte unwillkürlich. Sam! Das wußte sie, ehe sie die Karte gelesen hatte, die in dem grünen Laub hing. Die simple Mitteilung ließ einen verdächtigen Schleier vor ihre Augen ziehen. ›Ich liebe dich‹, stand auf der Karte. ›Heirate mich.‹

»Ich nehme an, die sind von dem tollen Typ, der dich gestern abend von der Arbeit abgeholt hat?« Emilys neiderfüllte Stimme riß Lisa aus ihren Tagträumen. Sie blinzelte wiederholt und hoffte, ihre Kollegin würde ihre feuchten Augen nicht bemerken. Dann lächelte sie, gab aber keine Antwort.

»Mann, manche Leute haben wirklich ein unverschämtes Glück«, fuhr Emily fort, die anscheinend keine Antwort brauchte, um die richtigen Schlüsse zu ziehen. »Was gäbe ich nicht alles dafür, wenn ein so reizvolles und attraktives Exemplar hinter mir her wäre.« Dann sah sie auf ihren eigenen kurzgeratenen und etwas zu rundlichen Körper herunter und legte ihre Finger kläglich auf den Bügel ihrer Brille. »Ziemlich chancenlos, was? Es sei denn, er hat einen Tick für fette Oberschenkel.«

Lisa lachte über den Hoffnungsschimmer in der Stimme, mit der Emily sich über sich selbst lustig machte.

»Sei nicht albern, Em«, sagte sie in einem Tonfall, der schon halbwegs normal war. »Du weißt, daß du dich sehr gut gehalten hast, und deine Oberschenkel sind nicht fett. Wenn du jetzt genug Komplimente gehört hast und dir aus dem Kopf geschlagen hast, mir meine Freunde auszuspannen, warum kommst du dann nicht rein, damit wir uns an die Arbeit machen können?«

Als sie sich setzten, vermied Lisa es bewußt, die Blumen anzusehen, deren Duft Sams Liebe übermittelte. Emily dagegen hatte weniger Hemmungen.

»Er hat nicht zufällig einen Freund, oder?« erkundigte sie sich, während sie gerade über die Berichterstattung sprachen, die zur Eröffnung eines Einkaufszentrums erfolgen sollte.

Lisa hatte ziemlich sicher damit gerechnet, daß Sam sie am Abend von der Arbeit abholen würde. Er lehnte an der Beifahrertür ihres Wagens, den sie am Morgen vor ihrer Wohnung vorgefunden hatte. Als er sie auf sich zukommen sah, grinste er und sah ihr entgegen.

»Kannst du mich ihm nicht vorstellen?« flüsterte eine kehlige Stimme direkt hinter ihr. Lisa wandte sich um und sah Emily, die Sam anhimmelte.

»Für nichts auf Erden«, hörte sich Lisa zu ihrer eigenen Überraschung antworten.

Als Emily kicherte, grinste Lisa sie breit an und ging dann auf Sam zu. Er hielt ihr die Tür auf – die Beifahrertür, wie sie belustigt und resigniert zugleich feststellte. Offensichtlich war sein Hang zum Chauvinismus doch zu ausgeprägt, um sie fahren zu lassen, wenn er mit ihr im Wagen saß. Als Lisa Sam ansah, konnte sie deutlich erkennen, warum Emily neidisch war. Er ragte weit über den blassen, schlanken und weniger schlanken Männern auf, die in ihren Dreiteilern über den Parkplatz liefen. Seine breiten Schultern, seine kräftige Brust und die muskulösen Oberarme, die unter dem kurzärmeligen roten T-Shirt deutlich zu sehen waren, wiesen ihn als einen Mann der Tat aus, nicht als einen Bürohengst. Seine kräftigen Schenkel in der weißen Hose und seine männlich schmalen Hüften – er war der Inbegriff der Wunschträume von Frauen. Dazu das bronzene Gesicht mit den unerbittlich männlichen Zügen und die wellige schwarze Mähne, das Grinsen, bei dem Charme um seine weißen Zähne blitzte, wenn er sich zufällig die Mühe machte, sein Lächeln einzusetzen, und diese blauen Augen – Lisa ertappte sich dabei, daß er sie fast ins Schwärmen brachte.

»Emily hat recht gehabt – du bist ein toller Typ«, sagte sie grinsend, als er sie zum Blue Crab fuhr.

Sam sah sie erstaunt an. »Wer ist Emily?« fragte er argwöhnisch.

Lisa lachte und sagte es ihm.

»Du findest also, daß ich ein toller Typ bin, stimmt's?« fragte er mit gedehnter Stimme, nachdem sie ihm die ganze Geschichte erzählt hatte. »Ich bin nicht sicher, ob mir das gefällt. Du solltest mich um meiner inneren Werte willen haben wollen und nicht wegen meines Körpers.«

»Aber du hast nun einmal diesen tollen Körper«, zog Lisa ihn auf.

Er sah sie an, und seine Mundwinkel verzogen sich spöttisch. »Dann heirate mich, und du bekommst die Exklusivrechte.«

Lisa sah ihn an. Sein Tonfall war spielerisch und oberflächlich, doch der Ausdruck, der in seinen Augen stand, sagte ihr, daß er es ernst meinte. Sie war in großer Versuchung.

»Paß auf, wohin du fährst«, sagte sie streng. Er gestattete ihr, das Thema fallenzulassen. Für den Moment wenigstens.

Als am nächsten Tag die Rosen kamen und ein gleichlautender Text auf der Karte stand, war Lisa überrascht. Da der erste Strauß schon fast zuviel Raum auf ihrem

Schreibtisch einnahm, stellte sie das zweite Dutzend – so blutrot und so stark duftend wie das erste – auf einen Aktenschrank. Sie ließ die gutmütigen Scherze ihrer Kollegen über sich ergehen, die zwangsläufig darauf erfolgten, daß sie innerhalb von zwei Tagen zwei Blumensträuße bekommen hatte.

»Sie sind wunderschön – aber schick mir bitte keine Rosen mehr«, sagte Lisa an jenem Abend zu Sam. Es hatte sie absolut nicht erstaunt, daß er sie nach der Arbeit erwartete. Es erschien ihr als das Natürlichste auf Erden, mit ihm essen zu gehen, und der flüchtige Gutenachtkuß, bei dem er es beließ, kam ihr auch allzu natürlich vor – wenn man davon absah, daß sie sich nach immer mehr sehnte.

Am nächsten Tag waren es rosa Nelken, die würzig rochen und von einer Karte desselben Inhalts wie bisher begleitet wurden. Lisa starrte die Blumen entgeistert an, ehe sie sie auf die Fensterbank stellte. An diesem Abend schalt sie Sam, doch er versprach ihr gar nichts, sondern grinste nur schelmisch.

Am nächsten Tag rechnete sie schon mehr oder weniger mit den Blumen, doch sie trafen auch am übernächsten Tag ein, dann wieder und wieder. Ganze Körbe voller Rittersporn, Schalen mit Iris, ein Wald von Gänseblümchen. Und alle wurden von denselben Worten begleitet. Ihr Büro roch betäubend; es war von Blumen überschwemmt. Sie schenkte sie den Sekretärinnen, ihren Kolleginnen, jedem, der sie haben wollte – zur großen Belustigung der gesamten Belegschaft. Aber es trafen immer noch mehr Blumen ein. Lisa war abwechselnd wütend, erheitert und gerührt. Sie hätte nie geglaubt, daß ein Mann wie Sam zu einer solchen Geste fähig war, wenn die unwiderlegbaren Beweise ihr nicht während ihres Arbeitstages jede Minute vor Augen gestanden und in ihre Nase vorgedrungen wären.

»Hör bitte auf damit, Sam«, klagte sie eines Abends etwa eine Woche später. Es war ihm zur Gewohnheit geworden, sie nach der Arbeit abzuholen und mit ihr essen zu gehen. Diesmal standen sie in einer Imbißbude, da sie hinterher ins Kino gehen wollten. »Ich ertrinke in Blumen; das ganze Büro ertrinkt in Blumen! Was soll das denn?«

Er sah sie nachdenklich an, während er Pommes frites aß. »Weißt du es denn nicht?« Sie schüttelte den Kopf. »Ich freie um dich, Lisa, mein Liebling«, sagte er grinsend. Dann wandte er seinem Essen wieder alle Aufmerksamkeit zu, obwohl sie sich nach Kräften bemühte, das Gespräch fortzusetzen.

Nach zwei Wochen gehörten die Blumen, die abgegeben wurden, zur Routine ihres Tagesablaufs. Sie zierten bereits jeden Schreibtisch im ganzen Haus. Lisa warf verblühte Blumen nur fort, damit ihr Platz von neuen Sträußen eingenommen werden konnte. Dann teilte ihr Sam bei einem Hot dog während eines Baseballspiels mit, daß etwas geschehen war, was ihn zwang, eine Zeitlang auf die Ranch zurückzukehren.

»Wie lange wirst du fort sein?« fragte Lisa, die in ihrer Magengrube unvermittelt ein Gefühl der Leere spürte. Gleichzeitig lag ihr das halbe Würstchen, das sie gegessen hatte, bleischwer im Magen.

»Eine Woche – vielleicht auch zwei. Ich würde nicht wegfahren, wenn es nicht unbedingt nötig wäre.« Er sah sie an und hob seine Hand, um ihr einen Senfrest von der Unterlippe zu wischen. »Lisa – komm mit mir.«

Lisa sah ihm in die Augen. Zögernd schüttelte sie den Kopf.

»Ich... ich bin noch nicht soweit. Ich brauche mehr Zeit, Sam.«

Er atmete hörbar ein. »Ich kann nicht bis in alle Ewigkeit hierbleiben«, sagte er mit einer gepreßten, leisen Stimme. »Du wirst dich so oder so entscheiden müssen. Ich will eine Antwort von dir haben, wenn ich zurückkomme. Und ich warne dich – wenn du nein sagst, frage ich dich nicht noch einmal. Mach dir also ernsthafte Gedanken, solange ich fort bin, Lisa.«

Sie blinzelte. Der charmante, wohlgelaunte Gefährte, der in den letzten zwei Wochen mit ihr gelacht und gescherzt hatte, war nicht mehr da. An seine Stelle war ein Mann getreten, der so hart und unnachgiebig wie Granit war. Sie zweifelte nicht im entferntesten daran, daß er das, was er sagte, ernst meinte. Ehe sie etwas darauf erwidern konnte, war er aufgesprungen, hatte nach ihrem Arm gegriffen und sie von der Holzbank gezerrt. Auf der Heimfahrt sprach er kein einziges Wort mit ihr. Vor ihrer Wohnungstür ließ er sie sogar ohne den armseligen Gutenachtkuß stehen, nach dem sie sich inzwischen so sehr sehnte.

Als Sam fort war, kam ihr jeder Tag mindestens wie eine Woche vor. Sogar das tägliche Eintreffen der Blumen fehlte ihr. Bei ihren regelmäßigen Arztbesuchen wünschte sie sich vergebens, Sam sei bei ihr und könnte die wachsende Spannung mit ihr teilen. Nachts im Bett sehnte sie sich nach ihm. Er füllte ihre Träume aus, und morgens, wenn sie wach wurde, war ihr Kissen feucht von den Tränen, die sie in der Nacht um ihn geweint hatte. An ihrem Arbeitsplatz mußte sie gute Miene zu den unvermeidlichen Bemerkungen machen, die das Ausbleiben der Blumen begleiteten. Sams Abwesenheit wurde von jeder einzelnen Frau, die für die Zeitschrift arbeitete, bemerkt. Lisa vermißte ihn, kurz gesagt, mehr, als sie in ihren kühnsten Träumen für möglich gehalten hätte. Aber trotzdem konnte sie sich immer noch nicht dazu entschließen, ihn zu heiraten. Wenn seine Abwesenheit sie nach nur zwei Wochen derart mitnahm, was sollte dann aus ihr werden, wenn sie ihn heiratete – wenn sie es sich noch einmal erlaubte, ihn rückhaltlos zu lieben – und es schiefging? Sie hatte große Angst, daß sie vor Kummer sterben würde.

Amos besuchte sie, wie er es jede Woche einmal getan hatte, seit sie in ihre eigene Wohnung gezogen war. Jetzt fiel ihr erst auf, daß er nicht gekommen war, als Sam da war. Er bemühte sich, sich ganz normal zu geben, und tat sein Bestes, um Sam mit keinem Wort zu erwähnen, doch Lisa wollte nichts von seiner aufgesetzten Lockerheit wissen.

»Hast du Sam angerufen? Ich meine, ehe er gekommen ist. Hast du ihm etwas von dem Kind erzählt?« Ihr Blick und ihre Stimme waren anklagend.

Amos, der mit einem Glas Eistee in der Hand auf ihrem Sofa saß, blickte besorgt zu ihr auf. »Nein, natürlich nicht«, sagte er. Doch Lisa war nicht überzeugt.

»Amos, ich stehe gerade vor der wichtigsten Entscheidung meines ganzen Lebens. Und ich muß alle Fakten kennen. Ich bitte dich, wenn du Sam etwas von dem Baby gesagt hast, ehe er hergekommen ist, dann sag es mir. Ich muß es wissen. Es ist mir sehr wichtig, Amos.«

»Ich habe ihn nicht verständigt, mein Kind. Ich gebe zu, daß ich mit dem Gedanken gespielt habe. Ich hätte es gern getan. Aber du hast mir gesagt, ich sollte mich aus dieser Angelegenheit heraushalten, und ich habe befunden, du seist erwachsen genug, in diesem Punkt allein eine Entscheidung zu treffen. Ich gebe dir mein Ehrenwort darauf, daß ich Eastman nichts von dem Kind erzählt habe, das du von ihm erwartest. Soweit ich weiß, hat er nichts davon gewußt, ehe er es mit eigenen Augen gesehen hat.«

Lisa blieb stumm. Die Stimme ihres Großvaters klang allzu wahr in ihren Ohren. Nicht etwa, daß er sie nicht belogen hätte, wenn er der Meinung gewesen wäre, es sei zu ihrem Besten, doch diesmal neigte sie dazu, ihm Glauben zu schenken. Vielleicht aber auch nur, weil sie es glauben wollte, dachte sie und schnitt insgeheim eine Grimasse.

»Er will dich heiraten.« Es war eine Feststellung, keine Frage. Lisa nickte trotzdem. Amos schnaubte triumphierend.

»Warum, um Himmels willen, zögerst du dann noch, Mädchen? Vor sechs Monaten warst du ganz verrückt darauf, ihn zu kriegen! Er ist der Vater des Kindes, das du austrägst, und das heißt etwas, ob es dir paßt oder nicht. Es ist zwar nicht direkt der Mann, den ich dir ausgesucht hätte, aber er ist ein guter Mann. Er macht sich etwas aus dir. Er wird auf dich aufpassen. Ich werde nicht ewig für dich da sein, Lisa, und ich würde mich ruhiger fühlen, wenn ich wüßte, daß du mit ihm verheiratet bist. Er erscheint mir wie ein Mann von der Sorte, der nicht achtlos mit dem umgeht, was ihm gehört – du und sein Junge und das Baby.«

Lisa sah ihn scharf an. Sie hatte noch nie gehört, daß er von seinem möglichen Ableben sprach. Konnte es etwa sein, daß er krank war und ihr nichts davon sagen wollte? Aber er wirkte so robust wie immer, als er in seinem makellosen grauen Anzug mit dem weißen Hemd, der geschmackvollen Seidenkrawatte und dem passenden Taschentuch dasaß, wie jeden Sonntag. Etwas in seinen Augen sagte ihr, daß er an ihr Mitgefühl appellierte.

»Amos, du alter Gauner, du wirst hundert Jahre alt. Damit brauchst du mir also gar nicht erst zu kommen. Falls ich – und ich habe *falls* gesagt – mich entschließe, Sam zu heiraten, dann nicht, um dir auf deinem Totenbett eine Last von den Schultern zu nehmen! Und jetzt komm. Wenn du mit mir in die Kirche gehen willst, sollten wir uns auf den Weg machen. Wir sind ohnehin schon zu spät dran.«

Die nächsten Tage vergingen noch langsamer als die erste Woche seit Sams Abreise. Es war qualvoll, nicht genau zu wissen, wann er zurückkommen würde. Er rief nicht an, und das erstaunte Lisa, bis sie sich ausrechnete, daß er ihr die Gelegenheit geben wollte, selbst zu sehen, wie sehr sie ihn vermißte. Sie hätte ihn anrufen können, indem sie sich die Nummer von der Auskunft in Montana besorgt hätte, ein lachhaft einfaches Unterfangen, doch sie tat es nicht. Es wäre ihr zu sehr als eine Form von Eingeständnis erschienen, die Initiative zu ergreifen und ihn anzurufen.

Schließlich, genau zwölf Tage, vier Stunden und sechzehn Minuten, nachdem sich Sam von ihr verabschiedet hatte, entschied Lisa, das, was sie brauchte, um sich nicht von ihrer Melancholie verschlingen zu lassen, seien Aktivitäten. Sie nahm sich vor, die Decke im Bad zu streichen, etwas, was sie schon plante, seit sie in die Wohnung eingezogen war. Ihre Vormieterin hatte offensichtlich einen Fimmel für Grellrosa, und Lisa hatte vor, die Decke in einem schlichten Weiß zu streichen, das ihr keine Übelkeit verursachte.

Sie stand seit fast einer Stunde auf der Leiter, als an die Tür geklopft wurde. Wahrscheinlich war es das Mädchen von unten, das mit ihr plaudern wollte, vermutete Lisa, als sie von der Leiter stieg und ihre Glieder streckte. Es war ein sehr nettes Mädchen, und ihr junger Ehemann war genauso nett, doch Lisa war nicht danach zumute, sich zu unterhalten. Ihr Rücken tat weh, sie war müde, und sie vermißte Sam. Sie fühlte sich, kurz gesagt, rundum elend.

Trotzdem setzte sie ein künstliches Lächeln auf, als sie die Tür öffnete. Daraus wurde ein ungläubiges und freudiges Strahlen, als sie sah, wer vor der Tür stand, sie ebenfalls anlächelte und einen Strauß rote Rosen in der Hand hielt.

»Nicht noch mehr Blumen«, sagte sie und stöhnte gewohnheitsmäßig, obwohl sie in Wirklichkeit nichts anderes lieber getan hätte, als sich ihm in die Arme zu werfen und ihn festzuhalten und nicht mehr loszulassen.

»Ich dachte, die Blumen könnten dir inzwischen gefehlt haben«, erklärte er und warf sie ihr zu, als er unaufgefordert eintrat.

Lisa schloß die Tür hinter ihm und ging in die Küche. Dort hoffte sie wenigstens ein Gefäß zu finden, das nicht schon im Büro als Blumenvase eingesetzt worden war. Sam folgte ihr und blieb in der Küchentür stehen, während sie die Schränke durchsuchte.

»Stimmt das?« fragte er.

Lisa, die gerade Wasser in einen Plastikeimer laufen ließ, sah ihn über die Schulter an. »Stimmt was?«

»Daß du die Blumen vermißt hast. Und mich.«

»Die Blumen nicht. Ich bin mir allmählich schon vorgekommen, als arbeitete ich in einem Bestattungsinstitut. Ob ich dich vermißt habe – was meinst du wohl?«

Nachdem sie den Blumen Wasser gegeben hatte, drehte sie sich zu ihm um und sah ihn an. Es fiel ihr schwer, sich nicht in seine Arme zu werfen, und sie lächelte, als sie verblüfft feststellen mußte, daß der Mann an ihrer Seite schöner war als sie. Nie hätte sie geglaubt, daß dieser Tag einmal kommen würde.

»Ich glaube, daß ich dir gefehlt habe. Ich weiß jedenfalls, daß du mir gefehlt hast. Eigentlich hätte ich noch zwei Tage länger auf der Ranch bleiben müssen, aber ich konnte es einfach nicht erwarten, dich zu sehen.«

Sie sah ihn wie hypnotisiert an, als er auf sie zukam. Dann brauchte sie den Impuls, sich in seine Arme zu werfen, nicht mehr zu unterdrücken, denn er nahm sie in den Arm und zog sie dicht an sich, ging aber doch zart mit ihr um, als sei er besorgt um das Baby, und sein Mund suchte ihre Lippen... Sie küßte ihn begierig und mit einer Leidenschaft, die fast schockierend war, als ihr wieder einfiel, daß sie schwanger war.

»Du hast mich vermißt«, sagte er selbstzufrieden, als er sie schließlich loslassen mußte, damit sie beide Atem holen konnten.

Selbst wenn sie es gewollt hätte, hätte Lisa es nicht leugnen können. Ihre leidenschaftliche Reaktion auf seinen Kuß war eine ausreichende Antwort.

»Lisa...« setzte er mit belegter Stimme an.

O weh, jetzt ist es soweit, dachte sie. Der Moment der Entscheidung ist gekommen. Seit Tagen graute ihr vor diesem Augenblick, den sie gleichzeitig herbeigesehnt hatte. Trotzdem wußte sie immer noch nicht, welche Antwort sie ihm geben sollte. Oder zumindest redete sie sich ein, daß ihre Antwort noch nicht feststand.

»Was, um Himmels willen, hast du getan?« sagte er in einem veränderten Tonfall und legte einen Finger auf ihren Nasenrücken. Als er die Hand zurückzog, klebte weiße Farbe daran.

»Ach so. Ich war beim Anstreichen.« Lisa rieb sich verlegen die Nase. Sie war zwar nicht bereit, es sich einzugestehen, aber trotzdem empfand sie eine Spur von Enttäuschung darüber, daß er sie nicht zu einer Entscheidung gedrängt hatte. Ein kleiner weißer Farbklecks hatte ausgereicht, um ihn abzulenken... Lisa war reichlich pikiert.

»Was soll das heißen?«

Sie löste sich aus seinen Armen und kämpfte darum, ihre zunehmende Empörung zu unterdrücken. Wollte er sie jetzt heiraten oder nicht? fragte sie sich mißmutig. Wenn er es wirklich wollte, schien er es mit ihrer Antwort nicht gerade eilig zu haben!

»Ich streiche die Decke im Bad.«

»Das will ich sehen.«

Die Worte kamen barsch heraus, doch Lisa war zu sehr in ihren eigenen Gefühlen verstrickt, um es wahrzunehmen. Sie fand die Decke ihres Badezimmers im Moment absolut belanglos. Sie wollte umworben werden, verdammt noch mal – und sich für ihn gewinnen lassen! Sie wollte bestimmt nicht dastehen und über Alltagsdinge reden. Wenn ihre Stimme sarkastisch klang – und sie klang sarkastisch – dann hielt das Sam noch lange nicht davon ab, ihr ins Bad zu folgen. Sie zeigte auf die Decke, die zu einem Viertel weiß gestrichen war.

»Da – siehst du es?«

Seine Lippen wurden schmal. »Ja, durchaus«, sagte er und sah die Farbdose und den Pinsel auf der obersten Stufe der Leiter an. »Aber ich sehe auch, daß man dich nicht allein lassen kann! Du dummes Mädchen, fällt dir denn nichts Besseres ein, als in deinem Zustand auf Leitern zu steigen?«

Seine zornige Stimme ließ sie aufbrausen. Sie stemmte die Hände in die Hüften und funkelte ihn erbost an.

»Du bist nicht mein Kindermädchen, Sam Eastman!« rief sie aus. »Wenn ich die Decke anstreichen will – in meinem *Zustand!* – dann tue ich es! Und erzähl mir nicht, daß ich dumm bin!«

»Du brauchst ein Kindermädchen«, gab er grimmig zurück. »Und wenn du nicht genügend Verstand hast, sondern auf Leitern steigst, während du ein Kind erwartest – mein Kind! – dann werde ich dich zur Vernunft bringen!«

»Ach, wirklich?«

Lisas grüne Augen sprühten Funken. Dann drehte sie sich um, griff trotzig nach dem nassen Pinsel und wollte auf die Leiter steigen.

»Wenn ich die Decke anstreichen will – mit *meinem* Baby – dann werde ich das tun, und basta!«

Bei diesen Worten hatte sie die oberste Stufe der Leiter erreicht und hob den Arm mit dem Pinsel, doch ehe sie sich zu ihm umdrehen konnte, um seine Reaktion abzuschätzen, lagen seine Hände auf ihrer Taille und er hob sie von der Leiter wie ein kleines Kind.

»Laß mich los!«

Sobald ihre Füße auf dem Boden standen, schlug sie mit der nächstbesten Waffe auf ihn ein – dem Pinsel. Ihr Hieb traf ihn mitten ins Gesicht. Lisa starrte ihn entgeistert an, als die dicke weiße Farbe von seiner braunen Haut tropfte, und als er die Augen aufmachte und sie wütend und ungläubig zugleich ansah, kicherte sie haltlos und konnte nicht mehr aufhören.

Er funkelte sie erbost an. Dann zuckten seine Mundwinkel. Sekunden später grinste er breit.

»Du Miststück«, sagte er, doch seine Stimme drückte seltsamerweise Zufriedenheit aus.

Lisa brauchte sich nicht lange über seinen Tonfall zu wundern. Er senkte den Kopf und brachte seinen Mund trotz ihrer kreischenden Proteste auf ihre Lippen. Er raubte ihr den Atem mit einem Kuß, der die Farbschicht wirkungsvoll auf beide Gesichter verteilte.

»Gibt es nicht ein Sprichwort darüber, wer zuletzt lacht?« murmelte Sam und sah grinsend in ihr weiß verschmiertes Gesicht herunter, nachdem er sie losgelassen hatte. Seine Arme lagen noch auf ihren Schultern.

Lisa sah ihn lachend an und hob die Hände, um sich die Farbe von den Wangen zu reiben. Es war zwecklos. Mit der Farbe auf den Backen und der Nase und den Tropfen, die immer noch an seinem Kinn hingen, sah er furchtbar komisch und trotzdem noch so unverschämt gut aus. Seine blauen Augen lachten sie an, und das Bild war ihr so lieb, daß ihr Herz einen Satz machte. Plötzlich wußte sie, daß ihre Entscheidung getroffen war – wahrscheinlich schon in dem Moment, in dem er in ihrer Wohnung aufgetaucht war und ihr gesagt hatte, daß er sich um sie und das Kind kümmern wollte. Was auch dabei herauskam – sie würde es noch einmal riskieren. Mit Sam. Und mit der Liebe.

Mit dem Pinsel in der Hand schlang sie ihre Arme um seinen Nacken und sagte es ihm.

Epilog

Sam saß auf einem Stuhl in Lisas Krankenhauszimmer. Er sah sie an, während sie dalag und schlief, und er fühlte sich vollkommen erschöpft. Es war acht Uhr morgens am 14. September. Ein Mittwoch. Lisa hatte im Lauf der Nacht mit einem Kaiserschnitt entbunden und ein kleines Mädchen geboren, Katherine Elizabeth. Es war die schlimmste Erfahrung seines bisherigen Lebens gewesen, hilflos vor der Tür des Operationssaals zu stehen, während sie sein Kind aus dem bewußtlosen Körper der Frau herausgeschnitten hatten, die er liebte. Er hatte unaufhörlich gebetet und Gott Tauschgeschäfte vorgeschlagen, während er gleichzeitig seine Seele an den Teufel verkauft hätte, wenn er damit Lisas Leben hätte retten können. In den zwei Monaten seit ihrer Heirat waren sie glücklich gewesen, geradezu unglaublich glücklich. Lisa hatte sich auf der Ranch blendend eingelebt, das Haus ausgeschmückt, ein Kinderzimmer eingerichtet und ihr Bestes getan, um manchmal eßbare Mahlzeiten zuzubereiten, und sie war Jay Freundin und Stiefmutter zugleich und Sam war sie eine gute Ehefrau. Ein solches Glück war zu schön, um von Dauer zu sein. Das hatte Sam von Anfang an gewußt – und gefürchtet. In der vergangenen Nacht hatte er Angst gehabt, jetzt sei die Zeit gekommen, um dafür zu büßen. Mit Lisas Leben für dieses Glück zu bezahlen. Es war ihm wie ein Wunder erschienen, als der Arzt mit dem kleinen Mädchen im Arm aus dem Operationssaal gekommen war und ihm gesagt hatte, Lisa würde es bald wieder gutgehen. Zum ersten Mal seit damals, als er dreiundzwanzig Jahre war, waren ihm Tränen über die Wangen gelaufen.

Er hatte das Kind kaum eines Blickes gewürdigt, obwohl er fand, er könne mehr Interesse für das kleine Mädchen aufbringen, da er jetzt wußte, daß Lisa außer Gefahr war. In den letzten Wochen war er mit ihr zum Frauenarzt gegangen, hatte die Schwangerenkurse mit ihr besucht und die Geburt ihres Kindes bis in alle Einzelheiten mit ihr geplant. Doch die Geschehnisse der vergangenen Nacht waren unerwartet für ihn gekommen, und sie waren so entsetzlich, daß er sich noch nicht ganz von dem Schock erholt hatte. Die Blutungen hatten auf der Ranch begonnen... Selbst jetzt sah er noch das Blut, das auf der irrsinnigen Fahrt zum Krankenhaus durch die Decke gesickert war, in die er sie gehüllt hatte. Kein Wunder, daß er keine liebevollen väterlichen Gefühle für den schrumpeligen Zwerg hegte, der ihr so viele Schmerzen und ihm soviel Angst bereitet hatte. Aber das würde sich ändern. Er gelobte es sich. Er hatte die ganze Nacht durchwacht und seit mehr als vierundzwanzig Stunden kein Auge mehr zugemacht. Plötzlich merkte er, daß er todmüde war. Seine Lider waren bleischwer. Wenn er die Augen nur für eine Sekunde zumachen könnte...

Als Lisa zu sich kam, sah sie als erstes Sam, der in einer sehr unbehaglichen Stellung auf dem unbequemen Stuhl eingeschlafen war. Durch seine Lippen drangen leise Schnarchlaute. Lisa lächelte. Im Schlaf waren seine Züge sanfter. Sie konnte sich nur verworren an die Ereignisse des vorigen Nachmittages und Abends erinnern, aber sie wußte noch genau, daß er keinen Moment von ihrer Seite gewichen war, bis die Ärzte ihr die Narkose gegeben hatten. Er war ihr eine immense Stütze gewesen, als er sie übereilt ins Krankenhaus gefahren hatte. Sam hatte sich bemüht, seine eigene Angst nicht zu zeigen, um ihre Ängste nicht zu verschlimmern, und er hatte sie zur Notaufnahme getragen und ihre Hand gehalten, als die Wehen ihren Körper gemartert hatten.

Das Kind: Sie hatte es noch gar nicht gesehen und wußte noch nicht einmal, ob es ein Mädchen oder ein Junge war. Plötzlich überkam sie eine fiebrige Ungeduld, und sie setzte sich auf, zuckte zusammen, als sie die Schmerzen in ihrem Unterleib spürte, und klingelte nach der Krankenschwester.

»Ich will mein Baby sehen«, sagte Lisa leise, um Sam nicht zu wecken. Die Krankenschwester sah in die Richtung, in die Lisa blickte, und lächelte.

»Ich glaube immer, daß es für die Väter schwerer ist«, sagte sie zwinkernd und ging. Als sie zurückkam, hielt sie einen zappeligen Säugling auf dem Arm.

»Mein Baby!« sagte Lisa verzaubert und streckte ihre Arme nach dem kostbaren Bündel aus. »Ist es ein Junge oder...?«

»Mrs. Eastman, darf ich Ihnen Katherine Elizabeth Eastman vorstellen. Ihr Mann hat uns den Namen genannt, den Sie ausgesucht haben.«

»Ein Mädchen«, flüsterte Lisa, als die Frau ihr das Bündel in den Arm drückte.

»Rufen Sie mich, wenn Sie mich brauchen«, sagte die Krankenschwester und lächelte, als sie sah, wie sehr sich Lisa in den Anblick ihrer winzigen Tochter vertieft hatte. Dann verließ sie das Zimmer.

Lisa sah ihr Kind an und war hingerissen von dem runzligen kleinen Gesicht mit dem dunklen Haarschopf.

Sie wickelte es aus der Decke und den Windeln, sah sich die winzigen krummen Beine und Arme an, mit denen es um sich schlug, und zählte die kleinen Finger und Zehen. Das Baby wand sich und trat um sich, doch es machte die Augen nicht auf und weinte auch nicht.

»Was hältst du davon?« Das war Sams Stimme.

Als Lisa aufblickte, streckte sich Sam auf dem Stuhl und sah sie fast zaghaft an. Lisa lächelte selig.

»Ich finde, sie ist wunderschön«, sagte sie aufrichtig.

»Dann muß sie dir nachgeschlagen sein.« Sein Lächeln war strahlend.

Lisa grinste ihn an. »Nein, ich glaube wirklich, daß sie mehr von dir hat. Schau!«

Lisa hob ihre Tochter hoch, damit er das schwarze Haar sehen konnte. Sam beugte sich vor und sah seine Tochter fasziniert an.

»Ich glaube, etwas so Kleines habe ich noch nie gesehen.« Es klang ehrfürchtig.

Lisa lachte, setzte sich auf und wiegte das Kind an ihrer Brust.

»Sie wird noch wachsen.«

»Ja.« Sam räusperte sich und sah ihr eindringlich in die Augen. »Ich liebe dich, Lisa.«

Lisa lächelte ihn an, doch ehe sie die entsprechende Erwiderung geben konnte, die ihr schon auf der Zunge lag, stieß das winzige Geschöpf in ihren Armen einen kleinen wehleidigen Schrei aus. Lisa sah auf das Mädchen herunter und stellte überrascht fest, daß das Kind endlich die Augen aufgeschlagen hatte und hungrig an einer winzigen Faust knabberte. Zu Lisas Erstaunen waren die Augen blau. Es war nicht das Babyblau der Augen der meisten Kinder, das sich in vielen Fällen noch ändert, sondern ein tiefes Kobaltblau. Es waren die Augen des Vaters.

Als Lisa in das winzige Gesicht sah, von dem sie annahm, daß es mit der Zeit eine weibliche Ausgabe von Sams Gesicht werden würde, war sie erschüttert von der Macht der Gefühle, die sie durchströmten. Nie in ihrem Leben hatte sie eine so grenzenlose Liebe empfunden wie jetzt. Sie sah von Katherine Elizabeths blauen Augen, die noch nicht klar erkennen konnten, was sie sahen, in die entschieden auf sie gerichteten Augen des Mannes, den sie liebte, und lächelte zärtlich.

»Ich liebe dich auch«, sagte sie zu Sam und meinte es aus tiefstem Herzen. Dann sah sie wieder ihre Tochter an. »Ich liebe euch beide.«